青年文库

江苏省文艺评论家协会 | 编著

2022 江苏青年文艺评论集

河海大学出版社 ·南京
HOHAI UNIVERSITY PRESS

图书在版编目(CIP)数据

2022江苏青年文艺评论集／江苏省文艺评论家协会编著．--南京：河海大学出版社，2023.12
　ISBN 978-7-5630-8807-2

Ⅰ.①2… Ⅱ.①江… Ⅲ.①文艺评论－中国－当代－文集 Ⅳ.①I206.7-53

中国国家版本馆CIP数据核字(2023)第250659号

书　　名	2022江苏青年文艺评论集
	2022 JIANGSU QINGNIAN WENYI PINGLUNJI
书　　号	ISBN 978-7-5630-8807-2
责任编辑	李蕴瑾
特约编辑	邓峥嵘　孙晓慧
特约校对	阮雪泉
封面设计	清皓堂
出版发行	河海大学出版社
地　　址	南京市西康路1号(邮编:210098)
电　　话	(025)83737852(总编室)　(025)83787107(编辑室)
	(025)83722833(营销部)
经　　销	江苏省新华发行集团有限公司
排　　版	南京布克文化发展有限公司
印　　刷	广东虎彩云印刷有限公司
开　　本	787毫米×1092毫米　1/16
印　　张	24
字　　数	400千字
版　　次	2023年12月第1版
印　　次	2023年12月第1次印刷
定　　价	88.00元

序

2022年是党的二十大召开之年,是毛泽东同志《在延安文艺座谈会上的讲话》发表80周年和习近平总书记《在文艺工作座谈会上的讲话》发表8周年。这一年还是新时代第十年的重要节点。党的十八大以来的十年,党和国家事业取得历史性成就、发生了历史性变革,文艺事业守正创新、继往开来。青年是新时代的生力军,是江苏文艺评论事业发展的重要力量。站在新的历史发展节点上,江苏青年文艺评论工作者以高度的文化自觉和坚定的文化自信,努力以文艺评论带动和引领新时代文艺书写,推进中国特色文艺评论话语体系和理论体系建构,涌现出一批文风清新、语言流畅、视角新颖的优秀文艺评论成果。

江苏省文艺评论家协会持续跟进全省青年文艺评论工作者成长,自2016年,牵头组织实施江苏省文联"青年文库"工程,每年推出一部《江苏青年文艺评论集》,至今已持续第七个年头,为发现人才、总结成果,推动我省文艺评论发展,繁荣文艺创作起到了积极作用。经过一年多的精心准备、广泛征稿和个别推荐,《2022江苏青年文艺评论集》(以下简称《评论集》)又和大家见面了。《评论集》共收录了47篇文章,其中文学9篇、戏剧3篇、影视8篇、音乐4篇、美术7篇、曲艺1篇、舞蹈5篇、民间文艺3篇、摄影1篇、书法篆刻4篇、其他类2篇,几乎覆盖了所有的文艺门类,充分反映出一年来江苏青年文艺评论的现状。总的来看,有的文章是对当下文艺现象、文艺思潮的阐释,有的是对历史事件、历史人物的评价,有的是对文艺作品的解读和赏析,反映出当代繁荣的文艺创作,更是这个伟大时代的剪影和历史记录。我们看到,与往年相比,本次征集到的稿件数量多且质量也有所提升,青年文艺评论工作者思维的触角深入到文艺的各个方面。青年人的勇气锐气和正气充分展现,对热点现象、前沿话题有敏锐的观察,对创作中存在的问题、现象和思潮积极发声,观点鲜明。

我们希望青年文艺评论工作者,认真学习中外优秀文艺理论知识,打下深厚的文艺理论基础,掌握文艺发展的基本规律,以更加积极主动的姿态介入当下创作实践,激浊扬清、针砭时弊,推出更多思想表达深刻、现实感受敏锐、艺术语言精湛的优秀文艺评论作品,为当代文艺评论事业、为繁荣文艺创作,做出青年文艺评论工作者独特的贡献。

江苏省文艺评论家协会
2023年12月

目 录

文 学

常数与变数——试论徐可散文的结构方式 / 周卫彬 003

论黄蓓佳小说的影像特征 / 张 冉 013

跟着王跃文的文字走 / 顾小平 020

"喧嚣青春"的再度书写——读李樯的"青春小说"札记 / 张博实 022

"对抗记忆浑浊的旧时之我" 鲁敏的东台记忆与"东坝"叙事 / 高 兴 030

谱写新时代的芳华——读张荣超、谢昕梅长篇小说《我是扶贫书记》 / 郭玉琴 040

盐城籍作家乡土小说中的水乡文化因素及其价值估衡——以曹文轩、李有干、
　　曹文芳作品为例 / 周银银 049

社会学视阈下新诗发展与现状批判 / 朱慧劼 062

"草根性"生命形态与本土经验的文化想象——论陈彦的"舞台三部曲" /
　　陈佳冀 汤 静 069

戏 剧

试论文化产业背景下的戏曲活态化传承 / 周 烨 083

神经操纵下的反殖民审美认知——评巴布亚新几内亚英语戏剧《老人的报偿》/
　　于凤保 092

融合传统技法　塑造现代人物——昆剧《江姐》的成功探索 / 顾闻钟 102

影 视

当代考古纪录片：纪实书写·时空模拟·新主流性 / 周 晨 107

新时代扶贫剧的美学探索——以电视剧《花开山乡》为例 / 艾志杰 116

置身于苦难和阳光之间——简评电视剧《亲爱的小孩》／秦安国　123
《爱情的牙齿》：爱情与疼痛　／　翟之悦　126
"在路上"的戏谑与哲思——评《宇宙探索编辑部》／尹心悦　130
《满江红》：高概念电影的"三一律"实践　／　李　欣　138
从《她认出了风暴》看《黄金时代》的"得"与"失"　／　王云帆　王颖梓　145
从个体记忆到集体记忆的影像汇聚——以系列微纪录片《幸存者说：血色1937》为例　／　王郁池　152

音　乐

明清俗曲文化的传衍路径及分布格局研究　／　谈　欣　163
家国叙事·世界符号·词曲情境——余晃版歌曲《乡愁》创作评析　／　徐　望　176
民族精神在德沃夏克音乐作品中的延伸　／　李　峰　186
一首青春城市的剧诗——评音乐剧《下一站爱人》／查姿孜　190

美　术

也谈"屺老不老"——兼论朱屺瞻"梅花草堂"里的艺术历程　／　杨　天　197
新时代国画创作的方位与评价　／　董裕乾　207
动画媒介对浙派水墨画与儒家隐士精神的新诠释——以《山水情》为例　／　何晓怡　213
关于艺术博物馆打卡式参观的反思——以美术馆为例　／　李婷婷　225
中国画中"女性与古琴"形象探究　／　张六逸　230
路径与心迹——画家江轸光的家国情怀　／　曹国桥　239
画史遗珠：被忽视的扬州百年绘画——从日本关西地区中国书画的收藏看晚清以陈崇光为代表的扬州地方书画　／　马钲懿　247

曲　艺

担负新文化使命　谱写扬州木偶新华章　／　汪　莹　253

舞　蹈

追寻原始祭祀仪式中的生命激情——评苏州芭蕾舞团引进演出的《春之祭》／

徐志强　261
飞扬的生命情状——评民族舞剧《红楼梦》的创新表达 / 夏　静　264
民族舞剧《红楼梦》的创作分析研究 / 曹蕙林　270
空间叙事表现与革命情怀谱写——评芭蕾舞剧《旗帜》/ 姜昱冰　杨莉莉　277
从异质同构理论看当代舞蹈审美"新现象" / 宋春颖　286

民间文艺

雅俗共赏　心怀暖阳——感受蒋东永楹联作品的"温度" / 吕　涛　295
苏绣的传统与当代表达——从《博物 指间苏州·刺绣》谈起 / 唐　鹏　299
从民俗艺术到舞台艺术：洪泽湖渔鼓的舞台化 / 朱志平　鞠　萍　303

摄　影

艺术视角：从"昆山之路"看摄影创作的成功密码——记"喜庆二十大·聚焦昆山之路"主题摄影展 / 高振杰　317

书法篆刻

"碑帖融合"的美学实践研究 / 张　磊　323
浑厚拙朴存古风——浅谈孙个秦书法创作中的个性化追求 / 许　蒙　331
书法审美与时代精神 / 冷　琥　335
论书法艺术参与乡村文化振兴的秩序协同作用——以南京溧水区某村创建书法
　　特色乡村为例 / 刁艳阳　341

其　他

以手机为主的移动媒体与传统期刊融合发展策略研究 / 周　蓉　351
徐州汉墓出土凤鸟纹玉器赏析 / 岳　凯　360

跋　373

文学

常数与变数
——试论徐可散文的结构方式
周卫彬

《背着故乡去远行》的代后记《呼唤散文的古典美》,可谓是徐可数十年散文写作的心得:好的散文须有"情"、有"识"、有"学",再佐之以"才",庶几可成[1]。然而,真正落实到创作中,并非易事,必须要在前人的基础上,在题材的丰富性与文体的延展性方面,形成自身不同的路径和有效的方式。综观徐可的散文写作,我以为是一种开放型的写作,包括观察角度的更替、情感表达的嬗变、重塑与发现自我等。总之,在他的创作中,散文的常数与变数交互发展,不同向度地指向当下与未来的可能性,最大程度地抵达诚与真。

一、语义场:从自我到他者

在徐可的散文写作中,他一直在建立某种语义场,而这种建立首先是对事件语义的抛弃。也即是说,散文写作的核心要义并非记录(尽管一个优秀作家的文本与自身可能形成相互阐释关系),而是通过语义场的建立,使得语言具有附着力。这种附着力使得词与物、词与句之间建立了普遍联系,进而营造出空间文化的认知区、空间文化理论意义上的叙述场景,写作由此溢出了观感而具有了生命的温度,具有了所谓的诗性。徐可散文温度的产生,是身心毫无保留的交付,并

---

[1] 徐可.背着故乡去远行[M].北京:作家出版社,2018:284.

在这种交付中内置了个体寻找自身语义场的过程。从中我们看到，散文与诗歌一样，并不是过去之物发出的巨响，不是一个"被生成"或"被动反映"的产物，而是一种似远实近的"回声"。

在徐可有意向传统致敬的诸篇散文中，我们可以看到，散文之美首先要落实在具体的形象中，须臾不可与它自身的独特生活形式中的语言、状态相分离，但是，内在于这种共同形象的认同，并非习见的观念体系，而可能是疏离的、习焉不察的乃至是无意识的自然流露。在一些亲情散文如《父啊，我的父啊》《外婆家》等散文中，其情感的表达方式并非是线性的，而是不断溯洄乃至迟疑。由此，成长的经历与生存状态的变迁成为内在的背景，而生者的聚拢与逝者的远离，让抒情主体在自我的肯定与怀疑之间转换，进而从场景与细节处汇聚起庄严而宽广的情感之河。从中我们发现，在徐可的散文写作中，作者主体性的彰显并非是浪漫主义的自我放大，而是以一种让渡乃至消弭的方式融入万事万物，却因此拥有了更为深广的世界，或可说，散文因为拒绝了自传与日记，作者因此得以返回。

《背着故乡去远行》中，那些发生在里下河平原上的少年往事，那些或悲或喜的人生过往，还有对故土的亲近与思考，等等，无不充满了作家自身的体温与现场感，但徐可正是从这种熟悉感之中，去关照个体世界之外的体验，这是对自我的重新发明。由此，我们才能看到那个暗夜乡间小路上的少年与那个奋然走向亮堂而复杂的中年人终为一人。某种意义上，这是散文中的象征性特质，它终结了对生活的模仿，而建立了丰富的语义之桥。在《日暮乡关何处是》里，苍凉的北风中，那个站在荒村空地上的中年人，得以再次回到从前，"在我的内心深处，总是隐隐约约觉得有哪里不对劲，或者说，有一点隐痛。可是当我使劲寻找，它却不知藏身何处"[①]。

这种具有一定疏离感的、朴实的抒情姿势，是构成徐可散文语义场的基本要素，是散文内部流淌的声音。如果仅仅依靠单纯地记录某个事件，是无法发出这种声音的，它可能需要事件的抛入和命名，但更多的是维持某种势能，承载、延续、共生，再返回重新命名。徐可一向主张散文中的"真情写作"，我以为包含了两个方面，一方面是情感本身的真诚，另一方面也与情感的处理方式息息相关，正如华兹华斯所言，"诗是平静中回忆起来的情感"。正是这种对"深情"的有意

---

① 徐可.背着故乡去远行[M].北京:作家出版社,2018:254.

搁置、转化，更加显示出情感的真实力量，因为亲情的姿态也是丰富多样的，并不仅是单纯的温暖或者伤痛。

徐可有意摒弃了散文风雅的外表，比如中产阶级趣味、生存境遇中的小感触或是某种仿古情怀，涤除乐感文化的负面阴影，重新整合、确立散文的"真诚"，营造一种相对超然的、远离物欲的美学精神，从而在更高的向度上，打开散文的包容性。一如休伯特·德雷福斯所言，"在被给予的语言与社会实践所构成的理知世界之外，我们还能获得一种更高的视角，还有某个更高的理知世界，所有的自我只要以超越性的理性为中介本来是可以进入这个更高的理知世界的，如果——按照笛卡尔的说法——我们离开我们的自我，从这些自我的情境化的和有限的视角走出来的话。"[①]

正是基于这样的理性思考，徐可的写作拥有了"局外人"或者"旁观者"的写作立场，从对自我的注视，到聆听社会原野的"回声"，这样的"回声"源自作家对主体性之外的客体性的捕捉，是意识到"我们终将相聚，于悲欣交集处"而作出的反应，是在必然性中向偶然性开放、在交互中不断重新生成空间形象的过程。当然这种悲欣之感，在徐可的散文中，具有一种独立的、现代的精神，因此也具有了超越个体自恋的精神力量。它不是因为附和他人的文化想象而有力量，不是因为与现实过于接近而有力量，不是因为先锋的姿态而有力量（徐可的散文恰恰在守望传统），更不是因为离经叛道而有力量，它就是文学本身的力量。对技巧、经验乃至文本的不断扬弃与重建，使得我们在陌生中看到自己，在熟悉中看到他人，总之，这种力量来自作家对这个世界的深刻体认与感知。

这种认知使得作家进入了写作的"中间世界"。夏多布里昂说，"每一个人，身上都拖带着一个世界，由他所见过、爱过的一切所组成的世界，即使他看起来是在另外一个不同的世界里旅行、生活，他仍然不停地回到他身上所拖带的那个世界去"[②]，但是当他返回那个世界，他已不再是那个"他"，他认识到某种必然性，从而获得了面对现实（此在）的力量。如果说第一世界是罗兰·巴特所谓的不带有文学性的信息层面，那么第二世界则是含蓄意指层面，在徐可的散文中，我们看到了由含蓄意指带来的丰富的语义世界。

---

① 汪民安,郭晓彦.生产 第12辑 事件哲学[M].南京:江苏人民出版社,2017:124.
② 列维-斯特劳斯.忧郁的热带[M].北京:生活·读书·新知三联书店,2005:39.

徐可散文中的这种对世界的认知,让我联想到刘勰在《文心雕龙》中对于"物色"的看法,那是一种互动的赠答关系,因为,真正的写作应该以不同的方式被理解,或者更确切地被呈现。在"大地十记"这组文章中,文学地理的经验并非是最重要的,而是见证了自我向他者的敞开,正是通过远方的他者,徐可抵达了自己。借由南阳的水,盛泽的丝绸,仙居的古镇、书院与酒等等,徐可抵达了自己心中的故乡与河流。同时,这些山川草木也在通过召唤某种共同的记忆,而提醒作家的探掘犹有可进之处,促使其将没有提挈完全的部分进一步进行阐发。在《大哉敦煌》中,一座总人口只有十八万的蕞尔小城所指向的,不仅是古典的泱泱气魄,也是对失落的古典学问的召唤,更是发自肺腑的扪心叩问。因此,在礼赞文化之余,我们也看到一种由远及近、由此及彼,缓慢接近而与不同的生命交流的过程。他者并非我生命旅程中一个短暂的遭遇,而是可以成为主体的重要部分,成为相对称的自我。这也给文化散文的写作带来某种启示,只有当某个地方的人文知识或某个区域的历史,成为切身体己的"事件",而不仅是被邀请的客体,才能超越具体和有限的事物,在陌生的世界里发出独特的声音。

二、情感:非线性的裸露

约瑟夫·布罗茨基曾在《小于一》中,赞扬俄罗斯诗歌树立了一个道德纯洁和坚定的榜样,尤其是通过保存古典的文学形式,肩负起了重建一个公共的世界文化并进而重建人类尊严的任务。徐可的散文写作暗怀着对古典、对传统文化的敬畏,期冀成为罗兰·巴特所言的"德与美的共同仆役"。他的很多创作超越了个体的庸常状态,而进入广博的世情,从中寻找文化的根脉。在我看来,文化是自身与他者关系的中介,自身既可以是对象也可以是目的,在徐可那里,当作为目的时,大部分是因文化(尤其是乡土文化)这一中介的存在。徐可不遗余力地把一种绝对的精神表达出来,乃是为了让有限的生命,在更丰富的存在中得到升华。"我"之对文化的热情,犹如色诺芬对理想城邦的探寻。在徐可的散文中,诸如乡情、家族、历史,乃至愁绪,它们首先都不仅仅是作为个人史以及写作片段而存在的,它们是精神考古学的重要组成部分和历史的无可辩驳的证据,是指向自身当下的认同,同时也指向过去与未来。

但是,在散文写作中,仅仅葆有某种文化热情是不够的,因为构成作家真正的个人身份的是不可简化的主体性与特性。许是受文化散文热的影响,徐可也写作了大量的文化散文,但是,他很快意识到,作为文化的中间物,作家对个体缩微的文化景观的描述,应该在细微之中洞察宏大的形象,刺破历史的梦境,又要避免淹没于辉煌。那么,作家如何在历史的隧道与他者的心灵中引起波动而不受制于同一性形成的障碍,是文化散文首先要面对的问题。因为在文化和美学之前,意义就被置于一切文化所设定的伦理及其附属物之中。

或许,我们可以从徐可对启功的研究中发现一些端倪,《站在启功先生墓前》《启功先生的文化品格》《启功夫子逸事状》《人师启功》等,将坚韧、旷达、大爱等精神上的渴慕展示给世人,已成为研究启功先生必不可少的文章,徐可的这类散文看似有着人格完美主义的倾向,实则是在建立一个不为尘世浊流所吞噬的支点,但这绝非是为了文以载道,而是将这些形象既置于特定的情境又侧重其日常生活,大故事与小穿插互为补充,表现的是其人生层面雪泥鸿爪的个体体验,人生理想与人生缺憾相互交织,追求那些"生活溶解在心灵中的秘密"①。

因此,这类散文打动我的不仅是鲜亮的风貌,而是如《想起为启功先生开车》《一枝一叶报春风》《任继愈先生的寂寞》等展现出的真诚的个体,在琐碎的平凡生活中间,在困扰之时,他们依然抱有追求光明、鼓舞和希望的勇气,让我们看到那个过往的时代与社会生活中人的某种"真相"。因此这不仅是赞颂,也是对流逝的岁月与理想的缅怀,是对人之为人的存在探索,因为除去人格中那一层被诠释的因素,展示给读者的是一面镜子,镜中是陌生又熟悉的自己。正如徐可在谈及写作启功的初衷时所述:"我已经不满足于抒发对(启功)先生的爱戴与怀念之情,而是把对先生的深厚感情转化为研究先生的动力和行动。宣传启功事迹,研究启功成就,弘扬启功精神,已经成为我的文化自觉。"②在作者的历史文化名人系列中,我们能够读出作家的这种文化热情和文化自觉。在《更有清流是汨罗》一文中,作者坦言:"近年来,我致力于历史文化散文的写作。我发愿选择一批对中华文明有着杰出贡献的历史文化名人,用散文的笔调,发掘他们灵魂深处的高贵品质,探寻其对当下文化建设的意义。"③

---

① 孙绍振.新的美学原则在崛起[J].诗刊,1981(3).
② 徐可.仁者启功[M].合肥:黄山书社,2021:5.
③ 徐可.胸有丘壑[M].合肥:安徽文艺出版社,2023:247.

其实，徐可涉及文化题材的散文写作，有别于一般对文化散文的定义，他的这部分创作很难归为某种散文类别，因为其中具有明显的交叉性与互文性，他的写作并不局限于一时一地、一人一物，而是发散性的，裸露性的，具有某种独特的"稚子之气"。他总是独辟蹊径地寻找新鲜的写作元素，这些元素不仅具有历史的个别性特征，亦具有主体间性的关系，从而构成了文本的开放性特质。这样的作品并不具有天然的优先于文化的符号，或将意义附加于文化，而是始终葆有迟疑、晃动之感，因为只有当表象信息不再稳定可靠，主体情感才会渗透其中。

《司马迁的选择》《汨罗江畔，屈原与杜甫的相会》《起舞弄清影，何似在人间——苏东坡的入世与出世》《郑和的海上和平之旅》等作品，一方面从久远的历史资料中探寻其新鲜元素，信手拈来不落俗套，另一方面在某种流动不居的思绪中塑造形象，把握其特殊实在，建立自身的生命联系。这既与先哲进行一种文学的对话，又从中寻求某种文化救赎。我想起弗兰西斯·培根在访谈中，曾将自己的绘画作品区分出三个重要的元素：材质结构、作为轮廓的图形以及竖立起的图像[1]，徐可的文化散文写作，就是要跳出材质结构与轮廓图形，重新考察那些文化形象，从一对一到一对多，树立起自身的精神光谱。譬如"秉烛谈"中的系列文章，以阅读的心路历程为纲，以人生的经验与生活的体验为目，为自己经眼的诸多经典作家作品作"批注"，诸如姜夔、倪云林、周作人、朱湘，等等，彼此映射，一方面衡量其辐射力量和意义，另一方面也凸显出文化"光晕"中的个体。

伊曼努尔·列维纳斯在《意义与方向感》一文中说，"可以理解的意义之本质，恰恰在于这么一种存在，它自我呈现于非历史的单纯性之中，呈现于绝对不可更改和不可还原的裸露性之中，呈现在'先于'历史和文化而存在的裸露性之中。"[2]此处的"先于"体现在徐可的散文中，就是在寻找一个纯粹的纽带，它不在于修复而在于联结，这种联结的目的不是要从古典主义美学中翻新一个形象（历史知识并不需要还原），而是联结形象本身具有的调性与区别性，从而避免文学性的失落，沦为哲学、宗教、法律等。这需要大刀阔斧绣花针样的功夫，对题材进

---

[1] 吉尔·德勒兹.感觉的逻辑[M].董强，译.北京：北京日报出版社，2022.
[2] 汪民安.生产 第5辑 德勒兹机器[M].桂林：广西师范大学出版社，2008：393.

行加工、修剪,让曾经失去的东西重新进入存在。譬如徐可写了诸多的风物与人情,其间流溢着对某地、某物、某人回忆般的审美的温情,这固然需要具备细腻、从容的观察与描绘生活的能力,也需要去拥抱和理解未知领域的热情。但这也许只是文章承载的部分意图,即由对一草一木、一砖一瓦的细致描摹,而构成一个充满陌生之美的世界。

也许,散文之"散"正在于这种无限的描摹与建构之中,"散"是跳出了熟悉、越过了必然性的重复,而让新的现实如显影般重新出现。倘若细察,时间在徐可的散文中是以一种省略的姿态出现的,使我们得以跃出幽暗的私人记忆,连缀精神的丝缕和时间的碎片。那些曾经遗落的类似于诺言的物质,经由尼采所谓的"意志记忆",于不经意间勾连其整个人生的概念,这样的概念给予作者无限的新鲜感和陌生感,就像在不同的时刻,历史的针尖在内心的沟纹间移动,从中心至边缘,又从边缘移向中心,以一种自由意志提取出痛并快乐的乐曲。在"故乡十忆"这组篇什中,虽然我们看到某种怀旧的情绪,但作家的表述方式却始终隐藏着"当下的视角"(包括时态的交叉与回旋),时常从过往的经历中抽离,而从当下反观从前,从中年回望少年,自身精神的丰富与变化显得更加客观而真实。尤其是在那些亲情散文中,徐可的叙述显得沉静、从容而克制,视角更为多样,透射出一种沉稳的中年写作气度,犹如罗兰·巴特所谓的"写作的秋天状态"。

三、情境:重塑与发现

好的散文语言指向的并非是简单的手之触及或目之所得之物,而首先是心之情境的生成,是对崭新情境的雕塑,或可说,是那些并非由眼睛直接看到的东西,最后又惊喜地看到了。由此,我们发现,徐可的散文写作,并非贴身而行,而是适度保持若即若离的状态,进而发现那些暗自生长的区域,这样做有效避免了将自己束缚在观念内部空洞的可能性以及重复之中。倘若一篇散文所描述的细节被单一理解,那么这种细节是可疑的,唯有折射心理的现实,细节才具有"活性",否则就是一种耗费。徐可的散文在描写的时候,哪怕是一抹月光、一滴雨水,其生命质感也被呈现出来,从光和雨中发现"血流"的迹象与信号。

"那些临时找出的'雨衣',并不能挡住雨水的侵袭。不一会儿,他们身上就湿透了。虽然是夏天,但夜晚还是很凉的,特别是这么一个多雨的夏天。我看见他们的身体在微微颤抖。"①乡村生活的质感跃然纸上,且具有丰富性与不可重复性,"我看见他们的身体在微微颤抖",此时,写作似乎悬停了一小会儿,以便让之前的细节描述进入语言的暗示。这并非刻意为之,而是表达之物短暂地离开作者之后,自然产生的。

在这篇描写夏夜雨水的文章中,冷——暖——冷,远景——近景——远景,情感靠近又回撤,落脚点不断转移,回到有一定距离的审视,使得这篇文章的表达显得更加真实可靠。我想起在《拒绝虚伪》一文中,徐可曾指出,"只要我们敢于真诚面对读者,那么,一切文学样式的创作手段都可用于散文创作。包括适度、有限、合情合理的虚构。这不仅不是对散文的冒犯,而且是对散文创作方法的开拓和有益补充。"②这段话其实言明了散文的"真实",既是"发乎情"的真诚,更是藉于技巧之上的"人工而归于自然"。

"不知何时才迷迷糊糊地入睡,不知何时又迷迷糊糊地醒来。窗外仍是滴滴答答的雨声,和呜咽似的风声。外屋仍亮着灯。鼻息中是饭香、菜香。"③此处的送别具有作家个体的私密性,是独一无二的时刻,它的真实性就在于有我们的影子。在阅读过程中,我们无意了解散文家徐可的生平与写作目的(把握其行迹),以便肯定其意义,而是不自觉地加入了那天凌晨送别的人群,我们一同被淋雨,一同走在乡村泥泞的小路上,被紧张与不舍的情绪笼罩,一起沉默……此时,我们仿佛并不是在读《别情》,而是去看被文中之"我"而赋形的"自我",因为我们抓住了那种令人震撼的"真实",散文的文体功能在此处得到了彰显。

在徐可的散文写作中,理性的蜷缩、匠心的包裹,乃是为了打开情境的空间,因为绝对的主体性和绝对的客体性都会挤兑主体的位置。《昨晚你到哪里去了》《贼子》等文章,与其说是在揭示历史的真相,不如说是为了展示最真切的生命意志,它们像风中散落的花瓣,充盈于文章的每个角落。倘若散文的空间没有被自由的生命填充,那么语言的活性、灵氛便不能呈现。散文写作必须抛弃观念的诉求,或可说,短期忘记自我诉求。尽管一开始是自我对话,随着这种共鸣的分裂,那个内在沉默的部分或者说诗意的挣扎部分开口说话,此时,语言的形成并不完

---

① 徐可.背着故乡去远行[M].北京:作家出版社,2018:8.
② 徐可.拒绝虚伪[N].人民日报(海外版),2018-7-4.
③ 徐可.背着故乡去远行[M].北京:作家出版社 2018:15.

全依赖个人的经验,而在于发现生活、发现生命的镂空感。它们转移至想象的深处,成为生命的写照,直到这种沉默从自我的执念中摆脱。

在《夜来风雨声,花落知多少》一文中,作者描述了客居异地的感受,乡愁与雨声交织,显得格外浓烈,然而最后作家笔锋一转,"我趴在床上,脸贴在松软的枕头上,听着雨点打在外墙上的声音,滴答,滴答。我还是执着地相信,那是雨打芭蕉的声音。"①原本被抛弃的情感主体,和"雨打芭蕉"的情境成为有内涵的互文。此时,我们看到,徐可并非那种炫技型的作家,他拒绝了格言式的刻意表达,似乎进入一种闲聊状态,反而获得了进入情境的钥匙。我以为,散文写作中,应该适度保持某种涣散状态,这样可以使得语言产生亚光特质,从而避免工匠式的写作。

我们或可看到,在某个时刻,徐可甩开了自身,而不是全方位的霸占。他离开了编年式的机械描绘,而感受到日常生活的体温,那种独一无二的新鲜感,哪怕是孤独、咳嗽、步态,也是具体而微的、流动的,譬如《失眠》与《头晕》,采用貌似随性的处理方式,让生命的滋味更为丰富。这些充满着个人情绪色彩的散文,折射出一个带着戏谑和自嘲的风度翩翩的形象,有些忧郁又有些"可爱",展露出自己心灵深处暗影绰绰的那层釉光。在这些个人习惯里面包含了丰富的戏剧性,重新塑造了自我。其实,就文学的经典层面而言,写作从来都不是为了成为公约。或许,有人倾向于"是"的写作,而徐可坚持的是"在"的写作,"在"是不定的,"是"是确定的,尽管写作需要实体,但同时也在寻找另外一种位移的东西,它是身处他方凝视的结果。

一篇散文是否具备凝视功能非常重要。凝视使得审美具有开放性,离开意义依然有所得。这种凝视远离了趣味,而是生命灌溉的严肃写作,因而也远离了虚假与伪饰,远离了"肯次"(kitsch),是朝向幽暗内心的纵身一跃,因此这样的文字始终在昭示着,一切都曾活过,并且还将继续活下去。那些未得到命名的情感状态,需要写作来完成,这不是为了表达某种真理,而是交出自己;不是发掘他者,而是呈现自我。在徐可的散文中,那些不被显现的通灵时刻,许多时候是不可转述的,它只能依靠眼睛来观看,事先并未规划,而在写作过程中自然形成的部分即美的浮现的过程。

---

① 徐可.三更有梦书当枕[M].北京:作家出版社,2016:315.

由此也形成了徐可散文写作独特的位格，在他的写作中，一个真实的人格形象逐步彰显出来。在文化选择、精神气质、心灵体悟、梦想方式、时空观念和体式风姿方面，徐可的散文都开拓了新的风貌，充满了生命多重向度下心灵状态中的诗性，是对"人格智慧"与"文化本体"的融合与放大，体现出一种"纯真的美质"，他从未迎合时风，因而始终葆有着独特而明亮的质地，正如马丁·海德格尔所言，"只有拒绝的东西才可能给出存在于可能性中的东西，黑暗拒绝可视性，而它也同样可以保持视觉：在黑暗中我们看见了众星。"①

(作者系泰州市文联艺术指导中心主任，二级文学创作)

---

① 马丁·海德格尔.论真理的本质——柏拉图的洞喻和〈泰阿泰德〉讲疏[M].赵卫国，译.北京：华夏出版社，2008：55.

论黄蓓佳小说的影像特征

张　冉

　　江苏作家黄蓓佳从1973年开始走上创作道路,发表了短篇小说《补考》《他们又长大了》,至今迈过了将近五十年。随着作者年岁和生活阅历的增长,那些以可望而不可即的情绪为主导的小说逐渐褪去了"为赋新词强说愁"的惆怅忧伤,逐渐转向了温暖柔情的儿童关爱与冷静深邃的成人透视,从情绪叙事转向情节叙事。小说集《雨巷同行》中收录的《雨巷》《去年秋天的郊外》《这一瞬间如此辉煌》《请和我同行》是作家具有代表性的情绪小说,体现出女性作家对爱情、对梦想、对事业的热诚追求,倾注了窃窃欣喜与泪流满面的融汇交织的青春状态。黄蓓佳认为《请和我同行》(中篇小说,1982年)是情绪小说向情节小说的转折点,"仿佛那一次把所有的情感用尽了一样,此后我的作品日益冷静,再没有出现过那种热望,那种伤感,那种泪流满面的倾心呼唤。"[①]此后的作品向逐渐冷静的态势发展。徐德明与姜淼先生认为《夜夜狂欢》(长篇小说,1987年)实现了"从意识内容向具象内容转化"[②]。也有学者认为黄蓓佳风格转型的转折点为《仲夏夜》(中篇小说,1988年),而1987年的《夜夜狂欢》与《冬之旅》仅仅"显示出某种冬日的冷酷"[③]。这是从情节构建和情绪介入两个角度界定标志性作品,《夜夜

---

① 黄蓓佳.黄蓓佳文集:雨巷同行[M].南京:江苏文艺出版社,1998:1.
② 姜淼.黄蓓佳文学年谱[J].东吴学术,2020(01).
③ 杨靖.论黄蓓佳《玫瑰房间》及创作风格的转型[J].苏州市职业大学学报,2005(04).

狂欢》从情节角度进行界定,从传达情绪到讲述故事。《仲夏夜》从情感介入程度进行界定,体现出梦想的破灭和情感的节制,走向平淡克制的文风。

自《夜夜狂欢》情节化转向开始,黄蓓佳的创作具备了影视特质,为影视改编提供了可能。此时,黄蓓佳的创作观念发生了很大的变化,开始认为:"长篇小说一定要有人物,有情节,有可读性……写小说首先是为了让人们消遣和娱乐。"①因此,在20世纪90年代以后,媒体空间时代来临,黄蓓佳部分作品被改编为电视剧,如《派克式左轮》(长篇小说,1994年)、《我要做好孩子》(长篇小说,1996年)、《新乱世佳人》(长篇小说,1997年)等。小说本身的影视特质为改编提供了可能与便利,具体表现在曲折突转的情节元素、空间化的人物塑造、生活化的主题元素和文化产业中的美学元素。

一、曲折突转的情节元素

除了一些探索影片(如意识流电影《八又二分之一》等),讲故事无疑是影视剧的首要任务,也是票房或收视率的首要保障。"决定一部影片成败的核心还是'故事'本身——故事的好坏以及如何讲故事。"②因此,能够作为改编源的小说要具备引人入胜的可读情节。黄蓓佳创作风格转换后的小说作品,情节曲折生动,某些作品甚至百转千回、悬念丛生。

黄蓓佳在儿童小说、爱情小说、新历史主义小说方面都展现出了非凡的故事架构才能。儿童小说,比如《我要做好孩子》《我飞了》等都讲述了起承转合的儿童生命体验故事,依循着开端、发展、高潮、结局的完整叙事结构。跌宕起伏的故事情节牵动读者的心绪。《我飞了》里杜小亚的病情一再反复,一次比一次严重,引发了好朋友单明明身上的系列事件——喂鸽子、寻鸽子、蹲守太平间、高烧不退等,以一个孩子牵动另一个孩子,继而牵动整个班级的孩子,牵动着读者的心绪。

爱情小说,比如《忧伤的五月》《玫瑰房间》《午夜鸡尾酒》等,都将前期的爱情渴望转化成了现实的婚姻生活,利用突转,打破作品中一直弥漫的"婚姻厌倦"情

---

① 黄蓓佳.夜夜狂欢[M].上海:上海文艺出版社,1989:307-308.
② 李晶.魔方:小说电影改编的艺术[M].北京:电子工业出版社,2018:4.

绪,导向了不可逆转的致命婚姻灾难。《忧伤的五月》以主人公小丛为单一线索,设置了三次大突转。当小丛去苏州会情人时,男友突然而至;当她想回到男友身边时,发现男友已另寻伴侣;当她终于接受了方复,开始婚姻生活时,年轻有为、意气风发的方复却突遇车祸、半身不遂。一次又一次的突转既带来了美学上"山重水复疑无路"的窒息感,也造就了叙事学上"柳暗花明又一村"的结构美感。《玫瑰房间》中飘忽而至的"出国",《午夜鸡尾酒》中猝不及防的婚内精神或身体"出轨"都让故事百转千回,在平静的生活流中波涛暗涌,左冲右突,强化了戏剧冲突,使情节更有张力,也更适合于影视改编。

新历史小说代表作品《新乱世佳人》更是情节曲折突转的集大成著作。历史的洪流与生活的暗流交织汇聚,一次又一次地打破日常生活的平静,极具故事性,被苏州福纳文化科技股份有限公司改编为33集同名电视剧。

二、空间化的人物塑造

黄蓓佳将人物放在社会、心理和戏剧冲突三重空间中进行塑造,既有脸谱化的扁平人物形象,也有心思细腻、复杂多面的圆形人物形象;既突出重点人物的性格圆形化及成长历程,也塑造次要人物的单一性格,承担叙事功能。这既提供了可供影视观众品评的"熟悉的陌生人",也提供了方便影视观众辨识的脸谱人物。

作为行动空间,社会环境对一个人的性格形成影响很大,往往会形成特定环境特定空间的这一个特定人物。"'空间中的人'演化为'社会的人',并以再现和刻画出惟妙惟肖的'典型环境'或者说'时代的镜子'为创作旨归。"[1]因此,在历史或现实题材的作品中,这种具有社会代表性的人物更容易让大众觉得亲切,易于接受,并能够从艺术的角度提炼,从熟悉走向陌生,实现精神领域的提升。黄蓓佳创作领域涉及面广,有大量的历史或现实题材作品,塑造了社会人物形象。比如《新乱世佳人》中的董心碧,《派克式左轮》中的鲁杭,《我要做好孩子》中的金玲等。黄蓓佳在历史或现实的情境中,塑造特定环境中的特定人物,用特定人物身上的小故事表达社会历史的大格局,用特定人物的个人情绪表达社会历史的大情势。

---

[1] 卢蓉.电视剧叙事艺术[M].北京:中国广播电视出版社,2004:144.

作为思想空间,心理活动能够传达人物真实的情感,在影视中被称为"私人空间"。人物内心的情绪、思想、幻觉等通过空间移情的形式在影视中得以展现,比如张艺谋《大红灯笼高高挂》中红灯笼、大宅院与人物孤独、恐惧的内心情感产生共鸣。黄蓓佳在传达人物心理时,也运用了大量的空间移情法,比如《阳台》中阳台与李郁焦虑、恐惧、绝望心理的同质建构;《仲夏夜》中那个炎热的仲夏夜始终横亘在梦玲的心头,其实质是她对小提琴之梦的追求、对小提琴家的痴迷爱慕、对身体和心理付出的悔恨与害怕。仲夏夜校园里诗意十足的空间之美既是梦玲内心的企盼梦想,也是她青春梦断、颓败人生的开始。小说中的人物内心仿佛通过全景、大全景镜头或者只有景物的空景镜头更为浓烈、更为直接地展现出来。

三、生活化的主题元素

长久以来,绝大部分的影视剧一直秉承着世俗叙事的原则,从大众生活中汲取营养,调动大众的观影兴趣。以电视剧为例,《渴望》《四世同堂》的收视神话归根结底是对大众生活的关注、认可,在此基础上,进行一定程度的反思。关切现实的世俗叙事孕育了大量的优秀电视剧。"历史地看,爱国情怀——改革热望——美德召唤——人间指南——文化冲撞——历史情节——平民意识——反腐心声……不同时期的社会思潮彰显着大众多元的审美期待,成为滋育成功作品的滚滚潜流。"[①]黄蓓佳擅长从社会生活中提取作品题材,提炼作品主题,体现出对儿童、对知识分子、对留学海外的中国学子、对历史变革中的社会大众强烈的人文关怀,并通过影视改编,实现了大众、主流与精英三种文化的交流汇聚。

黄蓓佳在儿童小说中翔实描摹了儿童的家庭生活和校园生活,对每一个笔下的儿童都倾注了无限的爱,在日常的率真、欢乐与痛苦、彷徨中赞扬美好的师生情、亲情和友情。《我要做好孩子》《我飞了》《黑眼睛》《漂来的狗儿》中的金玲、单明明、艾晚、狗儿都不是学习优秀的尖子生,抑或说不是传统意义上的好孩子,但是每个孩子都是美好的独立的个体,他们或纯真善良,或直爽洒脱,或内心坚韧,或安静温婉,他们用心感受着父母的关爱、老师的关心和朋友的真情,并拼尽

---

① 卢蓉.电视剧叙事艺术[M].北京:中国广播电视出版社,2004:73.

全力去拥抱甚至回报这些不同的爱。在家庭中，金玲的父母对孩子宽容大度，鼓励天性发展；单明明的父亲辛苦劳作，疼爱儿子……在学校，邢老师、文老师等尊重孩子，关心孩子的发展。儿童之间虽然有学习上的竞争和生活中的摩擦，有拉帮结派，有打击报复，但是最终都能和解。好朋友之间更是能够坚守友情，始终如一。

黄蓓佳的成人小说主题多样，涉及多个大众社会生活问题领域，具有代表性的三个领域是知识分子的困境、留学生的文化冲撞和历史变革下的众生百态。黄蓓佳笔下的爱情婚姻小说聚焦知识分子群体，在梦想、爱情与婚姻的冲突中，对当下知识分子的爱情与婚姻进行描摹与反思。由于作者出身中文系，因此作品中大量的主人公为中文系就读或毕业，职业为编辑、广播编导或大学教师，另一方则为理工科或艺术类出身，爱情或婚姻双方从思维方式、处事理念到工作环境、生活方式完全不同。学科冲突回落生活中变成了琐碎的生活冲突。在这种主导冲突之外，知识分子还要面临与自己或对方原生家庭的冲突、理想实现与家庭琐碎生活的冲突，他们把思想抽离肉体，冷眼旁观困顿于柴米油盐、鸡毛蒜皮中的自己。《逃遁》一文描摹中文系才女郝晨生命之花从绽放到凋零的过程。她在该嫁人的年纪里闪婚一位出身淮北农村、在大学留任的教师，与丈夫、与公婆、与家庭琐碎生活之间的矛盾在婚后迅速凸显出来，工作才能、诗歌梦想、爱情理想不得不全部让位。思想中，她清醒地困顿于烦琐的生活状态；现实中，她不得不向困境妥协。当下知识分子，尤其是女性知识分子的精神与生存困境，在作者笔下如傲雪寒梅般倔强地存在、生长，凋零在春季来临的前夕。此外，中外文化冲撞与历史洪流中的众生艰难也是黄蓓佳关注的主题。前者以《派克式左轮》为代表，后者以《新乱世佳人》《野蜂飞舞》为代表。

在当下媒体空间环境下，大众文化借助于全媒体的流通性和主旋律的引导，不再停留于通俗甚至媚俗，娱乐甚至消遣。从内容上看，它愈来愈关注普通大众的现实困境；从功能上看，在后现代狂欢的娱乐消遣之后，它愈来愈回归现代性的思索，从情感角度宣泄大众生活中的痛苦，从现实生活角度探求一到两条解决问题的途径，以揭开伤痛并治愈伤痛为旨归。在这样的大环境下，黄蓓佳的小说更具备了大众文化传播的特质，符合当下大众高质量文化生活的需求，在儿童小说中，让大众体会每一个孩子都是美好的独立个体，帮助大众摆脱唯成绩论的窠臼，更在成人小说中，关注人们精神的困境，能够引发大众的共鸣，继而获得大众的认可。

四、文化产业中的美学元素

早在电影诞生不久，瓦尔特·本雅明便在《机械复制时代的艺术作品》中提出了著名的"技术复制文化"的观点。在技术复制文化的时代，文化工业一词应运而生，被阿多诺和霍克海默定义为可凭借现代科技手段大规模地复制、传播的工业体系。标准化或者要素化逐渐成为影视市场的生产或接受准则。进入21世纪以后，文化产业代替了文化工业，依旧强调可以大规模复制标准化要素。"富利西、米耶基与特莱伯雷等学者提出文化产业应该具有以下四项主要特征：有大额投资，有系列生产技术，以市场为目的，以及资本主导的生产组织形式。"[1]这些系列生产的以市场为目的的标准化要素，从美学层面来看，包括日常美学、治愈美学、暴力美学等。暴力美学从哲学领域中尼采的渎神，到政治领域的欧洲对外的大肆掠夺，再到艺术领域的性、血腥、死亡的暴力，反映在影视领域中，出现了大批量暴力美学的代表作品，如昆丁·达伦蒂诺的《低俗小说》《杀死比尔》；北野武的《花火》《大佬》等。暴力无疑成了影视市场中的一大要素，也是一大影视与文学共通的审美要素。

黄蓓佳风格转换之后，越来越冷静地对待小说创作，以零度情感观照主人公的悲欢离合，常常以死亡来打破或终结叙事流，以暴力美学打破原有生活状态，企图建立新的状态体系。《冬之旅》《没有名字的身体》《法式洋房》《爱某个人就让他自由》《爱情是脆弱的》《玫瑰灰的毛衣》《水边的阿蒂丽娜》等小说都以主人公的死亡终结爱情或婚姻。《午夜鸡尾酒》以吉小珂的死亡结束郑仁翮荒诞的婚姻状态，然后让他在新的城市建立新的生存状态。另外，黄蓓佳没有回避对性爱的描写，而且她的描写多可以划归为"性暴力"的范畴，比如《藤之舞》《逃遁》中惩罚性的夫妻性爱，《冬之旅》《仲夏夜》中对精神和肉体造成双重摧残的冲动性爱等。李泽厚先生说："暴力是文明社会的产婆。"[2]暴力打破原有的社会秩序，从历史层面来看，推动了历史的进步。先破而后才能立，正是暴力美学的意义

---

[1] 畅榕,左晶,王海兰.当代中国媒介文化研究:理论与实践[M].北京:知识产权出版社,2011:253.

[2] 李泽厚,马群林.李泽厚散文集[M].北京:世界图书出版有限公司,2018:286.

所在。

　　黄蓓佳借助死亡暴力甚至性暴力，探求人性的复杂，叩问命运的荒诞。如果把人性的复杂归为现代性叙事主旨，那么命运的荒诞则是后现代反生活流、反权威，甚至游戏化的思索及存在方式，即如荒诞派戏剧《等待戈多》"什么也没有发生，谁也没有来，谁也没有去"的后现代悲剧。黄蓓佳小说中那些突如其来，又仿若必然的死亡，正如《低俗小说》《杀死比尔》中的死亡一样，成为艺术符号中的命运仪式，以游戏化的暴力狂欢突破现代性的桎梏，与影视中的暴力美学同质同构。

结　语

　　相比于黄蓓佳蓬勃的创作生命力、庞大的作品数量和多样的创作领域，当下对其小说的影视改编数量较少，题材狭窄。而作家创作转型后的小说可读性强，贴近大众生活，人物塑造空间镜像化，运用多种与影视相通的美学元素，可供影视公司发掘和运用。大量的小说作品具有与影视联姻的可能性，也是影视公司市场与艺术协同追求的必要性所在。

（作者系宿迁学院副教授）

跟着王跃文的文字走

顾小平

　　床头放着王跃文的长篇小说《国画》。别人玩手机,我却捧着厚厚的一本长篇小说细读,乐在纸质的书中,跟着王跃文的文字起,被王跃文的文字牵着走。

　　读王跃文的文字,便明白了官场的游戏规则,了解了官场上的潜规则,知道了官场是"怎么回事了"。王跃文曾身在官场,他是因为自己爱写小说,很想写小说才离开了官场,从他的小说中能够阅读到官场上的人物心理、官场中"大官"与"小官"的关系、官场中人与人的关系。

　　王跃文的文字总是吸引着我,小说中的人物形象,心理刻画细、真,这与王跃文的生活是分不开的。生活的确是小说艺术创作的源泉,而且是唯一的源泉。王跃文对官场生活具有深刻的理解和反映,他的作品能打动人心的,主要还是作品中反映的生活和主人公的命运。

　　从王跃文的《国画》到《梅次故事》再到《苍黄》,我跟着王跃文的文字一路走来,作为官场之外的人懂得了官场的规则。说来真怪,当我再读其他官场小说时,就有了雷同感,好像千篇一律,缺乏了新鲜感。那些小说都是一批生存于政治舞台上的人物故事,情节相似,语言相似,甚至讲话、动作、服饰都很相似。

　　因此,又回过头来读王跃文的小说,读着读着,我渐渐地感到,王跃文的小说并不是所谓的"官场小说"。我不同意对他加上一顶"官场小说第一人"的桂冠,更不认为做官就必读王跃文的小说,好像他的小说成了"官场教科书"似的。我倒认为王跃文其实就是在写生活,他的作品应该是生活类的小说,只不过我们从王跃文的文字中更能了解官场,从他的小说中我们能读到王跃文对人们的生活怀着一种深沉的忧患意识,应该是说作者带着一种批判性的凌厉的笔对生活进行反思和反省。

其实,我们就不应该为某部小说或某位作者冠以什么情感、官场、反腐、间谍、生活等等头衔。《红楼梦》是属于生活类、情感类、青春类,还是属于揭示清朝政府腐败类,或者属于警示教育类呢?其实是仁者见仁,智者见智,你认为能从中学习了什么,对自己有用就行;你认为生活中有什么粗暴的、不文明的,能引以为戒也行。总之,读过一本小说之后,自己的收获、感悟是最重要的,何必在乎小说属哪一类呢?

这些年来,跟着王跃文的文字在跳动、行走,是一路风光,还是一路暗淡,没有答案。但是,我始终认为,作家是因为有了自己的作品而存在的,没有好的作品就没有好的作家,作家是活在读者中的。对读者负责,就是要了解读者想知道什么,需要什么。一本书就是一个答案,就是告诉人们如何去追求真理,把人们的思想引到较高的境界。

如果一个作家的作品没有生活底蕴,脱离了生活,脱离了实际,不管你是多么有名气,读者都会毫不留情地把你的文字甩到一边去,是不可能跟着你的文字走的,而会去寻找他们向往和需要的作品。那就是作家的悲哀了。

一部作品的风格和质量,读者一眼就可以看出来了,如果能从作者的文字里读到趣味,就会迫不及待地读下去,从中获取乐趣。

跟着文字走,是即兴的,兴尽了也就完了,不必往心上去矣。

(作者系中国作协会员,江苏省文艺评论家协会会员)

"喧嚣青春"的再度书写
——读李樯的"青春小说"札记

张博实

李樯新近出版的小说集《喧嚣日》，共收入了十二个"青春"故事。这些"青春小说"文本，无疑是对特定时代的青春情境、历程的凝视和深情回眸。在作品中，李樯将一代青年的"微小"人生作为主要关注点，深入他们的内心，呈现他们在历史转型期的情感、精神诉求和人性的肌理，作出朴素的、扎实的书写。看得出，李樯小说叙事的"出发地"，聚焦于青年的内心与世俗世界的龃龉与互动，致力于回望、挖掘、反省并重构一代人已逝的"青春"及其"原生状态"，探索变动不居时代的青年心理波动，情感与灵魂的纠葛。同时，竭力地思索社会高速发展的大背景下，生活的琐碎与重压给他们日常生活所带来的"错位"，心灵世界所发生的"异化"。这样的青春书写，让我们再度看到一代青年的激情、奋斗、盲点、困境和犹疑，因此，他们的心路历程，必将成为我们今天反思青春主题创作的新的参照系。

一

无疑，在20世纪90年代前后，中国经济和综合国力逐渐强大，社会各领域亦相应地发生根本性、结构性变革。人们在精神层面的应对、承载力都面临巨大考验。那时，人们的潜意识里总是潜隐着遵循惯性和传统的心理：只要现实尚能忍受，都不愿改变习惯已久的思维和生活方式。这种境遇下，社会的"惯性"与过快的时代剧变、改革的步伐所带来的"错位"与张力，必然会给生命个体带来强烈的不适感；相当一部分人的行为方式和思考维度，就会受到此"突变"现实的影响和冲击。社会在走向多元的过程中难免带着"众声喧哗"的吵闹与芜杂。李樯敏感地意识到并抓住"一代青年"初遇时代变革时的心理震荡和精神变化。就是说，收在这部《喧嚣日》中的小说，就是在既充满生机但却又十分纠结、矛盾的社会生活大背景下，呈现青年一代"喧嚣"的生存状态和精神景观。这种"不适感"和"异化"，在李樯一系列"青春"的故事中，得到生动而真实的书写。在这里，"青春"已成为这部小说的"关键词"和解读的切入点。作者用沉着、冷静且不乏哲理、隐喻的笔法，为我们展现了20世纪90年代青年的人生选择，他们的爱情、婚姻，生活状态与灵魂的自我冲突。这些刚刚步入社会、站在人生发展起点的青年，与当时"开始起飞"的中国社会一样，处于"躁动不安"的"青春期"，在失败中自省，在痛苦中成长，在挫折中发展。然而，李樯的叙事似乎"剑走偏锋"，他无意迎合或图解那个激流勇进的大时代的表象的喧嚣，更无意书写青年们所谓的"朝气"如何与社会的迅速发展产生"共鸣"，而是在作品中着力地呈现"青春期"的"异质性"动荡状态，真切地叙述青年在青春岁月的本然情境。小说直面他们在面对未来人生道路时的惶惑与虚幻感，思索在社会高速发展的大背景下，生活的压力给他们带来的心理挤压、"错位"和精神"异化"。

在短篇小说《喧嚣日》中，谢东民为了能够在大学毕业后留在乌城工作，起早贪黑、风尘仆仆地努力实习，渴望得到实习学校的认可而能将其留下。但事与愿违，他尝试许多用人单位，都无一遂愿。加之爱情的无果，追求对象的冷漠，更加剧他内心的不安、惶惑。与谢东民一样陷入内心困顿的还有翁小麦。她也因为现实的压力，被迫放弃心爱的艺术，而服从长辈们给她设计好的"安稳"工作；还有"时时刻刻都在看书"的余浩，考研受挫之后便精神失常，经常失眠甚至梦游。在这里，"青春"可谓是充满着"喧嚣"与躁动，甚至陷入空虚与失落。毕业"散伙饭"的觥筹交错与酒精的麻醉，无非是对人生迷惘的暂时遮掩。经济的高速发展与现代化战略的希望之火，显然和这些大学生的困惑心境，形成了某种"错位"。小说《柔软下来》也表达出这种意绪：

> 那几年还有好几件大事，比如香港、澳门先后回归祖国的怀抱，人与电脑"深蓝"下国际象棋，长江三峡截流成功，亚洲金融风暴等等。这些所谓大事儿的热度传播周期都会比较长，不像现在，再大的事儿最长不过一周，短

则一天半天也就过去了。恋爱中的谢东民并不关心这些,他倒是拉着李小艾去了一趟长江边,看看三峡截流后长江是不是干涸了,结果还是那样,江水依然滔滔。生活照常继续。①

作为历史潮流的一个分子,偌大的时代"风暴",对青春一代的直接影响似乎微乎其微。他们有自己的生活节奏和现实选择,所以,谢东民对同事们"一惊一乍"地谈论这些所谓"大事","懒得发表一句议论"。谢东民这个人物,在很大程度上代表着相当一部分人对世界的整体态度:唯有日常与世俗,才是他们自己存在的重心。可见,李樯所关注的面向,自然不是在作品中追踪宏大历史进程并进行"主流叙事",而是注重发掘每个生命个体在社会变动背景下琐屑的日常,探索来自每个"微小"个体内心深处的隐秘与困境。

二

在一定程度上,李樯的小说基本"延续"了 20 世纪 80 年代以来的叙事"传统"与惯性:注重对人的微妙情感、欲望以及人心深处的不可测方面,进行深入发掘。那时的小说叙述,特别注意在人的心理探索和描绘的维度上,即以人为中心,呈现、揭示人性的复杂性,刻意表现人的心理、人的情感和欲望、人的灵魂,开拓人的内在深层世界,勘察人性的隐秘和禁忌。或许,李樯感悟到太多 20 世纪 90 年代的青年在世俗生活中的诸多艰辛,切身感受到生活本身之"重",便竭力去发现生活的真实"本相","回到内心原点",书写世俗世界的偶然与无常,挖掘、重构那一代人已逝的青春想象与喧嚣记忆,探索变动不居时代青年的情感与内心波澜。这种思考,在中篇小说《十年灯》中得到形象的诠释。作品中的"我",高三时便突破了"禁忌",与班里的陈瑜确立恋爱关系。但"我"的"哥们"田奇更过分,竟还不顾"朋友妻不可欺"的"禁忌",不惜背叛和"我"的友情。更令人咋舌的,或出于巧合,或出于报复心理,"我"又与"哥们"的女友发生不当的来往。后来,主人公"我"又和一个职业"不正经"的女子,有了同居关系,还"郑重"地带到自己的朋友圈。短篇小说《大雪》,更是对所谓"伦理"与"惯例"的再一次挑战。

---

① 李樯.喧嚣日[M].南京:江苏凤凰文艺出版社,2020:4.

它讲述余浩与女同事许红萼之间暧昧不清的关系。关键是,余浩是在和武艺秋确立恋爱关系的情况下,还和许红萼暧昧不清。而许红萼的经历却更复杂:"大学毕业进入一家国营化工企业,跟一个老板同居两年,赚到一笔分手费,然后嫁人,嫁给了一个老实巴交很爱惜她的男人。"[1]许红萼作为一个"有夫之妇",居然不避讳和余浩的"越格交往";而余浩,对许红萼的这些"历史"毫不感兴趣,依旧按照自己的欲望轨迹与其往来。而对两性之间微妙心理变化的思索,在短篇小说《东民回过头》中展现无遗。翁小麦对谢东民前一夜的顺从与激情,到了第二天早晨就变成了反感与逃离。紧接着,翁小麦"无厘头"地提出和谢东民分手,不久后还当着前任的面,与其他男子表现出过于亲密的举止。小说的最后,翁小麦再次回到谢东民身边。即使在众多朋友的劝告和反对下,谢依旧对翁"照单全收"。如此剧烈的"起承转合",其中的"微妙",仿佛作家自己也难以用"理性"表达出其中的缘由。

  20世纪90年代前后的社会氛围,其实是很"保守"的。小说描述的这些行为,无疑都会被认为是令人震惊的"伤风败俗"之举,它突破了人们对"爱情"的基本认知。《星期五晚上干什么》里的人物,在周五晚上四处寻人约会,为的仅仅是弥补女友不在身边时的精神空虚。最后,竟然"无原则"地找到了前女友翁小麦。翁小麦也和以前一样,对一切都无所顾忌,依然将感情当作消遣青春和时间的儿戏。在《一张脸,两张脸》中,男主人公"我"——余浩在七八年后,与其在之前实习期认识的许红萼在路上偶遇。许当年青涩、纯情的一面几乎荡然无存,剩下的只有欲望的发泄与游戏"本我"的快意。当余浩回顾当年纯情的时光时,却被许红萼冠以"无聊"的标签,使得余浩很难将"现在"的"这张脸"和"七八年前的这张脸"对应起来。在《爱情是如此缥缈》中,"并没有正儿八经地爱过谢东民"的翁小麦,依旧和谢东民发生情感纠葛。在激情过后,剩下的仅仅是"无聊"和空虚,就像谢东民在小说中自述那样:

  "没错,我和翁小麦恋爱了四年。这不能说明什么,也不能沉淀出什么。我们的恋爱犹如一次短暂的旅行,有限的过程足以说明我们在一起的所有时间,就是那么回事……现在,对,就是现在,你得把翁小麦和我看成两个陌

---

[1] 李樯.喧嚣日[M].南京:江苏凤凰文艺出版社,2020:255.

生人。我们根本就不是一对情侣,我们互相不认识。记住了,这才是我们在那趟短程旅游中的身份和关系。"①

在此,"恋人"与"陌生人","恋爱四年"与"相互不认识",形成了"不协调"的感觉。对此"辩证"关系的"错位"叙写,正是作家面对这种青春、生命、人性的"骚动"时,不断探索人性、欲望的"突破口"。那的确是一个"喧嚣"的时代,青春的内在的精神"喧嚣",与特定历史时期的情境形成"辩证"的、撕裂式的存在,发掘人性在特定环境下的"曲张",构成李樯对"青春"别样的再度书写的聚焦点。在小说中表达有关"欲望"的隐喻,有关生命的真实状态,体现出作家回到人自身,开掘人自身所蕴藏的神奇世界,展示无限可能性的生命状态,接近人的种种"本质"的可能性。可以说,小说《十年灯》《大雪》《东民回过头》《星期五晚上干什么》《爱情是如此缥缈》等,可谓是对那个时代"禁忌"的探索和反思性文本。

从更深层次的意义上讲,李樯的小说引发着我们对生活和人性的本质进行再思考:在时间之流中,人生会充斥着各种偶然、突发性和诸多可能性。正是这种"偶然和不可知",往往构成事件的"关键节点或起始点"。在很多情况下,这种"关键节点或起始点"都处于突发、不可知的状态。因此,人生和生活并不是一定由必然性和规律性链条所组成。我们需要借助想象的方式,来感悟"无常性"对世俗世界的重要意义,建构一个能满足不同思维方式的个人经验,探寻这个世界的种种谜团。

三

可以说,文学文本成为复杂人生和人性的整体展示,作家要在灵魂深处发掘、发现更为复杂的因素,思考人的内在矛盾和困惑,探索人生、人性本身的奇观。那么,综观四十年来中国当代文学最大的突破点之一,就是文学表现中基本解决了人的表现问题,文学叙述进入了人性的深层结构,消解了以往的简单"粗暴"的"本质化"处理方式。就是说,文学必须要真正写出人性的深度,写出人性深层的矛盾,写出人性世界中潜意识的情感内容和诉求。而李樯的这些对人的

---

① 李樯.喧嚣日[M].南京:江苏凤凰文艺出版社,2020:177.

欲望、微妙内心的展现，也是对此潮流的某种回应和对话。

在这股带有"思想解放"的文学潮流中，李樯当然是有着自己的显著个性与独特的叙事方式，而不是简单地跟随着前辈探索者们的脚步。所以，我们不能武断、随意地将其归为"哪一类"或"哪一派"的小说，而要"微观"地审视李樯"怎么写"和"写什么"。他的叙述用不乏哲理且冷静的笔调，"开发"了属于他自己的人物系列——20世纪90年代青年的人生遭遇。他在叙述中摆脱、打破"宏大主题"先行的思维定式和叙述"套路"，既有鲜活的生活经验，又有哲学、美学的维度，使形而下和形而上获得默契和融洽。毕竟，写作是要运转"深度思维"，从"人学"的高度，以全新的写作方式，超越经验的局限，创造文学呈现世界和人性的新状态。同时，李樯还在叙述中回到他特定的地理和内化的记忆。"新街口""龙江""北京西路""鼓楼广场"等地标，不断出现在他的小说中，成为他讲述故事和人物坚实的着力点。因此，李樯的写作，是一种能够与我们的时代建立准确和深刻联系的写作，是"在地的文本"。这不仅体现在美学的风格和叙述方法上，更是内在的灵魂意蕴，它是历史的"在地性"，是文学的"贴地"。

那么，李樯是如何在他熟悉的地理空间内，处理"在地"的经验与虚构和意义的关系？这个场域内，又是如何"安放"这些人物和骚动的灵魂？"青春"的"喧嚣"，又如何揭示出生活的本质与真谛？在此，"形式"与"内容"或"怎么写"与"写什么"的辩证关系，又构成叙事的纠结。何平提出的"无聊的形式"，可能会为解读李樯的小说的"内容"，提供一个有效的切入视角。他认为："谈论李樯的小说，难以回避一个词：'无聊'。这个'无聊'，也许可以置换成'虚妄'。《喧嚣日》这部小说集里，李樯有意识地为主人公准备了各种'无聊的形式'。"[①]这个"无聊"，首先体现为这些小说以书写日常生活和世俗心态为主。如从青年生活的情感纠葛、遐想，到毕业后的无奈抉择，再到毕业成家、立业后的家长里短等。作者没有情节上的突进，没有惊心动魄的传奇故事，也没有"高大上"式的人物，没有波澜壮阔的宏伟图景，所展现的恰恰是生活的"原点"状态。在李樯看来，单纯地从"原初感受"出发，同时平静地细察世俗世界的每一个细节，才能真正把握住人性的本相与真实。我们会注意到，在这些小说中，有着截然不同的故事与不同的主人公的遭遇，但主人公却有着相同的姓名。如谢东民、翁小麦、余浩、李小艾等，

---

① 何平.虚妄,戛然而止的旅程或中年变法[N].文艺报,2020-12-14.

相同的姓名，却以不同的面貌和身份重复地出现在不同的小说里。显然，这是"无聊形式"的另一种表现。

可以说，从"内容"上的"无聊"到"形式"上的"无聊"，这两种"无聊"显然构成了一种微妙的呼应关系，使得小说更加散发出别样的魅力。李樯的小说富含着一种"隐喻"，一种对那一代特殊群体的"浓缩"式书写，表达出了作家对生活、对人生本相的独特思考，显示了一代人的青春史，表现出一代青年的激情、奋斗、迷茫、困惑和疼痛，以及他们面对现实的困境与人生的十字路口时的抉择。回到那篇《柔软下来》，我们深切地感受到，这部作品是对一代青年在社会转型、高速发展时期的生活史的"临摹"：男女主人公从恋爱到毕业，到结婚生子，再到为生计而四处奔波、甚至碰壁。谢东民和李小艾为了维持某种"平衡"，彼此"柔软下来"，努力体谅彼此的难处，最终使得这个家庭得到了最基本的维系，也仅仅是维系而已。崔灿和简如意夫妇，同样在面对生活之"痒"时，选择了彼此"坚硬"，使得家庭矛盾升级，最终导致了"妻离子散"的闹剧。还有《爬行游戏》，主人公在世俗家庭生活、个人过于膨胀的欲望和商业、资本社会的多重压力下，从身体的"异化"，演变为心理上的"畸形"，最终被送到精神病院。显然，很多青年没能与时代节奏相适应、相吻合，总是与环境发生摩擦和碰撞，更没有处理好此类窘境与矛盾的能力。这种境遇下，寄托于梦境和对乌托邦世界的美好想象，抑或是对人生苦楚的稀释与缓解。在小说《乌城在别处》中，我们再次看到余浩和李小艾作为情侣出现。就像莫尔寻找梦想中的"乌托邦"之域一样，他们也不断地去试图寻找一座根本不存在的地方——乌城，并对其赋予了美好的想象和期待。"李小艾说，你又没去过乌城，怎么会对它知道那么多，甚至太平洋舞厅和长青藤茶楼所在的街道都能说得出来。我说是梦，是梦让我到达乌城的。"[1]"乌城"，一个子虚乌有的地方，仅仅存在于想象与梦境之中，以此来盛放着青春的激情与虚无。尤其是余浩，他一次次地去追寻，当然"收获"到的，自是一次次的失望与幻灭。但我们也不能就此说，李樯的小说充满了"虚妄"与无奈。相反，他敢于直面、书写那一代青年的境遇，本身就是有勇气的表现；而且，他在小说《长安行》里，也流露出了作家对美好理想的追求与坚守。在小说中，小莹和一龙这对情侣，本来约定在长安见面，但因战乱等不可抗力而走散，后来她因为遵从父命和维持生计而被

---

[1] 李樯.喧嚣日[M].南京:江苏凤凰文艺出版社,2020:27.

追嫁人。但她初心不改，对此最明显的，就是她将后代的名字男的都带上"龙"字，女的带上"莹"字。女主人公的这份执着，至死不渝。但这种"固执"与坚守，也换来了后世的福缘。小说中的"我"，也在一次去长安的旅游中，认识了那位前辈小莹的后代——王小莹，并最终确立了恋爱关系。可见，此时的"青春"，显然在李樯的笔下又被赋予了"美好和理想"的内涵。小说最后的结局，不仅是对前世的一种补偿，也在一定意义上，寄予了作家对美好人生的向往，即通过小说情节的设计来"完成"他的"青春保卫战"。

总之，我们在阅读李樯的过程中，能深切地感受到他面对生活本相时的纠结内心、他对"青春"一词的多维度理解，体会到了对特定"青春"群体的独特经验叙述时所体现出的审美伦理。当然，这也是对既往青春的一次"自叙传"式的回顾。当然，如何处理这个群体的"集体记忆"和作家个人经验的辩证关系，如何叙写大时代进程中人与日常生活本身的复杂关系，如何通过文学叙事搜寻"另类"的人物个性，发掘被隐藏或淡忘的记忆，找回忽略或被遗忘的生活真相及其可能性，仍然是我们描述青春的一个难题。世纪之交以来的中国社会、历史和人性的变动不羁，都会在作家内心构成记忆的深度，唯有反抗遗忘，重拾可能被遗忘的人与事，才可能为历史和时代发掘出未完成的"手稿"。那么，在一个喧嚣的时代，坦然直面"错位"的人生中，青春何处安放？青春主题应该如何表达？李樯这些书写"青春"的小说，或许会为我们提供新的参照系、路径和可能性。

（作者系南京师范大学文学院讲师）

"对抗记忆浑浊的旧时之我"
——鲁敏的东台记忆与"东坝"叙事

高　兴

　　鲁敏说过:"我的乡村叙事,以20世纪80年代为背景,是乌托邦的,带有一点凄清的唯美色彩。东坝是我的老家,江苏东台的一个小说别称。这一批作品,我觉得很像是我少年经验的第一桶清洌之水,那与生俱来的胎记、童贞式的热切,在后来的写作中再也没有过了。"[①]在小说创作方面,鲁敏的"东坝"叙事颇受评论家称赞,孟繁华认为鲁敏的"浪漫主义"文学理想寄寓在她"虚构的东坝小镇上"[②];王彬彬指出:鲁敏的"东坝"系列小说包含"强烈的传奇性",作者对乡村生活的"观察与记忆"进行"细致的叙述",从而"使故事真正显出自身的美丽"[③];施战军称赞鲁敏"成功地为我们新创了一个人文意蕴丰盈的总主人公——东坝"[④]。

　　虽然研究者皆知鲁敏笔下的"东坝"是东台之代称,却极少有人结合东台地方文化特质来考察鲁敏的故乡记忆规律,故需对鲁敏的故乡记忆与"东坝"叙事之间的内在关系进行重点探究。

[①] 鲁敏.思无邪[M].成都:四川文艺出版社,2018.
[②] 孟繁华.历史、主体性与局限的魅力——评鲁敏的小说创作[J].扬子江评论,2008(1).
[③] 王彬彬.鲁敏小说论[J].文学评论,2009(3).
[④] 施战军.活文学之魅[M].长春:吉林出版集团有限责任公司,2009.

一、东台人性追怀与"东坝"诗意建构

鲁敏从"以市井生存及伪中产者苦闷为主题的小说"转向"东坝"系列小说的创作,是出于自我超越的文学自省意识:"凌晨的微光里,我忽然强烈地思念起我寂寞辽远的故乡,那么个令人心疼的小地方,我想到岁月的深处去寻找它……写东坝就是为反现实主义,就是为了建造我一个人的乌托邦。"[①]在构思"东坝乌托邦"之前,鲁敏对"人性中浑浊下沉的部分非常在意",常常用"刻薄与刺刀见红"的笔触揭露世人"如何失信,如何失德,如何失真",后来意识到这种写法仅仅展现了"人性之风景一种",在"善与恶"的人性对峙中,鲁敏决意"选择一轮暖暖之日"[②],借"东坝"系列小说创作来表达自己对人性奥旨更全面、更合理的认识。

鲁敏"喜欢临近人性的深渊,看那崎岖的风光"[③]。受此"野心"之驱动,鲁敏创作了《白围脖》《暗疾》《墙上的父亲》等一系列描写市民精神痛苦的小说,这类作品聚焦人性之痼疾,在窥视人间善恶的同时保持心智的独立和超脱;可是,对城市"暗疾"的直面审视也给鲁敏带来沉重的心理压抑。毕竟,审视丑恶者如果缺少深刻的美学理解,凝视深渊者若无坚强的道义支持,那么,其自身反而容易迷失于幽暗虚无的意识阴霾。在此情境下,早年的家乡生活记忆与善良人性体验因势转化为鲁敏创作的精神资源。她有感而发:"那来自苏北平原的贫瘠、圆通、谦卑、悲悯,那么弱小又那么宽大,如影随形,让我无法摆脱……每念及此,似有所悟,再经选择取舍、腹中春秋,便有了《纸醉》《颠倒的时光》《思无邪》等一批'东坝'系列小说,它们寄托了我心目中'温柔敦厚'的乡土情怀。"[④]在鲁敏的审美活动与文学实践中,源自东台生活记忆的"温柔敦厚"的乡土美学观念常驻于心,对她的人性感知和审美判断发挥了潜在的规约作用。

想当初,从故乡转入都市的鲁敏领略了"城市巨兽的强大意志",她觉得"城市是既压迫人性又锻淬人性的典型场域,散发出一种刺目之美,以及由此而生的对德行、对古典、对世故、对人伦的反叛和修正"。为平衡外部环境造成的精神冲

---

① 鲁敏.回忆的深渊[M].北京:昆仑出版社,2013.
② 鲁敏.我以虚妄为业[M].郑州:河南文艺出版社,2014.
③ 鲁敏.回忆的深渊[M].北京:昆仑出版社,2013.
④ 鲁敏.我以虚妄为业[M].郑州:河南文艺出版社,2014.

突,她从自我生命中扩增写作的心灵自由度:"写作总是这样,背负着个体生命越拉越长的记忆,同时又深深跋涉着脚下的浑浊河流。"①事实上,无论在都市叙事之前还是之后,故乡记忆始终萦绕在鲁敏的心头,正如她所言:"我与东坝的关系,注定便会是这样,我的肉身,虽饮食于都市、悲喜于都市,但我的魂灵,仍滞留在东坝、长夜不归,我要趴在她的泥土上,撷取那些微的温热,用来慰藉那许多与我一样,有着乡村记忆源头的同龄人。"②鲁敏对东台生活的回忆基于对乡村美好人性的追怀,它为作家审视外部现实提供健康良善的人性导向,因此,她所憧憬的"东坝"世界充满乡村"乌托邦"的诗意精神。检视这个特殊的审美空间,"人物都是那种没有精神'暗疾'的人,都是那种对他人充满善意的人,都是那种急公好义的人,都是那种极其通情达理的人"③。此种写作方式富含积极的人性意义。施战军提出:"欲"的"正当性"在20世纪80年代中后期的文坛便"开始昭示";至新世纪前后,"多数有关乡土想象的小说已经到了擅长写'欲'而无力写'爱'的程度"。相反,鲁敏的"东坝"叙事却自觉转向了"爱"和"善"之表达,她温情地讲述着美丽动人的乡村故事,使读者产生高雅深切的审美体验:"本真的善的绵力在正面点亮了温暖的灯盏。"④正如孟繁华所言,鲁敏的小说创作"在恶贯满盈、欲望横流的文学人物无处不在的时代"展现了"迷人的魅力",其"东坝"叙事所塑造的"具有浓重浪漫主义特征的文学人物"获得了"文学史的意义"⑤。

14岁便离开了东台的鲁敏,却以家乡记忆构建了"东坝"的"乌托邦"意境。不太丰富的乡土生活经验,可否保障她再现乡村图景的精准性?苏北小城的地方文化土壤,如何赋予鲁敏人性反思的深邃性?

首先,鲁敏从人性视阈而非社会、地理、经济、生产、人事等层面重构故乡记忆,人性问题无法依靠史料记载和统计数据作直接评析,因此,我们不能仅凭鲁敏作品描写的具体物象来评测其记忆的客观性与准确性。鲁敏十分清楚个人记忆的局限性,她认为文学旨在表现"一些最基本的人类体验",断言小说呈现的对

---

① 鲁敏.思无邪[M].成都:四川文艺出版社,2018.
② 鲁敏.我以虚妄为业[M].郑州:河南文艺出版社,2014.
③ 王彬彬.鲁敏小说论[J].文学评论,2009(3).
④ 施战军.活文学之魅[M].长春:吉林出版集团有限责任公司,2009.
⑤ 孟繁华.历史、主体性与局限的魅力——评鲁敏的小说创作[J].扬子江评论,2008(1).

象"重点落于人物,而非环境"①。鲁敏叙写故乡的主旨不在于准确地复现东台历史风物,也不在于精细地摹写东台社会环境,而是侧重于从故乡记忆中萃取美好的人性精华。虽说鲁敏在东台生活的时间跨度不长,我们却不能忽视其故乡记忆及其书写的文学意义,也不宜判定她的"东坝"叙事存在着"抽离复杂性、对人性进行提纯处理的简单化倾向"②。

其次,从东台地方文化传统来看,该地人文精神底蕴能够支撑鲁敏的人性理想。"东台自古以来,民风淳厚朴实,人民勤劳善良"③,时间在推移,而东台的优良风习却得以继承和保留,"解放后,助人为乐在社会上已逐步形成风气。一方有难,八方援助,一户有难,大家解囊献钱献物,屡见不鲜"④。这为鲁敏表述"东坝"之善奠定了人性基础。再者,鲁敏多次回归故里参加"庄重、真诚、恰如其分"的民间葬礼,重温家乡"仪式与风俗",感受东台民间文化"无尽的启示与美";她从家乡流传的礼乐台词里,体悟到东台民众"拥有同一个地域基因与时代基因"的人生模式:男性"是家里的守护力量、开拓者与主心骨",女性则"以吃苦耐劳、忍辱负重为特征"⑤。和谐融洽的家庭关系在鲁敏的"东坝"系列小说里亦属常见。作为一名东台籍小说家,鲁敏与她的同乡女作家们在文学风格方面不无共性,正如一位当地记者确认的那样:东台女作家的文字"或多或少地带有女性特有的柔美和细腻"⑥。

二、东台记忆之镜与"东坝"叙事之美

鲁敏谙熟人类记忆奥秘,她借小说叙事者之口阐明自己对记忆现象的理解,如小说《杯中物》有一段议论:"啊说到记忆,这可是个古怪的、有着自主选择性的玩意儿,分析大部分的记忆,……都经过势利大脑的挑三拣四,它替你决定各个

---

① 鲁敏.我以虚妄为业[M].郑州:河南文艺出版社,2014.
② 张莉.取景器的内与外——鲁敏论[A]//.鲁敏.镜中姐妹[M].西安:太白文艺出版社,2017.
③ 东台市地方志编纂委员会.东台市志[M].南京:江苏科学技术出版社,1994.
④ 东台市地方志编纂委员会.东台市志[M].南京:江苏科学技术出版社,1994.
⑤ 鲁敏.回忆的深渊[M].北京:昆仑出版社,2013.
⑥ 陈美林.在文字中雕镂优雅时光——探访东台文坛的女作家现象[N].东台日报,2011-08-22.

瞬间的怦然心动或麻木不仁……"①记忆研究者发现人脑的"适应性"即"神经元可塑性"是"我们能拥有记忆的根本原因",神经元相互联结而成的意义网络"随着我们经历的更新而改变"②。记忆的可塑性意味着记忆内容的易变性,鲁敏对遗忘深感忧虑:"我担心极了,将来我的记忆会不会也这么准确、可靠?如果不是,那么,我曾经熟识的、交往的、给生命带来欢愉的那些人或事,就又到哪里去了呢?因为,所有的情谊、交际、往事,记忆是唯一的证人与证词……"③这种焦虑心理转化为鲁敏记录人世沧桑的创作动力,她甘愿以终身写作来"对抗记忆浑浊的旧时之我"④。

鲁敏对抗遗忘的写作注定是一条荆棘之路,因为记忆是"不稳定的立脚点",它"本身就是动摇着、变化着的麻烦的替代物"⑤。然而,鲁敏从困难中看到意义,从孤独中取得超脱,遂致力于描摹无限延伸的记忆风景。在对抗遗忘的创作中,鲁敏配备了叙事技术的"助推器"⑥,外加"高倍的、夸张的乃至有些变形和癫狂的望远镜与取景器"⑦。当回忆的阀门开启后,遗忘、混淆与偏颇不期而至,为了勘探、检验和描绘记忆的视图,鲁敏努力寻求坚实稳固的精神支架,为自己的"望远镜""取景器""助推器"安装精密高效的"镜片"。

鲁敏找到了适合自己的记忆之镜:她"坐到了一面从苏北县城带来的镜子前",心中满怀着悲天悯人的乡愁乡思:"小县城里的悲欢、喜乐,似乎只有透过镜子去看,才觉察出分外的温良和哀愁。"⑧之所以将记忆镜头对准东台,是因为文学的想象与虚构"需要结结实实的现实作为底子与支撑"⑨,而故乡留有鲁敏"一

---

① 鲁敏.六人晚餐[M].北京:北京十月文艺出版社,2012.
② 茱莉亚·肖.记忆错觉:记忆如何影响了我们的感知、思维与心理[M].李辛,译.北京:北京联合出版公司,2017.
③ 鲁敏.回忆的深渊[M].北京:昆仑出版社,2013.
④ 鲁敏.我以虚妄为业[M].郑州:河南文艺出版社,2014.
⑤ 高木光太郎.证言的心理学:相信记忆、怀疑记忆[M].片成男,译.北京:中国政法大学出版社,2013年版,第21页.
⑥ 鲁敏.我以虚妄为业[M].郑州:河南文艺出版社,2014.
⑦ 鲁敏.我以虚妄为业[M].郑州:河南文艺出版社,2014.
⑧ 鲁敏.我以虚妄为业[M].郑州:河南文艺出版社,2014.
⑨ 鲁敏.我以虚妄为业[M].郑州:河南文艺出版社,2014.

切关于人世间的记忆"①,东台的生活体验成为她洞察美好人情的最佳窗口。利用这面心灵之镜,鲁敏获取了人性反思的现实样本:《风月剪》有她"幼时里关于裁缝铺的记忆"②,《燕子笺》有她童年回忆中的乡村教师和校园生活,《逝者的恩泽》有她重构的小镇生活志与人物情感史,《思无邪》有她临摹的村落生态纹理与农家关系图谱,《纸醉》有她回味的民间艺术风韵与平民情感格调,《离歌》有她追忆的农村丧葬仪式以及乡民的生死观念……正如鲁敏宣称的那样,那些小说"主角其实是'东坝'",她参照记忆中的乡亲面影来设置富有地方文化特质的人物形象。

一旦在小说"取景器"上安装东台"记忆"的探头,鲁敏的"东坝"叙事便绽放异彩。人类的童年回忆是"从经历的碎片开始的",在整合记忆"碎片"的心灵程序中,"我们的记忆依然取决于那些明亮的原始素材"③。记忆理论表明"嗅觉的记忆比其他类型的记忆更深地扎根于人们内心",特别是"气味提示的记忆"比其他感官记忆"更加情绪化,也更能勾起回忆"④。从鲁敏的人生记忆来看,14岁之前的故乡见闻难以支撑她对"东坝"环境的全景式、大规模描写,她便借助自己对东台印象中的"明亮"之物的散点透视与片段回忆,以特写的方式刻画"东坝"乡土生活形态。她对田间油菜(《燕子笺》)、大棚西瓜(《颠倒的时光》)乃至农户茅房(《思无邪》)的记忆与描写令人称道,王彬彬指出鲁敏"对于乡村物事的细腻精准的描绘"使"东坝"系列小说"散发着浓郁的乡土气息"⑤。鲁敏对感官记忆较为青睐,尤其重视嗅觉效能,其作品《颠倒的时光》《逝者的恩泽》《思无邪》均有善于感知和辨识气味的人物。总之,鲁敏的故乡记忆是"碎片"化的,她对东台生活的细节感知是高精度的,于是促成了她的"东坝"系列小说叙事策略:精心选择东台记忆中的闪光点完成意象组合,使叙事产生"格式塔"的美学效应。此类叙述在鲁敏小说中比比皆是,诸如:由"晨雾、小河坡、收割过的地面、生有青苔的井台、新堆的麦秆……"构成的"东坝"乡村景观(《第十一年》)⑥,由"鱼、田螺、泥鳅、鸭子、芦苇和竹、洗澡的水牛、小孩子扔下去的石子、冬天里的枯树、河里白白

---

①② 鲁敏.我以虚妄为业[M].郑州:河南文艺出版社,2014.
③④ 查尔斯·费尼霍.记忆碎片:我们如何构建自己的过去[M].王正林,译.北京:机械工业出版社,2017.
⑤ 王彬彬.鲁敏小说论[J].文学评论,2009(3).
⑥ 鲁敏.思无邪[M].成都:四川文艺出版社,2018.

的冰块儿"点缀的"东坝"水塘风光(《思无邪》)①,由"翻地、晒种、下肥、买崽猪、捉鸡苗……"等农事活动联结的"东坝"春季劳作图(《颠倒的时光》)②,等等。在回忆东台风物时,记忆对象的选择性使鲁敏灵活自如地拼缀意象、转接镜头,增强了"东坝"叙事的感性色彩和审美效果。

鲁敏的故乡记忆干预"东坝"叙事基调,有利于调控小说叙述节奏。鲁敏遥想东台之时,记忆对象的游移性以及记忆内容的模糊性,反而有助于她在讲述"东坝"故事的过程中找到"一个恰当的位置"。她的主体意识"与对象以及事件之间有一个'隔'",正是这种"隔"让小说"获得神秘独特的气氛",也为文本鉴赏添加了"故事之外溢出的审美趣味"③。小说《逝者的恩泽》塑造了一个嗅觉能力超强的男孩达吾的形象,他从"东坝"少女青青的身上闻到了"木桶、麻绳、竹竿、皂角、水草、豆子、灶火"的混合味道④。在这里,若干暗含相关性的乡村物象被小男孩的嗅觉所侦测,这一组生活意象经由小说叙事者的巧妙联络,既暗示"东坝"乡村姑娘的日常生活史,又间接反映作者对往昔东台生活的依稀回忆。这种叙述方式萌发了似真似幻的故事氛围,催生了朦胧含蓄的美学情调。由于东台生活场景在鲁敏的记忆中不断闪现和转换,导致叙述节奏顿然加快,譬如《纸醉》概述的"东坝"生活状态:"小元走了之后,便是秋天,便是冬天,便是农闲,是人们集中办事情的季节,订婚、出嫁、祝寿、盖屋、替老人做道场,等等,十分的热闹繁华。"⑤此种叙述话语造成的急速语义流,很容易在读者心中唤起世事流转、人生短促的情感反应。

三、东台回返之路与"东坝"民俗书写

鲁敏将文学"取景器"聚焦故乡东台,试图回返记忆的源头以探索人生形式的可能性。在构想"东坝"诗境之际,鲁敏启用了故乡文化记忆,从她对"东坝"民俗的精妙书写中,可以发掘东台地方文化元素的历史印记。

岁时民俗中含有"诸多社会人生、宗教信仰的意味,积淀了具有鲜明地域性

---

①②④⑤　鲁敏.思无邪[M].成都:四川文艺出版社,2018.
③　鲁敏.我以虚妄为业[M].郑州:河南文艺出版社,2014.

的民俗内容"①。鲁敏的岁时记忆相当深刻,她对亲人的怀念与节日记忆紧密关联。鲁敏的父亲生前在南京工作,每年回东台过年的父亲"整个正月"都被乡邻邀请,与村里的会计、赤脚医生、小学校长等"各方面的有头脸的人"一起"吃'春子'",他们"从初五吃到正月半,经常一天两顿"②。围绕父亲在东台的社交场景,鲁敏回忆的内容涉及多种民俗信息,可与她的小说叙事相对照。鲁敏的小说中也出现了会计、村长、小学校长(或教师)等人物形象,这些人物在乡村享有较高的声望和地位。就节庆风俗而论,鲁敏在小说里介绍了"东坝"的"忙年"习俗:每逢腊月二十以后,男人们筹备"鱼肉鲜货、对联与喜庆",女人们"则要蒸馒头、做糯米糕、做团子、炸肉丸子、熬花生糖",③各家门口张贴着"威风凛凛的武将门神"(《颠倒的时光》)④。鲁敏的"年俗"描写与其他东台文人的"春节"叙事颇为接近,如薛德华提及东台人在腊月里忙于"划米糕""做包馅",除夕之日"把尉迟恭、秦叔宝请上大门"⑤;周启汶谈到东台"家家户户划糕、舂粉、蒸包子"⑥的春节风俗,等等。鲁敏离乡多年,却依然记得一种名曰"请春卮"的东台年俗(她提到的"春子"应与成"春卮"),所谓"请春卮,吃的是春日佳肴,喝的是春色美酒,续的是春暖情谊,讲的是春天故事"⑦。鲁敏还在小说《思无邪》中描写"东坝"的端午节习俗,若无东台端午节的清晰记忆,很难写出真切生动的"东坝"端午节场景。

诞生礼、婚礼和葬礼等仪式是"社会民俗事象中的重要组成部分"⑧。通过鲁敏的叙述,读者得知:"东坝"的百姓"逢上四时节刻或者生辰婚庆"总要"吃得肚子圆圆",他们用锣鼓"弄得满耳朵嘈聒",并且"能贴能张处都要弄得花花绿绿"(《纸醉》)⑨;"东坝"的媒人携带"四样小礼"到女方家中登门拜访(《纸醉》)⑩。与诞生礼和婚礼相比,鲁敏对丧葬仪式的叙说更为详明。在故乡东台,鲁敏见证的丧葬礼仪包括"磕头""念悼词""鞠躬""绕场"等,以及民间乐手用"长号、圆号、鼓、锣、钵"奏响的曲调"宣告对故者的祝福与送行"⑪。她对农村丧葬风俗甚为熟悉,其作品含蕴丰富的丧葬文化知识。小说《思无邪》这样描述"东坝人"的丧礼:"花圈,要最大的,孝布,要最白最长,饭菜,要最讲究最高级,礼仪班

---

① 张士闪,耿波.中国艺术民俗学[M].济南:山东人民出版社,2008.
② 鲁敏.回忆的深渊[M].北京:昆仑出版社,2013.
③④⑨⑩⑪ 鲁敏.思无邪[M].成都:四川文艺出版社,2018.
⑤⑥⑦ 东台市档案局(馆).东台街巷风情[M].南京:江苏人民出版社,2016.
⑧ 钟敬文.民俗学概论[M].北京:高等教育出版社,2010.

子,要方圆最好的。"①《离歌》讲述了"东坝人"的丧葬程序:首先"悬挂门幡、设堂供奉,焚香化纸",再派人采购"白布、红布、黑布,各若干,别针,笔墨,黄纸红纸,白烛,大香,纸钱若干,草绳数丈"等物品,继而接受吊唁之人送来的礼金与纸钱,其后"找人搭席棚、找念经和尚、找做酒席的、找石匠刻碑、找风水先生、找吹打班子"等②。鲁敏在东台参加乡村葬礼时发觉"每一个仪式与风俗实在有着无尽的启示与美"③,这种奇妙的精神体验强化了她的生命意识和人生情怀。鲁敏对"东坝"丧葬民俗的描摹与渲染,标识了一个东台人的文化记忆与情感模式。

鲁敏叙写的"东坝"民俗也包括物质生产和生活民俗,还涉及民间艺术等民俗形态。回顾自己的创作历程,鲁敏曾说:"太美妙了,我喜欢一切带有专业气息的地方或东西,比如,豆腐坊,木匠的工具包,赤脚医生的盒箱,牛倌身上的味道,生产队会计的算盘,在少年人心目中,没有比那再有魔力的了。"④鲁敏对东台工匠民俗、饮食民俗以及民间艺术建立了持久可靠的记忆,其小说中的细节描写即为明证。《第十一年》里的崔木匠打造了"东坝特有"的"睡柜",它"比一般的床要高得多,下部做成大肚的柜子,可供装粮食,上面的盖子设计成合缝的暗把手,铺上被褥,便可以当床来睡人"⑤。据《东台市志》记载,旧时的东台农村确实"有一种睡柜,大都安置在堂屋一侧,柜上作睡铺,柜中储粮"⑥。饮食文化方面,鲁敏的《思无邪》《燕子笺》等小说多次谈到"陈皮酒",东台历史档案证实"陈皮酒是东台的地方特产"⑦。鲁敏小说里频频出现的"韭菜炒百叶"⑧或"百叶炒韭菜"⑨符合东台人爱食韭菜的烹饪习惯,"韭菜炒青螺"是东台百姓"请春卮"时"不可缺少"的一道菜⑩。民间艺术是"各种民俗活动的形象载体"⑪,鲁敏"对散落民间、自生自灭的手工,一直有兴趣"⑫,她的小说《纸醉》点明"东坝镇上有剪纸的传统"⑬,展现一位哑女的剪纸绝技。查《东台市志》可知:东台素有剪纸传统,昔日

---

①②⑤⑧⑨⑬　鲁敏.思无邪[M].成都:四川文艺出版社,2018.
③　鲁敏.回忆的深渊[M].北京:昆仑出版社,2013.
④⑫　鲁敏.我以虚妄为业[M].郑州:河南文艺出版社,2014.
⑥　东台市地方志编纂委员会.东台市志[M].南京:江苏科学技术出版社,1994.
⑦⑩　东台市档案局(馆).东台街巷风情[M].南京:江苏人民出版社,2016.
⑪　钟敬文.民俗学概论[M].北京:高等教育出版社,2010.

东台的"专业剪花样妇女"能剪出"各种花卉或动物图案"[①]。鲁敏对"东坝"民俗画卷的勾勒与点染,使她的小说焕发光彩照人的美学神韵;而她出神入化的小说叙事技法,让读者领略到民俗文化注入文学文本的无穷魅力。

四、结语:鲁敏"东坝"叙事的美学意义

鲁敏从"人性"视阈追踪记忆暗流隐藏的精神微光,为了寻求一种切肤刻骨的人性体验,她毅然潜返仅有 14 年生活史的海滨小城,将故乡"记忆"改造为创作的"取景器"和"透视镜",写出一幕幕如梦如幻的人间悲喜剧。

鲁敏的"东坝"叙事显现了一种精巧别致的"记忆"美学:沿着时间幻化的奔逝之水逆流而上,在浑浊的记忆长河中辨认曾经鲜活的故人面影,过往的生命镜像朦胧不清,却闪烁着熠熠的人性光华,由此生发了文学交流的无限美感,满足了读者面向人生可能性的诗意遐想。"文化记忆"理论奠基人之一、德国学者阿莱达·阿斯曼在考察莎士比亚诗歌中的"镜子"意象时发现:"镜子"成了"对于时间不停流逝的警告",并被赋予"象征性的表达生命无常的意义"[②]。阅读鲁敏的"东坝"系列小说,你有没有听到她的柔声细语:"你呢?你的那面镜子呢?它的记忆在哪里?"[③]

(作者系盐城师范学院教授)

---

① 东台市地方志编纂委员会.东台市志[M].南京:江苏科学技术出版社,1994.
② 阿莱达·阿斯曼著,潘璐译.回忆空间:文化记忆的形式和变迁[M].北京:北京大学出版社,2016.
③ 鲁敏.我以虚妄为业[M].郑州:河南文艺出版社,2014.

谱写新时代的芳华
——读张荣超、谢昕梅长篇小说《我是扶贫书记》

郭玉琴

古人云,不忘初心,方得始终。然而初心易得,始终难守。中国共产党经历了风风雨雨百年历史,正是吸取到了马上打江山易、马下守江山难的教训,所以中共中央总书记、国家主席、中央军委主席习近平才在庆祝中国共产党成立95周年大会上向全党郑重发出"不忘初心,继续前进"的伟大号召。所谓不忘初心,就是不忘中国共产党的来时路。中国共产党是靠发动群众、紧密联系群众、建立深厚的军民鱼水情取得革命的胜利的。所谓继续前进,就是继续牢记共产党要为人民服务的宗旨,在新时代继续抓住机遇,谱写建设祖国的主旋律,让人民过上幸福美满的好日子。作为一名党员兼新时代的文艺创作者,作家张荣超、谢昕梅写的长篇小说《我是扶贫书记》与以往我所读过的一些作家的长篇小说最大的不同就是,他们的小说故事有着鲜明的新时代特征,这部小说是一部扶贫工作者和基层作家双重身份亲历者的智慧结晶。作家站在新时代的社会现场塑造了年轻一代扶贫工作者生龙活虎的社会实践,弘扬真善美,传递真能量。

下面我想从小说主题、语言特色、人物形象和文章结构特点四个方面来谈这篇小说的印象。

一、小说主题

这篇小说塑造了新时代国家公职人员形象,叙写了新时代国家公职人员积极参与社会实践,不忘初心,牢记使命的博大情怀。小说仅仅围绕这一主题,通过李田野这个人物下乡搞扶贫工作展开故事情节。李田野是小说中的主要人物,他的身份是市委宣传部的一名中层干部,被市委选派到偏远的贫困村——湖湾村任扶贫书记。李田野这个小说人物的名字暗含着他是一个愿意亲近土地,亲近以土地赖以生存的人民的公职人员形象。他是公仆形象的代言人,也是践行者,他所做的事情一切都是从杜绝假大空开始,用实践见真知来落实扶贫政策的。他具有典型的新时代公仆形象特征,在他的身上,我们既看到了群众理想型的公仆形象,也寄托了新时代对公仆全心全意为人民服务的热切期望。湖湾村是一个虚构的地理象征意义的贫困小村子,它位于洪泽湖边,是水乡,世代以打鱼为生的人们住在这个地方,因为面临着地方村支委窝里斗、不作为的复杂人际关系而导致地方贫穷。人们生活质量低下,严重降低了生活的幸福感,而成为上面指定的扶贫对象。这是典型的困难村,困难户居多,困境重重。具体表现为村集体经济负债几十万,贫困人口居全县之首。然而李田野没有陷进"惯性"内斗不止的怪圈,而是用实际行动去践行党的"精准扶贫,精准脱贫"的政策,用绣花功夫去做好精准扶贫的每一件事。

短短的三年扶贫书记生涯,使李田野脱胎换骨,贫困村也一跃成为全省的精准扶贫典型示范村、生态文明村,李田野成为全体村民拥戴的扶贫书记。一千多个日日夜夜,三百多个贫困家庭,一百多个扶贫故事,在湖湾村这片贫瘠的土地上演绎着精彩的时代芳华。

为了突出"精准扶贫,精准脱贫",塑造新时代公仆形象的这个博大情怀主题,作家张荣超、谢昕梅在选材上采取典型故事、典型人物事例来集中鲜明地突出文章的中心。典型故事如李田野救助吴美丽丈夫和婆婆,为他们筹款看病,挽救一个濒临崩溃的家庭。典型人物事例如他为了解决困难户的困难,一次次跑去有关民政单位、投资公司,到省级领导跟前去争取扶贫计划名额,与这一系列单位形形色色的人打交道等。作家通过叙述李田野积极参与到"精准扶贫,精准脱贫"的每一个对象的具体帮扶中,描写他开展精准扶贫的每一个详细过程来表现出观点:中国共产党人造福老百姓是不忘使命、将人民的利益牢牢记在心上的体现,党和人民的鱼水情、民族复兴的神圣使命、对党忠诚的政治品质时刻在践行着。

二、语言特色

《我是扶贫书记》这篇小说是立足于乡土苏北地域写的，小说的虚构环境是洪泽湖边的湖湾村，因此作家的精神地理位置就是在苏北洪泽湖边上。这是一个作家内心世界构建重塑的理想型社会环境的展现，有着超脱生活、拔高生活的理想成分在里面，这种理想有着对现实的不满意，也有着对未来的充满信心。位于水乡苏北的洪泽湖边以打鱼为生的人们，有着独特的水乡民俗民情和谚语方言特色。作家在小说的语言叙述上紧紧抓住这个特色，让小说中的人们语言生动形象起来，从而让语言推动情节发展，让故事情节也变得精彩生动起来。例如李田野站在王四买的棋牌室里说："你们这些人，田里不去，打工不去，聚众赌博，有的还是贫困户，动不动就伸手要低保……"在阅读的过程中，我注意到作者运用语言时大胆地打破语言语法的常规，而改用方言口语来进行人物语言描写。如"田里不去"用书面语准确地表述应该是"不去田里"才对，"打工不去"也是前后倒置，但是这样叙述非但没有让读者觉得语法有毛病，反而显得语言更亲切、更形象、更活泼，有生活味道和生机活力，免去刻板的语言表达。

如果说方言口语化能让小说充满生活味的话，那么作者还是非常了解生活、了解水乡民俗和民间文化的生活通，从他们在小说中插入的一系列民谣、民歌的歌词可以看出，他们绝不是只会掉书袋的迂腐作家，而是非常有生活经验的老道作家。例如小说中写到荣戎这个孤儿长大成为主持人后，在一次随李田野夫人魏小雨一起到湖湾村来送文艺下乡活动中，宣布让观众欣赏节目快板《省委扶贫工作队到俺村》：

甲：省委有个扶贫队到俺村
乙：主动申请来俺村
甲：精准扶贫力度大
乙：联村共建开了花

从这些快板词里可以看出，作者是有基层工作经验的人。这些快板词不是临时发挥硬憋上来的，而是谙熟于心的、随手拈来的。就像一个歌唱家，随手写几句歌词一样,惬意而有趣。这里不仅有快板词,还有小品、相声的台词和歌词。在阅读小说时,你会惊叹于作者的涉猎广泛和多才多艺。正如一部《红楼梦》,道家看见道,佛家看见佛,美食家看见美食,情感专家发现爱情的真谛一样,《我是扶贫书记》也能让你看到除了政治主旋律一直在跳动,还有浓浓的乡情、乡音、乡土文化和民间人情生活。

　　人物语言对话在这本小说里也有特色:一是场景感很突出,二是人物立体感很强。人物性格可以通过语言对话表现出来,作者在小说中每写一个故事,都运用了大量的人物对话,当然也有部分是以叙述展开的。以人物对话为主,兼用人物故事情节发展上的叙述为辅,让我感觉场景感很强,每读完一段人物对话,就好像这个人物站在你面前说一件事一样。例如村大队书记周希望和妻子胡品红吵架时的一段,夫妻互相谩骂大打出手,拿对方出气,人物形象跃然纸上,还有对李田野在劝架的过程中的细节语言描写也体现了这一点。当人物形象性格可以通过语言对话来表现的时候,好的成功的语言描写就能使人物立体感强,就像你听到隔壁旅馆的人说话的声音就能大概猜出七八分这个人长什么样子。对周希望的妻子胡品红的语言描写能让读者看出这是一个泼辣又豪爽、心直口快的善良女人,对李田野妻子魏小雨和李田野之间的语言描写,又瞬间能看出魏小雨是一个优雅知性、政治觉悟高的知识女性。而对妇联主任段锦荷的一系列语言描写变化又能看出她的性格也发生了微妙的转变,由李田野初来乍到时的谨慎站队到后来的积极为湖湾村的孤儿策划谋出路,内心从冰封到热情似火都是通过语言行动来展现的,作者的高明之处就在于并没有明确直白地写出这个人物的剧烈变化,而是渗透式的转变,也侧面反映了李田野的精准扶贫工作深得人心,取得了拓展性的胜利。人物立体感强导致画面感直观,看小说像看一部电影,触摸到每一个人物跳动的心脏,从而与情节共振,与人物共悲喜,使得读者在阅读的过程中没有置身人物故事情节之外,而成了一个情感的参与者,调动了读者的感官积极性。

三、人物形象描写解析

　　小说虽然围绕"精准扶贫,精准脱贫"工作展开,以李田野这个主人公为主要人物形象,但是小说中出现的一系列贫困户人物形象、孤儿形象和村干部形象也很多,包括为了推动情节发展,增强小说的艺术效果而出现的陪衬型的人物配偶家属形象。刻画小说人物形象是为了突出人物性格,从而推动情节发展,突出故事主题和主旨。

对李田野的外貌描写并不多,但作家只是用很少的笔墨就勾勒出他是一个彬彬有礼的知识储备干部形象,很有点睛之笔的效果。例如作家在小说的第二页是这样让他出场的:"李田野是一个三十出头的小伙子,高高的个头,黝黑的皮肤,乌黑的短发,穿着平时锻炼时穿的运动服,说起话来慢条斯理,不急不慢,平时脸上总是带着微笑,在市委宣传部是个'闺女'形象。"从"闺女"形象就可以看出他斯文,彬彬有礼,是个儒雅的男人。三十出头,年龄告诉我们他是一个青年人、潜力股。个头高,皮肤黝黑,乌黑的短发,穿着运动服,这些描写都能让我们看出他是一个健康而有活力的青年人,颜值也不差。假如让我来选一个演员做李田野这个人物的话,那么这段描写就是一个非常清晰的选角标准。

李田野的行为动作描写也很精彩到位,小说的人物是紧贴着人物身份写的。李田野是一个受过高等教育并且有着很高政治觉悟的共产党员青年干部,因此他的行为动作都是有着和普通群众不一样的气场。例如小说中有一段这样描写道:"李田野哈哈大笑说,群众是真正的英雄,一切人间奇迹都来源于民众。"行文在前面交代,李田野是一个像"闺女"的知识青年干部,但是在这里哈哈大笑显然有性格爽朗的一面,这并不矛盾,通过分析读者就会发现,经过农村基层工作精准扶贫的锻炼,他已经是一个从儒雅的坐办公室的白面书生蜕变成一个和人民群众打成一片的党员基层干部,深入群众生活,得到群众的热情拥戴,这些使得他的工作开展顺利,也增加了他的自信和人格魅力。这一个细微的行为动作描写实际上是对李田野人格成熟和政治思想经验成熟起来的刻画。

为了塑造李田野这个一心为公的人民公仆形象,作者在环境描写和心理活动描写上也下足了功夫,例如在第六章故事讲述到李田野去出了车祸的大湖渔民周法之家的时候,开头是这样描写的:"立夏后的洪泽湖边波光泛白,野雁阵阵,阳光温暖地撒在湖面上,午后的村庄像昏睡的老人在阳光下打盹。"这一段环境描写既交代了人物再次出场的时间是在夏日,也侧面通过景物描写衬托出了一个没有生机,濒临崩溃的又一个困难户即将出现。"午后的村庄像昏睡的老人在阳光下打盹",一笔伏下周法之的生活将一落千丈。然后紧接着就交代:"李田野骑着他的飞鸽牌自行车正往渔民村急速地走去,刚进周法之的家门,就听两位老人轻声地抽泣。"周法之的儿子出车祸死了,儿媳妇拿着赔偿款跑了,扔下孤儿老人,往后的日子可想而知。"李田野急速地走去",这一句描写不仅仅是对人物的动作速度作出描写,也是暗指他的内心是非常焦急的,救人如救火一样,又一个精准扶贫对象即将出现,急需要商讨对策解决。

小说人物虽然多,但是在注意详略得当的同时,作者没有放过任何一个泛泛而谈的对象,众多人物形象都显得栩栩如生。耿直的大队书记周希望,踢皮球的村委干部钟会计,热衷窝里斗的刘秋实,还有项目负责人吕珍珠、颜院长,医生马致远、魏小鱼、荣戎,等等,这些人物出场次数不多,但是个个都有独特的个性,即使是配角,也是能在故事情节的进程里给人留下深刻印象的人。

好的人物形象必须是在人物里找故事,然后才在故事里产生人物。也就是说,一个什么样的人,会在他身上发生什么样的故事,这个作家在动笔之前必须心里有谱,而不是准备讲一个故事,然后才想起要安置一个什么样的人物进来。作者在塑造人物形象上取得如此成功的效果,显然是深谙这个道理的。

四、文章结构

《我是扶贫书记》这部长篇小说一共有三十二个章,每章既做到了独立成篇,也做到了首位相连。拆开来是一个故事完整的情节,合起来又是一个整体。小说情节发展的节奏也很紧凑,紧锣密鼓,让读者读了欲罢不能,不敢开小差。这得益于他的运笔直接采取了单刀直入、开门见山的手法。小说开篇就以人物对话展开,"你凭什么抓我麻将?你是公安吗?"王四买的话像刀子一样直捅进李田野的心里。"李田野站在王四买的棋牌室里嚷道:'凭什么抓你麻将?你们这些人田里不去,打工不去,聚众赌博,有的还是贫困户,动不动就伸手要低保……'"小说情节靠对话展开,但是对话一开场就将矛盾冲突表现出来,语言带有暴力的火药味,从而让读者充满了好奇心,恨不得一目十行地读下去,寻找到矛盾的原因出自哪里。显然,作者是很会掉读者胃口、引鱼上钩的老道作家,阅读文本的时候,我就是这样一口气看完整个故事的。

人物矛盾通过对话展开,人物关系通过矛盾冲突不断理清来龙去脉,作家用人物出场的矛盾冲突对话顺理成章地带出湖湾村村委会是一个窝里斗的班子。干部不作为,是导致湖湾村这些年迟迟不能脱贫的主要原因,这也为李田野这个人物开展工作着重从两条线索出发铺开情节和悬念：一条他要面临政治考验，调整治理好班子，处理好干部之间的内部矛盾；另一条他要为精准扶贫落实具体情况，绝不错过一个贫困户。精准扶贫是精准脱贫的前提保证，不准一个贫困户调队才能取得绝对性的胜利，从而完成党交给他的任务。

这是一部贴着新时代政治主旋律写的一部政治题材小说，它的主题是讴歌人民公仆为人民的博大情怀，传播正能量。因此小说含有很多的正能量元素和新时代社会才有的元素。例如小说中的人物李田野在遇到医生拒绝他送过去的贫困户住院治疗时，他是这样说的："我是湖湾村扶贫书记，中央提出精准扶贫，精准脱贫，这是件大事，精准其实就是具体到人，具体到事，这娘儿俩就是因为没有钱才在家等死。"小说出现的中央精准扶贫政策与现实生活中中央提出的不忘初心，牢记使命，实现中华民族伟大复兴梦是一脉相承的。李田野的大学同学马致远为吴美丽的丈夫免费做跨市心脏手术，发动医院职工捐款；荣戎是个孤儿，大学毕业后自觉留在家乡从事孤儿公益事业；周希望夫妻俩包养鱼塘发了财捐助爱心慈善之家；周法之的老婆胡翠花自觉到爱心孤儿院给孤儿当爱心妈妈，照顾孤儿的起居饮食，在孤儿身上获得了快乐，找回了笑容。这些一个个充满正能量的人物故事彰显的是人人都献出一点爱，世界将变成美好的人间的社会美好的一面。也许我们做的还不够，社会总有让读者不满意的地方，但是文学通过重塑一个美好的人际关系、社会环境，让我们重新对这个世界将会变得更加美好充满信心，点燃了我们内心的热情。

作者在谋篇布局上既注重结构上的调整，也注重技巧表达的效果。他们没有采用一贯的传统表达方法讲述故事，而是不断变换手法和章节风格，这些都是紧贴时代新元素的体现。例如小说采用书信的方式写了周法之的儿媳许仙离家出走的心灵困境。许仙是一个年轻的农村妇女，当她丈夫出车祸去世后，她狠心地抛弃了两个孩子和公公婆婆，带着赔偿款逃跑了。但是她的逃跑是纠结的，她的良心是有愧的。作者用一封许仙的出走留书交代了人物的内心挣扎，字里行间透出悲悯。留书的内容是："李书记：我知你是天下最好最好的一个人，我丈夫周秉文死亡这个事故多亏你帮忙，非常感谢你！我一个不到四十岁的女人，守不了这个寡，但又舍不得两个苦命的孩子，想托付给你，我将去一个遥远的地方，那个没有人知道我是寡妇的地方，重新开始我的生活。请理解我的自私和无奈。许仙在这给你磕头！两个孩子只需要让他读书成人，但千万别让他们再去打工，走他们父亲的老路！跪求你。许仙。"

李田野看到这封信，有一段心理描写："心里像被针左一边右一边地深深地扎了进去，心里咒骂着许仙，这个负心的女人，但又转回想，30多岁的女人可能在这守寡带孩子吗？两位可怜的老人，两个可怜的孩子，他们围着李田野在哭泣，梦里，李田野不停地咒骂着许仙。"对于李田野看完信这段心理活动的描写，其实是作家本着悲天悯人、宽容待人的处世观点立场写下的。许仙固然是一个可恨的女人，但是有一种人是叫人想恨又恨不起来的人，许仙就是这样的一个女性人物形象，她可恨，可是她的遭遇也很可怜，遭人同情，要怪也只能怪命运不公，运程不济，何必去责难一个可怜孤苦的女人。结局虽然很坏，但是没有人愿意看到这个结局。

小说中出现数次不同人物的书信对话，同时还有李田野和魏小雨这对夫妻之间的妙不可言的手机微信对话。微信对话是现代小说中才有的新元素，在小说中出现这样的对话，不但起到了简洁对话、迅速进入主题的情节中的作用，还有一个好处，就是让我们在微信对话中看到文字语言与口语对话的不同之处。魏小雨和李田野的微信对话，看似家长里短，实际上有着对精准扶贫走向的实际掌控力量。情意绵绵的对话是夫妻之间的小调情、小暧昧、小儿女闺房情调，在情意绵绵的背后，魏小雨成了间接出谋划策的参与者、旁观者，也成了推动者。工作与休闲之间的思维切换，扶贫工作的进展，家庭事业忠孝不能两全都在这紧凑的微信一来一回的对话中得以展现。缩短流程，精简到位，作者在写法上大胆创新，不按常理出牌。

阅读的过程中，我还发现这篇小说加入了法律元素。作者在写到周希望包养鱼塘发财遭到村子里的村民们嫉恨，故意有人借此挑出事端要集体攻击他的时候，借李田野这个扶贫书记疏导民愤的时机，引出给村民上一节法律政治课的事件。普法意识的增强，不但会减少许多不必要的流血事件发生，还会规范人们的行为准则，让人们做到有法可依、违法必究，不再盲目随大流、受人愚弄。李田野组织法律工作者下乡给湖湾村的百姓免费上普法知识课，其实也暗含了我国法律意识在基层依然还很单薄的问题。这也许是作家在基层工作中产生的担忧和困扰的体现。

《我是扶贫书记》这部长篇小说总体来说是写得非常成功的，但是有一点还是不够理想，就是在人物对话中，对于语言的描写，偶尔会出现太艺术化的情况。

这让我想起旅美华人作家严歌苓在一次谈写作中说到的一句话："要像生活中听人物讲话一样写小说人物对话。"而《我是扶贫书记》里偶尔会出现太文学性的语言,譬如李田野鼓励一个孤儿时说的话带有零星的书面语,此处我就不举例说了。

（作者系江苏省作家协会会员）

盐城籍作家乡土小说中的水乡文化因素及其价值估衡
——以曹文轩、李有干、曹文芳作品为例

周银银

地处里下河区域的盐城水乡文化培育出了以李有干、曹文轩、曹文芳为代表的作家群。他们出生在盐城西乡,这里是有名的锅底洼,沟河纵横,水网密布,湖荡湿地多,芦苇荡是其鲜明的地理标志[①]。作家们将水乡文化熔铸到作品中,使作品形成了平和冲淡、宽厚从容、刚柔并济的文化品格,展现出更真实生动的乡村世界,也有利于突显本土文化记忆、传播地方文化形象并传承地方民俗文化。

一、盐城籍作家乡土小说中的水乡记忆符码投影

(一) 地域实指性与鲜明的地理感

盐城味道和西乡气息如何投射在曹文轩、李有干、曹文芳等作家的作品中呢?首先是作品中呈现的鲜明的地理感和对盐城水乡特别是西乡自然特征的精准把握。这种地理感可从带有地域实指性的地名看出,如串场河、蔷薇河、芦荡村等。除了地名的使用,敏锐的地理感更大程度上取决于他们对盐城水乡地理特点和自然物象的描绘上。

盐城河流纵横,水网密布,昭示出豁然的水乡特色和平原风景。作家们捕捉

[①] 宋本竟.水乡芦苇荡[J].江苏地方志,2019(3):23-25.

到了这种"特有的水系氛围和特有的景色"①，因此，他们以"水乡"为空间，不遗余力地描摹这方水土上的自然物象、生态图景和人文情怀。比如，在李有干的《大芦荡》《蔷薇河》中，一眼望去的是芦荡、水沟、水村、水田、海滩、风车、帆船等自然风景。对曹文轩来说，"我的空间里到处流淌着水"②，那些随处可见的河流、鸭群、水牛、船只、荷叶、鱼虾、芦苇、稻花、茅草在"水"的摇曳多姿中将水乡大地的故事娓娓道来。

在星罗棋布的水网世界中，河流成为绝美的风景，也在流动与干涸中化作故事发展的助推器。李有干的《大芦荡》就以河流为依托，诉说了芦荡村在二十世纪三四十年代的苦难历程。曹文芳的《香蒲草》以季节轮转为经，以河流为纬，奏响了河岸边小儿女成长的组曲。曹文轩从小在水世界里畅游，河流作为他生命中的风景，也化作他小说的背景及情感抒发的载体。《青铜葵花》中青铜与葵花在大河边相遇，从而开启了大苦难、大美与至爱共存的旅程。《细米》中的梅纹正是乘着白帆从大河上飘来，以其温柔和坚韧给乡野少年细米带来了心灵的震颤。河流承载着乡野村民的苦难，也诉说着成长沿途的秘密，更担负着水乡大地的大爱。

除了对河流表现出兴趣，作家们还对农田里的风车情有独钟。风车是盐城水乡特别是西乡记忆的标志性符码，二十世纪"五十年代前后，县境串场河以西，到处可以看到似如灯式转动的八篷风车。"③李有干、曹文轩、曹文芳等作家都曾对童年生活中的风车进行过刻画。比如，《大芦荡》里那部"八根桅子的风车"就在穷凶险恶的锅巴滩成为兄弟俩排遣孤寂的伙伴。《草房子》里从江南而来的细马也喜欢"看风车在野风里发狂似的旋转"，风车和羊群编织着少年细马的梦境与远方。《香蒲草》中也提及小女孩从风车上摔落后又恢复说话能力的奇事。水乡农耕生活中的风车伴随着水田、麦浪、稻花一起成为作家们争相书写的意象绝非偶然，这既是作家们对故园记忆和童年经验的回眸，也隐含着在工业化进程中他们对自然农耕文明的留恋。某种程度上，风车具有自然之美和传统乡村文化精神的魅力。在盐城水乡文化下渐染成长的作家普遍崇尚自然，怀揣"根性"意

---

① 吴志宾,姜桦.花香鹤影[M].北京:中国文史出版社,2008:174.
② 曹文轩.因水而生——关于我的创作[J].中国文学批评,2018(2):76-78.
③ 盐城市郊区地方志编纂委员会.盐城县志[M].南京:江苏人民出版社,1993:162.

识和家园意识,而记忆中的风车也成为他们回望故乡及亲近家园的传感器。

　　河流孕育了如诗如画的风景,但水灾和旱灾也给水乡人民带来了苦难和创伤性记忆。这是由其自然环境与地理位置决定的,"盐阜地区处于淮河尾闾,洪泽湖下端,北、西、南三面地势较高,成簸箕形。每当洪涝之年,三面高水压境,一面海潮顶托,涨水快、落水慢,动辄浊浪滔滔。而大旱之年,上游节节拦截,下游要水无水,导致赤地千里,良田龟裂,禾苗枯萎。"[1]除了水灾和旱灾,风暴、船难、饥荒及火灾也频频发生。比如在《大芦荡》中,芦荡乡民先面临旱灾,而后又遭遇水灾,随之而来的饥荒更是令乡民人心惶惶。《香蒲草》中一场台风刮了三天三夜。《青铜葵花》中的水灾与蝗灾也将大麦地围困住。作家们在作品中屡次提及灾难性事件,既是作为历史的见证者和记录者,用文字来刻画水乡大地在命途多舛的路途中碾出的历史辙印,也是表达个体对故乡的爱意。此外,他们更希望人们在创伤性的公共记忆和疼痛的文字中体察盐阜子弟与自然抗争的力量,激起其内心的悲悯精神。在"生"的坚强中,他们以文字描绘水乡,于历史和灾难的铭记中观照今天的幸福生活。

(二) 盐城水乡文化中民风民俗的展示

　　曹文轩、李有干、曹文芳等作家都热衷于展示故乡民俗,通过作品彰显出典型的水乡气象。作为地方历史的活化石,民俗在某种程度上彰显着作家们对集体文化身份的认同感和归属感。正如曹文轩所说,"我虽然生活在都市,但那个空间却永恒地留存在了我的记忆中。"[2]无论是地理学意义上的故园空间,还是精神学层面的乡愁意识,对民俗的演绎都成为他们展览水乡文化记忆、传承盐阜文化传统、打捞民间文化遗珠、激活水乡精神密码的绝佳方式。《大芦荡》以风云庵为核心,描绘了放焰口、土葬等习俗,投射水乡的烟火气息和世俗人生。作品通过描写外婆,细致描摹了做"房子"的过程和守"房子"的艰难,借此习俗来透视西乡人虔诚的精神世界。作品又以莲子姐为代表,生动展示了水乡的嫁娶习俗,诉说着莲子姐的苦尽甘来。《蔷薇河》描绘了送灶、伴坟、点天灯等习俗,以此表达作家对城市化进程中乡村文化精神消逝的忧心。曹文轩在《草房子》《红瓦》中也提及封丁、剪辫、新娘子船等民俗,借此来彰显怀乡者的乡愁记忆。可以说,曹

---

[1] 还学东.治水五十载沧桑换新颜[J].江苏水利,1999(10):10-11.
[2] 曹文轩.曹文轩论儿童文学[M].北京:海豚出版社,2014.

文轩、李有干、曹文芳等作家在对婚丧嫁娶、信仰敬神、娱乐节庆等民俗的描绘中既为我们打开了多姿多彩的水乡图卷,也传递出了烟火大地上人们的生活态度、生存模式和文化精神。

二、盐城籍作家乡土小说中的水乡文化精神探寻

(一)苦难意识与坚毅品质

翻开历史篇章,对盐城水乡人民而言,苦难似乎是一种在劫难逃的宿命,"想起盐城这两个字,就觉出一种咸味,感觉出一种苦难。"[①]但是,盐城人在苦难中磨砺出了坚韧的意志。在这片土地上成长起来的作家目睹了人们步履维艰的生活,并将其落于笔下,这是他们对苦难的自觉表达。经由这种表达,他们凸显着自己的乡土情怀和悲悯意识,也展示了乡土中国在崎岖进程中的凝重与悲壮。透过里下河文学传统中一代代作家苦难叙事的赓续与变异,我们推演个体的生命情状,解锁他们的心灵密码,不难发现水乡人民的宽厚与淳朴、柔韧与坚毅,昭示出苦难困局下生命的恒长和丰盈。

对老一辈作家而言,他们书写的往往是生存的艰难,而年轻一代的作家更关注精神的困境,正所谓"苦难几乎是永恒的。每一个时代,有每一个时代的痛苦。"[②]关键是作家们如何思考苦难,不同时代的人们怎样抵抗苦难。这才是盐城水乡文化精神的根底。李有干说:"因为苦难,所以坚忍。"[③]这种坚忍是水乡大地的人们面对天灾人祸一以贯之的态度。因此,小说中的人物无论是面对生存困顿还是精神窘境,他们都凭借决绝的坚忍去敲开苦难的坚冰,这既是里下河文学传统的延续,也是"水"赋予他们的智慧——随物赋形、刚柔并济。

一方面,他们凭借执著和坚毅的姿态来迎战苦难,在困顿的生活中寻找喘息机会,这也是里下河文学传统中"强者修辞"的彰显。比如在《大芦荡》中,为了在夹缝里求生存,富子哥和"我"去锅巴滩开垦。即使经过了夜以继日的浇灌,它仍是蛮荒之地,富子哥此时只是"厚厚的唇磨了几磨,却没发出声音来。"他以惊人

---

① 李锦.盐阜家谱上[M].济南:黄河出版社,2008:32.
② 曹文轩.青铜葵花[M].南京:江苏少年儿童出版社,2005.
③ 李有干.水路茫茫[M].南昌:二十一世纪出版社,2017.

的毅力消化着精神的痛苦,以至于从他身上我们看到了沉默少年在苦难中的悲壮与豪情。执著、坚忍以及农民的智慧也在父亲身上体现得淋漓尽致。留在芦苇荡,无论是种稻、种豆还是种麦,在暴风雨的击打中,父亲都屹立如山。走出芦苇荡,不管是面对汉奸时缴枪的胆量,还是去浙江深山伐木征服高山大江的勇气,抑或是从二鬼子眼皮底下夺路而逃的机敏,无一不在诉说着父亲生命力的强悍。面对苦难,他们坚信"活着不是为了痛苦"。这是一种顽强的生存哲学,他们以实在的行动去对抗生命的风浪,而在与苦难抗争的过程中我们似乎听到了大河的浪花和历史的波涛去拍打生命之岸发出的决绝回响,也看到芦苇荡打开了理想的洞口,展现出现实的光亮。

除了以生命强力来接受苦难和对抗苦难,盐城水乡人在受到精神创伤时也会选择激进的方式。比如《大芦荡》里的外婆以绝食的方式赴死,只为住上自己的"房子"。《草房子》里的陆鹤在参加会操比赛时摘掉帽子,以此报复人们对他身体的戏谑。细马同样是在斗殴中以"获胜"的手段来捍卫"闯入者"的领地。这些人物无疑都是用极端方式来掩盖心灵创伤。当然,这种对抗缺少了向生和向善的力量,并非是带着真正自由、文明的反叛。作者对这种方式也不认可,比如《大芦荡》里的外婆在抗争后也只能住进芦席筒子;陆鹤并未品尝到报复的快感,收到的是众人的漠视;细马的强悍引来的是同伴的疏离。因此,和莫言、余华等呼唤人性深处原始生命强力的作家不同,盐城水乡作家们更认可"水"的细腻、从容和宽厚,他们始终相信河水激荡下的"盐城是厚道的,宽容的"[①],所以,他们不致力于刻画"恶",而是"更倾向于以善与美唤起这个人的良知"[②]。

面对苦难,肩扛"善"与"美"大旗的水乡作家还希望人们在正视苦难、尝试与苦难结伴而行的同时能形成"面对苦难时的那种处变不惊的优雅风度"[③]。这种优雅的风度能让人们消解甚至超越苦难,将苦难升华为诗意的生命姿态。比如将苦难写到极致的《青铜葵花》即书写了孩子们对苦难的诗性超越:葵花"借光"碰壁后只能借月光做作业。此时,青铜用萤火虫做了十盏南瓜花灯——这是大麦地最亮、最美丽的灯。为了让葵花表演时能锦上添花,青铜竟制作了一串冰项

---

① 李有干.水路茫茫[M].南昌:二十一世纪出版社,2017.
② 曹文轩.序[M]//李有干.蔷薇河.南京:江苏凤凰少年儿童出版社,2018.
③ 曹文轩.青铜葵花[M].南京:江苏少年儿童出版社,2005.

链,震住了所有人。无论是文中呈现的诗意片段还是兄妹俩儿时欢乐剪影的打捞,都能为处于苦难和伤怀中的人们带来安慰,也让孩子们感受到自然的馈赠。作者在苦难与温馨共存的书写中让读者重新咂摸苦难的生命况味,"我们要成长,就不能不与这些苦难结伴而行,就像美丽的宝石必经熔岩的冶炼和物质的爆炸一样。"①苦难有时并非洪水猛兽,如果能正视它,也许能真正超越苦难。

（二）河流情结与"拥抱生活"的姿态

"水"是盐城水乡尤其是西乡的灵魂,在"水"的淘洗中长大,作家们小说中的人物与故事都与水或河流相关。正所谓,"河流不仅是风景,甚至是那些人物的灵魂、心态与生存方式。"②那么,作家们在河流的流淌中讲述了个体成长、历史浮沉、时代发展中的哪些秘密？水乡文化中的河流情结建构了人们的何种文化精神,怎样影响了作家们的美学意识、性格气质、情感立场以及处理题材的方式？

作家笔下的河流充满灵性和秘密,他们对河流带着敬畏之意。回溯中国现当代文学,河流是常见意象。在《边城》《河岸》《额尔古纳河右岸》《北方的河》《北上》中,河流常带有地域实指性,但并非简单的地理空间,而是内含丰富的文化隐喻,在"根""家园""故乡"层面建构起自身的历史文脉与精神图谱。作为公共空间,河流在伴随人们日常生活的过程中也成为见证中国社会变迁、观照世人爱恨情仇的窗口。在苏童看来,"对河流的观察事实上是对整个社会甚至是生命的观察。"③当然,在极端化的历史年代,河与岸,上、中、下游的分野也昭示出严格的等级秩序,凸显了身份、权力、话语的对抗,这是它作为社会空间的表征意义。在盐城作家笔下,河流并非磅礴宽阔,也非波诡云谲,而是呈现细腻、宽厚、节制的特征,这种特征影响着作家的题材选择和情感立场。与张承志、苏童等作家不同,他们并不致力于借河流书写恢宏的历史史诗,而是在河流的顺流与逆流中聚焦日常生活点滴,楔入水乡世界里的恩怨纠葛,表达他们对苦难、土地、乡愁、寻找等母题的看法,流露出浓厚的河流情结。

在李有干、曹文轩等作家笔下,河流首先是苏北风情的象征,它带给人苦难,但也哺育了乡野之子。《蔷薇河》里河流虽让爷爷奶奶多次深陷险境,但它的恩

---

① 曹文轩.青铜葵花[M].南京:江苏少年儿童出版社,2005.
② 曹文轩.序[M]//李有干.大芦荡.南昌:二十一世纪出版社集团,2017:10.
③ 范宁,苏童.苏童:发现被遮蔽的命运[J].长江文艺,2013(6):96-105.

赐也让一家人度过了艰难的岁月,尤其是河流馈赠的红珍珠成了爷爷永不磨灭的信仰。除了对成人的哺育,河流还给儿童留下了童年的诗意,《香蒲草》《大芦荡》《草房子》中的河流、白帆、木船反复出现,给孩子们编织了恬静的画卷。除了对苦难和童年母题的表达,作家还借河流传递出了对农耕文明和工业文明的看法。河流见证着个人的成长、村庄的兴衰和乡土中国的浮沉,其流淌与干涸对应的是农耕文明的振兴与衰微,更是乡土文化精神的重生与消逝。作家们在两种文明间自然地将感情的天平倾向了农耕文明。因此,我们看到《蔷薇河》里的爷爷对断航的蔷薇河痛心不已,也对河流那边的城市文明深恶痛绝,他誓死要把儿孙留在农村,这是他的"根性"意识在发挥作用。河流作为一根天然的纽带,还关联着"出走与回归""寻找与守望"的话题,对接着农村与城市、故乡与异乡、贫穷与富有、童年与成年、自然与物化。回到河流这头,即象征着回到生养自己的故乡,回到母亲温暖的怀抱和流淌着甜蜜汁液的童年韶光中去。当然,河流更像是一条远走他乡之道。特别是对年轻一代而言,他们迫切地渴望从故园空间逃离。在出走与回归中,作家们并未站在工业文明与农耕文明的优劣性角度来臧否。某种程度上,他们赞同老一代农民执着的守护,表达对养育自己的河流及文明的留恋。

在对河流的敬畏和捍卫中,我们感受到了作家的河流情结,这种河流情结也影响着作家们的人物塑造和观照世界的方式。作家们特别书写了故乡河流拥有的细腻、淡定与从容的品性,这种品性影响了水乡人民。作为"水边的产物",他们面对苦难历来如水般从容和坚忍。无论是他们的生活习惯、生存方式还是精神密码,都不乏"水性"。正是在人物的"水性"和河流风骨的认同中,我们看到作家呈现出"拥抱生活"的价值姿态。不管水乡人经历了多少绝望,作家们始终为其保留着对未来的期许,对人性和现实都持守着希望的光束。在他们看来,"文学是对人的抚慰。"[①]比如在《大芦荡》里,白果树蓬勃长出的新枝即隐喻水乡可能出现的新生因子,而作为年轻一代的"我"在走出芦荡的那一刻,"一轮又圆又红的太阳,正辉煌着冉冉升起。"这种表述暗示着新力量的衍生和家园重建的信号。《蔷薇河》中爸爸回到蔷薇河,同样说明了乡村振兴的可能。这种希望来自现实生活中由于时代变化而出现的再生性力量,更来自人物最坚实的担当和最

---

① 曹文轩.序[M]//李有干.蔷薇河.南京:江苏凤凰少年儿童出版社,2018.

温暖的抉择。也就是说,作家们表现苦难,看到了现实的黑洞和人性的瑕疵,但他们更看到了像河流一样柔软的人心和芳香的人性,这一切提醒我们文学向生。

三、盐城籍作家乡土小说中水乡文化书写的深层动因

(一)乡土文化的养育和"根性"意识的形成

对作家们来说,盐城水乡或西乡不仅是地理空间,它还有经验价值和精神意义。曹文轩、李有干、曹文芳等作家坚持书写故乡土地上的人、情、事、物,与乡土文化的养育和"根性"意识的生成休戚相关。

用人生和经验写作的李有干是盐城西乡的守夜人。他扎根泥土,坚守故乡,"风车、芦苇、油菜花、海滩、帆船以及苏北大平原上的一切物象,对他而言,都有说不尽的魅力。"[①]之所以如此,是因为他们这辈人本就积累了丰富的乡土经验,农民的精神自始至终都在其血液里汩汩流淌。他对当地百姓的生活了如指掌,也能以感同身受的方式去体会农民的心理波动。即使年事已高,他也喜欢回到乡下,"像一个乡村巡视员,像一个土地测量员"[②]。他以自己的方式丈量着生养他的土地,亲历它的"常"与"变",汲取鲜活的乡土经验,最终幻化成笔下泥土的芬芳。站在这个角度上来看,从故乡西乡出发是他的必然选择。《大芦荡》《蔷薇河》等均以西乡为背景,或叙述战争年代农民与天灾人祸的纠葛,或探讨农耕文明与工业文明的博弈。除了对农民历史和现实生活的书写,李有干在水乡文化的滋养中还形成了独特的乡土视角,即他能真正带着农民的情感和思维,站在农民的立场上思考历史、战争、现实、人性之间的关系。比如《大芦荡》描写的是腥风血雨的二十世纪三十年代,但是,他摒弃了宏大的政治视角,而是以儿童视角观照世界,在轻逸灵动的口吻中击中了历史的残酷,同时也呈现了残酷中的温情和光亮,而这恰恰是在硝烟之外的平凡生活。《蔷薇河》以"我"和"爷爷"为核心,在蔷薇河的流淌与断航中,在两代人的"守候"与"出走"中探讨了农耕文明与工业文明的关系问题。从社会演进角度来看,工业文明要优于农耕文明,因此,爷爷的固执和对城市文明的仇视让他变成"历史的怪兽"式人物。但是,李有干对

---

① 曹文轩.一个地方历史的活的文字——读李有干作品集《漂流》[N].文艺报,2006-10-26(8).
② 曹文轩.序[M]//李有干.蔷薇河.南京:江苏凤凰少年儿童出版社,2018.

爷爷报以"同情之理解"的姿态,且让父亲以回归的方式完成爷爷的心愿。这种大团圆结局也许带有"光明的尾巴"的嫌疑,但他的确让乡土大地上沉默的大多数发出了声音,也促使公众去思考乡土中国在激流勇进的城市化进程中是否忽略了农民的心理境况。对于曹文轩和曹文芳等年轻一辈的作家来说,他们虽到了外面的世界,但盐城水乡已成为他们的精神原故乡,"乡村的色彩早已注入了我的血液,铸就了一个注定要永远属于它的灵魂。"[1]无论是《草房子》《香蒲草》系列中出现的人物故事还是风俗人情,都足以看到西乡文化基因和盐城记忆在他们身上的传承。他们以故乡作为精神归属地,关注故土大地上发生的重大公共事务和鸡毛蒜皮的小事,确立起强烈的乡土意识。

(二)童年经验与恋乡情结

对于远行的盐城水乡作家来说,其"根性"意识的生成多和其童年经验及恋乡情结相关,"后来我进了都市,并且是真正的大都市。然而,我无法摆脱乡村情感的追逐与纠缠。"[2]故乡不仅成为他们创作的沃土,还成为他们内心挥之不去的情结。

和莫言、贾平凹等作家不同,曹文轩对故乡的回归并非经历曲折回环的过程或强烈的"怨乡—恋乡"的文化心理。从他远离西乡后,故土大地上的人、事、物就不断充斥他的脑海,"二十年岁月,家乡的田野上留下了我斑斑足迹,那里的风,那里的云,那里的雷,那里的雨,那里的苦菜与稻米,那里的一切。"[3]当然,曹文轩对故乡的追忆和留恋并不限于地理学与精神学维度,"我对农村的迷恋,更多的是一种美学上的迷恋。"[4]苦难深重却又温柔宽厚的水乡赋予他纯净、节制、质朴的美学风格和精神质地,让他着眼儿童成长的忧伤与欢乐时能寻找超越苦难的路径,继而建构起理想的生命乐园。因此,我们才看到了《草房子》里温情与忧伤并存的油麻地,《根鸟》中开满鲜花的大峡谷,《青铜葵花》中演绎苦难与大爱的大麦地。

之所以对水乡故土流连忘返,是因为那里驻足着他的童年。正如曹文轩在《草房子》扉页上所说,"也许,我们谁也无法走出自己的童年。"[5]成年之后,最初

---

[1] 曹文轩.曹文轩论儿童文学[M].北京:海豚出版社,2014.
[2] 曹文轩.乡村情结(代后记)[M]//细米.北京:天天出版社,2017.
[3] 曹文轩.乡村情结(代后记)[M]//细米.北京:天天出版社,2017.
[4] 曹文轩.曹文轩论儿童文学[M].北京:海豚出版社,2014.
[5] 曹文轩.草房子[M].南京:江苏凤凰少年儿童出版社,2019:扉页.

的生命体验、水乡记忆和情感波澜不断发酵,引发了一个个与故乡相关的故事。这也是曹文轩认为的写作"依托"——"十有八九是与我的童年印象有关的"①。只不过,大历史视域中的河流充满苦难,但他从儿童视角出发,过滤了污秽和黑暗,展示的是乡间的芦荡、麦地、荷塘、天空,着力呈现的是人性的善与美。曹文芳同样擅长从童年汲取养分,"《香蒲草》里的田田,《天空的天》里的林嫣……《云朵的夏天》里的米秀,都有我的影子。"②她从童年记忆和故乡经验中来书写西乡故事。不过,童年故事虽富足但有限,作家都是在成长途中不断反刍童年经验和时代命题。他们站在童年与成年两端,由故乡土地出发,调动西乡记忆来编织关于乡土和人性的故事。

四、水乡文化视角下盐城籍作家乡土小说的价值估衡

(一) 形成了日常化叙事风格

河流的缓缓流淌造就了盐城水乡平和雅正的精神氛围和作家们温柔敦厚的一面。不难发现,他们喜欢细水长流的文字和淡然素朴的情感,重视日常化的生活叙事,热衷谈论儿女情长、乡村伦理和家庭故事,呈现出朴实无华却又温情脉脉的美学质地。当然,对日常化生活的重视并不表示他们对社会宏大问题的忽视或无力把握,只不过他们切入的视角是"小人物"的日常生活,从而以小见大,见微知著。李有干的《大芦荡》每一章都聚焦一个重大历史事件,但他是以家庭故事中每个成员的生死歌哭去讲述大历史。《蔷薇河》以"我们"一家的流浪生涯为主线,深入姑妈们所在家庭的恩怨纠葛,从小人物的生存境况去反映大时代的城乡问题。曹文轩和曹文芳同样擅长以个体鲜活的私密经验接洽特殊年代的民族公共记忆。这种对日常生活的兴趣也是他们文学观的投射,"他要将自己的作品写得自然,就像生活。"③当然,他们对日常生活的重视又非"新写实"笔下零度情感的"一地鸡毛",而是带着生命的体温和绵密的情感去穿透历史与现实屏障,将生活底层那些复杂的日常经验全部唤醒,关注大历史下个体的生命律动和情

---

① 曹文轩.苦难是远景也是美景[M]//感动走进曹文轩的纯美世界.南京:江苏少年儿童出版社,2006:42.
② 曹文芳.香蒲草·后记[M].南昌:二十一世纪出版社,2011:195.
③ 曹文轩.水边的文字屋[M].南昌:二十一世纪出版社,2010:51.

感安放,并进行独立的价值评判。

(二) 孕育了儿童视角

水乡作家的作品充满了水乡的温柔和干净,这与儿童视角的运用不无关系。余华、苏童、莫言同样精于运用儿童视角,但他们主要利用儿童的真与纯来敞开常规视域中不易察觉的"疯狂"及"变异",暴露中国乡土社会历史中的虚伪、暴力和污秽的现实。他们笔下的儿童不仅与常态世界剥离,还和成人世界发生对峙,呈现出决绝、阴鸷的特征。李有干、曹文轩、曹文芳作品中的儿童视角显得相对温和,且基本是作为主人公参与故事进程。在作品中,"苦难"依然是最大的现实,作家们采用儿童视角不是为了突出成人世界的罪恶,而是要剔除尘世的喧嚣,打捞出苦难时光中弥足珍贵的生活剪影,在黑暗中寻找光亮与温情。比如在《大芦荡》里,作家回顾的是战争年代,但苦难中作家是通过"我"与伙伴们的故事牵引出芦荡人跌宕起伏的生活,着力渲染的是父亲的智慧、富子哥的执着、莲子姐的乐观以及全村人的淳朴。即使写到了人性的卑劣,也留有回旋的余地。这也是里下河文学传统的延续。无论是汪曾祺、毕飞宇还是鲁敏,在他们笔下,我们很难看到绝对的坏人。他们与现实的关系并非剑拔弩张,而是以温情和宽厚的胸襟来化解隔阂。曹文轩执着追求"儿童的眼光"[①]。在《细米》《青铜葵花》中,曹文轩以儿童的眼光摒弃了暴戾和丑恶,呈现的是苦难中的温暖和诗意。甚至,我们还感受到了陷入命运泥沼的人们在抗争和自救中涌现出的浪漫。也许,这就是曹文轩想表达的"美丽的痛苦"。他用澄澈的童眸与现实角力,让人在悲怆中感受生命强音。

(三) 彰显了诗性正义的品格和文学公共性

除了对日常生活的重视和在美学维度的追求,盐城水乡作家的文字还带有"介入"基因,这种基因传承使盐城水乡作家的作品在审美性与介入性上呈现出诗性正义的品格和文学公共性。所谓"介入",强调作家作为知识分子,带着醒世独立的精神介入自己所处的时代,以悲悯之心来同情弱者、关注民瘼。盐城水乡多灾多难,作家们在回望故乡现实的同时也形成了与时代同频共振的情怀和视野。他们关注民族公务,聚焦处于困顿中的人们,也怀揣着悲悯情怀和公共关怀去理解"人"。当然,在"介入"话题上,批评家关注的是成人文学里的"介入",而

---

① 曹文轩.这个时代需要"儿童的眼光"[N].文学报,2012-9-13(5).

鲜有提及儿童文学里的"介入"。但儿童文学中的"介入"并非坏事，它以儿童的眼光去观照自己世界里的原初现实，由"小人物"的"小世界"折射"大人物"在"大世界"中命运的升降沉浮，由此，相对轻逸的儿童文学呈现出阔大的生命格局。

以李有干为例，他的作品都以温情的笔触切入厚重的历史和敏感的现实。尤其是《蔷薇河》，作家怀着赤子之心探入苏北乡村内部，让它的痼疾与美好都袒露出来，在关注现实的同时呈现出知识分子的公共关怀。

从"介入"维度来看，作家以蔷薇河为窗口，关注了诸多重大社会问题，比如城市化进程中的"三农"问题、留守儿童与空巢老人问题、生态环境问题。在林林总总的现实景观下，城乡问题最刻骨铭心。在爷爷那一辈里，傍河而生、以土为贵的观念根深蒂固。但是，二十世纪九十年代以来，随着工业化进程的展开，农民与土地、河流原本血肉相连的关系被切断。新一代农民对土地、河流并没有坚定的认同感，"我"的父亲和姑妈们都被城市化进程诱惑着，开始"走异路、逃异地"的旅程。看着小辈们对蔷薇河的逃离与背叛，爷爷痛心疾首，他以偏执的姿态阻止父亲把"我"带到城里。同样，作者也对新时代乡村出现的此种倾向忧心不已，他经由三代人之间观念的冲突、父辈们的出走与回归来彰显自己对农民和土地关系的再思考。在小说中，李有干刻画了乡村自然景观的退化，尤其书写了母亲河——蔷薇河的断航对爷爷内心的冲击。当儿女不再珍惜这份大自然的馈赠时，蔷薇河的人心也开始涣散。与河流的消逝相比，这更昭示着乡村农耕文明的失落。当然，面对城乡冲突以及断裂的现实，作家也把笔触伸向了城市，在河与岸、城与乡的区隔中，描绘了后辈难以在城市立足的事实。即使他们经济上富足，甚至落户城市，也常无法获得身份认同。同时，一旦离乡，想再踏上回乡之路也并非易事，许多人只能化作城乡之间的"候鸟"。

可以说，李有干的眼光没有局限于蔷薇河，蔷薇河只是中国乡土社会的微观缩影，它所发生的，也是中国千千万万个城市化进程中的乡村正在经历的，由此，作家想追问的是，乡土中国在整体性的时代"大变革"中如何拯救自我？断航的蔷薇河能否续航？乡村和农民怎样以土地、河流为核心再度突围？

值得注意的是，李有干在小说中触碰了尖锐的热点问题，但并未成为"新闻串烧"。对于每一个时代问题，我们都感觉到了作者个体经验、美学意识和自我情感的渗入。这就是水乡作家以日常生活对接公共事件的写法。他们刺穿影影绰绰的现实表层，抵达乡村的核心岩层，用自身鲜活的精神体验去唤醒所有错综的外在现实,令它们真正苏醒。这样,才能成为有温度和深度的文学,也唯有以自身个性化的经验去抚摸公共性现实后,才能剖露现实本质,呈现诗意性的公共性图景。

五、结 语

当然,盐城水乡只是乡土中国的一隅,作家们以此作为出发点,要抵达的是世界的各个角落。正如曹文轩所说,"我的《草房子》《青铜葵花》等作品写的是中国故事,故事背后却是人类主题。"[①]从曹文轩在国际文坛频频获奖即可发现,作家们不仅找到了个人的精神归属,而且逐渐超越西乡或水乡这个地理故乡,在某种通约性事物的表达中发现了通往国家层面以及去向世界的秘密。在此维度上,我们期待更多的盐城作家架起与世界沟通的桥梁,实现"跨国旅行"。

(作者系盐城师范学院文学院讲师,博士)

---

① 曹文轩.我的"背景"是中国[N].北京日报,2021-7-20(9).

社会学视阈下新诗发展与现状批判

朱慧劼

一、社会转型期的诗歌中国

将诗歌放置在历史场域之中可以发现,社会环境形塑着诗歌,诗歌的发展和变迁同样伴随着社会变迁,因此,新诗的发展也可以从社会环境来得到某种解释。在当前,中国新诗的发展表现出很多特点,而这些现状与社会发展是有着莫大的关联的。从社会学视角来分析,新诗发展可以作为一个社会现象来进行评论,这里着重探讨中国新诗发展的社会环境。中国社会正处于转型期,而这些转型又分别体现在政治体制转型、市场经济转型以及社会心理转型三个方面,在这三个方面的社会转型背景下,中国新诗经历着发生、发展和变迁。

首先是政治体制转型。改革开放以来,在中国共产党的领导下,中国社会发生了巨大的社会变革,这些变革源自对政治体制的改革,政府角色越来越由领导者向管理者转型。管理者与领导者的区别在于它要求在领导的基础上获得一个和谐的整体的发展,而这也改变了诗歌的写作内容。纵观中华人民共和国成立后三十年的诗歌作品,大多是战歌、服务人民之类的诗歌作品,这使得中国新诗一洗萌芽时期的哀愁稚嫩的风格,但是这样的诗歌作品把人的存在写得很渺小,除了对国家和人民的爱缺乏更丰富的感情。而政治体制改革之后,具体叙事与宏大叙事同时存在,甚至具体叙事成为主流,于是新诗诗人就把视野投向了生活的点滴。这些是可喜的进步,诗人的写作本应该是自由的。

其次是市场经济转型。改革开放的主题是中国特色社会主义市场经济体制的建设,而这就需要打破原有的计划经济体制和国家垄断的形式,运用市场调控和宏观调控兼顾的方式来推动经济的发展。于是中国大开国门,大量吸引外资,大举发展经济,事实证明,我国的经济发展的确是有目共睹的。诗歌作为一种文化产品,也被推向了市场。人们有充裕的资金来获取精神消费品,诗歌就存在一定的市场。但是同样在市场里的有更多文学产品和物质商品,诗歌不仅要表露出其特殊性来获取一部分读者的认同,更需要与市场中更多的同类产品和替代产品进行竞争,诗歌的发展就与市场和资本发生了联系。

最后是社会心理转型。社会学家费孝通曾经给中国人下了一个定义,称自我主义的人,指的是我群的泛化,也就是说自己人的界限比较宽泛。而现代工业社会则强调个人主义,是每一个遵守规范、合理分工的个人利益集合体。在这种或许兼有自我主义和个人主义的转型时期,单个社会个体表现出一些较为矛盾的社会心理,诗人本身就是这样的个体,诗歌或许也会表现出这些特点。宏大叙事被推翻之后,知识等级体系被平面网络所取代,效能优先和性能优化成为第一原则,权力成为控制社会的合法工具。这一切都在悄无声息地改变着诗歌以及诗人的世界。

在社会转型期,诗歌的写作可能会呈现多元的态势,这种态势可能是有利的,也有可能是不利于诗歌发展的,所以要辨析这些表现对诗歌的影响,就要从社会环境对诗歌影响的微观路径来探究新诗的发展。

二、新诗发展现状

从以上诗歌中国的描述中可以看到,社会是孕育新诗的大环境,而新诗的发展往往是具体而微的。在政治、经济和社会转型的时期,中国新诗表现出一些独特的特点,其中涉及诗歌表达方式的发展、诗歌写作和出版的商业化、网络诗歌的传播和诗歌群落的出现等特点。

(一) 诗歌表达的发展趋势

第一,内容的革命。在经历改革开放之后,社会遭遇重大变革,这一点表现在了诗歌里。在先锋诗歌把朦胧的诗句推翻之后,生活世界成为诗歌的主要内容,一些跨领域的知识被引进诗歌里,像语言学、哲学等方面的主张被诗歌吸纳,诗歌里还有一些大胆的内容,如性爱,尽管这些自由的表达拒绝了部分保守或者缺乏相关知识的读者。如此,诗歌成为一个无所不包的容器。

第二,诗歌越来越短,缺乏情感的整体性。短诗成为诗歌的主要表现形式,这与快速消费的社会趋势不无关系。一些综合性刊物发表的诗歌也多是组诗,是一组短诗,而不是长诗,缺乏情感的整体性。短小精悍的诗歌还存在一种可能,那就是导致诗歌情感的单维度。而长诗中可以展现更多维度的感情,使得诗歌的表达更加丰富饱满。

第三,文字越来越收敛、自我。文字的收敛即是向内发展。宏大叙事的题材被抛弃以后,很少有诗人代表人民。他们很少思考关于人民、民族和国家的问题,关注的是今天看到的事物和身边的故事。说来说去也无非就是衣食住行,除了亲情、爱情和友情这些感情,他们能看到和感受到的主题也不多。因此,诗歌更多的是自我的对话,是自成系统的写作,诗歌作品多是角度偏激或者自我意识强烈的文字,这样的呈现会让读者觉得这一类私人的阐述没有阅读价值,也让读者难以和诗歌产生共鸣。长此以往,诗歌不被读者看好,甚至诗人自己也不看好其发展前景。

(二) 诗歌写作和出版的商业化

诗歌的商业化是市场经济形势下发展的必然现象。著名诗人被请去做评委,有名没名的诗人就写写应景的诗以赚取奖金。常见的诗歌商业化形式主要表现为诗歌主题征文,例如生辰死祭等纪念日、相关主题征文等。当然也有一些官方诗歌刊物和民间刊物正力图避免商业化,但在市场经济形势下,商业化在所难免,纯文学难以养活自己。因此,发自肺腑的诗歌写作就愈发少。

诗歌的商业化还体现在诗歌的出版上。有一些专职从事诗歌相关的出版人,他们以出版为职业,尽管诗歌出版并非没有利润可图,但他们仍要求入选者订购——还是钱的问题。这些出版人或许也是淌过诗歌这条河的,只是"饿死诗人"已经成为一种共识,实在也是不得已而为之。还有一种商业化的形式则是自费出版。目前自费出版的价格大概在几万元不等,那些有钱的、没有经过出版磨砺的诗人便自费出版诗集,出版的诗歌也无任何质量要求,反正自己给钱。一些手头比较紧的诗人也在考虑合作印制诗歌合集,反正结果都是出版。诗歌的商业化让诗歌作品处于混乱无序的状态。

(三) 网络诗歌的传播和诗歌群落的出现

与二十世纪八九十年代油印诗集不同,网络给诗歌的传播带来了极大的便利。论坛、博客、微博、微信等多样化的网络平台,为诗歌的传播带来了极速和便捷的渠道。网络对诗歌的影响同样是两方面的。一方面,网络加速诗歌的传播,以文字为载体的诗歌可以到达每一位读者的手机,同时也使得诗歌和诗人的内部交流成为可能。但是在信息时代背景下,市场因素对诗歌有更多负面的影响。网络的开放性开始悄悄反抗传统的诗歌出版制度,随着信息化手段的开发,诗歌无所不在,但是这些诗歌是个人的主观呈现,没有经过咀嚼和认可便传播出去,可能会使得诗歌变得轻浮而泛化。外行人看写分行的散文,也可能会认为是诗,这就使得大众对诗歌的认识呈现更加多元的态势,大众的诗歌审美分化会使得诗歌评价标准模糊,诗歌的界限变得含混不清,诗歌的纯粹性受到质疑。

在全球化的形势下,诗歌的传播可以跨越国界,也可以跨越阶层。不同阶层的诗人开始被全球化影响,体现出地方性与全球性的矛盾:一方面,跨语种诗歌交流和诗人活动成为可能,诗歌与诗人被放置在全球语境之中;另一方面,地方性的诗歌交流和诗人活动仍然是主要形式,诗歌群落和诗歌圈子大量出现。一些地方性的诗社或相同写作理念的诗歌圈子都是地方性的体现,"中国诗人"与"地方诗群"逐渐出现。

三、诗歌的内耗与危机

诗歌的内耗即诗歌开始走向某种极端,并自我消耗。这听起来有些危言耸听,但我们仍然要警惕这种现象。诗歌和诗人其实并没有严格的定义,诗歌是靠诗歌编辑和读者来断定,诗人以其作品来确定,这使得诗歌和诗人存在很大程度的随意性、可塑造性。没有统一的尺度来衡量诗歌作品和诗人,导致他们容易受到外部环境的影响。

第一,诗歌创新停滞不前。事实上,诗歌创新不是一朝一夕之事,也不是靠一人之功。当前仿制、抄袭的作品层出不穷,有的伪诗人把前人的诗歌作品翻新,并加上自己的名字,简直就是无耻。更有甚者,有一些"诗歌发表集团",他们把有限的作品群发到各种各样的报纸杂志上去,获取大额的稿费,这样毫无道德的行为只是商人投机的表现，根本就不能称之为诗人。出版业一旦乱了套，诗歌这一项讲求产出的事业就会受到威胁。而有些诗人或许江郎才尽，或者太过欣赏某些前辈的作品，把前辈的经典作品拿来改造成自己的，但是文字再怎么加工制作，也无法掩饰形式上的雷同，自然没有创新可谈。不经过思考的诗歌创作并没有多大的价值，思想需要时间打磨，诗歌也是如此。"梨花体""羊羔体"等表现形式大胆却有些偏离了探索的方向。这样的尝试值得鼓励，但是我们更要勇敢地批评。诗人要勇于创新、勇于实践，只有经得起诗界推敲的诗歌才是有价值的。

第二，诗人与职业诗人的分离。诗人这个词只是代表着诗歌作品的生产者，是个结果，而不是过程。所以大部分的诗人其实都是业余的，他们是编辑、作协主席、出版商、大学教授、医师或者家庭主妇，才不至于"饿死"。这样的诗人被分配到某一特定的职业，生活压力和工作压力使得诗人的诗作可能会偏离一种自然抒发的状态，其视野自然会受到职业的限制。事实上，这也反映了诗歌的贬值，其作品已经无法养活一个诗人，更别说他的家庭了。

第三，诗歌缺乏个性和吸引力。诗歌的商业化让诗歌成为生活中一种喜闻乐见的表达形式，没有神秘感、让人触手可及也可能会造成某种意义上的贬值。独特的生命体验能够提升诗歌的个性，但这种追求恰印证了当前诗歌个性的缺乏。因此，诗歌要有某种吸引力，让诗人有归属感，让读者有读的兴趣。最近有两个网络诗歌事件值得一提：一是一度流行网络的诗歌软件，用电脑软件对诗歌进行批量生产，这种生产是空皮囊；二是一位诗人在被质疑抄袭之后到公证处申请对诗歌进行公证。这两个事件均表明，诗歌被认为是产品、是产权（或者说是利益），而很少被拿来当作生活的、个性的作品。

第四，诗歌小众化、丢失话语权。诗歌小众化恰与大众化相反，诗歌的读者群体越来越局限。而关注于自身世界的诗人，都把作品写得很自我，像是自己在诗歌里修行一样。这样一种自我呈现，无法打动读者，自然就失去了受众。一个陶渊明就好，全都是陶渊明，那这样的诗歌自然没有什么意思。后先锋时代的某些独特诗歌写作形式，也让读者无法理解诗歌，无法挽留本来就不多的诗歌的读者。而今诗歌读者局限于诗歌研究者或者写作者这几个群体之中，这也是某些文学期刊难以为继的一个原因。

第五，诗歌评论力量单薄，批判性缺失。当前诗歌评论尚不能对诗歌有权威的评价，不能引领诗歌的方向，而是过多地关注对过去的诗歌、或诗歌作品的、或诗歌风格的评价，很少从过去的写作中反思如何引领未来的诗歌写作方向。同时，诗歌评论作为评价诗歌的中坚力量，并不能发挥其批判的功能。多数诗歌评论仅仅是在夸赞，而没有多少人在批判，而且，一些作为外行人的诗评人等公共知识分子在对诗歌进行批判时缺少专业性的视角。此外，诗歌与诗歌评论的界限越来越明显。诗歌评论主要来自学院派，而诗歌写作则更多地来自民间，这就导致了诗歌评论家与诗人产生了某种隔阂。国内的诗歌评论力量较为单薄，新生势力的培养更是较差，诗歌缺少内省和批评，其发展缺乏有效的控制。

诗歌没有好的产出，只是一些文人在撑着场子，自然在国内外诗坛、文学界落不到好名声。评论也不能够对诗歌做出恰如其分的评价，使得诗歌与诗人逐渐失去了话语权。当诗歌消耗完自身，便会走向衰落。

四、诗歌前景探微

以上的批判或许有些极端，看客们也尽可以当这是一种中肯的忠告。但是以下的忠告则更加针对以上所批评的现象。可以并不隐晦地说，如果任诗歌按照当前的状况发展下去，这些危言耸听就有成为现实的可能。当然，新诗的发展有着其深刻的社会背景，要改变这些不良的发展态势牵一发而动全身，我们能做的是不断地改良，倡导有益于诗歌发展的写作。除此之外，要从商业化和诗歌评论两个方面来谈。

为了让诗歌能够得到良好的发展，适度的商业化是必不可少的。适度的商业化运作，是诗歌在当前市场经济情况下必须要面对的现实。而具体适度到什么程度？只能说，诗歌只是要从市场中获得一些资金，来维持诗歌产出的持续性而已，我们大可不必去为了钱创作，为了创作而创作，商业化的同时要把握把持诗歌自身的独立性和纯洁性。同时，鼓励诗歌改革和尝试，为诗歌注入新鲜血液，才能够写出令人感动的作品，才能够走出中国、走向世界，真正地走进世界文坛。

对诗歌的出版和诗歌评论的关注是两个殊途同归的问题，都意指诗歌的评价体系。它们是对诗歌作品的质量进行把关和评价的两个环节，这两个环节对诗歌的质量起着关键的作用，尽管诗歌的评价体系是多元的，但是仍然希望由主流的出版机构和主流的诗歌评论来引领正确的诗歌方向，对诗歌的产出质量进行有力的把关，对诗歌产品进行批判性的反思和恰如其分的评价，这样才能够发挥诗歌出版和诗歌评论在诗歌场域中的话语权。树立权威的诗歌评价体系是为了更好地辅助诗歌写作，从而营造更好的诗歌氛围，保障诗歌质量。

（作者系南京农业大学社会调查研究中心主任，博士）

"草根性"生命形态与本土经验的文化想象
——论陈彦的"舞台三部曲"

陈佳冀　汤　静

作为兼具戏剧家身份的小说家,陈彦在其长篇叙事的创作过程中,自觉地融入了发源于西北地区的秦腔元素,在精神上保持着与本土经验的天然联系,并以这种"草根性"的民间文化形态作为关照中国现实与传统的透镜,重塑"传统"的文化空间和审美视域。尽管陈彦将其称为是"理想主义的任性作祟"[①],但基于审美建构与批判理性的态度而进行的现实主义书写,在涵盖真实表现的同时,又具备内思的特性,其包含对沉重的现实境遇中秦腔血脉延续的期许,也以返归传统的形式实现对深层文化意义的发掘,传递"任何庙堂文化都不能替代的最深沉的生命呐喊"[②],表达陈彦对传统的当代性转换所做出的理性思考。从《装台》《主角》到新作《喜剧》的问世,"舞台三部曲"的文本建构始终自觉地浸润着秦腔文化的话语元素,力图呈现诸多"可怜的不觉者"[③]在多元文化语境内的生存境遇与价值选择,这些舞台空间内的人物群体被赋予了某种文化符码的表述功能,指涉着中国传统剧种式微与消亡、传承与创新等现实话题,传达出以秦腔为代表的传统文化在"兴起—衰落—复兴"的起伏内所坚守的价值内涵。以作品出版的先后为参照,"舞台三部曲"由关照现实底层的生命尊严引申至守望文化精神的恒常价值,并以《喜剧》为收官之作,直指娱乐泛化所造成的时代症候,呈现出超越历史与时代而以文化为自言者的宏大体量与话语自信。因而,其所容纳的意

---

①②③　陈彦.主角[M].西安:陕西师范大学出版总社,2018.

义绝不仅限于写作者个人化审美理想的实现,更在于以辩证的哲思推进文学与文化的融合,使之立足于民族意义之上。

一、草根视野:超脱苦难与原始生命力的美学

秦腔是极具特色的地方文化传统,源于西北本土化的生活世相,并在历经数代的演进中逐渐形成完整的表演体系,成为这一地域内民众情感与精神的承载者。作为具有历史性与现实功能的传统剧种,秦腔代表的正是以世俗生活为基点的"具有原生态自由自在的生活文化属性"[①]的民间文化,其"与原始生命意志的生存选择精神内在一致,真切地反映自然与社会生活的原生情态"[②]。在这个意义上,陈彦基于生活化的民间与"下沉式"的体验,创造了融合个人审美理想的文化空间。他的作品汲取了西北生活的原生情态,并关联着秦腔文化所包孕的某种自由自在的草根特性,包括《装台》《主角》《喜剧》等在内的长篇小说,均借助大量方言俚语式的表达方式、有所保留的曲腔唱词以及现实主义的创作方法,挖掘诸多现实小人物的人生百态,并以此来隐喻文化命运的起伏。与作为他者的视角不同,陈彦是在丰富的民间生活经验中成长起来的写作者,因而在立场的选择上表现出自觉的贴近,其尝试从传统文化与民间记忆的内部寻找创作的文化基质,发现民间文化的价值意义。从某种意义上来说,陈彦的文学创作包含着对民间文学传统的回溯与发扬,在拨开自由的生活表象展现真实性的同时,又以透视民众生活苦难的勇气与决心,传达出超越生存活动与生命活动这些普遍意义的精神动力。

尽管传统的民间情态在现代境遇中已逐渐被和解或被改变,但文学对现实的回归仍能使我们从人物起伏的生存状态中,找寻到民间发展与演进的清晰脉络。而对于现实的合理把握,则无法离开"作家对中国'草根们'身上所表现出来的民族根性的谙熟以及向着人性真善美的高度的理性沉思"[③]。在陈彦的作品中,诸多人物表现出的是平凡而顽强的生命活力,他们中不乏从西北民间成长起来的"草根"艺术者,以强大的独立性执着地坚守着自己对生活与文

[①②] 赵德利.中国文学民间文化批评导论[J].社会科学,2015(12).
[③] 黄健."草根文学":对民族根性的执著拷问[J].理论与创作,2007(5).

化的理解,陈彦以苦难作为拷问他们人性价值的支点,再现了被隔绝于历史宏大叙述外的个人的矛盾处境。在卑微与艰难的社会生活中,他们会迫于生存压力而在正邪之间短暂徘徊,也会逐渐暴露出人性本身的弱点,但在传统文化价值与个体道德感的信仰支撑下,却也呈现着小人物对自我的救赎与生活本质的坚守。从以刁顺子为首的装台下苦人到围绕忆秦娥、贺氏兄弟所展开的老戏艺人们,这一系列从陕西地域生长起来的人物群像,保留着部分不同于现代文明的自在形态,那是一种"生命自身由里而外散发出来的生气"[1],甚至可以将之理解为一种人道主义者的生活态度,即"并不企望上苍的拯救。他们把自己的双脚坚定地踏在大地之上,而且,他们有着普罗米修斯的坚强意志"[2]。

对于"草根性"生命形态的塑造,陈彦强调的是"生活的真实的质感",其"不以对生活的阴暗化极端化、生命的本能化和灵魂的扭曲变态化处理为代价而获得"[3]。具体到"舞台三部曲"的讲述中,则表现出一种"陌生的引力",尽管读者对文本涉及的地域传统是陌生的,但题材的陌生化并未造成读者与文本的疏离,反之在陈彦对生活常态化与真实性的叙述中成为一种吸引力。当我们以整体视野关照"舞台三部曲"时,不难发现这种"真实的质感"源自一种超越生活苦难的原始生气。相较《喜剧》而言,《装台》与《主角》在苦难境遇的呈现上有着更为深沉的共性,即两者均意在凸显一个共同的题旨:当苦难成为一种常态化的生活日常时,这些"草根性"的生命形态将如何以顽强与坚忍的生命状态实现与苦难生活的和解。作为《装台》中的典型形象,刁顺子延续着质朴的底层血脉,并在自我的身份认同上呈现出与"城里人"的疏离感,在他的意识中有着非常清晰的自我定位,即"下苦人"。因而,刁顺子在很多方面都不自觉地表现出唯唯诺诺、卑躬屈膝的姿态,最明显之处就是他多次选择以下跪的方式来处理不可调和的矛盾。然而,当我们对这种苦态进行总体审视时,不难发现其背后包含着刁顺子对下苦人的同理心、对生活的责任感以及对苦难的包容力。以刁顺子为首的装台人,象

---

[1] 张新颖.沈从文与二十世纪中国[M].上海:复旦大学出版社,2014.
[2] 大卫·戈伊科奇,约翰·卢克,蒂姆·马迪根.人道主义问题[M].杜丽燕,等译.北京:东方出版社,1997.
[3] 吴义勤,王金胜.俗世人心自有庄严——评陈彦的长篇小说《装台》[J].当代作家评论,2016(5).

征着底层"草根们"所特有的凝聚力,他们"不因自己生命的渺小,而放弃对其他生命的温暖、托举与责任,尤其是放弃自身生命演进的真诚、韧性与耐力"。[①]《主角》延续着这种生命的庄严感,不同于刁顺子的"忍",忆秦娥表现出的是一种不谙世事的"瓜"。从易青娥到忆秦娥,其意在呈现生命在苦难中起伏与精进的历程,而在这种起伏的苦态内,忆秦娥表现出的"瓜"更倾向于是一种"不以物喜,不以己悲"的心境。无论是被调到伙房烧火,还是历经家庭破裂与丧子的不幸,忆秦娥始终以"扳腿""下腰""卧鱼"的方式实现与痛苦的和解,并以之回归生活与艺术的现实。在《装台》与《主角》中,陈彦有意将生活的苦态极致化,使之延伸至个人、家庭与社会的诸多层面。在这种苦难的生存境遇中,这些"草根性"生命形态所体现的不仅是陕西民众吃苦耐劳、自强隐忍的性格特质,而且还超越地域涵盖着整个民族的根性特征。

作为"舞台三部曲",《装台》《主角》与《喜剧》对于原始生气的展现,源自陈彦对民间生活与生命的感同身受与深刻体认,这种共通感使陈彦自觉地去倾听与捕捉属于民间内部的声音,也完善了他对于作品意义的理解:"肯定普通劳动者的生活和生命价值。"[②]具体来看,这些由民间土壤孕育的普通劳动者们葆有朴质与诚挚的情感态度,原始的生命活力使他们在面对被苦难笼罩的生活时,依然有努力活下去的勇气与信心,在他们的身上始终能看到"'塔基'与社会'底座'的生命温度、精神质地和人性光芒"[③]。这些独立与坚强的情感特质映照着来自底层微弱且又顽强的生存之光,而当微小的光芒被汇聚时,它们就成了民族精神熠熠生辉的一部分。因而,当我们对陈彦的作品进行总体评述时,直面的是陈彦个人化的生命意识,其包含着对陕西人民坚韧性格和人际温情的审美同构,这种审美同构的超越性使作品中的民间具备了地域属性之外的审美价值。

二、传统守望:民族恒常价值的自觉关照

"在现代性话语中,'民间'所指涉或关联的民众葆有最可贵的、恒常的自由

---

① 陈彦.装台[M].北京:作家出版社,2015.
② 陈彦,杨辉.文学的力量,就在于拨亮人类精神的微光[N].文艺报,2021-05-28.
③ 程青.舞台小世界人生大舞台——访陈彦[J].瞭望,2020(1).

自在精神、反抗意志、生命本然状态和最高道德价值。"①当"民间"从现实走向文学时,这些被指涉或关联的"草根性"生命形态也一同进入了关于"民间"的文学理想内,意在呈现着民间主体对于苦难的深刻理解以及内在的生命精神。陈彦面向本土经验的文学创制在保留这些民间真实性的原生情态的同时,关注的是"现实的不断形成过程本身"②以及"这一过程的意义和趋势"③。具体而言,陈彦的作品表现的不是一些贫乏与空泛的民间形象,而是民间主体健康的生命活力与持久的乐观主义,这种生命力量的产生与价值心态的形成关联着坚守恒常价值的民族精神。不仅如此,陈彦在把握民间厚重的现实感时,以秦腔这一草根艺术作为重启民间活力与满足感情需求的纽带,这有别于在传统与现代、乡村与城市二元对立的框架内寄托不满现代性以及乡土愁绪的情感表达,具有民族文化的精神再现意旨,成为其文本价值的独特所在。

陈彦在谈及《主角》时表达了其所希望企及的艺术理想:"总之,《主角》当时的写作,是有一点野心的:就是力图想把演戏与围绕着演戏而生长出来的世俗生活,以及所牵动的社会精神,来一个混沌的裹挟与牵引。"④不只是《主角》,《西京故事》《装台》《喜剧》都是在人物与社会彼此叠加的动态关联下,展现人物的命运变迁以及时代的演变状况,旨在表现"超越于戏剧领域之外更为广阔的人生与社会领域"⑤。以秦腔为代表的传统戏剧之所以关联着复杂的社会精神,在于其本身对于诗教化的传承,作为具有历史性的艺术形式,传统戏剧吸纳了民间丰富的价值伦理,辩证地诠释着美与丑、善与恶等诸多相对义,并在与社会的磨合中适时精进,保持着自身的鲜活性与传承性。因而,当边缘化与非主流的地方戏剧成为小说中心话语的主体时,其所具备的是更为广泛的指向意义:既是一种区域性的文化形式,同时又代表着民族整体的根蕴所在。陈彦借由传统的文化形式,为

---

① 王金胜.现实主义总体性重建与文化中国想象——论陈彦《主角》兼及《白鹿原》[J].中国当代文学研究,2019(4).
②③ M·巴赫金.巴赫金文论选[M].佟景韩,译.北京:中国社会科学出版社,1996.
④ 陈彦.主角[M].西安:陕西师范大学出版社总社,2018.
⑤ 王春林.借一方舞台凝聚时代风云展示命运变迁——关于陈彦长篇小说《主角》[J].小说评论,2019(3).

"舞台三部曲"植入了"一个民族某种共同的生活经验和普遍使用的生存智慧"①,在共通的生活经验与生存智慧中,作品内的"舞台"成为一种内在的隐喻,其所指涉的不仅是戏台上喜闻乐见的故事性,更在于戏台下烟火众生相的现实性。在这种悲与喜的现实过程中,秦腔以传统文化的身份关照着民族的恒常价值,并以不自觉的方式影响与形塑着民众的道德认知与审美偏好。

《主角》选择的是伴随民间戏剧艺术成长起来的各类现实形象,并以他们在生活中所具有的"道德""情感"来建构复杂的人世生活与恒久不变的生命形态。这些民间艺人的命运变化潜在地关联着民族戏剧传统在不同时期内"断裂""重生"以及"夕阳化"的现实境遇,并对应着时代对于文化核心的选择。特别之处在于,文化核心的转换并未造成民间艺人与戏剧传统的疏离与分裂,他们同时以"下沉"的方式传递着内在的精神力量。作为作品内的典型,忆秦娥以一种"只知其然,而不知其所以然"的方式,潜移默化地将唱戏内化为生命内涵的存在形式,从山沟内的放羊娃到秦腔名伶,练功与唱戏成为其超越苦难生活、增加个体生命质感的方式。可以认为,忆秦娥是秦腔文化所衍生的一部分,她所呈现出的对秦腔痴迷的状态是一种超于技而对道的追求,代表着秦腔文化绵延不绝的生命张力,包括敲鼓佬胡三元、宁州剧团的"忠孝仁义"以及秦八娃这些老戏艺人,都在"生命大起大落的开合浮沉中,始终坚持如一地秉持戏之魂魄,并呈现出一种'戏如其人'瑰丽与精进的生命"②。这些富于创造力与鲜活性的精进生命,以无以言说的方式实现着对传统价值的守望。《主角》不再是个体生命经验的诉说,而是民间集体的信仰表达,其维系于千古一脉的传统之内,传承着对永恒价值的期盼与追求,并呈现出"变"与"恒"的辩证:于时代之"变"内坚守人心与文化最本真的根源。

作为"舞台三部曲"的收官之作,《喜剧》延续着《主角》对于生命经验的处理与文化传统的思考,并以"舞台"为中心建构起普通个体对于生命价值的感悟,以之回应喜剧之于个人、时代的意义。《喜剧》借由不同个体的话语表述来完善对于悲喜剧本质的正确定义,并在写及丑角兄弟悲喜与复杂的生活常态时,关照着

---

① 王金胜.故事、小说与中国经验书写——由《喜剧》《主角》论陈彦小说的文化政治意涵[J].中国当代文学研究,2021(4):15.
② 陈彦.主角[M].西安:陕西师范大学出版总社,2018.

两种全然不同的文化态度。其一以贺氏兄弟他爹为代表,他爹艺名火烧天,是秦腔老戏中的丑角,他认为"严谨,是一切艺术的生命线,包括喜剧。不,尤其是喜剧"①在其根本的认知意识内包含着的是对血脉相承的丑角艺术的尊重与敬畏,而不是以谄媚俗化的方式让喜剧本身下沉乃至沦落为对低俗与无意义的迎合,也正如南大寿告诫贺加贝时提及的"咱是高台教化,不能让台底下的笑声掌声牵着鼻子走"②。在泛化的娱乐时代中,他们以滑稽的喜剧形式肯定道德的良善,坚守着戏剧高台教化的本质内涵。火烧天在丑角的塑造上借助的不仅仅是滑稽长相所包含的喜剧效果,更是对行当角色所需要领的琢磨,进一步而言,喜剧表演完全"取决于演员对现场的把握和调适。这种调适在很大程度上,取决于生命融入的深度和浓度"③。其超越了丑角作为舞台形象的表意,而成为"具有十分辩证的哲学生存之道"④。而另一价值指向则以贺加贝为主导,当贺加贝随他爹从最传统的秦腔舞台上退下来时,便逐渐陷入喜剧热潮所设置的新奇与诡异的黑洞内,"喜剧就是拿来调侃的。能让掏腰包者,充分享受欢愉,大快朵颐。从而蜂拥而至,'卸载而归',这就是我们喜剧坊的新信条。"⑤从火烧天对丑角之道的坚守到贺加贝的弃置再到贺火炬的迷途知返,陈彦极为讽刺地显示了"极具倒错性的殊异况味"⑥,三个唱丑演员几十年的唱戏生涯是喜剧形式下悲剧内核的变相呈现,也是在泛化语境下对传统精神实质的辨析,传统的精神实质不在于以新奇与诡异的变幻来迎合低俗审美,而是以恒常的状态去维系民族精神中不可挑战与违背的持久价值。

  戏剧经验在被陈彦带入小说创作时进行了有意识的编排与组合,使小说本身囊括了戏剧所传达的教化功能,并在形式与内容上呈现出"戏剧化"的倾向。地方戏剧所附有的民间意义在小说的文体形式内获得自由生长,其内部包含的陕西地域的特有形态得以清楚展现,因而,"舞台三部曲"的书写成为了透视陕西地方性文化的有效途径。陈彦在戏剧与小说的融合中,以民间内的草根主体为关联点,在深刻把握民间生存状态的基础上,将民族文化精神投射于这些"草根性"生命主体的日常经验之内,并转化为具有个人化与自觉性的生命体悟,以之实现对民族传统的守望与恒常价值的关照。"舞台三部曲"在展现地方性文化开

---

①②③⑤ 陈彦.喜剧[M].北京:作家出版社,2021.
④⑥ 陈彦.喜剧是人性的热能实验室——《喜剧》后记[J].当代,2021(2).

放和多元样态的同时，又引发了集体的思考，即以传统文化形式为载体的恒常价值与民族精神如何在娱乐化的现代社会中得以传承与坚守，而传统文化又将以何种面貌、借助何种契机重新回到主流范围内，这是陈彦试图通过其文学创作所传达与思考的，也是民族复兴的大环境内所无法避免的极具现实意义的文化症候。

三、文化想象、话语自信与中国经验书写

在西北地域诞生与成长的秦腔剧目涵盖了乡村与市井的生活及当下的生存状态，陈彦以秦腔为母体进行的长篇创作包含着鲜明的本土叙述立场，形成了颇为浓郁的陕西地域文化特色，并凸显了一种以"文化"为契机，关涉中国历史与现实的经验书写。回顾当代以来的长篇创作，中国作家在世界性与本土经验的矛盾中，逐渐找寻与建构了"作为文学叙事的中国经验"[①]，与之对应，文学在内容的呈现上也更多地趋向于回应与处理中国的历史与现实问题。何为"中国经验"，张清华认为，这是"一个古老民族在走向'世界'和'现代'的崎岖道路上的种种经历与场景"[②]，并且"从景观上是更为宏大粗粝的、悲喜交集和善恶混淆的、进步与沦丧混杂互现的"[③]。作为现实的"中国经验"，其本身所涵盖的是较为复杂的民族性与多样态，如何在把握这种民族性与多样态的基础上，使面向本土经验的文化想象更趋合法化，使关于"中国"故事的讲述更具认同感，成为判别当代文学作品是否具有真正价值的准则。

"中国当代文学的历史是在文化认同基础上不断建立'文化自信'的历史。"[④]文学话语内，"文化认同"强调的是作家基于自觉的本土意识，完善面向本土经验的话语表述。陈彦对于"中国"故事的讲述，凸显了作为"经验"本身的真实性，并为"经验"至"故事"的转化提供了一种合理化的文学模式。在陈彦的"舞台三部曲"内，"经验"的表述借由"文化"为载体得以实现，并且更为明确地指涉

---

① 张清华."中国经验"的道德悲剧与文学宿命[J].当代作家评论，2012(4)：12.
②③ 张清华.世界视野中中国经验的属性与意义[J].南方文坛，2011(3)：3.
④ 王尧.在传承与创新中建立文学的"文化自信"——关于中国当代文学与优秀传统文化关系的考察[J].中国社会科学，2017(11).

着"文化"取代"历史"与"时代",成为文学自言者的身份转变。秦腔作为传统剧种在陈彦建构的命运变迁与时代演变的大框架内,保持了文化自身所持有的延续性与传承性,其试图以这一剧种本身的起伏来表现民族内部的精神气象,拓展文学叙事的表现空间。当"文化"不再作为表层的象征,而是小说叙述的中心时,其以多元与复杂的样态关联着人性的复杂与时代的变化,使之在有限的话语内延伸出多维度的思考。

在《主角》中,陈彦再现了秦腔在国内的起伏状况:1970年代后期,老戏从以"破四旧,立四新"为标榜的时代语境中被解放出来,包括宁州剧团"忠孝仁义"在内的一大批老戏艺人,均迎来了"乍暖还寒"时期,突然出现在院子中的老戏服饰成为传统文化复苏的符码。至20世纪八九十年代受市场经济的冲击,秦腔在传承与发展方面渐趋夕阳化,面临着较为严峻的考验。在起伏的现实境遇内,秦腔如何应对现代性的冲击,开启新的艺术探索之路,成为《主角》的立意所在。陈彦从传统与现代的维度出发,对此做出回答:对于传统戏剧的改造是必要的,思新求变才能长久维持文化的鲜活性与生命力。《主角》在涉及《杨排风》《游西湖》《白蛇传》《铡美案》等传统的秦腔剧目外,还出现了《狐仙劫》《同心结》《梨花雨》等在传统基础上进行编演的原创剧目。这些经过改良的原创剧目在国内一经出演就受到广大民众的热烈拥护,当秦腔以中国最古老剧种的身份在美国百老汇登台时,得到的是世界话语对于中国传统文化的承认。从《主角》开始,陈彦的文学创制呈现出了在文化认同的基础上重建"话语自信"的体量,其以本土经验与世界视野为基点关照秦腔及其代表的民族文化传统,意在传达中国"文化"的强力:在汲取传统的创作养分的基础上,不断沿着精进改良的向上之路前行,实现传统与现代、继承与创新的统一。

与之对应,《喜剧》呈现的则是一种反向映照,其借由物欲社会对于喜剧本质的悖逆来反思文化与时代如何维持良性的关系。严肃的正剧艺术,在物质享受与欲望泛滥的时代洪流内,渐趋边缘化,取而代之的是以新奇、诡异、噱头为特征的低俗喜剧,当具有恒常价值的传统文化被赶下时代舞台时,其所造成的是"集体的精神失范和失控"[①]。在《喜剧》内,尽管"老戏母子"火烧天希望其子能守住

---

① 陈彦.喜剧是人性的热能实验室——《喜剧》后记[J].当代,2021(2).

"丑角"的恒常之道,但物欲社会对于感官的享乐与刺激,使喜剧的创制与改编流于"低俗献媚",成为消费主义盛行的产物、堕落的垃圾文化。贺式喜剧坊对剧目内容的大幅度改造是以"进一步激发观众的优越感"[①]为核心,是"让他们在观剧中,充分享受比剧中人聪明、能干、所处地位略高或颇高的优越性。从而,让他们更愿意来贺式喜剧坊,一边观剧,一边把罪恶的金钱掏出来,消费更多高档酒水和美餐,然后喜滋滋地打嗝揉腹而去"[③]。一味迎合消遣的观念导向使喜剧演员逐渐背离良知,审美趣味的普遍趋下,又使"大众美育无法得到正形和塑造,有时还让巨大的消费群像恒星对小行星的引力一样,让无力抗拒者,集体丧失对丑的抵御力和对美的感知力"[④]。不出意外的,有关"喜剧帝国"的想象体轰然坍塌,帝国的建构者无一不以闹哄哄的喜剧式收尾,低端笑料的拥护者则转而寻求新的变味走形的场所。

正剧艺术的严肃性在于其借由悲喜的情感形式,凸显着明确的是非判断。在《喜剧》内,低俗喜剧丧失了"正人心""厚风俗"的教化功能,并表现出对于戏剧"恒常之道"的悖逆。这些"精心"设计的喜剧爆点,并未能得到涵括普通大众、知识分子等在内的各阶层人物的承认。当贺加贝将"新喜剧"鲜活的"爆料"与刺激的语言呈现给河口镇的民众时,并没有得到预料中爆笑与狂欢的效果,"情人""豪车""别墅"等陌生化的词汇与毫无共鸣的情感,造成了他们与"新喜剧"之间的疏离。从河口镇走出的潘银莲,在喧杂的闹剧中保持着由民间所滋养的朴质与纯良,尽管不懂喜剧,但她仍对贺氏喜剧坊低级庸俗的表演感到怀疑与不安。在她朴素的认知内,喜剧有着温情、良善、正义的一面,不是几个低俗、下流的段子所能替代的。与贺加贝分道扬镳后的贺火炬,在喜剧与普通人生活的内在关系的探索中,更为深刻地领悟了其父火烧天所坚守的"丑角之道",重拾演员对于舞台应有的敬畏与尊重,实现着对传统文化中恒常部分的重建。《喜剧》以极为戏谑的方式传达着《装台》《主角》中对戏剧本质的延续性思考,以戏剧为代表的传统文化之所以保持着复兴的自信,源于其本身被赋予的承续历史、关照现实与重建未来价值的责任,当这种责任感的核心被无视而徒有形式外壳时,自信的根基也随之丧失。

"相对于变幻的时代风云,地域文化显然具有更长久的(有时甚至是永恒的)

[①③④] 陈彦.喜剧[M].北京:作家出版社,2021.

意义——它是民族性的证明,是文明史的证明"①,以秦腔为代表的陕西地域经验经由陈彦的改造,成为具有个人与地方印迹的文学地域,在这片广阔的文学地域上孕育的是厚重的生命存在,是自省自立的个体意识,也是恒久不变的文化精神,"话语自信"的表现正是其作品强大的"'精神能量'的外在呈现"②。陈彦以"经验"的真实关照"精神"的真实,并将之还原至"草根性"的生命形态之上,形成对于"中国经验"的总体想象。较为特殊的是,这种总体性的想象所呈现的是不断生成的当代中国的文化记忆,这在于作为"经验"载体的"文化"是生成性的,其"既坚守本根又不断与时俱进"③,成为现代根基与内涵的同时,又为传统的创新与转换提供支撑,"使中华民族保持了坚定的民族自信和强大的修复能力"③。因而,陈彦笔下的地域不仅是文学的,更是文化的,意在表现深刻而普遍的中华民族共同体内部的精神气象。

作为陕西文学大军的一员,陈彦对于现实主义精神与品格的追求,同柳青、路遥、陈忠实、贾平凹等前辈一脉相承,陈彦的长篇创作在面向本土经验的同时,以"下沉"的方式充分参与到那些时代生活的民众内部,扎根于他们鲜活的生命实感之内,形成由观察者到参与者的身份转换,并在这种身份转变的过程中,延续着现实主义文学传统中对于民间底层的关照与同情,展现被隔绝于历史宏大叙述之外的个体生命处境。作为具有个人话语特征的中国经验书写,陈彦的"舞台三部曲"于总体性的宏阔视野内展现丰富的戏剧世界,塑造与之适应的草根形象,并借助民间思想资源来尝试肯定性地回答传统在当代性转换中所面临的疑难问题,形成构起文学话域内不同于民间实体的精神形态,呈现出一种无限敞开的开放性。在以文化为内核的表现空间内,"舞台三部曲"表达的是陈彦对文化本质的态度与理解,正如"中国文化从来就不是直线性的运行,而是在持续地循环中完善自身和丰富自身,即便是在走向崩溃的文化价值体系,它仍然会在内部滋生出无穷无尽的新的因素来化解最终命运的到来"④。以秦腔为代表的传统文化同样以这种动态的存在形式来回应开放与多

---

① 樊星.当代文学与多维文化[M].武汉:武汉大学出版社,2016.
② 张栋,马硕.文化自信内涵的历史呈现与叙事表达——以中国当代小说为中心的考察[J].新疆大学学报(哲学·人文社会科学版),2019(6).
③③ 习近平.坚定文化自信,建设社会主义文化强国[J].求是,2019(12).
④ 陈思和.再论《秦腔》:文化传统的衰落与重返民间[J].扬子江评论,2006(1).

元的现代性特征,尽管传统在面临现代的冲击中呈现出衰落的趋势,但其内在所包含的精神指向延续至今,陈彦在把握这种延续性的同时,引申出对民族"话语自信"的寻找,传达出宏阔的文化体量。

(陈佳冀系江南大学副教授,硕导;汤静系江南大学硕士研究生)

戏剧

试论文化产业背景下的戏曲活态化传承

周 烨

中国的传统戏曲不单是一门艺术,同样承载着中华民族历经千年的文化内涵。在当代世界文化中,中国传统戏曲已经成为识别中华民族个性的显著标志,也成为认识中华民族悠久传统的显著表征。然而,曾令国人引以为傲的传统戏曲在经济快速增长及转型、城镇化不断推进的当下,正遭遇着前所未有的困境。面对由来已久的戏曲危势,我们该如何破局?笔者认为在不忽视博物馆式的"静态传承"外,更应借鉴与整合非遗保护、文化产业发展等各方经验与思路,着力"活态传承"。和博物馆之"固态保护"不同,"活态传承"强调的是戏曲应在人民群众生产生活的过程中进行传承与发展,重点布局当下媒介和市场环境,哺育新一代年轻受众,泛化基层传承人。具体而言,细分为媒体传播、创新演绎、旅游助推三个维度。

一、整合媒体资源泛化戏曲受众与基层传承人

任何传播都离不开媒介,面对大众传媒的普及和新媒体的日新月异,戏曲的发展亦可借力,泛化戏曲受众。所谓"泛化"即戏曲受众的最大化,除传统中老年受众外,力争哺育更多潜在的年轻受众,因为他们才是未来推动戏曲发展的源动力。

(一) 大众传媒——戏曲传播的加油站

大众传播媒介主要是指报纸、杂志、广播、电视、网络等,其中,电视具覆盖面广、影响力强、互动性强、公信力高等媒介特点。2010年6月,由NGB总体专家委员会编制的《中国下一代广播电视网(NGB)自主创新战略研究报告》数据显示,中国广播电视综合覆盖率已超96.95%。除此之外,互联网的影响力更不容小觑,从2008年开始,我国网友的数量已跃居世界第一。据此,利用大众媒介,如电视媒介、网络媒介传播戏曲文化将起到事半功倍的效果。

1. 明星电视真人秀节目的强势逆袭

戏曲与电视的联姻(如戏曲连续剧)早已有之,但受剧种、演唱语言等限制,此类影视作品仍然存在剧种"各自为阵"、受众相对单一的弱点。因此,在更广阔领域内尝试戏曲与电视媒体的结合势在必行。2007年1月由东方卫视主办的明星竞赛类节目——《非常有戏》独辟蹊径,提出"戏剧载体、综艺模式"主张,由公众明星来参赛,横跨京、越、粤、昆等各大戏种及各大流派。该节目本着尊重传统、传承经典的理念,在历时4个多月的比赛中请到了李光羲、解晓东、徐帆、吕薇、郑欣宜等为观众所熟悉的老、中、青三代明星。"节目一扫传统戏曲低收视率的现状,以3.5%的收视率一举超越了一些强档电视剧和其他娱乐节目,成为(当年同时段)东方卫视收视冠军。"[①]该电视节目的成功主要可归结为以下两点:第一,巧妙利用了"人气王"明星效应,使15~24岁的年轻观众成为这一节目的收视主力;第二,运用时尚元素全新演绎戏曲经典,让更多的青年人走近传统。节目大胆引进全新的电视表现手段,如钢琴与二胡、戏曲与流行歌曲、戏曲与国际舞蹈的对话等,将传统和时尚、戏剧和综艺融为一体。身为剧作家的魏明伦就此节目感叹道:"虽说是时尚与传统并举,但实质还是以时尚托举传统,是对戏曲的雪中送炭。"[②]《非常有戏》的成功可谓整合了各大剧种特色资源,利用电视媒体独特的魅力为戏曲市场化助力,它的成功可以复制,下图便是部分近年来口碑与收视双赢的戏曲电视节目。

[①②] 见新浪影音娱乐(http://ent.sina.com.cn/v/m/2007-01-25/14351425118.html)。

表1　1994—2014年间优秀戏曲电视节目

节目名称	播出平台	首播年份	所涉剧种
梨园春	河南卫视	1994年	豫剧
相约花戏楼	安徽卫视	1999年	黄梅戏、京剧、豫剧
越女争锋	央视戏曲频道	2006年	越剧
寻找七仙女	央视戏曲频道	2007年	黄梅戏
国色天香	天津卫视	2014年	京剧、豫剧、评剧、越剧、黄梅戏

将各剧种元素纳入一档电视节目,增强戏曲节目的可视性,可最大限度为戏曲传播加油。除现有的京剧、越剧、黄梅戏、豫剧外,未来,我们可以将更多剧种植入电视综艺模式。

2. 网络直播的呼应式互动

网络直播即利用视讯方式进行线上直播,利用互联网内容丰富、交互性强、地域不受限、受众可划分等特点,加强推广效果。待直播完成后,还可随时为用户继续提供重播、点播,有效延长了直播的时间和空间,能够发挥直播内容的最大价值。近年来,随着网络技术的日趋完善,许多电视媒体网站根据自己的能力开通了网络直播节目,这种网络直播以新颖的样式和相对便捷的服务给网民带来一种全新的视角体验和视野冲击,越来越受到年轻网民的青睐。2015年,央视重拳出击的原创体验类真人秀节目《叮咯咙咚呛》,便是让中韩明星学习京剧、越剧、川剧而后进行汇演的又一新派戏曲节目,节目采用综艺频道和网络同步直播方式,观众可通过央视网、爱奇艺、腾讯视频等进行点击收看。古老戏曲借助网络在线平台而衍生出新形式的娱乐综艺,不失为一种新呈现方式的尝试。

(二)新媒体——戏曲传播的数字翅膀

新媒体是指以数字信息技术和网络技术为基础,以互动传播为特点,具有创新形态的媒体。近年来,以数字电视、手机媒体为代表的新媒体也正在成为戏曲传播的重要阵地。

1. 戏曲播出平台的数字化

2004年10月开播的七彩戏剧频道作为上海文广互动电视有限公司对其机顶盒用户免费开放的旗下五大数字付费频道之一,到"2009年1月,已有超过160万市民能收看'七彩戏剧'的节目。同时,七彩戏剧频道也覆盖了近1 000万的全国数字电视观众。为更好地保护京剧、昆剧、越剧、沪剧、淮剧、独脚戏等非遗剧种,上海和中央电视台还率先开播了高清频道,这也为七彩戏剧频道提供了一个高清化的播出平台,数字时代的电视已从单一的节目提供载体向交互性的平台全面发展。"[1]数字电视的"互动"性,让传统戏曲节目不再局限于电视播出,还可通过 PC 端、手机端联合打造戏曲视觉文化传播平台,赋予传统戏曲更"时尚"的现代面孔。目前除七彩戏剧频道外,已有的主要专业戏曲频道如图 2 所示,它们部分或已全部实现播出的数字化。

表 2　主要专业戏曲频道

戏曲频道名称	所属省份	开播年份	日播时长
央视戏曲频道	北京	2001 年	20 小时
梨园频道	河南	2005 年	22 小时
岭南戏曲频道	广东	2007 年	20 小时

2. 戏曲类手机客户端的开发

相关数据显示,中国有超过 3 亿的手机互联网用户,而且 95.6% 的手机用户有闲时浏览手机的习惯。手机客户端的推出兼顾了用户体验的个性化、忠实度及低成本。由此,搭载这班顺风车便可捕捉更多的游离受众。目前,戏曲随身听、央视戏曲、戏曲网、掌上梨园、黄梅戏等手机客户端的陆续上线让我们欣喜。戏曲手机客户端的推出,意味着以满足戏曲观众收视需求为中心的理念得到落实,给用户带来更多精准化、无缝式的服务体验。

3. 社交新媒体的线上微营销

虽经历转制改革,但至今仍有部分院团未真正建立市场意识,只顾埋头生产,更没有将宣传营销作为艺术生产的重要环节。"一部预算 450 万元的戏曲新创剧目,包含创作费、制作费、演出费、排练费,排在最后的宣传费只有 5 万元,占比只有一个多点百分比;而另一个剧团预算为 335.6 万元的新创剧目,宣传费则只有区区 2 万元,占比亦不足 0.6%。"[2]互联网时代,戏曲院团也要搭上"互联网+"的快车,利用好口碑宣传和粉丝效应这些有效的方式。如利用微信、微博

---

[1] 见《解放日报》(电子版)网址为 http://press.idoican.com.cn/detail/articles/20090106040111/。
[2] 见人民网(http://culture.people.com.cn/n/2015/0630/c172318-27227866.html)。

公众号,随时发布新剧主演介绍、演出场次、宣传海报和创演进度;依托院团著名演员、主创的知名度,聚合起一众铁粉,迅速扩散演出信息。

当下,将对戏曲受众的培养延伸到剧场之外已成为一种共识,因此还可借助当前已经普遍适行的"社区行""非遗日"等公益活动或演出形式,将折子戏和经典剧目的排演、推广与社区文化建设联动,用戏剧经典来夯实群众文化生活,让传统戏曲拥有更广泛的受众群体。未来,借助新媒体平台,完成从节目收看到名剧点播、名家互动、票务订购以及戏曲教育、知识的普及等项目,我们还大有可为。

二、圆融并蓄,实现传统戏曲的当代阐释

2008年10月,在"第五届中国京剧艺术节"开幕式上,中国戏曲学院副研究员陈友峰博士曾说,"戏曲艺术要想适应时代的发展,继续成为现实中为人们所接受的艺术欣赏形式而非'文化遗产',必须进行形式上的突破、内容上的创新。所谓形式的突破,就是在遵循自身艺术规律的前提下吸收新的、现代的审美元素和艺术观念,尽量拉近与观众的审美距离。"[1]如今,"酒香不怕巷子深"的年代早已过去,戏曲文化要想走近年轻观众,紧守传统是万万行不通的。早些年,当戏曲遭遇流行,当"中国风"对接流行偶像,"90后"的一代了解了《牡丹亭》的凄美故事,知道了苏三是何许人,在他们的口口传唱中,传统戏曲的种子正在他们心中萌芽。然而此后,我们听到了一些反对的声音,如说"中国风"音乐无法完整诠释中国戏曲的底蕴,它仅仅会是一时的流行等。但是,笔者认为,在各艺术门类发展瞬息万变的今天,各种有益戏曲的新尝试我们都可以做,至于功过就留待时间及后人去评说。但有一点需要强调,对戏曲而言,创新式传承并不意味着将时尚元素任意堆砌在剧种本身,盲目以"'转基因'产品或'同质化'的速成品取代某一剧种的特色,导致其在继承中失去本体、隔断根脉,将是对原本脆弱的传承生态更加致命的破坏。"[2]

1. 跨界戏曲的兴起

在"中国风"音乐的一轮创作高潮后,我们又看到了很多融入大量现代元素,

---

[1] 见腾讯新闻中心(http://news.qq.com/a/20081128/000845.htm)。
[2] 弦歌.探寻出路要固本清源[N].中国文化报,2005-8-20.

运用多重艺术样式,寻求传统戏曲呈现方式上创新的演出。如2008年新型京剧《新白蛇传》在国家大剧院举行全球首演。作品"首次采用音乐剧的结构与节奏,在传统京剧'唱、念、做、打'的表演基础上,融入多媒体影像、中国古典、民间舞、杂技、交响乐等多种元素,形成了一种全新的音乐剧式的京剧戏剧新样式。"①此后,2009年9月至2010年3月,上海新天地壹号会所里开展了昆曲系列活动,活动涵盖六场风格各异的跨界主题沙龙,每场活动由"昆曲王子"张军主持,并邀请一位特别嘉宾,与观众分享和昆曲相通的艺术形式和生活方式。其首场活动便邀请了素有"原声李斯特"之称的青年钢琴艺术家孙颖迪,当昆曲遇见钢琴,"两人首次将德彪西的经典作品《牧神午后》和汤显祖的代表作《牡丹亭》进行对比,探寻两位不同时代、不同背景的艺术大师背后所相通的心灵感受。"②活动期间,张军也穿插向到场观众介绍着昆曲的历史。此次"跨界"的尝试旨在让传统戏曲以更现代、更多元的方式向世人传达其音律和文字之美,让更多年轻人对戏曲艺术的博大精深有更深层次的了解及尊重。此后,从2010—2015的五年间,如图3所示,越来越多成功跨界戏曲的尝试展现出来。

表3　2010—2015年间部分成功跨界戏曲剧目

剧目名称及定位	首演年份	演出院团	创新形式
实景园林昆曲《牡丹亭》	2010年	张军昆曲艺术中心	实景园林与昆曲的结合
越剧《甄嬛传》	2013年	上海越剧院	改编热门网络小说题材
越剧《步步惊心》	2013年	浙江小百花越剧团	
新视觉黄梅戏舞台剧《牛郎织女》	2015年	安徽省黄梅戏剧院	在舞美设计方面大胆引入3D技术
舞剧《青衣》	2015年	亚彬舞影工作室	用舞蹈讲述一位京剧演员的传奇
新乐府｜昆曲	2015年	江苏省昆剧院	昆曲原腔配以筝、贝斯、现代打击乐

2. 青春戏曲的促动

著名京剧表演艺术家梅葆玖先生曾说,截止到2016年还在流行的戏曲种类

---

①　见新浪影音娱乐(http://ent.sina.com.cn/j/2008-07-16/00532102259.shtml)。
②　见腾讯世博频道(http://2010.qq.com/a/20090927/000048.htm)。

仅剩 273 个。要想让传统戏曲更好地保存、发展,必须"让戏曲文化永葆青春"。这不禁让我们联想起青春戏曲的话题。"'青春版'戏曲这一概念经由白先勇提出,目前已基本受到认可,其内涵包括:青春的演员用青春的舞台美术(包括服饰、音乐、布景、灯光等)来表演关于青春的故事来给青春的观众观看,完成古典艺术的青春传承,使其焕发出青春生命。"① 从 2002 年至 2012 年,据笔者统计,约有 40 部"青春版"戏曲出炉,自 2004 年 4 月"青春版"《牡丹亭》在台北首演以来,随"青春版"这一概念的推广与传播,"青春版"戏曲逐年产生。"在国内,出现'青春版'戏曲的剧种有 14 种:昆剧、京剧、越剧、秦腔、豫剧、粤剧、黄梅戏、龙江剧、吕剧、扬剧、川剧、采茶戏、婺剧、甬剧。"② "青春版"戏曲较之传统戏曲存在以下几点明显不同:第一,大胆起用年轻演员,给他们(她们)更多主演机会;第二,以剧目的排演来带动戏曲传承;第三,关注高校学生这一目标受众,着力培养年轻戏迷;第四,重视剧目品牌的形成。青春戏曲的出现正在为古老戏曲的传播探索新的市场化路径。

3. 小剧场戏曲的初探

置身当代的生态环境,传统戏曲如何力争新的空间?答案的灵感源自小剧场话剧。先锋性、探索性、实验性一直是小剧场最鲜明的特征,并借此吸引年轻观众。著名戏曲理论家刘厚生曾经反复强调,今天的戏曲需要革新家来做实验,从而探索出适应新内容、新手段和新场所的新的艺术表现样式。而小剧场作品在选材上较大剧场更加灵活,形式上更加自由,视角也更趋向年轻。实际上,从前些年上海戏曲人推出过的昆曲《伤逝》、京剧《朱丽小姐》再到 2014 年集结了京剧《倾国》《惜·娇》等十几部小剧场戏曲的"首届当代小剧场戏曲艺术节",小剧场戏曲作品正在逐步探索中。和许多传统戏不同,小剧场戏曲着力讲故事,同时又辅以多重的艺术表现手段,从而打开多维度的欣赏可能。据不完全统计,2014 年 10 月,北京当代小剧场艺术节举办期间,大多数剧目的上座都在九成左右,且基本以年轻观众为主。下述图 4 列举了近年来演出成功的部分小剧场戏曲作品及其创新之处。

---

① 张青飞."青春版"视野下的当代戏曲生态[J].戏剧文学,2012(11):8.
② 张青飞."青春版"视野下的当代戏曲生态[J].戏剧文学,2012(11):9.

表4 2000—2015年间演出成功的部分小剧场戏曲剧目

剧　目	演出团体	首演年份	剧本创作	创　新
实验昆曲《伤逝》	《伤逝》剧团	2003年	改编自鲁迅同名小说	昆曲现代戏,用韵白和普通话区分时空
实验京剧《灯官油流鬼》	韩非子剧社	2009年	改编自传统剧目《铡判官》	京剧与皮影的结合
实验戏曲《朱丽小姐》	上海戏剧学院、上海京剧院	2010年	改编自瑞典戏剧家奥古斯特·斯特林堡作品	用京剧程式演绎西方经典
京剧《惜·娇》	北京京剧院	2013年	改编自传统戏《乌龙院》	打破团的概念,实行项目制
京剧《碾玉观音》	北京京剧院	2015年	改编自宋话本	主创实习"京剧合伙人制"
京剧《人面桃花》	北京京剧院	2015年	网上征集故事	剧目实行众筹

不可否认,任何全新的探索都不会一帆风顺,戏曲制作人魏乔在观摩了多个小剧场演出后就认为当下小剧场戏曲创作所面临的一个突出问题就是如何突破固有行当限制来表现新故事和新情感。此外,由上图可知,目前小剧场戏曲的探索仍只多见于京剧、昆曲等。未来,对于其他地方剧种小剧场演出的探索不会就此停止,戏曲人将在近年来被成功打造的剧目基础上,挖掘、借鉴、反思成功经验,继续前行。

戏曲的持续演出是对其"活态传承"的最有力支撑,而跨界戏曲、青春戏曲、小剧场戏曲的不断摸索也显示着戏曲人近年来的良苦用心,上述形式的演出体现出三方面的创新:一是表现形式的创新;二是演出题材的拓展;三是主创团队的日趋年轻。相信在不远的将来,通过如青年戏剧节、小剧场艺术节、非遗项目展演月、戏剧演出季等推出的戏曲动漫、戏曲多媒体剧、3D戏曲(保留戏曲传统的音乐和表演,但在舞美设计方面如场景、道具上引入3D技术)等融合多重艺术样式的戏曲抑或再次让我们"惊艳"。

三、借旅游产业东风,打造体验式"戏曲主题小镇"

提到戏曲,我们自然会联想到各剧种的发源地或与各剧种发展颇有渊源的一些地名,如江南古镇千灯、甘熙宅第、河南开封、山东莱西等,这些地方既有浓郁的戏曲氛围,又有着悠久的历史文化气息,因此,笔者提出实现戏曲"活态传承"的第三种途径便是利用全国范围内的各区域历史文化资源优势,以中华戏曲展示、旅游演艺为主要传播方式,以多方位、综合性的旅游、餐饮、节庆文化活动为基础运营模式,打造有经典特色的"戏曲文化主题小镇",构建戏曲绿色发展产业增值链,让来自四面八方的游客成为戏曲文化的体验者与传播者,并在融合式主题小镇中参与体验剧目点选、戏曲人物扮演、历史故事聆听、戏曲道具制作、戏曲妆容描画、文化纪念品选购等互动文娱项目。如此,又是一次将戏曲推向市场的独特尝试,戏曲主题小镇的建立也是对戏曲动态创新的尚好诠释。

结　语

戏曲艺术的创新发展是一项长期工程,需各方聚力,除本文所述外,加强戏曲职业院校专业化人才培养,带动戏曲后继人才的承续;加强政府公共政策和资金政策层面对地方戏曲的扶持、补贴、普及;鼓励和引入社会团体及社会资本支持赞助戏曲院团及演出等也都至关重要。

令人振奋的是,2015 年 7 月,国务院办公厅印发了《关于支持戏曲传承发展的若干政策》,文件提出实施地方戏曲振兴工程,将其纳入国民经济和社会发展的"十三五"总体规划,并明确了支持戏曲传承发展的六条措施。群策群力之下,诚愿传统戏曲传承的未来之路心向光明。

(作者系南京传媒学院教授)

神经操纵下的反殖民审美认知
——评巴布亚新几内亚英语戏剧《老人的报偿》
于凤保

《老人的报偿》(*The Old Man's Reward*, 1973)是巴布亚新几内亚著名戏剧家亚瑟·贾沃迪姆巴里(Arthur Jawodimbari)在英属殖民统治时期用英语创作的一部反殖民主义戏剧力作。与其时代语境无异,剧本以"强烈的民族主义情怀和巨大的政治能量为特征"(Gorle 53)。然而,该剧如何让其读者或观众感知到这一反殖民审美体验却很少有人论及。诚如认知诗学著名学者鲁文·楚尔(Reuven Tsur)所言,"印象主义批评家虽热衷于文本效果的挖掘,但很难将审美效果与框架性元素联系起来进行研究;而结构分析主义研究者虽擅长于文本结构的描述,但未必始终清楚文本结构的意义是什么以及怎么解释文本的审美体验"(Tsur 1)。本文试图基于图式诗学以及相关认知科学理论,综合利用印象主义批评和结构主义研究的各自优势,重点聚焦认知的过程,探究欣赏者大脑是如何在剧本的概念框架运作下建构审美效果的。研究认为,《老人的报偿》(下文简称《老》)的反殖民审美认知体验在三个维度上得以建构,即剧场(本)内外的抽象审美认知、具象审美认知和混合审美认知。

一、反殖民审美的抽象认知建构

一般而言,戏剧欣赏都会被理解为剧本阅读或观赏舞台表演的具体过程。然而,美国著名心理学家大卫·鲁美尔哈特(David Rumelhart, 1942—2011)曾说,"当一个句子被阅读了,其相应的意象图式就会被激活"(Rumelhart 87)。也就是说,当读者或观赏者看到戏剧名的第一眼,戏剧欣赏的认知活动便在其大脑中发生了。可见,戏剧欣赏远远超越了剧本(场)内发生的认知活动。由于这类认知活动通常是基于剧本中某几个核心词汇的概念框架对剧本主题内容的推理性认知,它也发生于剧场之外或文本之上,是对戏剧进行抽象审美认知的活动。在欣赏《老》时,欣赏者感知到的抽象审美效果可在欣赏前、欣赏中和欣赏后三个阶段上发生。

  首先,戏剧标题中的词语激活了相关概念框架[①],开启了欣赏者大脑对剧本内容的抽象审美认知。美国著名认知语言学家乔治·莱考夫(George Lakoff)曾指出,"框架是我们用以思考的心灵结构,所有词语的概念都在框架中被判定"(Lakoff 2003:32)。当戏剧欣赏者在剧场外或书店中看到《老》(*The Old Man's Reward*)这一戏剧名时,戏剧标题词语的概念框架就会在潜意识中被激活。在标题中词语所激活的概念框架悄无声息的运作下,欣赏者的大脑便开启了对剧本内容的抽象审美认知。《老》的英文标题有三个组成元素,即名词短语"Old Man"、名词"Reward"和定冠词"The",且"Old Man"和"Reward"之间的逻辑关系是所属性质。显然,"Reward"一词极富动作性和情节性,与剧本内容密切相关。从词语结构来看,"re-"作为前缀,表示"再一次",而词干"-ward"表示"方向","Reward"的概念框架便是"某物再一次回到了其原初的容器之中"。乔治·莱考夫也曾说,"概念框架就是我们理解和推理所必需的认知结构,它包括通常被称为语义角色的参与者以及被称作情节(scenarios)的事件序列"。据此,"Reward(报偿)"的理想知识结构便是:人物 A 给了人物 B 某个极具价值的东西 C,B 也当给 A 某个与 C 价值相当的事或物 C^+,甚至数倍于 C 的价值的 C^{++}。显然,在此理想图式的运作下,A 和 B 在相互协作中最大化地提升了各自生存的可能性,上述两个图式也因此被人们称之为美,前者被说成"知恩图报",而后者便被称作"滴水之恩,涌泉相报"。戏剧标题中的"Old Man(老人)"是"Reward

---

  [①] "知识的某种一致性结构或经验的连贯性图式"被查尔斯·费尔默(Charles C. Fillmore, 1929—2014)称为"框架(Frame)",乔治·莱考夫经常将之称作"概念框架(Conceptual Frame)",但鲁文·楚尔等一大批学者也称其为"图式(Schema)"。本文基本上以"概念框架"一词进行行文。同时,在翻译源自不同学者文章的引文时,为了忠实于原文,引文中时而也会出现"图式"等其他指代该概念的词语。

(报偿)"概念框架中的一个参与者。在"Reward(报偿)"概念框架的运作下,戏剧认知者不难想象,一个已入垂暮之年的人能给别人什么东西呢,若是什么宝贵的东西,在理想认知图式下,老人理应会得到相应的回报。然而,"Old Man(老人)"的前面是定冠词"The"。鲁文·楚尔曾说,"定冠词也可以加在未曾发生之事的名词之前,但它强烈地暗示着,这些名词是指与某一认知图式存在特定性关联的某些事物"(Tsur 265)。由此,欣赏者可在"Reward(报偿)"概念的非理想框架下对剧本的可能性内容进行认知期待建构。以上都是戏剧认知者在念叨戏剧英语标题(*The Old Man's Reward*)时大脑在词语概念的激发下生成的戏剧认知体验。尽管它们是本能化和直觉式的感知体验,但却是整部戏剧认知中不可或缺的一部分。

其次,殖民者在言语和行为上反复表现出的"友善"和"恶毒"成了报偿老人的过程中的两个极其明显的主题性概念,两个概念框架截然相反的词语同时在受众脑神经中被激活和运作,使得戏剧欣赏的抽象认知充满了讽刺意蕴。如上所论,《老》的主题性情节就是"Reward(报偿)",而执行这一行为的参与者(participant)正是殖民者。一贯倒行逆施、行凶极恶的殖民者一边嘴皮上以各种词汇大谈"友爱"的概念,一边却又一再做出"恶毒"的行为。认知科学家认为,人类是通过语言编码去认知世界的,受众的大脑也正是基于接收到的言语概念去建构认知。所以,尽管戏剧欣赏者知道殖民者嘴皮上反复念叨的"友善"是虚假的,但种种与"友善"相关的词语依然会在受众大脑中激活相应的概念框架,且会客观地运作于受众的脑神经中。同时,殖民者的恶毒行为也会在受众的脑神经中激活相应的概念框架。由于这两个截然相反的概念框架在《老》中被不断激活,且分别被预设为殖民者心灵本质的客观表征,受众在该剧的欣赏过程中就会不断感知到一种莫名的讽刺意蕴。作为"报偿"行为的执行者,殖民者也随之被戏谑。

其三,欣赏者通过对《老》内容的提炼建构了戏剧主题的抽象审美认知。诚如鲁文·楚尔所言,"阐释的其中一个目的就是挖掘文学艺术作品的主题,而我们所探讨的脚本或图式往往也正是主题"(Tsur 272)。戏剧欣赏者在完成整个作品的欣赏之后,往往会本能地将整场戏剧表演或整个剧本中细枝末节的信息删去,提炼出一个概念图式。就《老》而言,这个图式可以是"老人将土地和两个儿子的生命都献给了白人,但白人却在大秀跨民族友谊之后恶待老人"。在这个图式中，A(老人)将自己生命中最宝贵的两样东西给了 B(白人)，而 B 并没有还给 A 某个价值相当的 C^+ 或 C^{++}，却在吹嘘跨民族友爱之后还给了 A 一个无任何价值的勋章 C^-，甚至将老人投入黑牢后又夺取了他身上仅有的衣物，此番羞辱便是白人最终给老人的报偿。显然，这是非理想认知图式对上述理想认知图式的替换。鲁文·楚尔曾说，"一个认知图式对另一个认知图式的替换一般都被体会为惊恐(喜)或诙谐"(Tsur 265)，其情感程度是随着两个认知图式间的跨越性和冲突性的加大而越发强烈的(唐孝威 51)。就戏剧观赏者的情感而言，它随认知图式置换对认知主体切身利益的不同影响而变化，利则喜，害则恐。故此，在抽象认知层面，非理想认知图式对理想认知图式的替换恰恰是《老》的剧情内容和认知情感生发之所在。在此认知机制的运作下，欣赏者自然对这一图式置换的执行者生发出愤怒之情，由此引发了本剧目标读者或观众的反殖民情感。

由此可见，戏剧家似乎有意无意地利用了人类亿万年进化在大脑中留下的心理基因，即以理想认知图式为认知参照系，在抽象审美认知中有效地操纵了戏剧认知者大脑赖以运作的认知图式，进而使其观赏戏剧的情感在预定的方向、性质和程度上生发。

二、反殖民审美的具象认知建构

尽管戏剧的抽象审美认知建构是戏剧欣赏中不容或缺的重要认知活动，但戏剧欣赏认知的主体依然是欣赏者在剧本或剧场中产生的丰富的具象审美认知。限于篇幅，本文此处仅就欣赏《老》的过程中反殖民审美认知的具象建构试举两例，以窥一斑。

第一，在镜像神经元的运作下，欣赏者的认知建构被悄无声息地拓展至剧本之外和剧情之先，殖民者的真实面目得以披露。镜像神经元发现者贾科莫·里佐拉蒂(Giacomo Rizzolatti)认为，镜像神经元在认知者执行某一动作和其观察别人做该动作时都会被激活(Corballis 2015)。即便是那些从未执行过的动作，认知者在重复观察数次之后其镜像神经元也会被激活，且性状与认知主体执行该动作时其镜像神经元所发生的内源性激活一致。贾科莫·里佐拉蒂也认为，镜像神经元就是动作及其结果之间的概念框架(Rizzolatti 218)。当认知主体在其具身性体验中建构了这一概念框架之后，该概念框架中某个元素的再现可以激活对应认知体验的整个框架，认知主体由此可以认知某一行为的可能性结果或某种结果的可能性原因。在《老》的开幕处，一位彻夜难眠的老人满脸疲惫和焦虑，独坐在席子上；然而，老人却不知道自己为什么夜不能寐，也不清楚自己为何忧虑。老妻问其"是不是亲戚们那边发生了什么不好的事"，他回答说，"没有，一切都好；但我就是睡不着，可能是看到白人在外面巡逻，我总觉得有什么不好的事情将要发生"（Jawodimbari 126）。一般而言，这无疑是一段平淡无奇的对话；然而，借助镜像神经元的运作机制，剧本开头处的这一对话却能帮助戏剧欣赏者的认知突破剧本的时间维度，去了解剧本内不曾交代且发生在剧情之前的事，进而把握剧情发生的历史文化语境。由大奴芭的精神状态和言语行为，不难看出，大奴芭的潜意识中以"白人在巡逻"和"有什么不好的事情将要发生"为内容的概念框架或镜像神经元已经悄然被激活了，使得大奴芭莫名地陷入某种不安或恐惧中。然而，值得关注的是，"白人在巡逻"和"有什么不好的事情将要发生"之所以被建构为一个概念框架或镜像神经元，那是因为巴新土著人在现实生活中反复观看或亲身经历类似事件。由此，"白人"和"灾难"已经在土著人脑神经中呈现为一种条件反射式的图式框架。可见，在英属（或澳托）殖民地巴布亚新几内亚，白人殖民者的出现给当地土著居民带来灾难性遭遇一定是反复上演的客观事态，殖民者的恶毒本相由此一览无遗。这无疑为该剧的反殖民审美认知建构提供了基本的历史语境。更巧妙的是，《老》中类似的情形反复出现。乔治·莱考夫曾说，"因为我们或说、或听、或读的每一个词都以某个概念框架或神经回路的形式被认知，重复这些词语便是加固这一框架回路。到一定程度，该框架便成为大脑赖以运作的永久性概念系统"。可见，在欣赏该剧的过程中，"白人是灾难"的概念框架由于反复在欣赏者脑神经中被激活，作为该剧目标受众的巴新土著民众也随之在大脑无意识中将这一概念框架作为本能化运作的概念系统。由此，欣赏者便在上述概念框架的反复激活下建构起反殖民审美的具象认知体验，反殖民情感也因此被极大地激发。

第二，当剧本人物的言语在欣赏者脑神经中不断激活相应概念框架，对《老》的反殖民审美的具象认知也随之在不同概念框架的生成和替换中依次发生，进而建构出复杂而生动的审美认知体验。如上所论，概念框架的建构以及其相应神经元在大脑中的生成是通过某种结构性的知识对认知主体反复刺激而实现的。在《老》的第一场结束时，由于"白人是灾难"的概念框架在观赏者脑神经中经过反复操演已成了欣赏者思考"白人"时赖以运作的神经机制,因此与"白人是灾难"相关的认知体验也被欣赏者所信赖。在"白人是灾难"概念框架的运作下,大奴芭满心忧伤和惊恐地走进了白人长官的办公室。然而,在《老》的第二场中,白人长官一再以言语和行为让土著老者大奴芭体验另一个迥然有别的崭新概念框架,即"白人是朋友"。如上所论,当一个图式被另一个图式替换时,受众便产生一定的情感,利则喜,害则恐。但是,大奴芭起初并没有因此立刻转悲为喜。乔治·莱考夫曾说,"认知科学发现,框架具有这样的特点:如果万古的框架跟事实不相吻合,那么,人会抛弃事实,保留框架"。所以,当呈现在大奴芭面前的事实与运行于其脑神经中的框架不同时,他依然相信在其脑中运作的那个概念框架,并在该框架的运作下说话和行事。但是,认知科学家也认为,"具身体验是知识建构的一个重要源泉"(Freiler 2008:39)。大奴芭在体验了白人长官的热情接见和友善攀谈之后,尤其是感受了被白人长官亲切地称作"老友"以及被白人警长用专车护送到家等具身认知体验后,显然基于源自身体的具身体验建构出了一个崭新的概念框架,即"白人是朋友"。正因为有利于生存的新概念框架替换了既有的概念框架,大奴芭欣然说道,"难道你没听到汽车声吗?是的,是白人开车把我送回来的,现在白人是我的朋友了"(Jawodimbari 133)。然而,一整天都为大奴芭的命运哀伤和祈祷的亲人都难以相信这个摆在他们眼前的事实。大奴芭的妻子裴恩娜就说道,"老头,那是不可能的。白人从不会拿我们中的哪一个当朋友的"(Jawodimbari 133)。显然,对"白人是朋友"这一新概念框架缺乏具身认知体验的裴恩娜依旧相信"白人是灾难"概念框架,并在此框架的运作下思考问题。在《老》中,类似的情形还发生在大奴芭的亲友和乡邻身上,但大家都在体验大奴芭试穿白人给的衣服和鞋子的过程中渐渐地接受了"白人是朋友"的概念框架。由于运作于土著民众大脑中的那个既有概念框架"白人是灾难"被新框架"白人是朋友"替换了,且新框架利于土著族群的生存,所以大奴芭的亲友便开始转悲为喜,周围乡邻也因此快乐地跳起舞。当大奴芭的亲友和乡邻在颁奖仪式中亲自见证了大奴芭的荣耀时刻后,"白人是朋友"这一概念框架便在他们的大脑中被完全激活。然而,正当土著民众以"白人是朋友"概念框架去思考和预判大奴芭与白人的关系,并据此相信酒会后彻夜未归的大奴芭一定在白人家中尽享美酒以及期待大奴芭将坐着白人的汽车回家时,大奴芭却几乎赤身裸体地出现在他们面前。其实,白人在仪式和酒宴结束后就将大奴芭投入了黑牢,并于次日清晨让大奴芭脱下衣服和鞋子,仅给了他一小块印花布遮羞。亲身经历了这些羞辱性的遭遇后,前一天在大奴芭脑中刚刚被激活的概念框架"白人是朋友"即刻被彻底否定,"白人是灾难"再一次成为大奴芭脑中无比信赖的概念框架。如上所述,在镜像神经元的运作下,见证了大奴芭因为信任殖民者而被戏弄的巴新土著民众也会彻底否定"白人是朋友"的概念框架,"白人是灾难"的概念框架再一次被激活和强化。基于此,作为该剧目标受众的巴新土著民众自然在大脑中形成如下理性认知:像大奴芭那样顺从白人的殖民统治和相信白人殖民者的善良只能让巴新土著人不断失去自己的宝贵财富,不仅得不到任何报偿,相反只会得到羞辱,唯有驱逐白人方可消除灾难。

可见,在《老》的反殖民审美认知的抽象建构过程中,欣赏者不仅可以借助镜像神经元洞悉殖民者一以贯之的罪恶殖民统治,也可在概念框架的反复置换中体验殖民者的虚伪和恶毒本性。同时,概念框架如此不断的置换也激起了土著民众对殖民者的愤怒之情,进而在反殖民理性认知的基础上又唤起了土著民众的反殖民情感。

三、反殖民审美的混合认知建构

众所周知,在生活里或剧本中,某些妙趣横生且又飘忽不定的深奥意蕴往往是认知图式的线性认知模式难以企及的。美国著名认知科学家马克·特纳(Mark Turner)认为,"有意识认知恬不知耻地将自己表现为掌控全局的万能者,但实际上大脑却常常以某种极高速、高效和高明的方式在别处运作"(Turner 6)。就语义在大脑中的生成的机理或运作的机制而言,马克·特纳还曾具体地说道,"语义不是某个概念容器中的储存物……而是众多语义空间彼此投射、黏合、连接、混合和集成的复杂运作"(Turner 57)。正因如此,戏剧神经认知研究学家在谈及戏剧语义生成的神经机制时曾说,"混合理论让我们将语义看作多个空间的复杂映射网络系统"(Cook 104)。

在《老》中,白人殖民政府为什么会在此时这般假惺惺地给大奴芭颁奖?这既是剧本的核心事件,又是一个耐人寻味的问题。为此,戏剧家在剧情中设计了一个当地殖民政府最高长官在会见大奴芭之前与副长官之间发生的对话。

长官：哦，是的。为了他那两个在抗日战争中战死的儿子，那老头将要接受奖章。他确实配得那枚奖章，那个老家伙。我就是不明白他们为什么早先不给他颁奖呢？

副长官：噢，最新政策强调民族间和多民族社群中的友爱以及诸如此类的各种友情。所以他们开始从那些陈年往事中翻那些早该颁奖的事儿。
(Jawodimbari 129)

在此对话中，殖民地长官明确地将"颁奖"的原因归于以多民族友爱为内容的"新政策"，似乎完好地回答了上述问题，也满足了读者或观众在线性认知模式驱动下的认知渴望。然而，根据混合认知理论，我们知道，"先前彼此互不相干的文本元素在混合空间中能够显现出某种矛盾性和一致性。在我们本以为理所当然的事中，混合认知也能为我们显明其中存在的问题"(Turner 84)。确实如此，如果我们将此对话放在与之具有关联性的众多信息建构而成的语义网络系统中，就不难看出，对话中的"新政策"与剧本中许多其他地方描写殖民者举止和神气的信息是彼此矛盾的。其一，通过以上论证，我们知道，在几十年的殖民统治中，殖民政府对当地土著人从未有过什么宗教式的怜悯、兄弟般的友爱和社会性的帮扶。相反，土著人一看到白人，心中那根与恐怖、残忍和痛苦连接的神经就会被触动。可见，英属（或澳托）殖民政府肆意虐待、贪婪盘剥和残忍迫害殖民地人民的行为绝非一日之事，其凶残的程度也一定令人难以想象。一贯如此凶残、贪婪和罪恶的殖民者与其口中突然提出的民族友情之间明显存在极大的矛盾性。其二，在《老》中，第四场和第五场上演的"颁奖"和"酒会"原本是殖民政府向土著人展现"新政策"的舞台，但白人长官的所谓高贵的言行举止都尽显其虚伪、恶毒和残忍的本性，也显露出其"种族友爱"的虚假性。殖民者的行为与其口中的言辞一再表现出矛盾性，且随着剧情的发展，这种矛盾性一直在不断深化。其三，在混合认知空间中，这种矛盾性不仅存在于殖民者的一贯本性与其口中的政治辞令间以及其实际行为与自我粉饰的言辞间，而且也体现在上述对话的言辞之间。回顾对话，我们知道，对话的双方分别是殖民地最高长官和副长官。按理来说，一把手更接近权力的中心，应该更熟悉殖民地政策的里里外外，但他却说，"我就是不明白他们为什么早先不给他颁奖呢？"(Jawodimbari 129)；作为二把手的副长官却一本正经地以"新政策"作答。显然，权力结构在此被戏剧家有意地倒置了,这也隐晦地表征了言说的矛盾性。可见,一把手是揣着明白装糊涂,二把手也顺水推舟式地用政治辞令去敷衍。当然,这也敷衍了戏剧欣赏者在线性逻辑推理中的认知期待,但它在混合认知空间中也同时显露出其矛盾性。艾米·库克曾说,"概念混合理论将看似互不相干的片段联合成一个平台,且平台的阐释力恰恰随着片段的增加而变得越发强大"(Cook 104)。当《老》中极具矛盾的信息不断汇入混合认知空间时,跨民族友情渐渐显露出其虚假性,"新政策"作为上述问题的答案显然也是欲盖弥彰之法。读者或观众不禁要问那个政治辞令背后到底隐藏着什么不可示人的秘密?

  混合认知是大脑运作的重要本能性机制,它可以让人从剧本内那些看似平常且又繁杂的信息中发现问题;但是,白人长官自己提出的问题,即"我就是不明白他们为什么早先不给他颁奖呢?"依然无解。为此,戏剧欣赏者还需启动剧本(场)内外的混合认知。艾米·库克认为,"唯有通过混合,戏剧认知方可入戏和出戏,也可反之,随着认知活动的推进,认知主体在认知跨越过程中构建起了戏剧内外之边界"(Cook 60)。我们知道,《老》是巴新土著戏剧家贾沃迪姆巴里于1971年创作的反殖民主义重要剧作,其目标读者或观众是巴新土著民众。赫尔德(Johann Herder,1744—1803)曾说,"语言越原始,抽象的东西就越少,感性的东西则越多"(赫尔德 61),反之亦然,白人长官口中极富抽象性的"新政策""跨种族友爱"和"民族友谊"确实遮蔽了感性的历史事实,也回避了问题的本真所在;然而,戏剧家知道这并不会造成目标观众的认知障碍,因为在巴新土著人的混合认知空间中并不缺乏剧本(场)外的感性历史经验和时事社会知识。从历史背景来看,"二战以后,伴随着一股近乎宗教式的狂热,反殖民主义烈火在全世界范围内持续燃烧,熊熊大火先后约烧了三十余年"(Ellerman 1)。为了在政治独立之前完成民众自我心灵的去殖民化,文化先锋们于二十世纪六十年代末和七十年代初在巴布亚新几内亚发起了一场以文学和艺术为武器的反殖民主义运动(Beier, 2005)。同时,国际社会也逐渐关注和声援巴新反殖民主义运动,"早在二十世纪六十年代初期,联合国就不断朝殖民政府施压,迫使其加速去殖民化的进程"。然而,如此民心所向的社会改革在巴新却一直进展缓慢,"澳大利亚当局迟迟推延去殖民化工程,或是勉为其难地做些表面工作"(Ellerman 1)。这些剧本(场)外的社会、历史及政治等方面的感性常识恰恰是戏剧欣赏者心灵中的重要认知维度,也是其混合认知空间中始终朝"颁奖"发出语义映射的输入空间。

在戏剧欣赏者的混合认知空间中,"颁奖"在剧本(场)外活生生的历史事实和政治形势的映射下瞬间便显出原形,即殖民者以"颁奖"为手段的示好行为只是其苟延残喘的别样话语表征形式。回头来看,在以上对话中,"所以他们开始从那些陈年往事中翻那些早该颁奖的事儿"(Jawodimbari 129)本是白人长官之间的一句顺口而出的笑谈,但在语义映射系统中,殖民政府的示好便显得有些慌不择路,在揭露白人殖民政府残忍统治的同时也讽刺了殖民者即将落败时的可笑举止。另外,白人长官在"颁奖"和"酒会"上表现的所谓"高贵举止"在混合认知空间中更显得虚伪和可笑。故而,戏剧家借助混合审美认知巧妙地发挥和发展了"嘲讽白人"的民族文学特征(马祖毅 84)。

由此可见,基于混合认知,散落在剧本中碎片化的台词、抽象概括性的政治术语以及前后矛盾的说辞在各自的语境中可能平淡无奇,也不能引起人们的关注,甚至在线性认知中形成某种极复杂的语义矛盾,"但它们借助混合认知网络系统确实能让戏剧的语义得以生成"(Cook 104),且"相比对特性的精准概括而言,由众多各有偏颇的观点构成的网络系统更能显现出其中的真理"(Cook 104)。

结　语

综合上述,我们知道,在戏剧欣赏过程中,认知主体不仅要借助词语激发出的理想概念框架对剧本进行抽象审美认知,也会基于镜像神经元的运作和认知图式的替换、并置及其转换的性状对戏剧的具体语义和微妙情感进行认知加工,进而完成戏剧欣赏中的具象审美认知;然而,戏剧认知抑或人类认知并非局限于上述讨论中认知图式的单一线性逻辑建构,也发生在诸多文本元素基于语义映射建构起的混合认知系统之中。通过对概念框架在大脑中的运作进行艺术化的操纵,《老》使戏剧欣赏者的大脑在接受"用言语编码的世界"时最大化地体验了白人殖民者的恶毒、虚伪和丑陋,同时也激活了巴新土著民众脑神经中憎恶殖民者和追求自由的概念框架,进而在巴新社会中点燃了推翻殖民暴政的革命火种。

(作者系江苏科技大学副教授,硕导)

融合传统技法　塑造现代人物
——昆剧《江姐》的成功探索

顾闻钟

2021年9月24日，江苏省苏州昆剧院创排的《江姐》上演，该剧以"100位为新中国成立作出突出贡献的英雄模范人物"之一江竹筠为主人公，述其得知丈夫牺牲后仍坚持斗争，被捕后受尽折磨却坚贞不屈，直至舍生取义之事迹。

早在1964年，中国人民解放军空军政治部文工团将罗广斌、杨益言创作的长篇小说《红岩》中有关江姐的故事编演搬上歌剧舞台后，不少剧种曾据其改编演出，这些珠玉之作在前，要想打造一部成功的具有昆剧特色的红色题材现代戏并非易事。江苏省苏州昆剧院编演现代戏具有丰富的实践经验，1959年，该院（当时剧团名称为江苏省苏昆剧团）就编演了昆剧现代戏《活捉罗根源》，引起轰动。此次演出于第八届中国昆剧艺术节期间的昆剧《江姐》，系由江苏省苏州昆剧院邀请知名昆剧编剧王焱根据同名苏剧演出本改编而成，全剧由《序幕和送别》《惊讯》《激战》《被俘》《斥敌》《绣旗》六场戏组成，吕福海任该剧导演，翁育贤、周雪峰、吕福海、唐荣、徐栋寅、章祺、束良、沈国芳、杨美等实力派演员参与演出，其中翁育贤饰江姐，梅花奖得主周雪峰饰演甫志高，吕福海饰演沈养斋。

戏曲革命题材现代剧编排不可谓不多，剧中革命英雄的高大形象依据史实也不难塑造，难的是如何动人。昆剧《江姐》在如何塑造这位家喻户晓的烈士的艺术形象时应该动了一番脑筋，从舞台效果来看，是非常成功的。剧本在叙江姐革命情怀时，时刻不忘描述一个女性的"小我"情感，但最终又将这"小我"融入共产党人的"大我"格局之中。例如第一场戏《送别》，江姐上场唱《桂枝香》，开头几句"(俺夫妻)分别日久,分别日久,(不记得)相思日厚",遇到乞丐给钱之后,情绪自然转化为"悲(上)心头,(这)苦海同经受,何方(有)渡人舟";第二场戏《惊讯》中,江姐得知彭松涛已牺牲时,非常悲痛,"松涛啊,(你)壮志未酬身却先摧",但随后想到革命尚未成功,坚持"(我)冰心不移志不消颓",隐忍悲痛继续前行,当到达华蓥山,见到"双枪老太婆司令员"时忍不住扑到其怀里痛哭,待众人解劝后又重新振作"漫拭伤心泪,此情藏愈深,看古来争战几存身?想古今青山处处埋白骨,休嗟叹干戈寥落裹尸身";第五场戏《斥敌》中,沈养斋以给孩子用刑威胁江姐,作为一个母亲,她心中是痛的,"什么?我的孩儿",但她仍旧"抛下我一子,只为天下儿";第六场戏《绣旗》中,江姐临刑之前见到自己尚在襁褓之中的儿子,悲痛万分,"墨逐伤悲凝寸管",写遗书字字泣血,但又"将儿抛别,只为了千家宅眷",和姐妹们道别时,不忘提醒"你堂上双亲一向欠安,你若出去,定要尽心孝敬",同时也嘱咐"望姐姐努力为党工作",但她自己愿"天下若得同解放,此生无悔赴冥曹"。在导演的指导下,主演的演绎十分到位,恰如其分地把剧本对于主人公的立意呈现在舞台上,让观众感受到一位善良美丽、坚韧不拔,有血有肉、有情有义的共产主义女战士。

中国戏曲能不能演出现代题材剧目已经无须争议,重点是在塑造栩栩如生的舞台艺术形象的同时如何保持作品的戏曲特色,戏曲演出不是"背台词",必须讲究戏曲性。昆剧《江姐》的导演深谙舞台演出路数,例如第二场戏《惊讯》开头,江姐、华为二人同行,演员并未直接出场,而是先由江姐在幕后高声散唱《胜如花》第一句"急如箭,去若飞",先声夺人,然后在锣鼓声中两人出场定位,行时再唱"细雨巴山蜀水。冲破他雾锁重关,华蓥山峭壁峰回。遥望他松柏叠翠,好气象八方交汇,忆当年红旗(映)翠微",并辅以大套程式行路状造型动作,观众在欣赏过程中非常容易感受到情景交融的戏曲意境之"美";第二场戏下半段特务警察与江姐对话,看城门上人头,这是江姐得知彭松涛被杀害的紧要当口,"小花脸"扮演的警察以四个问答做戏,又在第三场戏《激战》截军火前与亦由"小花脸"应工的唐副官插科打诨,两处均具张弛有度的传统戏曲表现手法;第五场戏江姐被捕后,叛徒甫志高前来劝降,与江姐的对唱是《金梧桐树》《解三酲》两支南曲,演员并未使用严格的水磨曲唱法演唱,而是使用了类似丑角的阔口快口唱法,甫志高劝降时虚伪、愚昧、可笑之态成功展现于舞台。戏曲演出是演员通过四功五法在舞台上演绎作品,身段、步伐讲究程式化,锣鼓、音乐亦应贯之辅之,这是戏曲区别于话剧、歌舞剧、音乐剧等其他西方艺术种类的重要标志,但传统戏曲行当程式演绎现代人物确是一大难点。江苏省苏州昆剧院在角色的分派上尽量发挥了演员特长,主要人物都是以所擅角色的演员扮演,翁育贤之旦行、周雪峰之生行、唐荣之净行、徐栋寅之丑行等功夫都得到了充分使用和发挥。另外,演员们根据该剧人物性情还采取了跨行当演出,吕福海在塑造沈养斋时融合了昆剧"付"和"末"的技法,周雪峰在饰演甫志高时融合了"生"和"付"的技法。为了更为有效地塑造剧中现代人物艺术形象,该剧也编排了一些新的动作,但没有生硬地搬用,而是通过提炼形成新的舞台程式动作。

近年来,戏曲剧种同质化现象非常严重,坚持昆剧艺术本位是该剧最大的亮点。昆剧演出的剧本(常称为脚本)为南曲、北曲为主的传奇或杂剧,使用南曲、北曲唱法,其他剧种演出的剧本通常是非曲牌体剧本。昆剧《江姐》中各类人物唱词均以南曲、北曲为主,根据人物性情及其情感表达选用声情不同的牌子。例如江姐一角填用了《桂枝香》《胜如花》《泣颜回》《二郎神》《集贤宾》等南曲牌,演员演唱时也使用正宗昆腔水磨曲唱法,四声八调清楚明白。但在表达严厉之态或豪迈之情时又选用了北曲,演员也坚持使用北曲唱法,例如第五场戏《斥敌》使用了《会河阳》《四块玉》《梧桐树》《乌夜啼前》等北曲牌。编者在填写南曲、北曲时大量使用了"远影孤帆""冰雪寒梅""啼血杜鹃""细雨潇潇"等意象型语言和妇孺皆知的历史典故,这正是填写诗词曲赋常用的手法,其他人物的唱词虽相对通俗(不是俚俗)但也严守格律,同时亦应用了不少集曲,灵活应用曲牌声情但又不失传统文乐的特色,这样的手法没有脱离中华文化知识体系和情感内涵,不仅合适地塑造了人物,还最大程度保持了昆剧剧种特色,也易为普通观众所接受。

在演出过程中,该剧也使用了伴唱、幕后唱、话剧话白、出场等手法,有效弥补了舞台程式化的不足,但这些手法始终处于补位的地位,未画蛇添足。笔者认为剧本的改编者、导演以及该剧的演员均能坚持戏曲尤其是昆剧剧种艺术本位,使得该剧在舞台上呈现出来的戏曲质感和昆剧特色非常强,是一部不失自我文化品位的现代戏作品。

(作者系苏州大学苏州医学院《杏林流芳》执行主编,院史委员会会员)

影视

当代考古纪录片：纪实书写·时空模拟·新主流性

周 晨

随着我国纪录片创作与传播的不断发展,当代考古纪录片日益获得主流媒体青睐,在数量和质量方面都不断提升。尤其因为它运用互联网思维、年轻化表达赋能的创作,正在不断用考古材料讲好中国故事,架设公众与考古之间的桥梁,形成当代中国新主流纪录片领域的一道新的风景线。

一、考古现场与实物的影像纪实书写

近年来,我国考古发掘与研究取得一系列丰硕成果,考古活动频频"跨界"和"出圈",与大众文化实现良性互动。曾被视为"小众""冷门"的考古日益走向大众并掀起热度,成为具有广泛群众基础的主流社会文化事业。考古纪录片以"非虚构叙事"纪实书写的特性,追踪记录考古发掘现场、重点文物面世,记录下考古历程中那些充满戏剧性、令人热血沸腾的"发现时刻",为"中华文明多元一体"的考古实证留下了兼具纪实性与艺术性的影像作品形态。因此,它被称为是考古工作与影像艺术融合的结果[①]。

对于纪录片创作和考古工作来说,"现场"十分重要,它对见证考古奇迹和构建纪实影像都不可或缺。当代考古纪录片《发掘记》(2021年)也许能生动地讲

---

① 王沛,高濛河.考古纪录片的类别和特性[J].南方文物,2017(2):226.

述这一点。该纪录片巧妙地借用考古人每年春、夏、秋三季进入发掘现场持续工作的时间被称为"发掘季"的谐音双关而命名,在整个发掘现场,用镜头记录下考古工作的完整过程——如何细致地清理土层;用照片、录像、文字记录、给文物编号等发掘过程中每一个阶段性的关键现场及获得的文物。诸如此类考古纪录片对考古现场与实物的影像纪实书写,就像考古工作者自己也认识到的那样:"考古纪录片不应该是寻宝,不应该是一惊一乍的那种。"[1]由于考古与人们现实生活一样,绝大部分在意料之外,永远不会完全按照设想好的去进行,因此,当代考古纪录片一般都采用镜头总在现场的做法,以此来努力确保能拍摄到非常纪实而部分特别动人的镜头。《发掘记》第二集《晋地深处》就因为这样的纪录拍摄,而在实地捕获了考古现场人们像过山车一样跌宕起伏的内心情态。本以为排除了被盗,发现了罕见的"壁龛",结果空欢喜一场。"壁龛"其实是古代盗墓者留下的盗洞。惊喜落空、无功而返的年轻考古人无奈叹息:"没办法,碰运气",苦笑着跟摄像师调侃:"我很期待你们的成品,会剪辑成什么样子"。在考古队本以为已被洗劫一空、一无所获,准备铩羽而归的时候,不料在九米之下,居然发掘出了81件青铜器和若干金箔。一直沉稳内敛的领队田建文也控制不住自己的情绪,直接对摄像师说:"行了吧,别拍了,我比较激动。"正是因为比较注重坚持始终在现场的考古纪录片拍摄,自然还能拍摄到领队田建文有感而发写就的打油诗:"二把刀挖古盗洞,九米深也是懵懂。关键时空拐个弯,人生没有死胡同。"不仅是考古现场的种种情景,还有考古人的种种样态,都让观众喜出望外、忍俊不禁又敬佩不已。如果没有当代考古纪录片的摄像始终在场,那些枯燥难熬的过程中出现的精彩瞬间很难被保存下来。从这个意义上说,很多当代考古纪录片几乎全程的跟拍,毫无疑问地能够造就此类纪录片纪实书写的别样成功。

很多当代考古纪录片不仅可以做到摄像镜头基本始终在场,确保全过程声像摄录及纪实书写的真切性,而且对于部分重要考古发掘现场来说,还可以安排同步发掘、同步观看的"慢直播",在即时传播考古新闻的同时,也为考古纪录片内容充实和形式创新提供了新的可能。被誉为20世纪人类最伟大考古发现之一的三星堆遗址,是中华文明"满天星斗"中最神秘的那颗。1986年,三星堆一醒惊天下,

---

[1] 王华震."黄土从来不负人"——纪录片《发掘记》里的考古人[EB/OL].(2021-05-24)[2022-04-29]http://www.infzm.com/contents/206611.

2020年又启动对六个新发现祭祀坑的发掘,2021年三星堆遗址考古发掘过程则增加了"云考古"因素——在3月20日到3月23日及9月9日到9月11日间,借助于"慢直播"镜头在线展示考古挖掘现场工作。"天鹰座"索道摄像机在考古挖掘现场,通过一镜到底的方式带领观众"漫游"每个考古区域;全坑扫描技术以三亿两千万像素独家记录文物在坑内的原始状态,超高清画质让观众可以从10平方米的8号坑内找到一根几毫米的铜丝……纪实性动态影像充分展现了文物存在的环境、开掘的过程,实时、全景地呈现了三星堆遗址考古的最新发掘成果,让很多专家学者和普罗大众都能产生不在现场而胜在现场的观感与惊叹,同时也为中国考古留下了更为真实、丰富、炫目的第一手影像记录及资料。

当代考古纪录片更多地在"现场"和将考古现场进行不断的延伸,可以使考古纪录片的纪实书写给人以很不一样的感受,让人特别强烈地意识到考古与文物保护研究能够非常直接地帮助人们更好地了解先人生活历史及其精神世界。"考古学是基于田野考古的思辨和建构之学,而不是技术性工作。发掘可能构成田野考古的高潮,但是对于考古学研究而言,不过是其中一环而已。"[①]与时效性强、即时互动高的考古直播相比,部分具有"文火慢炖"特色的考古纪录片,能够很好地发挥纪录片素材的长尾价值和多次传播潜力。六集纪录片《又见三星堆》(2022年)主创团队,从2020年发掘工作启动开始便长年驻扎广汉,伴随式记录这一重大考古事件,历时三年全程跟踪记录,用传统的二十四节气记录"现场"时间,及时捕捉发掘进程中的生动细节,掌握了众多珍贵的第一手素材资料:发掘与保护方案专家们基于各自研究领域的深刻思考而产生的激烈论证,弥补了1986年"抢救性发掘"的遗憾,让我们看到了今日科技考古的整体实力;在三星堆发掘现场,见证着坑内文物一天天逐渐展露的过程,每位"坑长"都控制不住自己的激动;还原三号神树残件的数字修复过程——通过激光扫描仪和5G通信技术的双管齐下,69件残件得以用"神还原"……从祭祀区的考古勘探,到随后的考古大棚、发掘方舱、实验室的修建,再到正式的考古发掘、器物清理、器物提取、器物修复、遗迹切割、科技检测、科技分析等各个环节的珍贵影像都穿插到了纪录片中。总之,《又见三星堆》不仅聚焦于现场发掘,还将镜头对准发掘之后,形成了《重逢》《初见》《守护》《追寻》《重生》《不朽》这具有递进性的板块结构,各自承担

---

① 徐坚."考古"百议[J].大众考古,2014(3):18.

起叙事中的一条主要脉络,将田野发掘、文物保护、科技考古等专业知识以及考古人员的心路历程都全面地展示给了观众,应和了观众对文化和情感价值的深度期待,实现了艺术表达和考古逻辑的辩证和谐统一。

二、考古寻证与探索的时空模拟及情景再现

当代考古纪录片,正在使用更多表现手法越来越生动地展示考古的文化魅力及传播效果。"考古有什么迷人的魅力呢? 一是发现之美,一是考古者可以像侦探一样,通过蛛丝马迹要进行判断和甄别,要进行思辨,……属于高层次的智力游戏。"①与之密切相关,当代考古纪录片以使用各种方法与各种形态的时空模拟或情景再现,将不同地域的不同文物考古发现与相关文字记载或民间野史、传说之间进行勾连讲述,不仅"见物",而且"见人",具有故事性、知识性、精神性的多元混合特点。这也就是说,对于当代考古纪录片的成功而言,不仅仅局限于真实记录,还需要通过介入、对话和创造才能抵达②。在考古发掘实物资料和科学研究的支撑下,悬疑叙事、人物扮演、情景再现、特效动画等都是对历史真实召唤的有效手段,通过纪录片创作者"正确的想见"及镜头画面对考古内容叙事进行时空模拟,努力还原相应的历史情景。

当代考古纪录片常常以开头"设问"和结尾"预盼"的方式来引起观众对相关考古内容重点及关键点的关注。中央电视台《探索·发现》栏目除了追求"现场感"的经典板块《考古进行时》,每隔一段时间还将关注度很高或者正在进行中的考古发现以缀合团块的方式集中呈现,相继制作了大型系列考古纪录片《考古中国》《考古拼图》《考古探奇》等,规避了常态节目的零打碎敲,用电视语言形式,将考古的神秘性、悬疑化以及对结果的巨大期待性都发挥到了极致。所有相关考古纪录片,几乎每一集都"以问题为导向"开启叙述,由悬念推动建构,在"提问——分析——解疑"中研究、想象还原考古对象的历史原貌,运用生动视听语言等手段方法将考古纪录片的科学性、纪实性与艺术性努力实行有效融合,在保

---

① 新京报记者钟芳蓉对话许宏:考古属于高层次智力游戏[EB/OL].(2020-11-19)[2022-04-29]https://www.sohu.com/a/432836118_257199.
② 孟婧.从表征到拟像:纪实影像中的"现场"建构[J].现代传播(中国传媒大学学报),2018(11):126.

证专业性和权威性的同时努力实现知识传播的通俗化,提升声像感受的审美性。

深刻理解考古工作的人们一般都认识到:"考古是一门讲'故事'的学问,人们可以通过它解读历史,完善对历史的认识。"①因此,当代考古纪录片,就更加不可能不注重讲好故事。具体来说,在讲述考古发现及文物时通过故事化手法进行有效的组织叙事,尤其是借助考古工作本身的层层推进来反复制造悬念,始终是当代考古纪录片不断引发并保持观众具有很高的观赏注意力和很强的观赏兴趣的一个重要举措。考古纪录片《土司遗城——海龙屯》(2018年)讲述的是2012年"中国十大考古发现"的相关故事。纪录片从考古工作者"我生而有幸,可以在废墟中追寻文明的碎片"的角度切入,从土司遗址的考古入手,借助于一次次考古发现的证据,从大量考古史料中提取原型信息和细节,对相关历史事实真相提出假设,从而既坚持了考古的科学精神,又强化了当代考古纪录片的纪实性②。

随着影像呈现手段的丰富多样,当代考古纪录片将"正确的想见"可视化,即或是运用动画来进行时空模拟,或是通过人物扮演来进行情景再现,都确实使得它们更加为广大观众喜闻乐见。《西汉帝陵》(2015年),从西汉十一帝的陵墓入手,以陵墓中的物件和图画为基础,通过手工制作实物角色模型和场景模型等方法,运用中国传统壁画表现风格,开发利用"数字多空间要素定点跟踪融合匹配技术"拍摄,对观众更好了解相关皇帝及帝陵玄密、深度揭示帝陵文化均提供了精致解读。《大唐帝陵》(2020年)将历史文献、考古资料、传说史料、最新研究成果等融为一体,综合运用高质量动画和实景拍摄等手法,将唐代政治、文化、经济等情景与墓主的生平事迹串联起来进行真实还原,深度展现了大唐盛世在社会、经济、文化、艺术、建筑、生活等诸多方面的成就以及对世界的影响。《秦始皇》(2019年),更是采用成熟的情景再现手法,避免了纯粹历史资料与解说词的堆砌,将千古一帝秦始皇进行了细致描摹刻画,使纪录片生机盎然、大气磅礴。在这方面,特别值得一说的是大型纪录片《良渚文明》(2022年)。该片在考古成果和史料文献的基础上构架数字拟像,将地图动画、3D动画与实景拍摄相互结合,立体还原了5000多年前良渚文明中心地的自然环境、古城位置和先民的生活日

---

① 袁靖."考古"百议[J].大众考古,2014(9):20.
② 晏青,曹洪刚.《土司遗城——海龙屯》传播文化贵州好故事[J].电影评介,2018(11):55.

常,对那些已经成为过去式的"现场"和仅存在于记忆中的"现场"进行多种方式的情景再现。纪录片通过纪实和写意相结合的手法,力求真切地再现先民们在城市建设、水利工程、稻作、玉作诸多方面的历史面貌及生活场景,使考古发掘与学术研究成果呈现出具象化、生动化的特征,观众在灵活多变、富有美感的画面流动中,愉悦地接受良渚文化及其对中华民族发展产生深刻影响的历史认知和审美想象。

《古蜀瑰宝》(2022年)在叙事建构中加入CG动画,以动态地图的形式,生动直观地展现了古蜀文明不断迁徙演变的历史版图。对"蜀"字形从古至今形态变化过程的动态呈现、对良渚文化中繁复的神人兽面纹向简洁的人面纹转变的动态演变都在不同程度上增强了考古纪录片的艺术表现力。《星空瞰华夏》(2020年)在体现考古纪录片对历史文明探源方面,借助卫星遥感成像技术,创造出从太空俯瞰历史遗迹的独特视角,打造出富有科技含量的视觉奇观。精美的画面、新颖的视角,展现了中国壮丽的山川地貌和时光流逝中的沧海桑田[1]。部分新媒体考古纪录片还不断借助多媒体技术实现实时互动、全新参与,营造历史和现代语境的融合,释放纪录片的多元功能,提高观众的参与感。优酷考古纪录片第四季《古墓派·互动季》(2020年)首次为观众打造沉浸式探墓体验,将真实的考古手段融入了由触点游戏发起的指端互动和游戏交互操作环节,打破了传统纪录片与观众之间的"单向"交流模式。

三、"新主流纪录片"的一支生力军

当代考古纪录片显然并非是一般认为"政治化的产物"的主流纪录片[2],它主要通过主流媒体创作与播放,更多传播中华文明的历史悠久、灿烂瑰丽与多元一体的理念,因而具有很强的"新主流纪录片"属性,也是"新主流纪录片"的一支生力军。2022年4月22日发布的《"十四五"考古工作专项规划》中要求考古工作者要进一步加强对考古材料的阐释能力和将考古材料转向史料的转化能力,

---

[1] 何辉.《星空瞰华夏》:考古视角下的中国历史[N].光明日报,2021-01-06(15).
[2] 张同道.多元共生的纪录时空[M].北京:北京师范大学出版社,2010:60.

用考古材料讲好中国故事①。在新媒体与传统媒体相融共生的时代,"不管电影、电视还是新媒体,互联网思维是纪录片制作与传播的起点,用户体验、平等参与、极致、跨界、大数据,这些陌生的商业语汇将为纪录片带来新视角。"②

寻根问祖、溯本寻根是人的本能,谁不想知道人类历史长河的第一笔是在哪里起笔书写的呢? 历史已逝,考古学使她复活③。"我国考古发现的重大成就实证了我国百万年的人类史、一万年的文化史、五千多年的文明史。"④考古不仅要发现物质层面的历史遗存,而且要询问人类永恒的精神寄托与美学家园,涉及的时空的广度、文化的多元、意境的丰沛,都使考古纪录片展现出独特的价值和风采。2021 年时逢中国考古学百年华诞,因此出现了很多致敬考古百年的大型考古纪录片,像《足迹》(2021 年)、《仰韶故事》(2022 年)、《古蜀瑰宝》(2022 年)、《与丝路打交道的人》(2022 年)、《何以中国》(2022 年)等以贴近于电影制作方式与视觉效果的纪录片创作方式,用丰富的考古发现与文献考证相结合的方式来呈现百年来考古工作对构建中华文明标识体系的重要作用,描绘出一幅让我们震撼、自豪的中华文明起源和"中国"形成的壮阔画卷。尤其是植入了互联网思维的考古纪录片,更是用生动的叙事、多元的体验、互动的对话,为受众提供了多层次的情感代入可能,将历史遗存和考古材料通过匠心打造成有灵魂的、有意思的"活"物,进入现代人的视听接收视野。《如果国宝会说话》是一部以轻盈的叙事姿势讲述国宝的纪录片,每集只有 5 分钟,非常适合碎片化时间观看。其第一季(2018 年)呈现的多是上古时期的陶器、青铜器等;第二季(2019 年)主要讲述春秋战国和秦汉文明时期的文物;第三季(2020 年)节目的历史跨度从魏晋南北朝跨越到了隋唐时期,涵盖了书法、绘画、壁画等多个门类,多维度展示了那个时代的技艺、审美、文化和生活方式。"通过微纪录的方式,将厚重的中华文明与互联网的碎片化传播相结合,向观众展现了蕴藏在文物背后的深邃历史与精彩故

---

① 这份规划让考古更好讲述中国故事[EB/OL].(2022-04-28)[2022-04-29]http://www.people.com.cn/n1/2022/0428/c32306-32410704.html.
② 张同道.2018 年中国纪录片发展研究报告[J].现代传播,2019(5):122.
③ 俞伟超."考古"百议[J].大众考古,2013(2):18.
④ 习近平.建设中国特色中国风格中国气派的考古学 更好认识源远流长博大精深的中华文明[J].中国文物科学研究,2020(4):2.

事,堪称中华文明的视频索引库和向世界展现中国悠久历史与文化的标杆。"①《书简阅中国》(2021年)注重实物史料与历史文献的对照,将考古发现和传世文物中与书信有关的素材进行筛选利用。第一集《小人物的大历史》中讲述黑夫和惊木牍家书的故事。"黑夫木牍,是中国迄今发现的最早的实物家书,黑夫和惊写给兄长衷的信让我们见识了兄弟情深的同时,也从一个侧面知道了秦是如何缔造大一统的中国的。"②之后的居延汉简、赵义深家书、唐二娘子家书、粟特信札等都是在各种出土文献中为考古挖掘所得,实物资料为纪录片还原小人物的历史篇章提供了客观依据。"考古不是探宝,不是历险,也不是寻求刺激,它是对以往生活的一种探测和寻找。……通过这些文物和遗迹看到了普通人的生活,他们世俗的形态。"③《字从遇见你》(2022年)一集诠释一个汉字,第一集聚焦的汉字"中"最先亮相的是目前能见到的最古汉字甲骨文之一——天津博物馆馆藏的"立中允亡风卜骨"中的"中"。它像一面随风飘扬的旗帜,拉开汉字故事讲述的大幕。从原始陶器上的符号,到殷商时期的甲骨文、西周时期的金文、春秋战国时期的大篆、秦朝时期的小篆、秦汉时期的隶书、成熟于唐代的楷书,直至现在的简体汉字,观众从中看到了夏商周到现代社会文明与文化变迁的一脉相承与绵延不绝。中国的文化历史具有惊人的连续性,我们今天使用的方块字,几乎都可以在贾湖一期的原始符号、殷墟一期的甲骨文、青铜鼎铭文中找到其大致的身影;在海昏侯墓里发现的《史记》《诗经》《论语》,今天依然被我们捧在手中阅读。在融媒体环境里,互联网的长尾效应让考古纪录片的价值和影响力得到充分发挥,受众可以通过多种媒介灵活性地选择自己喜欢的纪录片观看。纪录片超越时间和地域限制的特性,从而保持广泛而长久的生命力。追求精神共同富裕的Z世代④用户从不吝啬分享,他们不仅主动当"课代表"总结梳理 UP 主视频里涉及的相关知识、片名,还会进一步推荐自己心目中的优质纪录片,许多高口碑而小众的"宝藏"考古纪录片,就这样在"互联网考古"中被 B 站(哔哩哔哩网站)的年轻人们挖掘出来。

---

① 吴伟贤.《如果国宝会说话》国宝活了,火了[N].人民日报(海外版),2018-01-08.
② 让今人与古人"接头"并"上头" 文化纪录片《书简阅中国》的创新探索[EB/OL].(2021-03-31)https://baijiahao.baidu.com/s? id=16957119119077727979&wfr=spider&for=pc.
③ 颜海英."考古"百议[J].大众考古,2014(7):18.
④ 王彦.追求精神共同富裕的 Z 世代,为纪录片打开黄金时代[N].文汇报,2021-11-18(9).

"考古学是在不知不觉中愉悦观众、传达观点的,它像一幕舞台剧而非讲坛上的讲演。人类文明的总体成就和自信,帮助人们超越自己所处时空的局限,分享整个人类的经验,帮助人们培养一种超越个体的历史感,继续历史的生活,考古学为人类提供了这么一种特殊的营养,从这个角度来说,考古学是值得予以特别关注的。"[1]2021年,仅央视推出的就有《中国国宝大会》《中国考古大会》《考古公开课》等节目对考古发现成果进行不同角度的审视,构建不同层面可视化、可触化的体验式、参与式、多向互动文化空间,越来越丰富的文化精神、文化力量、文化记忆与时代话语的交互共生,轻松好看养眼,让考古这个有意思的选题变得更有情怀,有实力,激发出观众内心深处最澎湃的家国情怀。而当代考古纪录片,是传播当代中国考古成果和弘扬中华优秀文化的一个有效载体,生动而具象,通俗而审美,普通而主流。

(作者系江苏警官学院副教授,文学博士)

---

[1] 格林厄姆·克拉克."考古"百议[J].大众考古,2013(6):18.

新时代扶贫剧的美学探索
——以电视剧《花开山乡》为例

艾志杰

近年来,一些扶贫剧如《一个都不能少》《山海情》《在希望的田野上》等,大多从与现实世界并行的产业升级、旅游开发、科技创新等相关视角进行"非虚构"创作,以多元手法展示劳动人民自强不息、艰苦奋斗的精神世界,实现影视艺术的现实能动作用。正如有学者指出:"生活在广袤乡村大地上的人们通过影像看到乡村振兴的前景出路,激发他们对乡土文明的自信,从而积极投身到乡村的发展当中。"[①]作为一部着重表现乡村振兴的扶贫剧,高希希执导的《花开山香》由中共河北省委宣传部与中共河南省委宣传部、中共浙江省委宣传部等联合出品,同样聚焦于芈月山人勇于拼搏、共同致富的火热现实,强调"以人民为中心"的人民美学,立足兼顾"实干"与"创新"的劳动美学,聚焦传达"绿色共识"的生态美学,以强烈的美学探索意识描摹脱贫攻坚与乡村振兴故事中的温情与阵痛,彰显现实主义作品厚重的历史真实感和巨大的现实批判力量。

一、坚持"以人民为中心"的人民美学

新时代文艺作品的"人民美学",在于以人民群众为中心进行文艺创作,始终把文艺的服务对象定位于人民大众,展示他们的生产实践。正如习近平总书记

---

① 黄小异.《花开山乡》:乡村建设"样板间"[N].光明日报,2021-09-22(15).

在文艺工作座谈会上指出的,"只有牢固树立马克思主义文艺观,真正做到了以人民为中心,文艺才能发挥最大正能量"[①]。《花开山乡》充分展示社会主义文艺的本质追求,强调人民主体地位,凸显农民精神气质,正视农村发展阵痛,从而显示脱贫攻坚战的独特精神面貌。

(一)强调人民主体,展现第一书记风采

影视作品呈现"人民美学"并非一味地建构宏大叙事之梦,更不是偏离"人民性"这一基本落脚点,相反,它的诉求和其他文艺审美实践一样,追求以人民为中心的创作导向,塑造情感上贴近人民大众的感性形象。电视剧《花开山乡》围绕心系人民的白朗形象,巧妙地利用核心事件勾勒其多重身份,从而展现第一书记的风采。例如:在"刘秦岭殴打保安"事件中,他化身"私家侦探",潜入主治医师办公室寻找证据,识破金利公司精心设计的圈套;在"伤寒病封村"事件中,他成为"抗疫英雄",组织消毒、救治病人、化验水样,带领全村人民化险为夷;在"麦西支教到期"事件中,他主动当起"英语老师",答应麦西解决她所遇到的一切困难,投身芈月山的教育事业;在"万景祥被砖厂陷害"事件中,他担任"原告律师",与砖厂对簿公堂、有理有据,最终为其家人追回应有的赔偿金;在"开办劳务公司"事件中,他化身"搬运工人",和村民一起背石头、毫无领导架子,工程队圆满完成工期;在"金利公司强行施工"事件中,他又回归"军人"身份,不惜冒着违纪风险,出手打伤赵经理,维护郭战斗的尊严。不言而喻,白朗在多元的身份属性中来回切换,他就像郑川缨生产的"环保砖"一样,哪里需要往哪填,强调人民主体的"党性"意识则成为他所有行动的核心驱动力。

(二)聚焦芈月山人,凸显农民精神颜值

除了展示"帮扶者"的龙章风姿,扶贫剧呈现"人民美学"的另一个维度便是塑造"被帮扶者"。《马向阳下乡记》中大气彪悍的李云芳、《遍地书香》中有勇有谋的沂蒙汉子陈三国、《花繁叶茂》中经营农家乐的潘梅等小人物,共同勾勒出自力更生、守护家园的农民"众生相"。电视剧《花开山乡》中的芈月山人亦如此,生活贫困的他们并未自暴自弃,而是奋发图强、超越自我,像满山的野玫瑰一样向阳而生。剧中的云霞为了翻修芈月奶奶庙四处奔走、志刚凭借自己的兴趣绘制玫瑰谷设计图、牛兰花致力于玫瑰项目的研发、孙桂琴组织妇女为工程队提

---

① 习近平.习近平在文艺工作座谈会上的讲话[N].人民日报,2015-10-15(02).

供后勤服务、王石子自始至终保护老梁的笔记本、沈爷爷为村民熬制草药等等，这些形象都充分显示出芈月山人淳朴且崇高的精神颜值。同时，该剧还有意塑造了一群身残志坚的形象，他们虽有身体缺陷，但仍然为芈月山的建设贡献力量。最为典型的便是退伍军人郭战斗，他双腿残疾，却几次三番坐着轮椅阻止金利公司违规施工，扬言"先从我的身上轧过去"，用军人的气魄守护芈月山；此外，像齐贵腰腿不便依然答应帮云霞修缮房屋、哑女为了齐贵的腰伤恳求治保主任姜文化主持公道等，这些都将芈月山人相互扶持、不畏艰难的民风展现得淋漓尽致。正如麦西讲的那个"船长救助落水小孩"的故事，被救者只有永不言弃，最终才能等来老船长的营救。显然，该剧着眼芈月山人的"自救"行为，正是对当下亟需巩固脱贫成果的农村的一次正面引导，这也是电视剧的现实意义所在。

（三）立足现实主义，揭露乡村振兴顽疾

从《一个都不能少》中焉支村、丹霞村的合并难题，到《最美的乡村》中青山镇的创业危机，再到《山海情》中西海固人民的搬迁问题，扶贫剧的意义就在于描摹冷峻的现实，把观众碎片化的、漫不经心的、分散于消费文化和泛娱乐化现象的注意力引向最广大的人民大众，从浮华的甜宠、仙侠、傻白甜等"注水剧"中抽离出来，观照贫困区人民身心两难的现实生活，以此揭露触目惊心的贫富差距、根深蒂固的落后意识等乡村振兴顽疾。电视剧《花开山乡》用影像方式做出回应，显示出其批判现实主义的美学品位。剧中，占川集团、高天集团暗中计划着上百万的投资，而芈月山村民却连基本的用水问题都不能解决；贪污腐败的姜建国住着小洋房，而失去父亲的巧玲却住在坍塌的破屋里；事故责任方"跃进砖厂"家大业大，而尸骨未寒的万景祥却连补偿金都拿不到。可见，严重的两极分化成为芈月山发展的"拦路虎"。同时，少数人不求上进、横行霸道的落后意识是芈月山脱贫的"绊脚石"。作为典型负面形象的姜文化，不仅通过高价收取通讯费、私自封闭水井、阻碍志刚测绘、骗取刘会钱财等无赖行为伤害芈月山村民，而且以传播不实照片、曲解法院传票、混淆媒体视听等小人行径抹黑白朗，尽显乡村恶势力的猖狂和嚣张。因此，该剧理性审视贫困区人民的现实问题，深切关注他们在匮乏、压抑、伤痛、撕裂中所萌生的直面困境的勇气，彰显现实主义作品强烈的历史真实感和巨大的现实批判力量。

二、兼顾"实干"与"创新"的劳动美学

将抽象晦涩的美学概念转化为具体可感的艺术形象,是文艺作品贴近大众、提高品质的基本路径。作为一部扶贫剧,《花开山乡》的成功之处在于:在塑造白朗及芈月山人形象的同时,注重统筹"实干"与"创新"的辩证关系,展示"劳动最美丽"的美学思想,从而提升了作品的艺术高度。

书写"实干"传统,是扶贫剧凸显"劳动美学"的基石。习近平总书记在中央扶贫开发工作会议上指出,我们要立下愚公移山志,咬定目标、苦干实干,坚决打赢脱贫攻坚战。电视剧《花开山乡》正是以"实干"的方式建构芈月山的脱贫攻坚之路。一方面,"实干"可以是白朗那样的"知行并进"。他为了招商引资远赴杭州参加咨询会,为了万景祥的清白学习法律知识,为了芈月山土地的自主权研究合同条款,为了三道拐的安全问题翻译固化剂外文资料,为了玫瑰种植项目联系专家分析土壤性质……此类"学以致用、用以促学、学用相长"的"实干"美学,将生态文明建设的核心与芈月山乡村振兴的实际紧密结合,从而建设成共同致富、自然和谐的最美乡村。另一方面,"实干"也可以是芈月山人那样的"接续奋斗"。电视剧巧妙地设置了四代芈月山人:以沈爷爷为代表的老一辈,他们熟悉芈月山的历史,是"文化领袖";以牛兰花、刘秦岭为代表的中年一辈,他们开拓芈月山的疆土,是"立潮头者";以丽丹、志刚为代表的青年一代,他们为芈月山的发展出谋划策,是"中流砥柱";以巧玲为代表的少年群体,他们接受反哺归乡的理念,是"希望之光"。因此,"知行并进"只是劳动美学的表面,也是一种"外围力量",劳动美学的实质是芈月山人自身的"接续奋斗"。只有承前启后、继往开来,才能实现乡村循序渐进的"内循环",才能朝着巩固脱贫成果、实现乡村振兴的目标奋勇向前。

展现"创新"魅力,是扶贫剧凸显"劳动美学"的内核。电视剧通过多重矛盾冲突的设置来呈现"创新"的重要意义,对探索扶贫模式、转变技术手段、更新教育理念等创造性劳动的永恒价值予以思考和审视。其一,企业带贫与僵化思想之间的矛盾。为了建设玫瑰谷旅游项目,白朗敢为人先,创造性地与中建游集团合作,而李天洋却以"中建游非国有企业"为由单方面中止合作,误读国家政策,阻碍民营企业的精准扶贫工作。其二,新型技术与因循守旧之间的矛盾。在金占川等人用过期水泥陷害芈月山施工队之后,白朗破旧立新,大胆使用国际认可

的固化剂修路，姜建国认为不用沥青、事有蹊跷，李天洋则坚称固化剂有毒、上告石书记，白朗在顽固的保守势力面前艰难前行，最终用经得起检验的劳动成果展示了现代创新科技的效用。其三，回乡建设与出门打拼之间的矛盾。该剧浓墨重彩地塑造了麦西这一支教老师形象，与鼓励农村孩子到大城市发展的观念不同，她坚定地给孩子们传递学有所成后回家乡建设的理念，让他们更加热爱脚下的土地。因此，不管是白朗的技术性劳动，还是麦西的知识性劳动，都无一例外地体现了破旧立新、兴利除弊的劳动美学。正是有了这些"新兴力量"的正向引导，芈月山人才从诚实劳动走向创造性劳动，用劳动创造幸福，用奋斗铸就伟业。

三、彰显"绿色共识"的生态美学

不管是具备崇高精神的人民美学，还是承载现实价值的劳动美学，都指向了芈月山的生态文明建设。事实上，电视剧在宏观上践行着一种彰显"绿色共识"的生态美学，而"绿色共识"在本质意义上需要每个人来达成。因此，该剧在微观层面饶有意味地设置了两大叙事主体，一方是坚守"绿色共识"的支持者，另一方是违背"绿色共识"的反叛者，两个群体相互较量、争夺话语，最终实现主流意识形态的无意识显现。

《花开山乡》塑造了四类坚守"绿色共识"的人物群像，他们立足芈月山、投身生态文明建设，追求绿色的生活方式和可持续的发展理念，为观众描绘了一幅共同富裕、和谐美丽的乡村振兴蓝图。以白朗、石坚、老赵为代表的干部群体深刻领会中央精神，坚持走生态发展路线；以麦西、刘小小、丽丹为代表的女大学生群体提升知识生产力，注重芈月山自然资源的转化与传播；以刘秦岭、万军、郭战斗为代表的退伍军人群体紧跟村两委步伐，用军人的体魄守护绿水青山；以牛兰花、胡云霞、刘会儿、马志刚为代表的村民群体无视金利公司的诱惑，共建原生态的美好家园。该剧以守住"生态红线"的白朗为核心人物，以参与"生态建设"的芈月山人为支使者，扭转岌岌可危的环保意识，传达"报效桑梓"的价值观念，最终让"绿色共识"付诸"绿色行动"。第一书记白朗是这场"绿色行动"的引领者，他大胆落实"固化剂修路"，敢于揭穿"假小镇、真房产"骗局，把经济落后的芈月山改造成山清水秀的宜居乡村。在"是否使用固化剂修路"事件中，白朗亲自翻译专利技术文件、利用鱼缸做实验证明固化剂无毒，不仅解决了"三道拐"和楚湖公路的修缮问题，而且也体现了现代科技在生态文明建设中的重要意义。在"是否建设特色小镇"问题上，白朗向村民分析利害关系、指出发展弊端，甚至和村民再三阻止金利公司违规施工。从顶层设计到战略部署，"绿色共识"是生态文明建设的"指挥棒"，也是实现生产发展、生活富裕、生态优化的"风向标"。剧末，白朗在老梁墓前献上一束玫瑰，用火红的颜色渲染芈月山人共建精神家园的热情，花开山乡之处，关于建设美丽中国的"绿色共识"正在实现。

如果说坚守"绿色共识"的行为值得颂扬的话，那么电视剧《花开山乡》中那些违背"绿色理念"的反叛行为则需要我们规避、警醒。毫无疑问，该剧用艺术否定的方式塑造了这类形象，他们结党营私、利益至上，全然不顾芈月山作为南水北调重要支点的生态环境。如以李天洋、姜建国为代表的党员干部以权谋私，苟同占川集团倾倒建筑垃圾、破坏野生植被；以金占川、邱光明、赵经理为代表的企业老总利欲熏心，觊觎芈月山的稀土资源，甚至以欺骗、利诱、绑架等形式横行作恶；以姜文化为代表的村头恶霸唯利是图，用并不"讲文化"的方式排挤白朗，成为官商勾结阴谋中的"眼线"；以庄总、老秦为代表的施工管理方为虎作伥，用断水断电、水泥陷阱等方式阻碍芈月山施工队，试图在李天洋的商业版图中分一杯羹。影视剧需要揭露一定的社会症候，同时也要反映正确的价值观念，承担社会功能。剧中，所有违背"绿色共识"的反叛者都受到重创与惩罚，李天洋被市纪委监委带走审查、姜建国和姜文化在村民委员会换届中落选、金占川被警察依法逮捕、邱光明的商业诡计被识破、赵经理的金利公司面临巨额赔款、庄总替李天洋"背黑锅"。可见，电视剧《花开山乡》坚决否定反主流行为，传递维护绿色家园的生态意识。更有意思的是，除了安排白朗及芈月山人对抗反叛者这条明线以外，该剧还有意穿插了"外来者郑川缨调查高天集团"的暗线。郑川缨是高天集团工程师的女儿，为了秉承当年父亲私藏矿样的初衷，她"搭便车"来到芈月山，搜集高天集团的罪证，并钻研技术、生产环保砖，以"间谍"身份助力芈月山的绿色行动。双线叙事的合力最终击溃了那股"顶头风"，向观众明确了当代中国的"绿色共识"，这也是该剧的亮点之一。

结　语

作为新时代中国扶贫攻坚战的影像化呈现，"脱贫攻坚题材电视剧记录了时代的发展,尤其 2020 脱贫攻坚决战决胜之年,这些作品带领观众见证了中国乡村的改革振兴和中国农民脱贫致富的进程"①,承载了叙说扶贫故事、建构主流话语、传递中国精神的现实功能。更重要的是,创作者应该以美学思维来重组这些"非虚构"素材。电视剧《花开山乡》较好地处理了扶贫故事与电视剧美学意识的关系,将人民美学、劳动美学、生态美学嵌入振兴芈月山的叙事之中,在加速时代的文化语境中凸显芈月山人的"慢生活",这是该剧的创新之处。目前,各地乡村第一书记的原型较多,如吴江区桃源镇瑾下浜村的高东平书记、苏州阳澄湖镇沈周村的蒋华伟书记等,都可以进行影视化,更有像苏州广电总台全媒体新闻中心制作的时政真人秀《第一书记》等作品,将第一书记的故事进行了不同程度的影像化还原。当然,要让注意力分散的观众对主流的扶贫故事形成审美共鸣,仍然需要创作者在情节设计、立意结构、细节把控等方面持续发力,从而向世界讲好"中国故事"。正是在此基础上,《花开山乡》做了一次有益的美学探索,为今后扶贫故事的创作提供了"典型样本"。

(作者系苏州科技大学文学院讲师,艺术学博士)

---

① 张国涛、高帆.脱贫攻坚题材电视剧的创作动力、艺术特色与改进策略[J].中国电视,2020(10):18-21.

置身于苦难和阳光之间
——简评电视剧《亲爱的小孩》

秦安国

文艺作品一直在追寻生命的底色,或是鲜活璀璨抑或是苍凉悲壮。生命存在的价值,在于其多元性、差异性和不确定性。我们能见证所经历的悲欢离合,承受生命之苦难,在无数个过程之后,与成长告别,更好地关爱身边人、奉献社会大众。央视热门现实主义题材电视剧《亲爱的小孩》,似乎完美贴合了关于生命底色的追问。芸芸众生的我们,都无意间游走在剧中,扮演父亲、母亲、子女、朋友、同事等角色,剧情折射出家庭生活中的"一地鸡毛",更凸显历经苦难之后,人性难得的可贵与温暖。

一、女性镜像:独立人格姿态

现代女性如何面对婚姻与生子,愈来愈成为当下社会关注的焦点。剧中女主角方一诺从怀孕、生产、育儿、离婚、再婚,都透露其鲜明的人物性格,集倔强、果敢、独立于一体。现代女性已不是传统文艺作品中呈现的依附于男性的附属品,而是以更加开放包容的姿态挑战自我、融入社会。方一诺在分娩时丈夫肖路却不在身边,她虽有抱怨,但很快便完成了"母亲"这一新角色的身份转化,把全身心的爱投注于女儿禾禾身上。在剧中,我们看到的是面对婚姻生活手忙脚乱的方一诺,也看到我们自己、身边人的日常生活缩影,一切仿佛似曾相识,直击心灵痛处,具有超强的现实代入感。剧情就像一部时光机,将现代女性面对婚姻生活、生育子女等方面的态度展现得淋漓尽致,引起了观众的自我思辨和情感认知。

婚姻的本质是相互成全,更是一种情感层面的"价值交换"。因各种误会,加上长期争吵情感消耗,在冷静之后,方一诺与肖路终究离婚。方一诺认为婚姻并不是生活的全部,自己还有很多事情要做,需要赡养父母、履行教师本职工作、照顾女儿禾禾等,至于丈夫肖路并不是一个必备品。离婚之后,方一诺又敢于接受新的恋情,以坦然的姿态面对新的生活,走入新的家庭。电视剧呈现的女性形象方一诺,已不单纯是个体形象,更代表了独立果敢、强大坚毅的新时代职业女性,她们保持清醒的生活态度,选择经济独立、精神独立、人格独立,兼顾事业和家庭,并且勇于放下,活出最真实的自我。

二、原型再造:凸显人性之善

文艺作品来源于现实生活,并经过艺术加工,融入大量的叙事策略与原型再造,成为现实生活的映射与升华,引导广大受众群体的审美偏好和价值取向。电视剧《亲爱的小孩》无疑也是通过原型故事改编而成。真实事件是贵州的离异女性闫女士因大儿子患上白血病,急需移植骨髓,但骨髓库中并没有合适的配型,小儿子由于年纪太小,也不具备捐献的资格。为了挽救大儿子的性命,闫女士将希望投向了脐带血。她找到了前夫,希望两个人能够再生一个孩子,用第三个孩子的脐带血来救大儿子。可是新生儿的脐带血与大儿子的配型并未成功,这意味着大儿子无法延续生命,闫女士的悲惨遭遇引起了社会的普遍关切和同情。

优秀的艺术作品可以被当作生活的"一面镜子",清晰地反映社会现实生活。电视剧《亲爱的小孩》将原型故事揉碎、重组、再造,融入生育焦虑、婆媳矛盾、子女教育等社会现实生活琐碎的一面,设置了"新生""你好""天秤""拥挤""分裂""缝隙""失控""羁绊""回家""重建"等分段主题,用身边的事娓娓道来,极具现实性,零距离引发感性与理性的同频共振。让我们暖心的是,方一诺及其身边的亲人朋友,在挽救禾禾生命时,都是不遗余力,冲破一切家庭伦理道德的束缚,我们看到的是"人性本善"的社会众生相。肖路的前上司苏景伟看到肖路一家的困境,丢弃了私欲,对禾禾起了恻隐之心,成功捐献了骨髓,让我们看到了新生的希望,也完成了作为社会人的一次精神蜕变。

三、苦难叙事:追寻存在意义

从哲学层面上看,苦难是伴随生命的永恒存在。哲学家加缪曾说:"苦难是通向阳光的唯一道路;重要的不是治愈,而是带着病痛活下去。"生活的底色有时呈现给我们的是无尽的残酷与悲凉,可是生命还需延续,死亡无法逃避。死亡和求生是对立,追求"活着"自古以来成为一种集体无意识。作家余华在小说《活着》中,将主人公福贵承受的接踵而至的"人生苦难"落于笔端,塑造了一个生命力顽强的个体形象,再现了生命的韧性与不可屈服性,追问了生命存在的价值。

电视剧《亲爱的小孩》也是将"活着"作为隐藏主线,采取真实鲜活的家庭故事素材,反映了我们每个人都置身于苦难和阳光之间,面对无法逃避的生老病死,依然要履行爱与责任的使命。值得庆幸的是,与原型故事悲剧性的结局相反,电视剧运用更加戏剧化的叙事模式,禾禾得以"新生",两个家庭也恢复了往日的秩序,一切隔阂最终释然消解。

文艺作品源于生活而高于生活,要聚焦当下社会关注的焦点热点话题,不遗余力弘扬真善美,不断激扬社会正气。电视剧《亲爱的小孩》通过层层加叠的冲突化生活架构,一方面直视家庭和婚姻背后的苦难和痛处,另一方面却充满温情和希望,体现了创作者更加宽厚的人性悲悯情怀,也契合了中国传统文化里对"圆满"主题的永恒追求,以艺术再造的手法诠释了存活在人世间的意义。

(作者系中国自然资源作协会员,镇江市文艺评论家协会理事)

《爱情的牙齿》:爱情与疼痛

翟之悦

在一个平淡无奇的夜里,重温《爱情的牙齿》。

国产影片,男女主角并不是帅哥美女。整个片子气氛压抑、消沉,却在这寂寥中隐隐汹涌着激烈的似是而非的所谓爱情。

三十多岁的少妇钱叶红因为看牙结识了口腔科医生刘军。刘因为暗恋钱叶红,将原本一次的治疗分成五次,被医学院肄业的钱叶红识破,但她并不为忤,反而将自己的往事告知刘。

故事就从这里展开。

二十世纪七十年代末,钱叶红是北京一所中学的女混混。她和她手下的娘子军虽然四处横行霸道,但遵守男女严防的教条。班里一位纯情而有个性的男生何雪松爱上了钱叶红,钱却毫不留情地将何写给她的情书在班中朗读。羞愤之下,何雪松跑出教室,捡起板砖,在钱毫无防备之下,拍伤她的背部。从此每到阴雨天,钱的背部就会隐隐作痛。之后拒不道歉和屈服的何雪松以自伤的方式,回应钱叶红与其手下的报复。

这种激烈的方式,征服了高傲的钱叶红。这是一种前所未有的全新的体验:彷徨、困惑、甜蜜、患得患失,令她意识到往日生活的无趣与乏味。

爱情中的施虐与受虐原本就是值得玩味的话题。一直以大姐大的强悍形象示人的钱叶红,在被何雪松拍砖的剧痛瞬间,体会到了因为受虐而被征服的快感。多数女人都喜欢在爱情里充当弱者,她也不能免俗。当她与何雪松的强弱姿态对调之后，倾心于对方，成为必然。

悠长、交错、曲里拐弯的北京胡同暗喻着女主角曲折的初恋，在这里，钱叶红与何雪松开始相互追逐的游戏。先是钱刻意与何狭路相逢，四目相投、互不相让。之后钱叶红扬长而去。何雪松拖着伤腿开始追逐她的身影。这是爱情开始时的必经之路，"友达以上、恋人未满、甜蜜心烦、愉悦混乱"。然而，正当钱叶红解散团伙，准备与何有所发展之时，脚伤未愈的何雪松溺水而亡。

戛然而止的结局令这段朦胧的恋情变得完美和回味无穷，双方还未来得及开始、发展、争执、厌倦，就已定格在那最美妙的瞬间。

影片中，钱与何有位共同的女同学林洁，她在为钱梳妆打扮时，哼起歌曲《红莓花儿开》：

> 田野上小河边，
> 红莓花儿开，
> 有一位少年真使我心爱，
> 可是我不能对他表白，
> 满怀的心腹话儿没法讲出来！
>
> 他对这桩事情一点儿不知道，
> 少女为他思恋为他日夜想，
> 河边红莓花儿已经凋谢了，
> 少女的思恋一点儿没减少！
>
> 少女的思恋天天在增长，
> 我是一位姑娘怎么对他讲？
> 没有勇气诉说，我尽在彷徨，
> 让我的心上人自己去猜想！

略显老旧的歌曲经由林洁甜美清澈的嗓子拭亮，温柔地拨动了钱叶红的心弦。林洁曾因为美貌和早恋受到钱叶红与其手下的排挤，而当钱叶红情窦初开之时，恰恰是这个林洁充当了钱叶红在爱情路上的导师，教其如何体会青春正好、含苞待放时的美好滋味。

何雪松去世之后,遗憾与忧伤、懵懂而倔强的神情交替出现在钱叶红稚气的脸上,可这时候的她依然以一种粗鲁的方式来回避自己真实的情绪。未被爱情狠狠啮咬过的她还不知道,这段经历已奠定她未来的爱情基调。

之后,钱叶红考进了医学院。实习的时候,她与一位有家室的男病人产生了暧昧的情愫。最初,这个男人来到钱叶红的值班室与之搭讪,发觉她正偷看禁书、偷喝白酒。成熟老到的男人由此窥见她躁动不安的内心,于是乘虚而入,很快猎取了她的芳心。在他康复回家之后,与钱叶红成为情人。

不久,钱叶红意外怀孕,她指导男人在家中为她引产。这段场面尺度很大,真实而血腥。钱叶红的扮演者颜丙燕将引产前后女主角千回百转的心绪,通过肢体语言和眼神展现得入木三分,令人心折。

引产事件东窗事发,钱叶红将一切责任包揽,被开除遣送回原籍一家屠宰厂工作。

这是影片中最为压抑的一段,男人的怯懦和猥琐展露无遗。在爱情里,无畏的往往是柔弱的女人。然而,究其内心,钱叶红是否真爱这个男人,恐怕也未可知。投入他的怀抱,更多是对往昔恋情的一种投射和寄托,这个"他"也许可以是任何人,只是这个男人恰到好处的出现,填补了她渴求爱情而缺失一角的心灵。

同学林洁在此时伸出了援手,她为钱叶红介绍了在外地工作的魏迎秋。虽然无爱,但是钱叶红还是与其结了婚。因为丈夫每年只有为数不多的探亲假,免去了与之朝夕相对之苦,她十分满意。

然而,五年后,魏迎秋调回北京。这便打破了钱叶红由分居带来的情感的麻木状态。她无法接受与丈夫这个熟悉的陌生人一起生活,希望借助坦白过去与之分手。然而丈夫含蓄地表达早已知情,并质疑多数人都能忍耐的家庭生活为何钱却无法接受。

进退维谷间,老实传统的魏迎秋忽然做出惊人之举,用钳子拔下自己在结婚当晚被妻子夸赞过的虎牙,并将其送给妻子,他以这种疼痛的方式让自己记住钱叶红。

很多人都认为,故事的结尾,女主角的丈夫,在离婚时拔牙的举动,就是影片的主旨所在,也是导演的意图所在。

并不尽然。

在中国的传统文化中,爱情与婚姻如影随形,婚姻与举案齐眉、相敬如宾等类似的成语密不可分,两两对应,传统的中国式的爱情是温文尔雅的。然而,在影片中,女主角的三段恋情,伴随着被拍砖、引产、拔牙这些血淋淋的经历,她经历的爱是偏执的、决绝的,充斥着征服与被征服,非此即彼、直指人心,带着破坏常规、毁灭一切的酣畅淋漓的痛感。

爱情长有牙齿,生长时带着新鲜的疼痛与顽固的记忆。甜蜜的时候,那轻轻啮咬肌肤的微痛,让人迷醉。然而,当爱情消亡,此情不再,那带着忧郁、失望、怨怼或许还有些许仇恨的尖利的牙齿,将会狠狠地咬噬曾经感受过愉悦的双方,痛彻心扉。无可逃避、无处躲藏。

多数人选择遗忘,顺利进入下一段恋情。但也有人会带着无法磨灭的齿痕进入人生的下一阶段,无论有爱无爱,从此,在那微雨的清晨、欲暮不暮的黄昏,也许是一个不经意的瞬间,那齿痕,开始似有若无地疼痛,而这疼痛左右着不可以预知的未来的方向。

(作者系中国文艺评论家协会会员,苏州评协理事)

"在路上"的戏谑与哲思
——评《宇宙探索编辑部》

尹心悦

宇宙和人是一个古老的话题,古往今来,总有人在脚踩大地,仰望星空。人们将对于地外文明、人与宇宙关系的探讨带进电影,从而诞生了讲述爱可跨越不同维度时空的《星际穿越》、讲述外星人与小男孩友情的《E.T.外星人》、讲述人类流浪旅程的《流浪地球》……与传统的讨论宇宙与人的科幻片不同,《宇宙探索编辑部》探索了中国科幻电影的另一种可能性。

自从在第五届平遥国际电影展上表现不俗,《宇宙探索编辑部》于2023年4月1日登陆院线,向更多的观众发出邀约。影片用幽默戏谑的方式,在笑与泪中传达出一份善意和关怀,以"在路上"为故事结构,呈现出困于执念之人的救赎之旅,通过叠沓的诗歌尝试探讨人类存在的意义。《宇宙探索编辑部》犹如一抹春风,轻轻抚过悲剧命运下独自前行的旅人。

一、宇宙功德箱:悲喜交集的符号隐喻

影片中,《宇宙探索》杂志的编辑唐志军有着几十年如一日的外星人情结,一个疑似宇宙信号的异常现象促使他"招兵买马",迅速带着探索团队来到第一站——异常现象的发布者家中进行采访。采访地点处处透露着"不凡",气派的庙宇门头,上书"在宇宙的尽头呼唤爱",柜子上的金属牌匾,印着"外星人驻地球联络站"。大叔肖全旺言之凿凿,声称自己将一具外星人遗体保存在冰柜中,等

着有缘人前来相看,于是,他拿出了——宇宙功德箱。

从全片来看,宇宙功德箱不仅是一件充满喜感的道具,更是一个符号。它承载着喜剧的幽默戏谑,也暗含着命运悲剧。且影片中充满了与之同样意味和作用的符号,串联起来构成了影片悲喜交集的底色。

宇宙功德箱是影片喜剧表现的载体之一。宇宙功德箱比寺庙普通的功德箱小一号,形状相仿,漆成绿色,字体黄色,有缘人捐520元善款,便能一睹外星人真容。功德箱的用途,是提供给香客游人投放钱财以行善积德,而宇宙功德箱则跳出了佛教的体系,又粗浅地模仿着宗教用品的名称和造型,究竟尊的是宇宙维度的哪尊佛?又是行的哪种善?观众看来,好似肖全旺实施了拙劣的骗术,引诱唐志军上当受骗,充满了滑稽之感。宇宙功德箱的幽默之处,正是在于影片设定上对它的重新定义,跳脱出其寻常的功能和用途,赋予它出人意料、充满差异的功用。老唐的宇宙信号接收器和孙一通的锅也是如此,本该用于头皮按摩的仪器,却有着接收宇宙信号的功能,能看透电视雪花点的奥秘;本该用于烹饪食物的锅,却成了一通头上接收信号的装置,充满了艺术想象力,令人倍感荒唐,又忍俊不禁,给观众带来审美冲击和持续的观影欲望。

宇宙功德箱作为喜剧表达的符号,其特殊之处在于它荒唐的造型设计与"一本正经"、伪装真实的拍摄剪辑手法形成反差,增强了喜剧效果,给予观众沉浸式的观影体验。影片采用第三人称手持式摄影,以摄影的非专业性营造真实在场感,大量使用跳剪,强调剪辑的痕迹,并在多处段落设计演员表演时直视镜头。如唐志军解说如何用头皮按摩器来接收宇宙信号的片段,如秦彩蓉在眼镜店柜台讲述老唐往事的画面,均由观众允当摄影机的操作者;而日食时刻,孙一通直视镜头,说出:"你也把眼睛闭上,千万闭着,我数三二一,你们再睁开。"说罢抬手将镜头捂住——这已然是打破第四堵墙的互动和对话。影片利用人类真实记录活动所有的规则和惯例表现虚构的人物和事件,最后呈现的画面就像探索团队随行摄影师所摄制的一样真实可信,这与宇宙功德箱此类荒唐元素一经碰撞,营造出"一本正经"却荒唐戏谑的效果。

然而,宇宙功德箱喜剧皮相的背后隐藏着命运悲剧的骨架。掀开戏谑、荒唐、滑稽的表皮,哪一个角色不是在生活的泥泞之中苦苦挣扎。拿出宇宙功德箱的肖全旺,其实并非江湖骗子,但所说之事被当作满纸荒唐言,所行之事沦为旁人眼中的笑柄,等不来有缘之人。而在宇宙功德箱投下钱财的唐志军更甚,编辑部日渐式微，妻离子散，女儿自杀，孑然一身的他困顿潦倒，捉襟见肘，更重要的，他此生的理想和安身立命的信念——找到外星人，不被外人相信和理解。这样的他仍不顾团队的反对，从本就少的资金中拿出520元投入宇宙功德箱。如果说肖全旺代表了理想主义的信徒，那唐志军俨然是理想主义的殉道者，飞蛾扑火般扎进信仰的深渊。另类、孤独、不被理解、边缘人的抱团取暖，似乎成了弥散在影片中的忧伤曲调。

宇宙功德箱一类的符号为影片刷上悲喜交集的底色，但影片似乎不想让观众的目光在老唐妻离子散、事业衰落和孙一通孤苦伶仃的悲剧命运上停留太久，相反，影片更多地想传达出一种善意，给观众带去抚慰。最终塑造的影像空间是一个善良人的世界，影片没有用欺骗或捉弄等角色行为来增加戏剧冲突，相反，团队内部的老唐、一通、彩蓉姐、那日苏和晓晓，乃至外部的陨石猎人、冰冻外星人遗体的大叔，他们都是真诚的，无论做多么荒谬的行为都不是出于欺骗的目的。影片无意用喜剧去反讽什么，揭露残酷的现实或叵测的人心，也没有站在高处嘲弄出丑的角色，而是将丑陋的对照推到了视野的边缘，将柔情再度放置在中央——"在宇宙的尽头呼唤爱"。这种柔情不是对现实的粉饰或对理想世界的童话式书写，而是呼吁一种更为温暖和开放的观照视角，是为了给予尊重和理解的人文关怀，是人文主义的体现。"莫愁宇宙无知己，星海浮萍一家亲"，寻外星人之旅的第一站那庙宇门头的对联就是影片意图的写照。对社会边缘的精神病患者，影片借唐志军之口，做出有趣的定义：精神病是区分所谓正常人的标签和符号，这些精神病人极其有可能是接收到了来自地外文明的某种信号，对大脑皮层产生了某种特殊的刺激，导致他们能够有着不同于常人的精神世界；对怀有"奇怪"想法、不被旁人理解、内心深处有着执着热爱的孤独旅人，影片没有将他人的人生和理想当作笑料来展览，也并非将他们视作弱者而为之辩护，而是拒绝任何嘲笑和俯瞰，去尊重和尝试理解，给予他们精神上的善待。

二、"疯子"取经路：关于执念的人生探讨

正如影片英文片名 *Journey To The West*（《西游记》）的提示，《宇宙探索编辑部》有着非常古老而经典的寓言或神话式的叙事母题——道路。道路已不单单是作者贮存其喜剧性的"域名"，更是作为一个叙事场景而出现。一路西行的

公路、鸟烧窝的土路、荒野河床、西南山路,影片的主线便是一趟从北京出发,经过成都、宜宾、凉山,最后到达雅安的寻外星人之旅。影片中多次出现的《西游记》元素:成都街头石墩上"腾云驾雾"的烟民悟空和精神病院表演"声光电"的师徒四人不断暗示着这场寻外星人之旅与《西游记》的相似性。求取地外"真经"的唐志军对应着唐三藏,手持外星骨杖的孙一通则对应着孙悟空,虽无严格的一一对应,但基本上,老唐招兵买马的探索团队对应着师徒四人及白龙马,旁人眼中的"疯子"由此踏上了向西南方向出发的"取经"之路。

如果说幽默戏谑的喜剧色彩是《宇宙探索编辑部》的外衣,那么,"在路上"就是影片的内在结构。在叙事性作品中,某个人或某群人经历了一次真实的、同时也具有象征意义的旅行,在旅行结束时,这个人或这群人将发现他们面对着某种意想不到的情境,那间或是他们生命意义的获取,旅行由此而成为某种"天路历程",主人公在这一历程中获得了自己的信仰、生命的意义、个人身份的确认;或者,他们发现自己走向了其初衷的反面[①]。

"在路上",往往有所解决和有所获得,即意味着有所找寻,也便有寻物之人。旅程中有许多待寻之物:晓晓被飞碟带走的父亲、孙一通需将石球送往的地点、唐志军寻找了几十年的外星人。但实际上,真正的寻物之人,只有唐志军,他也是最后唯一选择上山的人。晓晓的找寻更多的出于好奇心和原生家庭的遗憾,而并非宇宙,所以她下山了;孙一通则更为纯粹,他没有任何利己或利他的目的,单纯是接收到了外星人的信号和指示,且这一角色充满了神性,最终由他点化唐志军,他是引路人而非寻物人;因此只有糅合了神性和人性,对宇宙终极问题有着出世和世俗执念的唐志军,是真正的"取经"之人。

因此,分析影片的核心,就是集中分析唐志军的"取经"之路。不同于《西游记》式的"英雄之旅"——人物历经磨难,由恶变善或获得成长,老唐的"取经"道路更为复杂,也许并没有找到所寻之物,也没有得到问题的确切答案,甚至事实上暗含对上路初衷的内在颠覆。老唐的所找寻之物是外星人,而他走上寻找外星人的道路所要完成的使命,一是回应他对地外文明几十年如一日的热爱、坚信和好奇心;二是让人类忘记纷争,消灭隔阂,重新团结起来使文明再次进化;三是回答女儿自杀前的短信:"人类存在于这个宇宙的意义,究竟是什么?"旅程结束,

---

① 戴锦华.电影批评(第二版)[M].北京:北京大学出版社,2015.

他没有实现他的理想和"普度众生"的愿望——找到外星人,也没有解开他的心结——从外星人口中得到人类存在意义的回答,甚至连寻找外星人这个行为及其初衷都受到了质疑。如孔大山导演所说:"你寻找外星人,找到了又如何。它永远不是一个终极答案,只是一个妄想。"对真正自然存在的外星人的执念就像唐僧对真正西天的执念,不明白"见性志诚,念念回首处,即是灵山",永远也到不了终点。分析到这里,这条道路好像无始无终、没有意义,是找寻乌有之乡的未尽之路。

然而,最后下山的,终究是一个释然的老唐。唐志军为女儿写下一首诗,全篇无字,尽是啜泣,脸上却挂满释然,可见他终究是找到了答案的。正如唐僧被悟空点化,老唐获得了孙一通的点拨——"老唐,你只能到这了。"老唐关于找到外星人的愿望,已经不如年轻时一样纯粹,掺杂了太多不肯放下的东西,成了执念,所以老唐才如作茧自缚,兜兜转转找不到出路。而执念之所以是执念,是因为老唐坚信找到外星人,所有关于女儿、人类团结、自我实现等难题都能迎刃而解了,他执着于找到真正的外星人,反而忽略了对这些问题的真正关注和求解。唐志军和鸟烧窝村消失的驴一样,被头上悬吊的胡萝卜诱惑着前进,一心想真正咬到那根胡萝卜,如孔大山导演所说:"如果没有那根胡萝卜,可能陷入混沌无边的虚无,而一直执着于凝视着这根胡萝卜,可能又会陷入这个求而不得的痛苦。"唐志军最终找到了与自己的胡萝卜和谐相处的方式,他领悟了陨石猎人所说的:"唐老师,没在这里,没在这里。"所以他下山,回到人群里,参加婚礼,为女儿写诗。在路上,他回到自己,他说:"如果宇宙是一首诗的话,我们每一个人,都是组成这首诗的一个个文字。我们繁衍不息,彼此相爱,然后我们这一个个字,就变成了一个又一个的句子。这首诗写得足够长,总有一天,我们可以在这首宇宙之诗里,读懂我们存在的意义。"虽然影片最后杂志编辑部的解散令人唏嘘,但这也意味着老唐真正放下了执念。

三、叠沓的诗歌:何为"存在"的意义探寻

故事的创作原浆和影片最后的落脚点,也是影片试图讨论的终极问题,借唐志军之口点出:"我们人类,存在在这个宇宙里的意义,究竟是什么?"这不仅是老唐女儿留下的最后一句追问,也不仅是老唐多年来对外星人执念的来源,实际

上,这个问题困扰了祖祖辈辈、千千万万的人,这也是哲学的终极问题。

　　影片披着喜剧的外衣,探讨行走在路上的旅人,也上升到形而上的思考和诘问。对于"人类存在的意义"这个哲学问题,电影给出的答案颇有尼采和存在主义的色彩。影片的第一层回答,便是尼采所言的"上帝已死"。尼采以前,哲学家们一直认为历史和世界是有意义的,生存是有一个目标、一种意义的,而非盲目和偶然的。世界不是混沌,而是一个由上帝所秩序化的宇宙,人在其中拥有一个有意义的位置。而尼采认为,世界是混沌的,是没有计划的,它是一场命运的游戏。混沌的威胁促使我们创造意义,为了活下去,我们赋予我们的生存以形式,并添加上"意义"和"目的"①。影片通过唐志军执念放下的终局表达了立场,驴子头顶悬挂的胡萝卜也代表着"人类存在的意义"这一终极问题,过度痴迷地盯着头顶悬挂的胡萝卜,执迷于寻找到确切的、人为确立的"存在的意义",本身是没有意义的。但这不意味着影片想用价值虚无感击败观众,相反,影片更像是意图传达一份温暖的宽慰:不必纠结于向外求索,一心逼问答案,有时向内探索,便可能是通途。而"向内探索",也就是影片的第二层回答,是充满着"人本主义"精神的存在主义式回答。其实,影片中多次出现脱氧核糖核酸的双螺旋结构意象,早已暗示着"人类存在的意义"这一问题的求索路径——回到人本身。正如唐志军走到宇宙尽头才找到的答案:"其实我们人类一直没有弄明白,宇宙是为什么而存在,我们人类又是为什么而存在的。原来我们每一个人,既是存在的谜题,也是这个谜题的答案。"我们每一个人,都是组成宇宙这首诗的一个个文字,人类存在于宇宙的意义,就是"存在"本身。更确切地,如萨特的"存在先于本质"所言,人是在混沌的宇宙中生活,人的存在也没有外在赋予的意义,但人可以在原有"存在"的基础上自我成就,从而拥有意义。影片有着回答哲学终极问题的野心,却又不故弄玄虚、故作高深,它巧妙地"只回答一半",借孙一通之口将另一半抛给观众:"如果他们也不知道呢?而且,万一他们从那么远的地方来,也是想问我们呢?"给予观众另一半思考的乐趣。

　　用电影的视听语言表达哲学命题,虽非罕见,却也困难重重。在《宇宙探索编辑部》中,除了立足人物和故事使得关于哲学问题的讨论并非无本之木、空中

---

①　[挪]奎纳尔·希尔贝克,尼尔斯·吉列尔. 西方哲学史:从古希腊到当下[M].上海译文出版社,2016:492.

楼阁外,影片的另一高明之处,在于诗歌的应用。头顶戴锅的孙一通除了在鸟烧窝村的广播站播音,也是只用一本《新华字典》写诗的诗人。在一行人等待石狮子身上落满麻雀的日常生活蒙太奇中,孙一通的诗歌贯穿其间。"把麦穗摔打成灰/在幽深的咀嚼中大雪过境/困住风的气球/开始斑斓地远行/蝉鸣铺满河床/人们聚在秋天的岸边/一场大火里/在插满羽毛的草堆旁/和归来的骏马对视",方言念就的诗,从湿漉漉的乡村广播站中传出,在绿色的西南山村中飘荡,在纵横交错的田野间游走,诗歌语言和电影画面形成互文,相互指涉,互相缠绕,虚与实的表现风格为哲学命题形成新的表意空间。更为本质和深远的,影片意图利用诗歌凝练的语言和丰富的意象,对电影画面作陌生化处理,激发观众"形而上"的哲思。"胸口的鸟群/绕过十万个太阳/带走被浇灭的闪电/带走云层潮汐/带走神明的悄悄话/带走落地生根的锚/带走飞蛾扑不灭的火/带走所有人的名字/带走彩虹的化石……""胸口的鸟群"和最后山洞中万千麻雀冲向老唐、一通化雀离开的画面交相呼应,不知一通"羽化而登仙"带走了什么,又留下了什么答案,在这种意义不明中,锅留下了,种满了绿色植物,又一次回到生命"存在"本身。诗歌用陌生化的处理提高了观众的感知难度,延长了感知的过程,从而起到引人思考和触动情感的作用,因而引导人进入显像之外的深层思考,最终达到诗歌最为本质和深远的作用,激发人做"形而上"的哲思[①]。

影片利用诗歌上升到哲学之思,却并不显得抽象难懂,因为它以一种温和的方式,用诗歌消融了感受的屏障。诗歌表现的是诗人的思想感情,在影片中,诗歌成了开启孙一通精神世界或潜意识世界的钥匙[②]。影片用诗歌充沛的感情,蕴藉人物角色的情感,呈现孤身一人、无人照拂、时常晕倒、却能够接收到外星人信号的孙一通难解的内心世界。从而给观众带去的,不只是哲学思辨,更是感性的美学体验,使观众在感受中,以"宇宙的答案回到爱"的感性体验去理解宇宙的答案。回到人,人类存在的意义就是存在本身。

结　语

归根结底,影片最终落回到人类最柔软的情感部分,怀揣着善意,希望温暖、

[①] 曾臻,吉平.诗歌文本在《二十四城记》中的叙事审美[J].电影文学,2013(18):70-71.
[②] 石磊,李俊鹏.光晕的重生:论电影中的诗歌艺术[J].当代电影,2019(08):118-123.

理解与关怀能抵达每一个人。影片通过戏谑的、风格化的喜剧表达,取消了真实与虚构、梦与醒的界限,给予观众酣畅淋漓欢笑与做梦的机会;通过"在路上"结构的呈现,抚平了孤独旅人不被理解、陷于执念的伤疤,给予观众舒缓放松的心灵按摩;通过哲学问题的讨论,呼唤着"人类存在的意义重回人本身",给予观众回归自我的精神信仰。仰望星空不是专属于某个时代的浪漫,脚踩大地也不是冠名以"现实"的牢笼,影片是一首陪伴路上孤独旅人的宇宙之诗,也是一曲咏唱生活泥泞上勇气与好奇心的生命赞歌。

(作者系南京师范大学新闻与传播学院硕士研究生)

《满江红》:高概念电影的"三一律"实践

李 欣

一、"三一律"规则与电影创作

1."三一律"从辉煌到远去

"三一律"的理论渊源最早可以追溯到亚里士多德(公元前384年)在《诗学》中对悲剧的探讨。他提出了有关悲剧作品情节、舞台行动以及表演时长等问题。文艺复兴时期,卡斯特尔维特罗(1505—1571)和琴提奥约分别在亚里士多德有关悲剧情节观点的基础上,进一步提出戏剧的"地点整一律"和"三整一律"。古典主义时期,著名戏剧理论家布瓦洛(1636—1711)在《诗的艺术》中又对"三整一律"做出了明确的规定:"要用一地、一天内完成的一个故事从开头直到末尾维持着舞台充实。"①在随后一段时间内,"三一律"成为戏剧创作者们不可违背的创作规则。

18世纪浪漫主义运动在欧洲兴起后,"三一律"在戏剧结构上被批评过于程序化、绝对化,限制了戏剧艺术的发展,因而逐渐衰落。如马克思在给德国工人运动家拉萨尔的信中写道:"路易十四时期的法国戏剧家从理论上构想的那种'三一律',是建立在对希腊戏剧(及其解释者亚里士多德)的曲解上的。"②"三一

---

① [法]布瓦洛.诗的艺术[M].任典,译.北京:人民文学出版社,2009:33.
② 马克思,恩格斯.马克思恩格斯全集(第30卷)[M].中央编译局,译.北京:人民出版社,1995:608.

律"的神圣性就此不复存在。在此之后,学者们重新诠释亚里士多德,将"三一律"笼统概括为剧本创作应该遵从时间、地点和行动的整一。

随着影像与传播技术的发展,电影作为一种融合了科技的现代叙事艺术,通过图像技术呈现故事情节。相较于戏剧,可以更灵活地编排完整故事的时间,也摆脱了现实空间环境的制约。借助不断更新的电子技术和更成熟的剪辑技巧,电影的叙事时空表现得更加丰富广阔。麦基的"故事三角"理论,便是顺承亚里士多德有关悲剧的阐述,坚持故事情节的整一和时间的连贯,以此作为一种叙事艺术的结构方式,持续影响着后世的电影创作。"三一律"作为一种叙事规则与电影艺术相结合,被赋予了新的活力,由此诞生了如《十二怒汉》(1957)、《东方快车谋杀案》(1974)、《雷雨》(1984)等众多经典作品。

2. 电影的商业属性与"三一律"不谋而合

电影自诞生之日起,就不可避免地带有商业属性。与文学的严肃和戏剧的"精神升华"不同,电影为人们带来一种全新的娱乐方式。生产者们很快意识到了其中的商机,电影工业和电影商人应运而生。可以说,电影的本质就是一种商品,其使命就是追求票房。

从市场的角度来看,票房收益最大化的关键,在于打造优秀的电影故事。电影作为一种影像叙事艺术产品,拥有一个有趣的故事始终是最为重要和基础的。从电影叙事发展来看,无论是依赖于知名文学作品的改编(包括戏剧和小说),还是由电影编剧原创剧本,故事的表现特征都依然遵循着旧有的"三一律"结构。尽管这种结构最初源于戏剧理论,但其本质在所有叙事艺术中都适用,是指导影视实践不可缺少的理论依据。

电影作为一种现代叙事艺术产品,对"三一律"的结构类型进行了更为宽泛的界定。罗伯特·麦基表示,"一个理想的场景就是一个故事事件,一个有转变的、完整的故事事件"[①]。这种在固定地点发生完整事件的理想目标,正符合"三一律""地点整一""行动整一"的规定。在电影有限的叙事时间里,无论以何种技术手段安排时空结构,都会出现"三一律"特征。即便是叙事结构极具个性的《罗生门》(1950)、《记忆碎片》(2000)、《盗梦空间》(2010)等电影,单个镜头内的时间依然是连续不断的线性状态,仍然需要依靠段落的线性时间来展现矛盾冲突、推

---

① 周宁.比较戏剧学——中西戏剧话语模式研究[M].上海:上海社会科学院出版社,1993:76.

动故事情节。这也是镜头作为影视作品的基本单元，能够直接表现客观时间的本质之处。因此在影视作品中，"三一律"规则对于故事叙事节奏、情节冲突的集中性以及完整故事的逻辑性，都产生至关重要的影响。

影视作品的叙事以视听符号为媒介。通过镜头间的剪切组合，拓宽叙事时空，生产丰富的意义。同时，多样的剪辑手段消解"三一律"的僵化刻板，以更自然的样貌呈现"三一律"所要求的时间、地点和行动的整一。让故事丰富有趣且通俗易懂、逻辑清晰，以扩大受众范围，增强传播效果，提升商业价值。

二、高概念电影与"三一律"的结合

巴里·迪勒在电视台资金短缺的困境下，提出了电视台自筹资金、自主创作电影的想法。在故事选择方面，针对提高影片吸引力、拉高收视率的现实需求，巴里·迪勒选中了那些能够用一句话进行概述的故事。这种具有高度概括性和高度吸引力的故事特征，即所谓的"高概念"。[①] "高概念"理念的诞生所具有的强烈商业属性，要求电影故事具备简单明了、精彩吸睛和利于理解的特点，与"三一律"的要求十分契合。以更多的戏剧性设置为目标，利用大量的"行动"推进情节的叙事办法，营造"时间整一"的紧迫感，围绕"地点整一"推进情节，这种故事结构方式正适合面对过于复杂、平缓的故事情节难以集中注意力的大众市场。简单的故事内容、丰富的情节设置，极易在市场传播中给人以深刻的印象，在社会传播中也易收获良好口碑。

1. 时空限制使叙事紧凑

《满江红》作为一部"悬疑＋喜剧"的叙事电影，将故事时间规定为"一个时辰"，故事地点定位于驻地宅院内。在这"一时""一地"中，主人公需要完成一明一暗两条线：明线追踪丢失的信件，暗线（即真实目的）刺杀秦桧，迫使其说出岳飞遗言。对"三一律"的极致运用，使本片拥有较张艺谋以往同类作品更为紧迫的情节。

《满江红》经由"三一律"对地点的限制，使创作者可以充分地利用空间内的结构设计情节，推动情节进展。在《满江红》中，富有山西特色的大院是故事发展

---

① 王亮.商业交互文本的美学实践——高概念电影研究[D].长春：吉林大学，2018：15.

的主体叙事空间。故事发生在宰相秦桧与金国会谈前夕,金国使者被杀,携带密信失踪。秦桧差效用兵张大和亲兵营副统领孙均在一个时辰内找出密信。整个故事的叙事集中在禁闭且复杂的大院空间中,人物的行动因受到严格的时空限制而十分密集。大院作为叙事的主体空间,在紧迫的时间和紧凑的行动之下,其功能性被发挥到了极致。

其一,在这个局限的空间范围内,出现了两派的矛盾冲突:代表正义的"岳飞派"——张大、刘喜、丁三旺和瑶琴;代表邪恶的"宰相派"——秦桧、何立。两派势力集中于大院内,展开对"密信"的争夺,呈现出持续的矛盾状态。除此之外,还有"皇帝派"的武义淳,和"立场不明"的孙均在两派之间游走,为剧情悬念感的增强起到了至关重要的作用。各方势力交织在禁闭、狭小的空间内,大院仿佛变成一处"角斗场":在《满江红》中,以被争夺的核心"密信"作为故事发展的重要线索,密信在不同的势力空间停留,带来一场场满怀心机的刺探与斗争,持续爆发着矛盾冲突。角色的行动细节与心理活动,在局限的空间环境里被放大,大院这一禁闭的主体叙事空间因而充满戏剧张力。

其二,在自2020年初开始的疫情隔离政策的影响下,"地点整一"创作相对更有优势:固定的空间降低转场次数,使拍摄环境更加单纯,契合当时的防疫政策,可以极大程度地降低拍摄成本,保证拍摄制作顺利进行。同时,电影中封闭的空间与封闭的社会环境形成互文,导演在此环境中进行创作,无疑对电影文本中人物的行动选择产生一定影响。不论是"尸体"被发现后的封闭状态所释放的危险信号,还是因生命安全受到影响产生的焦虑状态,抑或是孙均突破限制、走出"牢笼"的结尾设置,都十分契合当时观众的心理状态。

其三,张艺谋在搭建场景时,融合了几个富有代表性的山西民居,特意将大院做成了"迷宫式",保留了许多或曲折或通直的"长廊"。张艺谋在与记者曹岩的访谈中提到,这样的设计一方面出于对中国文化特点的保持,一方面是为了在密集叙事中留下"气口":"我们想要取用传统艺术的一个理念:走马灯。因为破案的时候常常是费脑子的,我们需要一个时间节奏,限你一个时辰破案,那就需要快走,一票人在迷宫的走廊里快走。"[①]在叙事的过程中,以各方人马在迷宫中

---

① 张艺谋,曹岩.《满江红》:在类型杂糅中实现创作突围——张艺谋访谈[J].电影艺术,2023(02):94.

的快走作为电影"舞台"的"换幕",伴随着戏曲"急急风"的节奏,既是观众面对紧张情节之余的调整,又向观众不断强调着时间的紧迫。同时,这"一幕幕"间"快走＋戏剧"表现形式的不断重复,使影片在叙事上带有强烈的形式感和导演个人风格。

2. 剧本杀式的游戏性叙事思维

游戏性思维是《满江红》叙事风格的又一大特色。不论是电子游戏,还是近年来在青年群体中火热的游戏"剧本杀",其情节性是显而易见的。李清瑞博士在其文章中讲到:"人们在玩游戏的过程中,实际上就是严格地完成一个"三一律"的故事,在同一时空下,控制游戏中的人物行动,以行动演进情节,达成任务目标,完成游戏中的叙事。"[①]"剧本杀"电影其实早在1985年,便经由"谋杀之谜"游戏《妙探追凶》改编的电影进入大众视野[②]。随着芒果TV在2016年推出的剧本杀主题网络综艺《明星大侦探》走红网络,国内剧本杀行业迎来井喷式爆发,国内涌生出一系列剧本杀式的游戏性叙事电影作品,如《唐人街探案3:七星迷踪》《刺杀小说家》《扬名立万》等。

不难发现,剧本杀式的电影叙事,在情节上严格遵照"三一律"的规定。为了增强故事的紧迫感,通常在开端会设有一个明确的任务,并加上时间或紧急状态的限制,空间自然也被限制在了一定范围内。时空的限制使人物的行动密集且具有强因果性,因果相关的有效行动快速推动情节的发展。《满江红》以对主人公张大的明确任务——找信为开端,时间限制为一个时辰,活动范围限制为驻地大院内。"尸体"被发现,关键线索丢失后,片中的"密信"可看作剧本杀游戏中的关键线索"凶器",决定空间内所有人物的命运,也是随后人物一系列行动的起因。然而"找信"只是这场"游戏"的"烟雾弹"。随着剧情的发展,丁三旺、刘喜、瑶琴乃至主人公张大的死亡牵连出的"线索",次第呈现在"玩家"(观众)面前,被掩藏在密集的"找信"行动下的"游戏真相"——"刺秦",最终被拼贴出来。"三一律"带来的行动(情节)的强因果性,将独属于"岳飞派"的碎片化的故事情节拼凑完整,最终串联出影片的故事真相。在此过程中,观众获得了"破案"带来的自信感和探究乐趣。

---

① 李清瑞.叙事:时间与空间——现代叙事中的"三一律叙述"现象研究[D].吉林大学,2018:90.
② 王者羽.明知虚妄:剧本杀电影的叙事策略[J].电影文学,2022(19):96-100.

3. 传播需求与市场考虑

《满江红》有着开端、发展、高潮、结局的线性戏剧结构,故事简单、线索单一、冲突强烈,最后归结为一个封闭式的结局。通过时间、空间与人物行动的整一凝练线索,清晰的线性结构更容易传达故事主题,提高传播的有效性。而要想让故事具有切实的能够吸引足够多的观看者(实际上是消费者),就必须在其中体现极具能量的情节(行动),去掉那些散漫的或不够集中的描述。强调人物行动所带来的情节因果变化,尤其是在生活节奏快速的今天,大部分观众观影的目的是感受而不是思考,或者说,即便希望电影能够激发观众进行思考,也必须首先唤起他们的感受[①]。片中每一位义士的死亡,都指向"全军复诵《满江红》"的结尾。观众的记忆在此过程中得到强化,在观影结束后,无不对秦桧党深恶痛绝,对岳家军舍生取义的形象印象深刻,为《满江红》感到激情澎湃。电影的传播需求就此得到满足,《满江红》此片的票房成绩足以证明这点。

高概念电影高度凝缩的"一句话的故事",有清晰的故事逻辑、典型化的故事角色、易于把握的人物行动,以及大量的转折和悬念等"戏剧性"设置,其实质在于强调叙事的简洁性。影片的销售力与叙事的简洁有着密切的关系,正如前哥伦比亚影业公司总裁道恩·斯蒂尔所言:"1978年的电影生意在于用高概念电影——那些可以用一两句话来阐释电影主题的电影——来捕捉时代精神,以取悦年轻观众。"[②]取悦年轻观众,就是为了把握具有消费力的观影群体,赚取市场。事实上,清晰简洁的故事线索,以及对转折与悬念的强调,非常适合利用"三一律"的创作规则来建构故事。或者说,这种叙事方式本身就属于"三一律"。

三、结　语

相比2002年的《英雄》和2006年的《满城尽带黄金甲》,不论是票房成绩还是观众口碑,张艺谋在高概念电影上的新实践无疑是成功的。中国的高概念电

---

① 王亮.商业交互文本的美学实践——高概念电影研究[D].长春:吉林大学,2018:73.
② John Douglas Eames. The Paramount Story[M]. New York: Limelight Editions, 1968: 224-225.

影在经历了早期过度重视影片包装、忽视影片的故事性与叙事策略的探索阶段之后，逐渐向内容主导转变。在这其中，"三一律"是重要的理论依据。紧凑的叙事时间和有效的故事叙述，"三一律"契合信息密集且碎片化的今天，以更低的审美成本为观众带来更高的审美回报。以《满江红》为典型的中国高概念电影，依托传统文化背景，借"三一律"的结构手段凝练情节，吸引受众。"三一律"作为一种经典的戏剧理论，在不同时代和文化中都得到了广泛的实践，并展现出具有生命力的一面。

（作者系江苏海洋大学艺术设计学院教师）

从《她认出了风暴》看《黄金时代》的"得"与"失"

王云帆　王颖梓

《黄金时代》是由许鞍华执导，李樯编剧和监制，汤唯、冯绍峰等主演的电影，制作耗资七千万人民币，于 2014 年上映。影片以民国时代为大背景，以民国传奇女作家萧红特立独行的人生以及爱情经历为引子，塑造了一群当年意气风发的热血青年。整部电影最突出的特点，就是在叙事上跳脱出传统的线性叙事，使用"间离"手法贯穿全片。而由崔毅和罗峥共同执导的《她认出了风暴——萧红和她的黄金时代》(以下简称《她认出了风暴》)作为电影《黄金时代》的配套纪录片，以《黄金时代》为起点，手法不拘一格，将历史与现实双线结合，从花絮到电影，从电影到历史，从历史到拍摄现场，娓娓道来，讲述《黄金时代》台前幕后的故事。值得一提的是，纪录片并未局限于电影幕后拍摄过程以及主创人员的所感所想，而是更大幅度地延展开来，将历史上真实的萧红跌宕的人生经历、波澜的文学创作、曲折的爱情故事以及左联作家们的活动轨迹做尽可能完整的描述和还原，与电影文本及文学作品都具有互文性，既是关于电影《黄金时代》的幕后纪录片，又是关于作家萧红的人物纪录片。历史上真实的萧红和现实中电影的拍摄作为两条贯穿影片的线索，彼此映照、彼此勾连、互相支撑，共同构建成一个弥合了时空间隔的完整结构，展现出二十世纪上半叶中国社会复杂动荡的时代特点。实际上，《她认出了风暴》有着比电影还早的前期拍摄，制作周期接近三年时间，于 2014 年 5 月在哈尔滨首映，豆瓣评分高达 8.3 分，为电影《黄金时代》的上映做了充分宣传。

《黄金时代》于2014年夏天被选作第71届威尼斯国际电影节闭幕影片,随后一年获得了第34届香港电影金像奖最佳影片等奖项,在艺术上的成就有目共睹。然而,影片自2014年10月上映以来,票房表现一度不佳:上映首日票房仅为1 080万元,次日票房570万,随后开始连日下跌,最终内地总票房锁定在5 151万人民币①,遭遇"滑铁卢"。高成本的制作规模与低迷的票房数据形成了鲜明对比,那么,电影《黄金时代》究竟因何成功,又因何不被市场接受呢?

本文透过电影的配套纪录片,从一个新的视角出发去探索《黄金时代》的得失之道。研究发现,影片采用的"间离"叙事和文本间性可谓塑造影片艺术风格的两大关键要素,是电影主要的"得"之大道;而《黄金时代》在类型层面的模糊性与整体性缺失是电影最主要的"失"之所在。

一、"间离"手法的运用

"间离"(Verfremdung)出自戏剧家布莱希特提出的戏剧理论,意指在总体上不采用一个贯穿全剧的戏剧冲突事件,有意识地在演员与其所演的戏剧角色之间、与所演的戏剧事件之间以及观众与所看的戏剧角色之间、与所观看的事件之间,制造一种距离或障碍,形成一种"陌生化"的美学效果,使演员和观众都能跳出单纯的情境幻觉和情感共鸣体验,以旁观者的目光审视剧中人物、事件,运用理智进行思考和评判,最终实现戏剧对于社会现实的批判②。"间离"手法是《黄金时代》最为典型突出的叙事方法,这种手法的运用,打破了时空观念,丰满了人物形象,扩充了事件信息,引导观众用客观理性的眼光看待历史与现实的关系:

> 我叫萧红,原名张迺莹。1911年6月1日农历端午节出生于黑龙江呼兰县的一个地主家庭。1942年1月22日中午11时病逝于香港红十字会设于圣士提反女校的临时医院,享年31岁。③

---

① 见中国新闻网《黄金时代上映10天票房未过5千万 文艺片如何突围?》。
② [德]贝托尔特·布莱希特.陌生化与中国戏剧,张黎、丁扬忠译,北京师范大学出版社,2015年版,第27—44页。
③ 电影人物台词。导演许鞍华,编剧李樯《黄金时代》,中国内地2014年10月1日上映。

这是电影《黄金时代》的第一个段落，也是纪录片《她认出了风暴》的第一章《我的呼兰河》的开篇。镜头中黑白影像的近景推至扮演萧红的女演员上半身——在纯黑色的背景前，遗像般的萧红面无表情地直视镜头，一字一句十分平淡地说完了台词。在随后的剧情发展中，近乎所有角色都像这样登场。更为典型的则是电影中多次出现的剧中人作为"历史人物"与"受访者"间的无缝衔接。《黄金时代》上映后，众多评论都注意到了演员对着镜头向观众进行叙述这一技巧。评论普遍认为，这种方式是受著名德国戏剧家贝托尔特·布莱希特"间离"理论的影响[1]。

然而电影《黄金时代》中的间离并不是传统布莱希特理论中的间离手法，而是一种解构之后再建构的自我叙述的"间离"效果，与其说是对于观众的间离，不如说是关于历史与时代的一种间离[2]。演员向着镜头陈述，即直接面向观众交流，打破布莱希特所谓的"第四堵墙"，使得观众免于过分沉醉电影的虚构性幻觉，而缺乏冷静的思考[3]。让观众在虚构性和真实性间不断游离，这种剧情片与伪纪录片相结合的手法，是导演许鞍华和编剧李樯绞尽脑汁后特意为之的。真实的历史人物，在银幕上对着观众讲话，这样的方式在中国电影里几乎前所未有。李樯在配套纪录片《她认出了风暴》中谈及采用这种方式的意图："就是观众刚要投入进这个虚构性的时候，又被真实性打断了，然后刚认为真实的时候，虚构性又进行新的一个轮回。……我要让观众、让很多人知道，我们是在扮演这段历史。"[4]运用独白设计间离式效果，其中缘由来自李樯个人的历史观："所谓历史，是有很多永远揭不开的大的小的秘密组成的，我认为，你很难看见真相。历史其实是不能还原的，我认清这个之后我就没有再坚持用以往写人物传记片的一种写法，我希望是，把这个历史观带到这个电影里边。"[5]

李樯的采访透露的是一种十分典型的新历史主义历史观——历史本身就是一种充满了主观性和不确定性的叙事。正如斯蒂芬·格林布拉特（Stephen

---

[1] 何怡.论《黄金时代》的审美距离[J].电影评介,2017(05):59-61.
[2] 王伟.电影《黄金时代》的艺术形式[J].吉林艺术学院学报,2015(02):61-64.
[3] 何怡.论《黄金时代》的审美距离[J].电影评介,2017(05):59-61.
[4] 电影《她认出了风暴——萧红和她的黄金时代》,崔毅、罗峥导演,罗峥编剧,2014年上映。
[5] 盖琪.跨域想象/实践中的"不可靠叙述"与"女性讲史者"——重读电影《黄金时代》[J].文艺研究,2020(09):123-134.

Greenblatt)曾指出的,"任何阐释都不能超越历史的鸿沟而寻求所谓的'原意'",所以历史叙事通常能做和要做的,只是"在不断的连续与断裂中",根据当代的需要去进行阐释而已。正是在这个意义上,无论是丰富、立体地呈现萧红,还是整体性地理解萧红,抑或塑造一个活生生的萧红,其实从来都不在《黄金时代》创作者的艺术观念和历史观念框架当中。相反,创作者认为,那是不可能完成也没有必要去完成的任务,而且比起"还原"和"抛光"历史,更有价值的应该是,通过在隐含作者和隐含读者之间建立起一种大胆而隐秘的交流关系,改变既有的现代传记叙事范式,拒绝常规的现代历史叙述者,消解叙述者可能具有的权威性,并由此牵引出另外一种讲述中国现代文学史以至现代历史的话语系统。创新大胆地运用此种叙事手法,完全跳脱传统意义上文艺片的叙事模式,在电影界是一种超现实主义的极具先锋意义和实验价值的尝试,这是《黄金时代》在叙事手法上的"得"。

二、文本间性的建构

《黄金时代》作为一个电影文本,其体现出的符号系统透过纪录片来解码,在此过程中,纪录片、电影与萧红的文学作品构成了紧密的"互文关系"。这种关系首先体现在电影与纪录片的"互文性"建构中。纪录片《她认出了风暴》里电影片段与人物采访交替呈现的影像风格,与电影《黄金时代》中的"间离"效果相得益彰,既让观众感受到历史的真实,也使观众清楚地认识到这段历史是由演员扮演的。历史与现实双线结合,插入的电影片段使用的是暗黄色色调,画面较为模糊不清,具有年代感和距离感,使观众感受到当时的环境氛围,了解并融入真实人物所处的那个历史时代;而采访主创时画面颜色又变得明亮鲜艳,人像清晰,具有真实感,使观众意识到这是现实的拍摄。就像电影《黄金时代》采用真实演员对镜独白的方式一样,这种独特的影像风格让观众明确真实与虚构的界限。作为电影《黄金时代》的"平行文本",纪录片为我们提供了能够更加深入详细理解电影内容的渠道[①]。由此来看,通过电影与纪录片的互文性建构,让二者巧妙联结,以达到丰富电影内容、丰满人物形象、诠释主创人员创作理念的效果,进而为

---

① 王玉良.全媒体语境下电影类型研究的"互文性"建构[J].北京电影学院学报,2015(01):37-42.

电影作充分的宣传准备,这是《黄金时代》的又一"得"处。

另外,影视与文学的互文性亦在这两部影片中表现得淋漓尽致。我们常说的文艺片,字面上理解就是"文学与影视的综合"。无论是电影《黄金时代》还是纪录片《她认出了风暴》,皆是围绕着文学作品的深入挖掘而展开。影视作品与文学的互文性首要体现在用影片去展现文学创作者的生存境遇及担负的时代责任。德烈·勒文孙曾说:"在电影里,人们从形象中获得思想;在文学里,人们从思想中获得形象。"与此同时,爱德华·茂莱补充道:"电影的再现事物表象的能力是无与伦比的;然而,在需要深入人物的复杂心灵时,电影就远远不如意识流小说家施展自如了。"[①]作为一部传记电影,《黄金时代》力求每一句旁白和台词、每一处场景和情节都有史料出处,因此在拍摄前期需要从历史文献和萧红的著作中找寻大量线索、依据,以保证人物形象的真实与丰满。

接下来,纪录片在真实展现电影创作的时候更是突出了包括萧红的文学作品和李樯的文学剧本在内的互文性建构,回答了电影如何呈现文学的艺术性这一命题。文学中抽象的艺术描写给予影视具象化表现以足够的空间,继而影视将以视听形式展现的艺术真实直观自然地奉献在观众面前,但是,文学与影视终究不能互相替代,只有通过构建影视与文学的互文性,才能够打通二者的关联。实践证明,影视与文学的联姻是影视创作的一条成功道路[②],也是《黄金时代》的另一个突出贡献所在。

三、影片类型反思

《黄金时代》在叙事方式、表现手法上的突破令人耳目一新,区别于大多数的人物传记类电影,将诗意、文学与历史以时空交错的方式融进三个小时的篇幅中。然而,耗资七千万人民币的"巨制"却并没有获得市场的火热回应;所谓"文艺片"与"大片"的奇特组合——既选择了相对小众的"文艺片"设定,又选择了商业"大片"式的明星阵容与市场定位,却遭遇了票房滑铁卢。事实上在《黄金时

---

① 吴子林.图像时代的文学命运——以影视与文学的关系为个案[J].浙江社会科学,2005(6):192.
② 陈玉.从《归来》《黄金时代》看2014年中国文艺片回暖现象[J].湖南大众传媒职业技术学院学报,2016(02):8-12.

代》上映之前,《她认出了风暴》早就在全国进行了巡演,发行方也进行了多种方式的整合营销传播。那么,何故让堪称中国电影史上耗资最大的"艺术片"票房如此低迷?①

成也萧何,败也萧何,票房上的失利大抵要归因于影片所采用的"间离"手法,其多视点的叙事直接造成了影片整体性的失衡。从电影的叙事策略来看,尽管《黄金时代》在形式上是传记片,但策略上又采用了非线性叙事的方法,把部分时空打乱,以片段化的叙事风格呈现出来。在因果式线性、回环式、缀合式团块、交织式、梦幻式复调结构这五种常见的电影结构模式中,这部电影采用的是缀合式团块结构叙事,即几个相互间并无因果关系的故事片段连缀成一些故事,影片文本结构因而在整体上并不是由中心故事贯穿,弱化了逻辑关系以及时间顺序,也没有连贯统一的情节主线和戏剧冲突焦点②。

在叙述萧红一生的漂泊经历时,片中所使用的"间离"手法,令其中的角色纷纷看向镜头,分别用次叙事者的几段故事来展现萧红在各个不同城市的遭遇,以不同人物的视点建构萧红的故事。因此,电影中萧红在不同时空中的每段经历在逻辑结构上互不联系,各成一体。这样独特的叙述结构,虽然扩展了电影叙事的广度,但是需要某种缀合才能合为一个整体。遗憾的是,整部电影并没有呈现出一种统一性,尤其是在长达三个小时混合叙事的情况之下。这在一定程度上违背了观众惯常的审美习惯。

需要注意的是,"间离"手法在《黄金时代》中的失败尝试并不意味着其手法本身的错误。关锦鹏在《阮玲玉》中也曾温和地使用过这一手法。但发生在演员张曼玉与角色阮玲玉之间的"间离",只是营造了双重幻觉,而非直接打破幻觉③。相比之下,《黄金时代》要大胆得多。由于视角的多元,叙事直接在历史时空中横跳,影片也就不可避免地显现出散乱、不连贯的样貌——由此导致节奏的松散与结构的混乱④,让影片成了一部伪纪录片。此外,对于"艺术电影主流化"

---

① 刘利刚.作为伪纪录片的《黄金时代》:一个广义叙述学反思[J].重庆广播电视大学学报,2015(06):9-13.
② 刘翼,吴雪莲.电影叙事学视域下解读《黄金时代》[J].四川戏剧,2016(08):115-117.
③ 路杨.《黄金时代》:形式与表意的悖谬[J].艺术评论,2014(12):54-58.
④ 黄天乐.论《黄金时代》的间离元素与美学实践[J].文艺争鸣,2019(10):183-186.

的坚持使得作品的艺术风格和商业价值之间形成了裂隙[1],这些都导致了影片后来在票房上明显的"失"。

结　语

　　纪录片《她认出了风暴——萧红和她的黄金时代》与其他同类型纪录片不同,它并没有采用单一的叙事结构进行勾勒,而是通过对电影主创人员的深入采访以及专家的解读,并结合电影片段的呈现,全方位再现当时的历史场景和人物。作为配套纪录片,《她认出了风暴》提供了一个新的视角去看待《黄金时代》的"得"与"失"。《黄金时代》的"得"首先体现在"间离"叙事和文本间性上。大胆使用"间离"的叙事手法尽可能全面、客观、相对完整地还原了作家萧红的人物形象,使其人物形象更加立体丰满,叙事也更加丰富和生动,给观众耳目一新之感,体现一种极具先锋意义和实验价值的尝试。其次,电影、纪录片和文学的互文性建构,既丰富了电影内容,又丰满了人物形象,还诠释出主创人员的创作理念及历史观,不仅帮助观众更加深入地理解电影,也让萧红的文学作品和李樯的文学剧本中抽象的艺术描写变得具象化。正是这两个关键点的综合运用,使得《黄金时代》在电影界坐拥一席之地。但是,影片似乎过分追求形式感和历史观的呈现,导致其表意混乱,缺乏整体性和连贯性,不太符合大众惯常认知,因此影片在票房上难以达到预期,"失"掉了大部分观众。

(王云帆系南京师范大学新闻与传播学院在读本科生;
王颖梓系南京师范大学广播电视系讲师)

---

[1]　陈旭光.中国新主流电影大片:阐释与建构[J].艺术百家,2017(05):13-21+187.

从个体记忆到集体记忆的影像汇聚
——以系列微纪录片《幸存者说：血色 1937》为例[①]

王郁池

  南京大屠杀，作为日本侵华战争期间最惨绝人寰的暴行，八十多年来一直是中国近代深重劫难的典型代表，是中华民族记忆中难以磨灭的惨痛历史。一代代研究者与创作者围绕着南京大屠杀，源源不断地进行着史料挖掘和记忆再现的工作。近年来，国内外生产的南京大屠杀题材纪录片也层出不穷，表现出不同时期、不同国家对南京大屠杀的多元解读与态度，形塑着人们对大屠杀的集体记忆。纪录片以其非虚构性的特点天然地成了人们了解历史的重要渠道。作为记录和理解人类发展历史的重要载体，纪录片也成了以影像追寻历史真相的核心媒介，集历史真实与艺术真实于一体。南京大屠杀题材纪录片使观众跨越时空隔阂，形成灾难性历史事件的延续性和整体性印象，实现人类社会自我反思与历史认同。

  随着媒介技术的变革和媒体环境的更新，借纪录片为南京大屠杀的记忆"保鲜"的表达形式也在适应中转型。新时代的纪录片人在变局中探讨：如何从新历史叙事的角度去解读与重构这段民族历史记忆？如何通过内容与形式的推陈致新让影像更好地在新媒体中传播，激荡新一代观众的灵魂？江苏广播电视总台推出的系列微纪录片《幸存者说：血色 1937》，是中国首个面向南京大屠杀幸存

  [①] 本文系 2023 年江苏省研究生科研与实践创新计划项目"南京大屠杀题材纪录片研究(1980—2022)"的阶段性研究成果，项目编号：18120000302。

者的大型口述项目。影片以亲历者的个人记忆为切入点,采集了当年最后一百位在世的南京大屠杀幸存者的口述影像,并通过融媒体联动呈现。口述是历史亲历者或见证人通过讲述的方式对历史事件或历史人物展开回溯的纪录手段。口述体第一人称的叙事视角和个人化、主观化的表述方式更是让历史表达变得鲜活形象,受到了业界和观众的广泛关注,具有较大的影视价值和社会价值。

一、为历史存证:个体命运的镜头荟集

迄今为止,大多数南京大屠杀题材纪录片往往采用间或引入口述体方式,偶尔变换视点,从个体生命视角切入家国历史,辅助大型事件的宏观叙事。而作为单集时长仅五分钟左右的系列微纪录片,《幸存者说:血色1937》以口述为主体,给予个体命运与心理体验充分的关注,以直观的方式展现战争对人难以磨灭的伤害,更关注南京大屠杀对幸存者个体人生的后续影响。在新历史主义史观下,以平民视角记述这场浩劫。

南京大屠杀亲历者的战争记忆因其个人命运与国家遭遇的深度交叠而被搬移至镜头前。一定量级的私人记忆通过纪录片创作者的采集、组合,荟集成为集体记忆,继而补充和完善了历史的证据。

在《幸存者说:血色1937》中,个体命运遭遇、切身感官体验和私人内心情感组成了一百位幸存者秘而不宣的人生过往,通过口述的方式呈现于观众的视野。南京大屠杀的残酷性又直接导致了镜头前的老人们有时无法保持镜头前的理性,甚而出现突然的失控与崩溃。如谢桂英的纪录单元中,老人说"我自己和日本人遭遇的,我不好意思说",但将近说到日本人实施性暴力行为的片段时,却早已忍不住泪流满面。在镜头面前,口述者曾经的不为人知的情绪与感受无处遁形,其隐秘的心事秘密在观众面前往往一览无余。这对观众心灵的震动则是无与伦比的。

因此,这部自创作之初就定位于面向新媒体端传播的纪录片将口述作为最重要的表现形式,达到了犹如与观众直面叙谈的效果,用较短的篇幅引发了显著的共鸣。这种情景表现为视觉和听觉两种形式。

(一) 视觉形式:聚焦情感的特写镜头

纪录片是细节的艺术。特写镜头在纪录片景别运用中具有突出细节的作

用,能够突出真实生活中极具关注价值的信息①。口述的主体片段设置中,近景镜头和特写镜头协同叙事。特写镜头天然地摒弃了环境的影响,牢牢扣住了观众的注意力。去除雕饰的纯白色背景板更将口述者统一地置于聚光的台面。真实是纪录片的生命,可诞生自电影的特写镜头则道出了影像的艺术本质。或者说,纪录片警惕戏剧性、故事性,但观察者与创作者通过对鲜明特征或典型神态的捕捉与放大,使纪录片的实际效果迸发出醒目的艺术张力。《幸存者说:血色1937》中的特写镜头是激荡人心的,比如老人掩面哭泣、紧张地交叉手指时肢体语言凸显了往事痛楚之不忍回溯,生活片段中老人蹒跚的脚步特写与花白的头发特写无一不彰显出年迈的辛酸。纪录片中,马淑勤老人全家共有三人被日军杀害,短片一开始,老人先是提及了幼年家庭富裕、无忧无虑的时光,又说道:"日本人来过之后,家里什么都没有了。"此时创作者利用了整整五秒的时间,将特写镜头对准了老人灰白无神的双目,嵌在沟壑纵横、饱经风霜的脸上,眼睛中反射出一扇窗。这个镜头道出老人无尽的怀念与哀悼,凸显了浓浓的宿命感。用以过渡进入正片的叙述,带给人心灵的震颤。本片与大多数纪录片一样克制镜头语言的情感表达,拒绝铺陈或雕琢,仅依靠若干细腻的特写凸显聚焦感,深意隐于镜头背后。

《幸存者说:血色1937》创作的过程又可视为对历史的采集、打捞与挖掘的过程。拍摄纪录片时,登记在册的南京大屠杀幸存者仅剩一百余人,且均已步入耄耋之年。求证历史的行为是抢救性的、迫在眉睫的,倘若这些深不见底的记忆碎片再不被人打捞面世,或同生命一道行将就木。如果说全景、中景镜头等体现了"采集",特写镜头则意味着一种"挖掘",多元镜头的交叉运用则体现了对记忆文本的观察与理解。

(二) 听觉形式:第一人称的方言独白

传统观念中的历史纪录片更多是聚焦于集体的,是专门对人类社会历史事件系统的记录与诠释,更多时候是站在一定高度对大环境的观照,是扁平化的。区别于此,《幸存者说:血色1937》的主体部分以第一人称视角对过去深重劫难进行复调式叙事。镜头前的口述者和故事的亲历者是同一个人,因此更倾向于

---

① 刘凤田,梁永慈.纪录片特写镜头的运用——浅析大型纪录片《茶,一片树叶的故事》[J].当代电视,2014(02):22-23.

向内聚焦。独白自述往往缺乏客观性，反而带有强烈的个性色彩。但本片显然并不排斥个人情绪化的主观倾向，反之，人的性格与情感走向成为口述历史的主要看点，关怀不同个体在时代中的体验和感受。

因强地域属性，纪录片呈现出以南京方言为主的直陈声音。使用带有地域文化表征性质的方言，一方面在纪录片中起到增强真实性作用，另一方面可立即唤起观众对于一个人物群体的大致印象。多年来，多部"出圈"的南京大屠杀题材的影视作品早已为这种方言烙上了历史的印记，南京方言化身世界范畴内活的集体记忆载体。

二、从现实回溯：历史与当下的联结

人类本能地排斥苦难，无数创作者却深耕南京大屠杀题材，其初心在于努力使历史被铭记。而新媒体环境给了此类作品恒久传播的可能。为了适应网络平台的传播特性与新生代观众的观看习惯，创新作品的表现形式，单集时长仅5分钟左右的百集微纪录片《幸存者说：血色1937》应运而生。内容以幸存者口述为主体，辅以极少量的老照片和旧址实景拍摄画面。

日本侵华战争结束后，尤其自1982年日本擅自篡改和歪曲战争史实的"教科书事件"以来，南京大屠杀题材纪录片在中国脱离了单纯的文化产品身份，更肩负着意识形态宣传的任务，具有重大且特殊的政治意义。因此，目前该题材的纪录片多以全知视角对大屠杀事件穷源溯流，利用向幸存者采访、专家解说、资料汇编、原址实地拍摄、演员情景再现等多种创作手法进行叙事，尽可能多元而具象地还原南京大屠杀的全貌。因其严肃沉重的叙事风格、触目惊心的实景照片、专业化的表达方式，此类纪录片难以达到较好的传播效果，较难激发新一代观众的共鸣。与之相较，在时长的大幅缩减下，《幸存者说：血色1937》由宏大叙事转为片段式的局部白描，关注点由民族命运、国难国耻转为个体命运与平民意识。由当下回溯曾经，在现实与历史间搭起视觉的桥梁。

（一）新媒体传播中的现实影像运用

相较于文献资料的单一化呈现，历史纪录片创作发展至今，已拓展出多样化的叙事手法，达到历史影像与现实影像的多层联动。然而《幸存者说：血色1937》反其道而行之，其最直观的特点就是采用几乎单一的现实影像，即幸存者与后人面对采访者的人生回溯，以及重回事发地原址的录影，如杨秀英老人讲述了魏特琳女士在原金陵女子大学设立安全区保护中国难民的往事，片中并未展现旧时黑白录影与照片，而是对今天旧址所在地南京师范大学随园校区校园景观进行摄制。在本片中，历史纪录片中常见的史料图片、影像资料、日记和书信等呈现得很少，仅出现了极少量的老照片作为私人物件辅助口述。历史是延绵而非断裂的。曹海滨导演直言："历史的印记在各个时期都会有存留，我们对这些印记的镜头勾连与组合，形成聚合叙事的效果。"①历史的建筑、物件与今日的场景复现，镜头交错在一起，构成了强烈的彼此印证的效果。

天然地，口述历史被认为具有主观性的缺陷。因为人的记忆是经过主观选择而保留的，且存在因为个人意愿而被删改的可能，因此与事实产生偏差。所以传统历史纪录片为了保证口述历史的真实性，必须使用更多的历史资料进行佐证。《幸存者说：血色1937》能够省去时代环境的介绍与宏观史实的叙述，单刀直入地开始个人叙事，离不开多年来包括纪录片在内丰富的南京大屠杀题材记忆文本对中国观众的深刻影响。深入人心的爱国主义教育为之提供了可能。或者说，该类型片利用新生代观众的阅片基础完成背景交代。因此，导演在纪实手段上的创新，利用全口述的方式回溯从前，不仅是为了证实史实的确凿，更是为了以陌生化的手法完成同题作品的呈现，让历史与当下产生更深的联结，再次唤醒新一代的民族记忆。

（二）历史事件的通俗化表达

与文字表达相比，影像语言更为直观，但留与观众想象的空间要小一些。不过其优势在于能够充分调动多种艺术手段。南京大屠杀题材纪录片的创作者们也充分利用了这一点，由书面的日记、书信、报刊、书籍、大字报、照片、海报等资料汇编展示，到专家解说、演员情景再现、实地走访、亲历者访谈的综合运用，协同共证历史事件的准确性及完整性。尤其是专家解说，几乎是提升影片专业性、可靠性最为行之有效的方式之一。但在《幸存者说：血色1937》中，我们看不到书面史料的共同证实，看不到专业人士的解读与分析，这使得影片几乎都是通俗化、平民化的表达，却因为集合了一百人的共同记忆而厚重、充实，力重千钧。

---

① 刘永昶.影像记忆的光亮——与曹海滨导演谈南京大屠杀题材纪录片创作[J].视听界，2023(01):36-40.

在以口述历史为内容主体的后屠杀叙事中,纪录片更加关注屠杀对人生的影像与改变。事实上,一些幸存者远比我们想象的更加乐观、坚强。屠杀带给他们苦难的遭遇与痛苦的回忆,却没有打倒他们对生活的积极心态与继续前行的勇气。片尾对多数老人的生平简介中,旧日遭遇的记叙后总续接着"育有几子几女"的说明,揭示着他们没有将仇恨停留在表面的事实。性格开朗的周智林老人接受采访时甚至不时发出爽朗的笑声,他用"我福大命大,死了三次没死掉"来描述自己三次险遭日军杀害、侥幸生还的经历,又用"下一代不晓得,我就要给他们讲"道出了自己对历史责任的理解。仇恨与血腥并非我们的重心,用镜头描述历史与当下的对照是为了让我们走出阴影,激发信仰,砥砺前行。

三、让情感奔流:艺术形式的写意升华

传统历史纪录片的影像风格以写实为主,但镜头背后的"人"自有其主观的情感态度。在现实影像为主的口述历史纪录片中,后期剪辑在潜移默化中展现出抒情、写意的影像风格。《幸存者说:血色1937》的导演曹海滨曾这样描述自己与团队的纪录片作品:"我们需要用镜头的节奏、画面的色彩、音乐的旋律,用一切的符号语言,用写意的影像含蓄地传达出来,从而激荡观众的情绪,唤起他们的共鸣。"[1]微纪录片欲用5分钟的单集时长触及观众内心深处的柔软,其视听语言体现出多元的艺术效果与表达的张力。

(一)抒情的画面色调

通过前期的选题和素材的采编,纪录片制作进入了剪辑的最终环节。剪辑后期在内容的表达中至关重要,且具有一定的原则性和技巧性[2]。通过对大量纪实影像进行后期编排,融入编导意识对素材进行再创作,将真实的故事规律以完整、富有艺术性的形式展现出来,给观众带来摄人心魄的体验。其中,画面色调是风格塑造最为直观的体现。

无论是摄影棚内的口述镜头还是表现建筑与风景的外景镜头,画面的色彩

---

[1] 刘永昶.影像记忆的光亮——与曹海滨导演谈南京大屠杀题材纪录片创作[J].视听界,2023(01):36-40.

[2] 李斌.浅谈电视纪录片剪辑的节奏把握[J].西部广播电视,2019(18):110-111.

都控制在极低的饱和度下,呈现出灰蒙蒙的雾感。这种对单调色彩的选择体现了对简单原则的极致追求。以白色为主的影棚环境苍凉又纯净,以深红色为主的字幕点缀其中,触目惊心。一白一红两种颜色占了影片的大部分空间,创作者尽量避免其他杂色的摄入,就是为了展现一种平静的对话感,让说者与听者摒除杂念,从人的底层逻辑关注时代对命运的变局。另外,这种几近黑白的色调是影像对人物心理与情绪的外化,揭示了口述者在话题下的沉痛心情,体现了创作者对故事的理解,也凸显了祭奠与哀悼的主题。

(二)情绪主导的音乐风格

通常情况下,纪录片的音乐不似电影音乐承担着戏剧内在推动力或风格化表达的作用,往往以简单而贴合文本的样态去营造氛围,渲染人物的内心情感,引发观众的共鸣。相比之下,以人物为中心的纪录片《幸存者说:血色1937》的音乐跟随人物实时情绪作设置与调整,用音乐描绘个体命运的跌宕浮沉,显得更为灵动、多变。

例如在方素霞老人的纪录单元中,她讲述了一家人在日军的枪林弹雨中划船逃难的往事。一开始故事在平静中叙述,当提及寻船的艰难状况与一路上尸体遍地的场景时,背景响起了舒缓而悲伤的音乐,音量较低,如河水缓缓流淌。故事的高潮部分,同行的船只被日军发现后残忍地击沉,口述者即当事人的心理紧张、恐惧至极,音乐立即变得急速而剧烈,并响起了连续的枪声,更添真实而恐怖的氛围。最后,老人说至情绪激动处,哽咽、垂头,音乐停止,留下了死寂的空白,留给观众思考与哀悼的空间。

多元的表现形式和独特的视角为南京大屠杀纪录片的观众带来了全新的视听感受。《幸存者说:血色1937》系列微纪录片用陌生化的手段拒绝审美疲劳,推动了对这一历史事件的有效传播。

四、结　语

历史影像资料的稀少与幸存者的老去给南京大屠杀题材的影视创作带来重重困难。但历经长时间的挖掘与探索,一代代导演总能挖掘出新的创作空间,利用不断更新的艺术形式、制片思维和技术手段,再现这段惨痛历史。这也成了对南京大屠杀事件本身再观察、再诠释、再传播的重要过程。

口述历史纪录片因长时间单调的受访画面致使观众产生视觉疲劳而颇受诟病,然而单集五分钟左右的微纪录片化弊为利,以短视频的形式向新媒体端传播,创新了历史纪录片的表达方式。《幸存者说:血色1937》在不背离纪录片真实性、客观性的前提下,通过个人记忆口述,将亲历者的人生搬移至镜头前。在表达方式上,走向了传统纪录片追求丰富史料与视听手法的背面。创作者不考虑如何在有限的声画屏幕中提供尽可能充足的信息,而依据短视频观众的观看习惯,致力于借人和语言的力量翻覆时空,以点滴泣诉、生死独白带领今人重回昔日。系列微纪录片采集了一百位老人的个人记忆,如同百川归海,汇聚成中华民族乃至人类社会的集体记忆。这也有助于当下观众对历史事件产生更立体更深刻的认知,在新的历史背景下让这段不容忘却的记忆得以强化与保鲜。

(作者系南京师范大学新闻与传播学院硕士研究生)

音乐

明清俗曲文化的传衍路径及分布格局研究

谈 欣

明清俗曲又称明清时调小曲,为曲牌体音乐体裁。与诗词相比,曲以其长短格律的自由体式成为中国古代诗歌音乐发展的终章。曲节律灵活,抒情、叙事各擅胜场,坚持"韵共守自然之音,字能通天下之语"的声情表达。这样的表达方式非常符合不同时期音乐的创编与传播,也有利于说唱音乐、地方小戏的形成,对我国市民音乐的发展具有重要影响。

关于明清俗曲的历史文献资料浩如烟海,本文选择20世纪成书的各类音乐集成作为主要研究资料。原因有二:第一,集成本身即是一部史料类多卷本丛书,几乎涵盖了所有传统音乐类别;第二,该类丛书是按省(自治区、直辖市)分别立卷,这些信息可为探讨俗曲的地理传衍路径提供帮助。20世纪50年代开始,许多民间音乐逐渐用地名命名,而历史上很少见,这样的命名与地域划分,使得"这些从乐曲到乐队组合、演唱形式等诸多层面都有着相通一致性内涵的音乐形态"[1]从地域上被人为地割裂开。因此,用"历史观念、区域综合、全国视野"[2],整体上探讨明清俗曲传播路径、扩散过程、影响范围和传播因素等问题,能够进一步论证"俗曲体"说唱及地方小戏客观存在的观点,同时还可以帮助我们深入理解明清俗曲文化的历史价值及影响,以便更好地掌握各地说唱、地方小戏的共生

---

[1] 项阳.加强对音乐"非遗"分类综合研究的深层探讨[J].人民音乐,2016(6).
[2] 项阳.加强对音乐"非遗"分类综合研究的深层探讨[J].人民音乐,2016(6).

规律,从而为当下市民阶层的文艺发展与传播提供借鉴。

从现有资料看,明清俗曲涉及民歌、歌舞、说唱、戏曲等多个传统音乐体裁。经统计,它在民歌、歌舞、器乐音乐中比例较少,而大部分留存在说唱、戏曲音乐中,正如谢桃坊先生所说:"明清新体音乐文学是市民文学之一,它不属民间文学"[1]。因此,也可以说,说唱、戏曲音乐是明清俗曲在当下的主要呈现形式。

一、明清俗曲在说唱及地方戏音乐中的衍化

明清俗曲形成于明代,发展于清代。清中叶后期,岔曲、子弟书等时调小曲从关外到关内风行一时,为俗曲发展带来另一番景象。受这些时调小曲的影响,俗曲逐渐由单曲或单曲联唱的民歌形式,衍变为岔曲式套曲、联曲式套曲等套曲体式,进而向说唱、小戏推进,如清《霓裳续谱》中《深闺静悄》《一更里盼郎》等,即是用说白相间、多曲牌连缀的说唱方式记录[2]。而清《缀白裘》中的《小妹子》[3]、蒲松龄《聊斋俚曲》中的《禳妒咒》[4]已有了多曲联套、角色扮演的小剧形式。同时,俗曲丰富的音乐又滋养着岔曲、子弟书等地方说唱及时调戏[5]的发展。在相互影响的发展模式下,俗曲在各地生根发芽,形成了现在各地的多个曲种及剧种。

(一)明清俗曲在说唱音乐中的传衍路径

明清俗曲的衍化主体是说唱音乐。笔者通过梳理40多本民间曲艺音乐资料中的文字及曲谱,将与明清俗曲关联的曲种列表如下(表1)。[6]

表1　与明清俗曲相关联的曲种

地区	曲种类别	曲种名称
江苏	弹词	苏州弹词、扬州弹词
	牌子曲	扬州清曲、南京白局、徐州丝弦、盐城牌子曲、江南牌子曲、海州牌子曲、清淮小曲

---

[1] 谢桃坊.中国市民文学史[M].四川:四川人民出版社,2015:242.
[2] 王廷绍.霓裳续谱[M]//冯梦龙,等编.明清民歌时调集.上海:上海古籍出版社,1987.
[3] 钱德苍.缀白裘:第3集[M].上海:中华书局,1940.
[4] 蒲松龄.蒲松龄全集:第三册[M].上海:学林出版社,1998.
[5] 洛地.明清时调小曲的音乐系统:答谢桃坊的一封信[J].四川戏剧,1996(1).
[6] 参考《中国曲艺音乐集成》各分卷梳理而成。

续　表

地区	曲种类别	曲种名称
江苏	滩簧	苏州滩簧
	道情	扬州道情、盐城道情
	琴书	徐州琴书
山东	时调小曲	临清时调、济宁岭儿调、平调、淄博俚曲、胶州八角鼓、济宁八角鼓、聊城八角鼓
	琴书	山东琴书
湖北	时调小曲	湖北小曲、襄阳小曲、郧阳曲子
河北	宝卷	河北宝卷
	时调小曲	冀中小曲、永年小曲
陕西	道情	长安道情
	丝弦清曲	陕西曲子、榆林小曲、陕北二人台
辽宁	鼓词	子弟书
湖南	丝弦小调	太平南曲
上海	弹词	苏州弹词
	滩簧	苏州滩簧
吉林	走唱	二人转
	时调小曲	扶余八角鼓
安徽	鼓词	凤阳花鼓
广东	时调小曲	粤曲
河南	时调小曲	河南曲子、丝弦小曲、迷糊曲子
浙江	滩簧	杭州滩簧
	时调小曲	绍兴词调、绍兴平湖调、台州词调
黑龙江	走唱	二人转
北京	时调小曲	北京小曲、太平歌词
	鼓词	子弟书、梅花大鼓、京韵大鼓
	琴书	北京琴书
	牌子曲	北京单弦
甘肃	时调小曲	兰州鼓子、河州平弦

续　表

地区	曲种类别	曲种名称
云南	时调小曲	花灯说唱
	琴书	云南扬琴
广西	牌子曲	广西文场
江西	时调小曲	江西清音、赣州南北词
天津	时调小曲	天津时调
	鼓词	京东大鼓、梅花大鼓
福建	时调小曲	泉州北管
四川	牌子曲	四川清音
内蒙古	牌子曲	二人台牌子曲

表1显示,明清俗曲辐射面广,全国大部分地区均有分布。从曲种类别看,与明清俗曲相关联的曲种大致可分为四类:牌子曲(时调小曲)类、鼓词类、琴书类及宗教(道情、宝卷)类。而从关联度看,与明清俗曲相关联的说唱音乐主要有以下三类。

一类是直接以明清俗曲为其唱腔基础生成的曲种,如牌子曲(时调小曲)类,该类曲种多,所涉地域广,是明清俗曲主要衍化曲种。如集成中记载扬州清曲时说道:"牌子曲以明清以来流行的时调小曲为唱腔,只唱不说"[1];又如,山东"民间俗曲的广泛流行,正是俚曲产生的背景"[2];等等。

另一类是以明清俗曲为其唱腔的组成部分,同时吸收当地民歌、戏曲曲调而成的曲种,如八角鼓类、滩簧类。如吉林"扶余八角鼓常用曲牌27个。一些曲牌产生的年代久远,来源也较广,有些来自明清俗曲"[3];又如山东聊城八角鼓"曲牌大多是明清流行的时调小曲"[4]。

---

[1] 《中国曲艺音乐集成》全国编辑委员会,《中国曲艺音乐集成·江苏卷》编辑委员会.中国曲艺音乐集成·江苏卷(上)[M].北京:中国ISBN中心,1994.

[2] 《中国曲艺音乐集成》全国编辑委员会,《中国曲艺音乐集成·山东卷》编辑委员会.中国曲艺音乐集成·山东卷(下)[M].北京:中国ISBN中心,1998.

[3] 《中国曲艺音乐集成》全国编辑委员会,《中国曲艺音乐集成·吉林卷》编辑委员会.中国曲艺音乐集成·吉林卷[M].北京:中国ISBN中心,2000.

[4] 《中国曲艺音乐集成》全国编辑委员会,《中国曲艺音乐集成·山东卷》编辑委员会.中国曲艺音乐集成·山东卷(下)[M].北京:中国ISBN中心,1998.

最后一类是将明清俗曲曲牌作为常用曲牌,如道情、宝卷类。文献中记载渔鼓道情时说道:"明清以来,扬州、盐城、东台、连云港、徐州等地均有流传。……渔鼓道情的唱腔,有南北曲的曲牌如【耍孩儿】【山坡羊】等,也有明清时调俗曲如【银纽丝】【叠断桥】等。"①

总的看来,明清俗曲在说唱音乐中的影响范围较大,关涉曲种较多,明清时期流传下来的曲牌在这些曲种中得以延续和发展,形成俗曲体唱调体系。

(二) 明清俗曲在戏曲音乐中的传衍路径

约清中叶起,受地方戏发展影响,在俗曲音乐内容及结构体式逐步成熟的条件下,时调小曲开始向着戏剧化的方向发展,"加白""带把""转调分腔"等形式不断融入俗曲演唱,很多地方小戏应运而生,呈现松茂竹苞的发展景观。现将与之相关联的戏曲剧种列表如下(表2)。

表 2 与明清俗曲相关的戏曲剧种

地区	剧 种
山西	曲子戏(眉户)、道情戏、北路梆子
河南	咳子戏、二夹弦、柳子戏、北调子、河南曲剧、罗子戏、大弦戏、四股弦、扬高戏
安徽	二夹弦、文南词、泗州戏、目连戏、含弓戏、曲剧
北京	北京蹦蹦、诗赋弦、北京曲剧
福建	闽剧
广东	粤剧、白字戏
贵州	黔剧、花灯
河北	丝弦、河北乱弹、横岐调、上四调、喝喝腔、四股弦、诗赋弦
黑龙江	拉场戏
湖南	祁剧、花鼓戏、湖南花灯戏
江苏	扬剧、苏剧、锡剧、淮剧、淮海戏、柳琴戏
江西	袁河采茶戏、抚州采茶戏、萍乡采茶戏
辽宁	海城喇叭戏、评剧、二人转拉场戏
宁夏	曲子戏(眉户)

---

① 《中国曲艺音乐集成》全国编辑委员会,《中国曲艺音乐集成·江苏卷》编辑委员会.中国曲艺音乐集成·江苏卷(上)[M].北京:中国ISBN中心,1994.

续　表

地区	剧　种
青海	曲子戏（眉户）
山东	柳子戏、大弦子戏、罗子戏、吕剧
广西	邕剧、丝弦剧、桂剧
陕西	曲子戏（眉户）
上海	沪剧
新疆	新疆曲子剧
云南	昆明曲剧、昆明花灯
浙江	新昌调腔、婺剧
台湾	歌仔戏
甘肃	曲子戏（眉户）、高山剧

由表2可知，与俗曲相关联的地方小戏数量众多，绝大部分经历了由坐唱演绎转向舞台扮演的衍变过程。这些剧种大约可划分为四大类。第一类是"弦子戏"。这类小戏大多属于弦索腔，有大弦戏、二夹弦、丝弦等，是在俗曲基础上直接生成的剧种，如保定丝弦"是保定地区最早由俗曲衍变为戏曲的剧种之一"[1]，又如安徽二夹弦"【娃娃】由明清俗曲【耍孩儿】衍化而来"[2]。除此以外，这一类中还包含柳子戏、罗子戏，如山东柳子戏的"客腔曲牌与俗曲腔系中的曲牌穿插运用，各扬其长"[3]，又如"罗子戏的唱腔，以明清俗曲发展而成的唱腔曲牌为主，后来吸收借鉴了高腔、青阳腔等声腔，使之发展成为一个多声腔的联曲体剧种"[4]。这一类主要流行于河南、安徽、山东一带。

第二类是极具明清俗曲特色的曲剧。这类小戏大多属于说唱腔系，经说唱音乐发展而来，以俗曲唱腔为其主体唱腔，不断吸收当地民歌小调而成，如昆明曲剧

---

[1]《中国曲艺音乐集成》全国编辑委员会，《中国曲艺音乐集成·江苏卷》编辑委员会．中国曲艺音乐集成·江苏卷（上）[M]．北京：中国ISBN中心，1994．

[2]《中国戏曲音乐集成》编辑委员会，《中国戏曲音乐集成·安徽卷》编辑委员会．中国戏曲音乐集成·安徽卷（下）[M]．北京：中国ISBN中心，1994．

[3]《中国曲艺音乐集成》全国编辑委员会，《中国曲艺音乐集成·山东卷》编辑委员会．中国曲艺音乐集成·山东卷（下）[M]．北京：中国ISBN中心，1998．

[4]《中国曲艺音乐集成》全国编辑委员会，《中国曲艺音乐集成·山东卷》编辑委员会．中国曲艺音乐集成·山东卷（下）[M]．北京：中国ISBN中心，1998．

的"古曲曲牌多即明清俗曲,如【寄生草】【剪靛花】【银纽丝】【倒扳桨】【打枣竿】等"①。此类还有甘肃曲子戏、山西曲子戏、北京曲剧、宁夏曲子戏和青海曲子戏等。

第三类为歌舞类地方小戏,如花鼓戏、采茶戏、花灯戏等。这部分歌舞小戏在其发展过程中,吸纳、移植明清俗曲为其唱腔的组成部分,正如《中国大百科全书:戏曲曲艺》所言:"民间歌舞类型戏曲的另一个特点是互相吸收、移植的情况较为普遍。特别是明清俗曲,或多或少地被各剧种广泛采用"②。湖南常德花鼓"所用的小调,大致分为乡土小调和时调俗曲两类"③。这一类主要流行于江西、湖南、云南、贵州等地。

第四类是杂曲,如苏剧、锡剧、扬剧、道情戏及台湾歌仔戏等。这部分地方戏以俗曲丰富其唱腔,增强其戏剧表现力为主。如《中国曲艺音乐集成·江苏卷》中记载俗曲"作为剧种的一般曲调,如苏剧、锡剧、淮剧、淮海戏等"④。又如山西道情戏唱腔有四类,其中"第二类为明清俗曲"⑤。

总体看来,与俗曲相关的地方戏,虽大部分不属于主要戏曲声腔,但其生命力之长久、影响之深远是不可忽视的。将俗曲作为唱腔生成基础或是其唱腔重要组成部分的地方戏,几乎覆盖了全国大部分地区,形成了俗曲体地方腔系。

(三) 明清俗曲传衍中形成的双文化中心

通过对说唱曲种、戏曲剧种的分析可知,明清俗曲的衍化形成了北京—天津文化中心及山东—江苏文化中心的双文化中心现象。说唱音乐中,北京、天津、河南、江苏、山东种类丰富多样。其中,鼓词在北方盛行,以京津地区为中心,并从北京向南发展,到达山东,曲种数量总体呈现出密集到疏松的发展特点。相

---

① 《中国戏曲音乐集成》编辑委员会,《中国戏曲音乐集成·云南卷》编辑委员会.中国戏曲音乐集成·云南卷(上)[M].北京:中国ISBN中心,2004.
② 中国大百科全书总编辑委员会《戏曲 曲艺》编辑委员会,中国大百科全书出版社编辑部.中国大百科全书:戏曲 曲艺[M].北京:中国大百科全书出版社,1983.
③ 《中国戏曲音乐集成》编辑委员会,《中国戏曲音乐集成·湖南卷》编辑委员会.中国戏曲音乐集成·湖南卷(下)[M].北京:中国ISBN中心,1992.
④ 《中国曲艺音乐集成》全国编辑委员会,《中国曲艺音乐集成·江苏卷》编辑委员会.中国曲艺音乐集成·江苏卷(上)[M].北京:中国ISBN中心,1994.
⑤ 《中国戏曲音乐集成》编辑委员会,《中国戏曲音乐集成·山西卷》编辑委员会.中国戏曲音乐集成·山西卷(上)[M].北京:中国ISBN中心,1997.

反,牌子曲在江苏及周边一带盛行,从南到北、从东到西,沿运河、长江传播,总体也呈现出由密集到疏松的发展特征。由此可知,鼓词发展从北方传播至山东,大体形成了明清俗曲鼓词文化圈。牌子曲则南北兼有,且越往南越兴盛,尤其是山东、江苏一带,形成了牌子曲文化中心。由此可初步推断,明清俗曲在说唱音乐中的衍化已形成京津鼓词文化中心和苏鲁牌子曲文化中心的双文化中心发展格局。明清俗曲在戏曲音乐中的衍化也是如此。北京曲剧,河南曲剧、大弦戏、罗子戏、柳子戏,山西、陕西曲子戏等形成了以北京为中心的华北地区俗曲体腔系。山东柳子戏、大弦子戏、罗子戏、吕剧,江苏扬剧、淮剧、锡剧,安徽二夹弦、泗州戏、含弓戏等形成了以山东、江苏为中心的华东地区俗曲体腔系。

可见,从曲种体裁数量、分布密集度看,明清俗曲无论是在说唱还是在戏曲中的衍化,都已形成双文化中心格局,其他地区曲种或多或少受文化中心地的影响。

二、明清俗曲的分布格局

明清俗曲从明中叶形成以来,经历了一个不断丰富、不断汇集、不断积累的发展进程,通过曲牌的汇集、流变与加工,将多元化的音乐统摄于这个系统中。明清俗曲并非是一个封闭、固定的系统,而是一个开放式的动态发展系统。曲牌体的音乐体制,使它具有曲的概括性、确定性与文的具象性和不确定性,从而带动明清俗曲由北至南、由东向西、由点至面的不断衍生,形成了具有俗曲特征的分布格局。通过对时调的空间分布特征进行分析,笔者发现,明清俗曲主要由文化发源地沿京杭大运河、长江流域扩散,由此汇入运河文化带、长江文化带;同时,以跳跃传播为主,从江浙扩散至福建,形成包括日本,中国福建、台湾在内的东南沿海文化圈。由此,"两带一圈"的明清俗曲文化分布格局逐步形成。

(一)明清俗曲的运河文化带

隋代开凿的大运河,成为中国重要的活态遗产和文化廊道,为南北经济、文化发展提供了便利。"随着运河带经济的不断发展和经济文化重心的南移,大运河成为最直接的经济文化交流的孔道。"[①]明清俗曲沿运河由北至南,通过商贾

---

① 陈璧显.中国大运河史[M].北京:中华书局,2001.

往来、兵营驻扎、官员调配等不断扩散、传播与发展，对沿岸各城镇说唱艺术、戏曲艺术的形成发展产生了重要影响，逐步形成纵贯北京、天津、河北、山东、江苏、浙江的明清俗曲运河文化带。山东是这条文化带上的重要枢纽，一是该地区与明清俗曲相关的音乐体裁种类丰富，有八角鼓、俚曲、平调、五大调、大弦戏、柳琴戏等。"八角鼓究竟何时传到聊城……一曰：乾隆皇帝三下江南巡视，曾到过聊城，在圣驾随从中演唱八角鼓者甚多，他们在聊城逗留期间，将这一说唱艺术留在了聊城；二曰：昔日聊城乃京杭大运河沿岸九大商埠之一……在京居官、经商者颇多……他们或从人将这一演唱形式带回了故乡；三曰……聊城为北上京津，南下苏杭之重镇，八角鼓由顺运河南下的流浪艺人传到了聊城。"[1]除了聊城外，济宁、胶州、青州也随着官员调配、官兵驻扎而产生了当地的八角鼓。二是俗曲由此经河南地区北上，途经陕西、山西、甘肃、宁夏等地，形成了运河带上的一条重要分支，其中包括河南曲子、陕西小曲、山西二人台、宁夏小曲、甘肃鼓子、甘肃曲子戏、山陕曲子戏、青海平弦等。由此可见，运河是明清俗曲重要的生成、传衍文化带。

（二）明清俗曲的长江文化带

长江文化带是明清俗曲从长江下游向上游扩散传播而形成的，促进了长江两岸及周边地区说唱、戏曲的产生与发展。该文化带以江苏扬州为中心，扬州地处运河、长江交汇处，南北通达。明清时期，扬州地区是南方戏曲活动中心，各类民间艺术在这里交集，又因嘉庆、道光年间戏曲禁演，客观上给俗曲提供了一个有利的发展空间，以明清俗曲为基础的说唱曲种扬州清曲由此产生，并"沿长江向西流遍大江南北"[2]，"对长江流域两岸各地牌子曲类曲种的形成和发展，曾产生过很大的影响"[3]。四川清音相关文献中明确记载，该曲种是由来自下江（长江下游）的小唱与当地音乐融合而形成。"因叙府当地为岷江，金沙江汇合流入长江处，泸州是沱江和长江的汇合处，这两地都是过去长江上游的水运要口。……随着商业的繁荣，来自长江下游的商船云集于此，船上带有歌女，登岸

---

[1] 见山东省文化厅史志办公室、聊城地区文化局史志办公室编的《文化艺术志资料汇编》第二十五辑。

[2] 蔡源莉,吴文科.中国曲艺史[M].北京：文化艺术出版社,1998:107.

[3] 冯光钰.牌子曲类曲种音乐的传播[J].音乐探索,2001(2).

卖唱,加上船工们的流传。因此,就在上述地区广泛地流传开。"①此外,安徽清音、江西清音、湖北小曲、襄阳小曲、长阳南曲、湖南丝弦、广西文场等长江干支流域各曲种或多或少都曾受过清曲影响。由此可见,长江水路对明清俗曲的扩散与传播起了至关重要的作用。

(三)明清俗曲的东南沿海文化圈

该文化圈以福建为中心,辐射至我国广州、台湾以及日本等地区和国家,包括我国福建的飓歌、伬唱、北管、闽剧,我国台湾的北管、歌仔戏以及日本清乐等曲种。福建北管是该文化圈的代表曲种。北管最初形成于福建泉州一带,据记载,"清朝光绪初年,后龙乡峰尾有一位叫武庭(或舞庭)的商人(即刘阿九)与后龙乡奎壁庄厝的庄小先生,两人均常往江、浙一带经商(尤其是上海和沈家门),每年7月带去本地特产,至12月才返家。在经商之际,从浙江学得不少'曲仔'(即惠安艺人对北管曲的俗称)和'大曲'(即惠安人对京剧音乐的俗称),回家后传唱,深得群众喜爱"②。也就是说,泉州北管是人们有目的、有意识地在社会活动中将异地音乐带入本地,并与当地音乐融合而生成的新乐种。因此,泉州北管的产生、发展"深受'江浙一带'小曲的影响"③。从泉州地理位置上来说,江浙一带位于泉州北边,因而取名"北管",即北方来的曲子。这些曲子在福建、广州沿海一带生根后,继续向中国台湾、日本扩散传播,相关研究已对此进行论述,如"日本清乐是从中国福建到达长崎的中国音乐家林德健传去的"④,"日本流行的所谓'北管'音乐,其来源应是光绪初年以前即已在广东一带流传的北管音乐"⑤,等等。

音乐文化的空间格局是理解地理环境与文化因子时空耦合的重要方面。明清俗曲作为明清时期典型的民间音乐,在传播和发展中大致形成了"两带一圈"的分布格局,其空间结构主要表现为由文化密集地沿运河、长江水路蔓延式扩散的带状结构及人为跳跃式的点面结构。

---

① 沙子铨.四川清音[M].吴声,整理.重庆:重庆人民出版社,1957:1.
② 《中国民族民间器乐曲集成》全国编辑委员会,《中国民族民间器乐曲集成·福建卷》编辑委员会.中国民族民间器乐曲集成·福建卷[M].北京:中国ISBN中心,2001.
③ 王耀华.泉港北管"唱曲"对【鲜花调】、【孟姜女调】的运用、变易及其规律性[J].中国音乐学,2015(1).
④ 徐元勇.明清俗曲流变研究[M].南京:东南大学出版社,2011:164.
⑤ 张继光.广东北管音乐的发现:日本清乐中的北管音乐[J].中山人文学报,2011,31(7).

三、明清俗曲传衍路径及分布格局的形成机制

通过分析与研究,我们对明清俗曲的地理分布及传播路径有了更加直观的认识。在明清俗曲形成、发展过程中,音乐发展与文化环境相适应,流传地域与交通条件相关联,自然传播与人为传播相结合。这表明,历史文化积淀、社会环境影响、地理交通条件是影响明清俗曲地理分布及扩散传播的主要因素。

(一)创作群体影响明清俗曲传衍路径

明清俗曲源于散曲,散曲艺术在中州兴盛,中州地区有着丰厚的文化积淀。殷商、东周时期的洛阳,北宋、金时期的汴梁(今河南开封)都先后被定为帝都,自古就有歌曲的传统,也是韵文的萌发地。作为北宋、金的都城,汴梁是通俗文学作家、曲家的重要创作地域,也是散曲的重镇之一。钟嗣成、班惟志、孙周卿等众多元曲作家在中州本土参与散曲的创作,但大多数作品是对南方风物的赞颂。由此可知,这些元曲作家将寓居、游历南方作为生平重要事项,元曲中心由北南移,在南方繁荣。文人雅士历来是俗曲创作的主体,明代著名戏曲家李开先在《市井艳词》中对这类"情词婉约""语意则直出肺腑,不加雕刻"[1]的歌曲有所描述。从明代陈宏绪《寒夜录》"我明一绝耳"[2]的描述中看出,明代小曲开始逐渐替代元时流传下来的散曲,被文人作家群尚之。《挂枝儿》《白雪遗音》《霓裳续谱》等小曲集无不出自文人之手,而这一时期的散曲家多聚集苏、鲁一带。据不完全统计,明代110位涉及散曲创作的文人作家中,近60%来自今江苏、山东及周边地区,如李开先(山东章丘人)、冯惟敏(山东临朐人)、陈铎(江苏睢宁人)、蒲松龄(山东淄博人)、徐大椿(江苏吴江人)、郑燮(江苏兴化人)等,他们对当地小曲的繁盛有着推动作用。这也是明清俗曲在历史发展中,形成双文化中心的原因之一。

(二)文化环境促使俗曲不断扩散

除了历史渊源之外,社会经济样态及文化环境也是影响明清俗曲扩散、传播的重要因素之一。明清为我国封建社会后期,虽标榜尊孔崇儒,但思想文化上趋

---

[1] 李开先.李开先集:上册[M].路工,辑校.北京:中华书局,1959.
[2] 陈宏绪.寒夜录[M].北京:中华书局,1985.

于专制保守。明朝中后期以来,商品经济的繁荣和活跃给整个社会心理、思想潮流、文化生态带来极大冲击,传统的道德观念和价值观逐渐被弱化,个性、尊严、享乐、爱情等成了人们追逐的目标。李贽的"善则佳偶"男女平等说,汤显祖、袁宏道、冯梦龙的"至情论",将"情"作为人的合理性欲望、正当性追求,以矫正文化专制之失。通俗易懂的俗曲在这一时期甚为发达,甚至提升到"怯者勇,淫者贞,薄者敦,顽钝者汗下,虽小诵《孝经》《论语》,其感人未必如是之捷且深也"[1]的高度。俗曲"谐与里耳",传情达意,雅俗共赏,在八旗子弟中蔚然成风,商人、官员们景从云集,"开始形成一个有传统音乐文化需求的中产阶层……有钱、有闲、有雅兴的阶层"[2]。俗曲便在这个阶层风靡开来,而这个阶层流动性比一般百姓强,商贾买卖东奔西走,官兵调配习以为常,于是,这些曲子随之不断扩散传播。

(三)地理交通条件决定俗曲分布格局

从"两带一圈"的空间结构来看,沿水路传播是明清俗曲扩散的主要路径,也是影响其地理分布格局的重要因素。这与明清时期以水路为主、陆运辅之的交通实际有关。其中,长江和京杭大运河如同经纬线,连接起内陆大部分城镇,京杭大运河甚至被当朝政府看作是从江南吸收养料的"输血管"。无疑,这些水运便利使明清时期水道沿岸成为商人及手工业者的聚集地,以及明清政治、经济、文化的繁荣地带。在这些城镇中,俗文化应运而生,促使俗曲不断被传播、吸纳,文人、乐妓们逐新趋异,书场、茶社、酒楼、妓院等娱乐场所层出不穷,宴会、野游、节日庙会十分活跃,一时间,俗文化成为社会主流文化。而沿着水系,职业艺人、半职业艺人通过往来的商船将俗曲从一地带到另一地,形成自然传播现象。这也是明清俗曲文化能够辐射至全国,且形成"两带一圈"空间结构特征的重要原因之一。

结　语

本文从明清俗曲文化的发展和传播视角进行分析,构建出明清俗曲在说唱、

---

[1] 冯梦龙,编.古今小说[M].许政扬,校注.北京:人民出版社,1955.
[2] 王耀华.泉港北管"唱曲"对【鲜花调】、【孟姜女调】的运用、变易及其规律性[J].中国音乐学,2015(1).

地方戏系统中的传衍路径及分布格局。在这个过程中,值得我们深思的一个问题是,各地民间音乐的地域划分及分类有利于我们对中国传统音乐个体化的认知、文化源流的梳理和乐学理论上的探讨,但却使我们在进行整体研究时遇到阻碍。"仅仅把握单个乐社可能不会对这种问题关注,但将多个乐社相关曲目集合在一起定会发现问题所在,真是应该对'非遗'代表项目放在更为广阔的意义上进行深层辨析。"[①]在具体研究中,我们应该多注意跨区域、跨体裁的比较研究,关注明清俗曲系统内不同音乐类别间的联系与比较。实际上,小曲自明代宣德年间兴起后,在长期的传播发展中,已经形成了一个具有独特性的音乐系统,对许多地方曲种、剧种的形成发展产生深远影响。早在20世纪90年代,洛地先生在《明清时调小曲音乐系统》[②]一文中对"时调""小曲"音乐系统已有整体的认知与梳理,我们应当沿着这个视角,对明清时调系统的乐学特征、当代流传现状进行更为深入的研究。

(作者系南京师范大学音乐学院教授,博士)

[①] 项阳.加强对音乐非遗分类综合研究的深层探讨[J].人民音乐,2016(6).
[②] 洛地.明清时调小曲的音乐系统:答谢桃坊的一封信[J].四川戏剧,1996(1).

家国叙事·世界符号·词曲情境
——余晁版歌曲《乡愁》创作评析

徐 望

余光中先生1971年写下的《乡愁》一诗广为传诵，成为经典。国内外众多音乐家都曾为该诗谱曲。众多音乐作品版本中，深得余光中认同和推荐的版本是江苏籍音乐家晁岱健2007年创作完成的歌曲《乡愁》，即"余晁版歌曲《乡愁》"（曲谱见图1）。余光中认为其达到了"诗歌相彰""词曲相彰"的境界。该歌曲在创作特色方面，具有"家国叙事"的宏大主题意义，联结了两岸情缘；运用了音乐与"乡愁"这两种世界符号，建构了共情意象；营造了动人的词曲情境，升华了审美体验。

乡 愁

余光中 词
晁岱健 曲

1=G 3/4
前奏 舒缓地（二胡领奏）

（3 5 6｜i - -｜6 5 3 5 6｜1 - -ᵛ｜6 1 3｜2·1 2 3｜5 - -｜3 5 6｜
i - -｜6 5 3 5 6｜1 - -｜6 1 3｜2·1 6｜1 - -）‖ 3 5 6｜1 - -｜
　　　　　　　　　　　　　　　　　　　　　　　　　1.小时　　候，
　　　　　　　　　　　　　　　　　　　　　　　　　2.长大　　后，

6 1 2 2 3｜2 2 1 6 1｜5 - -｜6 1 2 3｜5 - -ᵛ｜6 5 3｜2 0 3｜1 - -‖
乡愁是一枚　小小的邮　票，　我在这　头，　母亲在　那　头，
乡愁是一张　窄窄的船　票，　我在这　头，　新娘在　那　头，

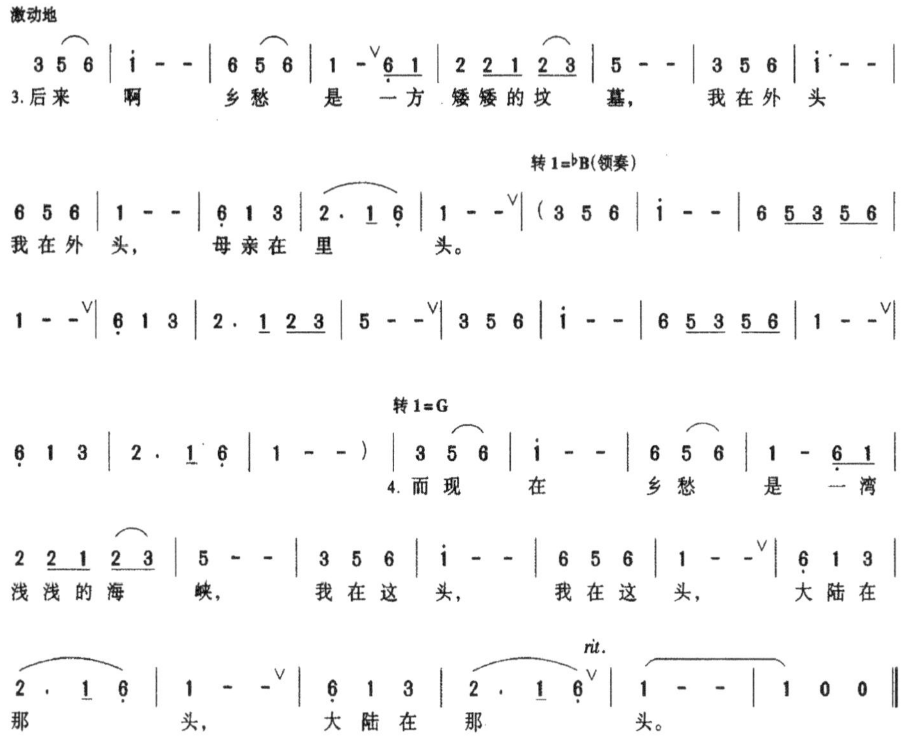

图1　晁岱健创作的歌曲《乡愁》曲谱

一、展开家国叙事，联结两岸情缘

(一)中国文化的家国一体意识与中国文艺的家国叙事传统

中国传统社会在社会结构形态上具有"家国同构"的显著特征。在这一传统社会结构之上，从统治阶级到普通民众，都建构或被建构起了一整套"家国一体"的传统心理结构。家国一体意识根脉深远，是中华民族共同体的文化根基，使得中国人民普遍拥有强烈的家国情怀，普遍具有爱国主义文化价值观和相应的行为模式。这造就了中国文艺的家国叙事传统。中国文艺史上伟大的文学家、艺术家，无一不有深厚的家国情怀。历览他们所留下的经典作品，大量地以"中国故事"为题材。"爱国主义""家国情怀"是习近平总书记在有关文艺工作的一系列讲话中的关键词，也是一辈辈的中国文艺家始终不变的创作初心。中华民族饱经历史沧桑，中国人民的灵魂始终扎根在中国的土壤上，中华儿女对于祖国的情感守望始终不变。进行家国叙事，是中国文艺创作的传统，拥有家国叙事结构的文艺作品天然地能够打动中国人的心。

（二）诗歌《乡愁》对"乡愁故事"的结构化叙事

《乡愁》是一首典型的结构化叙事诗。从外部结构形式上看，其具有高度的结构形式美，字、词、句、节对称工整，统一之中不乏变化，变奏之中保持平衡。并且，在同一位置上字与词的重复以及叠词的运用，形成了精巧的音韵结构，造成了诵读时回环往复、一唱三叹的音乐化效果，体现了诗歌韵律的美妙。从内部结构组织上看，其具有巧妙的时空结构组织，以顺时序的方式追叙过往时光，寄托了对祖国家乡的深深思念。每一段时间(每一个人生阶段)对应一个空间场景，整首诗中的四度时空过渡、衔接得既自然流畅，又层层递进，在平铺直叙中表达出愈来愈强烈的情感，如同呈现了四幕戏，语言文字的形象感、画面感极强。而在2008年，《乡愁》由四节拓展为了五节——2008年10月，余光中应晁岱健之邀在南京总统府过80岁生日。晚宴席间，余光中应所有宾客提议朗诵《乡愁》。在一片热烈的掌声中，晁岱健问道："《乡愁》一诗共四段，小时候，长大后，后来啊，而现在，《乡愁》的未来呢？"余光中略加思索，回答说："未来啊……乡愁是一道长长的桥梁，你来这头，我去那头！"[①]这一《乡愁》的第五节"未来篇"就是在此情此景中碰撞而出的灵感火花，并形成了永恒结晶。今天的众多语文教材中已经加入了这一段。

逐节分析《乡愁》叙事的时空结构(图2)，可以梳理为："小时候"衔引与亲人分离的时空，呈现出"思乡寄家书"的场景，表达的是亲情、恋母情、家园情；"长大后"衔引与妻子分离的时空，呈现出"思亲盼团圆"的场景，表达的是爱情、夫妻情、相思情；"后来啊"衔引与母亲永别的时空，呈现出"与母永离散"的场景，表达的是悲情、分离苦、忆母痛；"而现在"衔引与祖国隔离的时空，呈现出"与家长别离"的场景，表达的是绝望、祖国情、离别恨；"未来啊"衔引与同胞团聚的时空，呈现出"热盼回归日"的场景，表达的是热望、手足情、回归情。——随着时间的依序推移与空间的依次推远，乡愁愈深愈沉愈浓愈痛愈炽热。诗人这般踩着思乡的心弦，在一个完整的、无尽的环状闭合结构中叙述了一个中国游子无尽的还乡梦，实现了"乡愁故事"的结构化叙事。

---

① 资料来源于江苏省文化艺术研究院艺术档案馆馆藏的晁岱健《乡愁》创作档案。

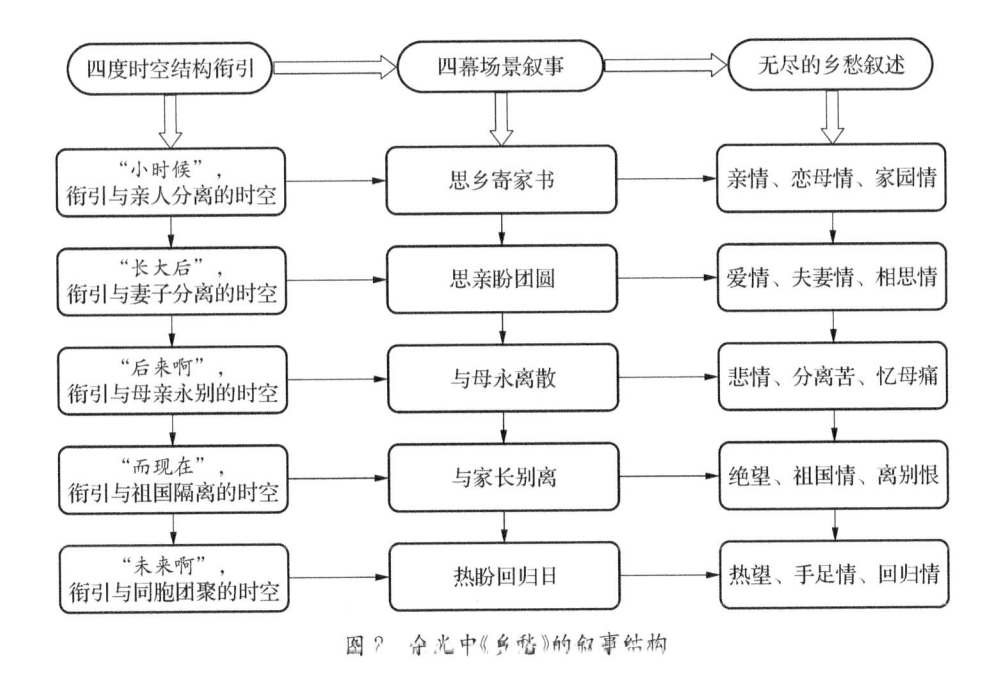

```
四度时空结构衔引  ⇒  四幕场景叙事  ⇒  无尽的乡愁叙述
```

四度时空结构衔引	四幕场景叙事	无尽的乡愁叙述
"小时候"，衔引与亲人分离的时空	思乡寄家书	亲情、恋母情、家园情
"长大后"，衔引与妻子分离的时空	思亲盼团圆	爱情、夫妻情、相思情
"后来啊"，衔引与母亲永别的时空	与母永离散	悲情、分离苦、忆母痛
"而现在"，衔引与祖国隔离的时空	与家长别离	绝望、祖国情、离别恨
"未来啊"，衔引与同胞团聚的时空	热盼回归日	热望、手足情、回归情

图？ 余光中《乡愁》的叙事结构

(三) 歌曲《乡愁》对"乡愁故事"进行音乐叙事

音乐是一种时间艺术，与叙事最为普遍的线性结构有着结构上的重合性。然而，单纯的音乐叙事较为抽象，对于接受者而言，会产生"一万个人心里有一万个哈姆雷特"的现象，往往会出现创作与接受的审美错位情况，即接受者未能按照创作者的创作意图去欣赏、解读与接受作品。即便一个音乐作品运用了大量的拟声拟态、状情状物手法，使声音富于形象感，使作品富于叙事性，也无法像绘画、雕塑等造型艺术那样直接呈现形象，更无法像文学作品那样具体呈现情节。在音乐叙事中，故事中形象与情节都要由接受者通过联想与想象来建构。音乐要进行更加具象的叙事，最常见的方法就是与文学结合，如将单纯的乐曲转化为歌曲，使乐韵和以歌词，用音乐来演绎叙事性文本，或为音乐增添一个能够起到阐释作用的伴随文本(最简单的解释性伴随文本就是标题)。因此，较为具象化的音乐叙事，通常具有跨媒介属性，最基本的就是跨越且整合声音与文本两种传播媒介(更进一步的，跨越与整合更多媒介，产生了戏曲、戏剧等综合艺术)。以歌曲而言，歌词与曲谱，两者是互为伴随文本，以互文的结构关系存在的。词能更好地叙事，曲能更好地述情；词能诠释曲中意，曲能烘托词中情。

叙事之事包含着"事"与"情"。"事"即故事过程，"情"即故事情状。事物的运动、故事的发展无不伴随着种种情状,"事"与"情"是一个不可分割的统一体。音乐长于抒情,无论是纯音乐叙事,还是与文学相结合的跨媒介音乐叙事,比之单一的文学叙事,都具有更加声情并茂的魅力,能够增进所叙述的故事的感染力,能够增添故事语境的情感性。歌曲《乡愁》把诗中抽象的复杂的情感以音乐的高低起伏、回旋转折等更加感性的艺术形式加以表现,在民族式样的半吟半唱之中抒发了诉不尽的故乡情,如泣如诉地讲述了一位游子的"乡愁故事",可谓"乡音诉乡情,乡曲谱乡愁"。曲中的依依眷念、款款深情、浓浓大爱令听众无不动容。

歌曲《乡愁》是五声音阶的复二段体曲式。前部分用口语叙述的方式娓娓道来,吟唱中的"小时候……"和"长大后……",都如温情缠绵的絮语,如品酌万千思绪的苦酒。歌声中,"我在这头,母亲在那头"一句音列上行下行的走向,令人感动地噙着泪花,在脑海中浮现出最美好的母亲形象。第二部分的"后来啊,乡愁是一方矮矮的坟墓……",乐句的半止音和半终止音均翻高了一个八度,将思念聚集的情感訇然爆发,音乐将乡愁推升到了悲痛欲绝的状态。歌曲紧接前句"我在外头,我在外头,母亲在里头",一个复乐句,对母亲刻骨铭心的大孝之爱堪比歌剧中的大咏叹调,聆听之间令人不禁潸然落泪。加入管子的悲情间奏后,第二部分复述高潮旋律,"而现在,乡愁是一湾浅浅的海峡……",再次,"你引颈仰天一悲嘶"(余光中语)。晁岱健运用 G 宫转降 B 大调,其五声音阶调式,看似平淡却创造出了戒浊求纯之韵,在反复吟唱之间得清、和、深、远的美感妙境。转调衔接处呈激昂悲情之状,而后,绚烂之极又复归于平淡。至此,《乡愁》一诗中中华儿女对祖国母亲深沉浓烈的爱被诠释得淋漓尽致。黑格尔在论及艺术理想时说:"艺术理想的本质就在于使外在的事物还原到具有心灵性的事物……成为心灵的表现",[1]歌曲《乡愁》致力于达到艺术的理想境界。

二、运用世界符号,建构共情意象

(一) 文学与音乐具有符号同源性

基于艺术符号学的视阈看文学与音乐,可以发现两者具有符号同源性。第

---

[1] 黑格尔.美学[M].朱光潜,译.北京:商务印书馆,2018:201.

一,这两种艺术符号系统几乎一同诞生,且在诞生之初便形成了"你中有我,我中有你"的伴侣式关系。第二,这两种艺术符号系统,具有创作逻辑的同构性,文学是一种语言符号组合排列的艺术,文学创作注重谋篇布局;音乐是一种"被组织的声音符号系统"[①],音乐创作亦关注曲式结构。第三,这两种艺术符号系统,具有结构功能的一致性,都以"表情达意"(表征情感与传达意义)为基本的功能目的;在此功能之上,也都衍生出了陶冶人的情操的社会功能,即"以文化人,以美育人"的社会美育功能。第四,这两种艺术符号系统,具有情感编码的结构同一性。由于审美通感的普遍存在,文学与音乐在审美情感上具有共通性。运用S.霍尔的"编解码"理论,可以说:文学的符号编码可用音乐解码,音乐的符号编码也可用文学解码——文学可由音乐诠释、演绎,音乐可由文学状写、解析——在艺术情感层面,这两门艺术语言可以互相翻译。第五,文学以语言为符号、音乐以声音为符号,"发声"是这两种艺术符号系统的共性,这一共性决定了两者有着相似的结构形式美的追求——都讲求韵律、节奏,都追求音乐化的美;文学作品追求音律美,音乐作品也追求词韵美。文学与音乐具有符号同源性,因此,这两种艺术符号系统,常常融合互现,形成文学的音乐化、音乐的文学化,由此产生了歌曲、戏曲、音乐剧、歌赋、史诗、戏剧等。歌曲《乡愁》就把文学语言转化为了音乐语言,使文学符号与音乐符号实现了有机融合,是两种艺术符号系统结合所生成的结晶。其在艺术符号学上具有的显性价值在于,运用了世界符号,建构了共情意象。

(二) 诗歌《乡愁》编织了一个世界情感符号体系

"乡愁"是一种人类普遍的"灵魂回归"与"文化寻根"情结。诗人与歌者、中国人与外国人,在背井离乡之际,都会自然地涌动出对流浪的悲叹与对还乡的渴盼。这种寻根念祖、返本思归的家园意识、家乡情感,是人所共通的。这使得"乡愁"本身构成了文艺创作的普遍的永恒的母题。"乡愁文化"本身就既是民族的又是世界的。尽管余光中的《乡愁》写的是中国人的乡愁,并且是与大陆隔海遥遥相望的台湾同胞的乡愁,然而诗中的一系列符号——邮票、船票、坟墓、海峡、桥梁、母亲、新娘、大陆……都是世界性的,这些能指符号的所指(包括直指与涵指)都能被全世界各民族人民轻易而准确地解码,而不会出现跨文化交流中常有

---

① 埃尔基·佩基莱,戴维·诺伊迈耶,理查德·利特菲尔德.音乐·媒介·符号[M].陆正兰,等译.成都:四川教育出版社,2012:4.

的"文化误读"现象。这些世界共通的符号串联起了一连串的"乡愁意象":游子飘零,魂牵故里;伴侣分隔,相思难寐;痛失母亲,肝肠寸断;隔海相望,遥念祖国;有朝一日,乡亲团聚……可以说,诗歌《乡愁》编织了一个由平常符号象征普遍事物、由有限意象包容无尽情感、由小我牵动大我的世界情感符号体系(图3)。这一符号体系促使接受者将个体情感经验代入其中,产生审美移情的心理活动,从"由物及我"转为"由我及物",进而进入"物我一体""接受者与创作者共情"的精神境界,发生共情审美体验,深化情感认同与强化审美认同。

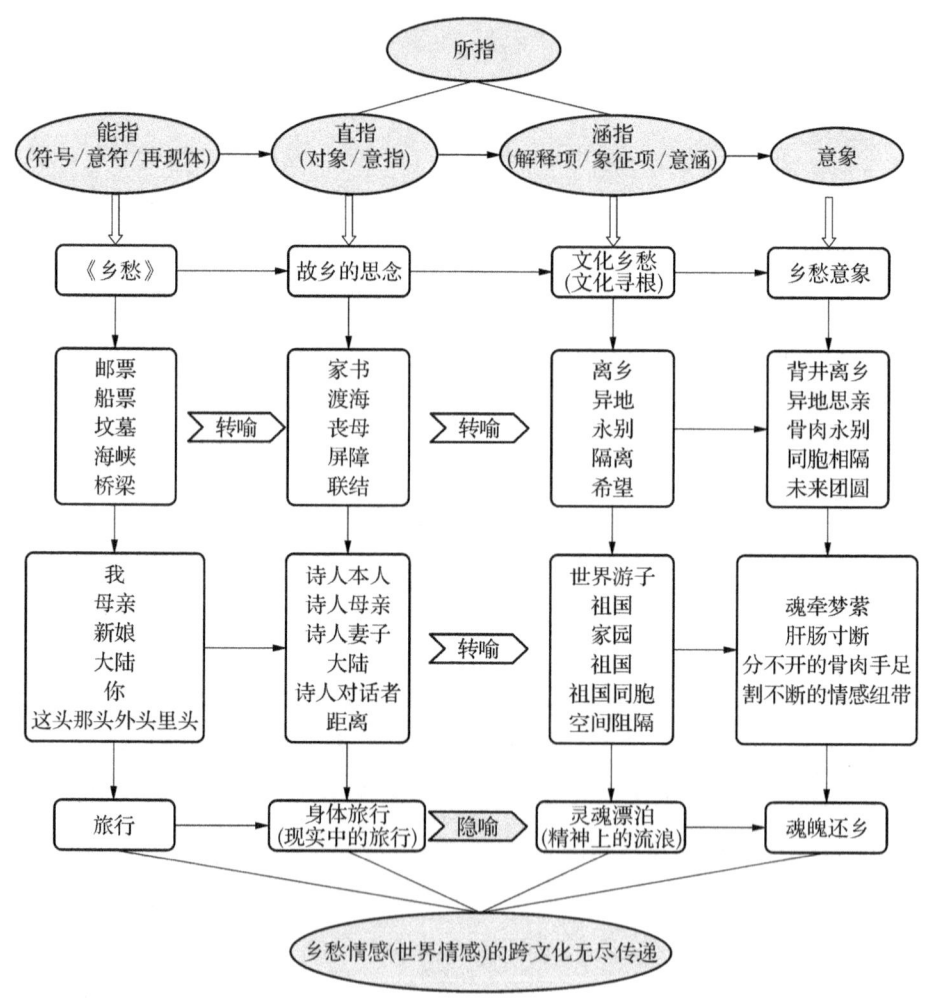

图3 诗歌《乡愁》的世界情感符号体系建构图示(基于C.皮尔斯与R.巴特的符号学理论)

(三) 歌曲《乡愁》以无国界的音乐符号共情世界

在不同的语言体系中语言符号千差万别,而现代音乐符号(音符)基本上是世界统一的。音乐尤长抒情,因而更是一种"世界语言"。世界各国的人们语言可能不通,但是情感却是相通的,这正是音乐可以共情世界的原因所在。相比于文学,音乐本身就是更加感性的艺术形式,是人类情感最为自然、直接、普遍的一种表现形式。即便各民族语言不通,各民族对于音乐的审美情感却是相契相通的。音乐语言以"动之以情"为路径,能够解构(拆解)语言与文化的"巴比塔",跨越语言屏障,并消解民族性、地域性文化差异而造成的文化鸿沟。从音乐相通,到人心相通、情感相连,音乐能够切实地充当人类文化共同体的纽带。晁岱健将诗谱曲,大大增强了原诗的共情力,余光中专门题写了"音乐无国界,乡愁亦如此"扇面赠予晁岱健。

而且,音乐相比于文学,对社会阶层的覆盖面更加广泛,相比于更具精英倾向的文学,更能弥合阶层性文化差异而造成的文化隔阂。中国古代典籍就论述了音乐广泛地调和社会关系、教化涵育人民的显著作用——《礼记·经解》引用孔子的话:"广博易良,乐教也。"唐代孔颖达解释道:"乐以和通为体,无所不用,是广博;简易良善,使人从化,是易良。"[①]可见,音乐不但跨越国界,也跨越阶层。

三、营造词曲情境,升华审美体验

(一) 审美与情境

结合中西方哲学美学看,"情境"即情感场域,"情"是情感,"境"是场域。"情"因主体经验而生,"境"为"情"的产生提供了经验场域。情境是经由主体情感与经验建构,又依存于客观的时空单位的场域。情境是物境在心灵中的映现,心灵与情感是美感经验的源泉,是情境的源泉。审美经验既被情境建构与强化,也建构与强化情境。情境在主观方面具有审美情趣性、情感感通性、美学意象性、具身经验性(高度体验性)、经验建构性等;在客观方面,其必然是在客观实在的审美经验场域中建构形成的,这个场域中有具体的、可经验的、触发情感经验的审美对象(如艺术形象)。因此,客观的审美之境触发主观的审美之情,即中国

---

① 雷永强."广博易良,乐教也"——儒家"乐教"题解[J].前沿,2011(16):10-14.

传统美学所说的审美"兴发""感发""感兴""起兴",审美情感与触发情感的场域之境交融形成审美情境。在审美活动中,"情"与"境"是一个不可分割的相生相融的整体,审美必源于情、依于境,既触境生情,又因情化境。

(二)歌曲《乡愁》营造词曲情境

情境的主观层面是"情",即审美情感;客观层面是"境",包括时间空间、环境氛围、可为主体的各种感官所经验的艺术形象等。情境是主客观化合而生,在客观层面,情境美的营造需要人进行艺术美的加工,审美情境是可以被营造的,以此促进主观层面产生"触情""焕心""激想"的审美情感效果,增进审美主体的情境体验。《乡愁》诗中原有以顺时序铺展的四度时空,如果仅仅停留在文学的层面,靠诵读来体会,这些文字所描绘的时空尽管是可以想象的,却未形成一种使审美主体直接地、真切地进入其中、融入其中的情感场域。审美主体仅仅通过文字是难以获得直接的、具身化的感性经验的。而歌曲《乡愁》使诗句转化为了歌词,歌词又谱成了乐曲,为原诗增加了听觉这一直接的、具身化的感官审美体验;并且用递进式的渐强的音乐一下子把审美主体引入了情感涌动且情感渐强的情感场域之中——成功地营造了一种强化直接的审美体验、强化具身化的情感参与的词曲情境。可以说,歌曲《乡愁》将文学作品转化为了音乐作品,将原本清晰度较低的文学意境转化为了清晰度较高(直接经验度更高、情感参与度更高)的音乐情境,将"一片深情"演绎得更加具身化,达到的现场效果就是"一曲乡愁,两岸情深"。

(三)歌曲《乡愁》升华审美体验

歌曲《乡愁》的演出中,有一场别具一格的音乐会获得了领导、专家、艺术家、观众的一致好评。这就是以"同颂一首诗,同唱一首歌,同奏一支曲"为主题的"情中国——《乡愁》作品音乐会"。其于 2008 年 1 月 14 日晚在北京保利大剧院举办,开创性地将歌曲《乡愁》以各种声乐器乐的表演形式加以反复演绎,让一个作品转化为一系列作品。在诗朗诵《乡愁》之后,表演了多种唱法的《乡愁》,如二胡与乐队《乡愁》交响曲、萨克斯与乐队《乡愁》交响曲、钢琴与竹笛《乡愁》六重奏、《乡愁》交响序曲、钢琴协奏曲《乡愁》等。"一首歌曲演绎为一系列歌曲,一首歌曲撑起一整场音乐会",这是一次成功的创举。这场音乐会是一场真正意义上的"同一首歌音乐会"——在形式上是多元演绎"同一首歌",在内涵上则是多元演绎"同一个故事"。由于"乡愁"的本质是"文化乡愁",所以,无论一个人是否有过背井离乡的经历,在传统社会向着现代社会加速转型,以及"文化全球化"的语境下,传统文化正在渐行渐远,每一个人的内心深处都有着一段"乡愁"的故事。这场音乐会激发了每一个听众心底的"乡愁记忆",丰富并升华了审美体验,是一场真正的"心连心音乐会"。

四、结　语

"乡愁"是一代代中国人民紧紧系于中国土地的精神纽带,也是全世界人民共同的文化心理结构。因此,"乡愁"本身既具有民族文化共同体的语意,也同时指向人类文化共同体的建构。诗歌《乡愁》不仅在华人文化圈广为传播,也被翻译为各国语言,激发着全世界的文化共鸣。歌曲《乡愁》创作以来,在国内文艺界取得了较好的反响,并且也迈出了对外传播的步伐。从各类传播活动所呈现的效应看,该歌曲具有跨越不同民族、不同地域的文化隔阂,成为既是民族的又是世界的"同一首歌",担当人类文化共同体的内涵载体的潜力。当前,进一步传播该歌曲的重要意义在于:不仅能够发挥凝聚两岸民心、联通两岸情感、强化"一个中国"共识、巩固中华民族文化共同体的作用,而且能够实现与世界人民情感互通、文化互融、艺术互鉴;更为经典文学作品的音乐化、再经典化提供了有益启示,丰富了中国创造世界文化IP的思路。

(作者系江苏省文化艺术研究院副研究员,博士)

民族精神在德沃夏克音乐作品中的延伸

李 峰

一

安东宁·德沃夏克(Antonin Dvorak，1841—1904)是捷克音乐历史上与稍早的贝德利奇·斯美塔纳(Bedrich Smetana，1824—1884)及稍后的雅纳切克(Leo Janacek，1854—1928)并称为"捷克三杰"的作曲家。他们被称为捷克民族音乐的代言人。其中，《自新大陆》交响曲使德沃夏克成为最广为世人所知的一位。在他的音乐中，民族主义的感情与古典主义的结构融为一体。

他有舒伯特式的旋律天赋，把表现大自然和田园色彩的配器运用得恰到好处，有斯美塔纳《我的祖国》式的对波希米亚和摩拉维亚大平原的吟唱，富有深深的诗意。

尽管德沃夏克是一位自发的音乐家，他的全部音乐都有一种自然的新鲜感，但这往往掩盖了构成音乐的精湛技巧和构思一个主题所费的苦心思索的痕迹。

他对曲式的掌握和在和声、对位上的功力都表明他是强有力的近现代的音乐大师。他和勃拉姆斯、柴可夫斯基的"英雄相惜"的过往就证明了这个结论。

二

在19世纪的西方音乐史中，民族主义是一个重要的创作力来源。然而，19

世纪初期的德国民族主义与 1860 年以后出现的民族主义却需要做一个划分。

19 世纪初期,德国出现了民歌复兴运动,使得德国民歌彻底地与艺术音乐创作融合,成为 19 世纪德国浪漫主义音乐风格的一部分。这种德国浪漫主义的风格,在当时席卷了整个欧洲,成为欧洲国际性的风格。

但是像舒伯特、勃拉姆斯甚至马勒,虽然他们或多或少都用过民间音乐的语汇,却没有人称他们为民族主义的作曲家。在这个系统下的作曲家,即使他们明显地使用了一些民族或民间的素材,例如泛斯拉夫语境中肖邦音乐中的波兰素材,或李斯特音乐中的匈牙利吉普赛的音乐素材,却因为他们的基本语汇是国际性的,使得那些民族的素材仅仅成为"异国情调"的点缀而已,也使得他们无法被归类到"民族主义作曲家"的范畴中。

1860 年以后出现的民族主义,多半在那些原本缺乏强而有力的艺术音乐传统,却又长期依靠他国音乐资源的国家内产生。19 世纪中期,这一类型的国家多半依靠德国浪漫主义的音乐。从另一个角度来看,他们也就是被德国音乐所"侵袭"的国家。

而民族主义,在音乐上其实与政治上一样,是用来对抗外来力量的一种武器。

因此,民族主义运动是一种自觉的行为,甚至是带有攻击性的行为。从外在的角度来看,是采用本国民间的素材作为音乐创作的内容;从内在的角度来看,却是作曲家把民间乐器的"语汇"及民间音乐的"语汇"作为音乐创作的形式与技术的指标。

由于"语汇"的不同,音乐语言逻辑与组织产生了差异;由于音乐语言逻辑上的差异,而构成音乐风格的差异,进而达到"音乐自主"或脱离"音乐霸权"的目的。只是这些差异与结果,都是与德国音乐相比较而言的,或相伴相生、甚或相生相克。

三

在 1860 年以后出现的诸多民族主义音乐的国家中,最成功、最突出的首推捷克与俄国。捷克的代表人物是斯美塔纳、德沃夏克与雅纳切克,而俄国的代表人物是柴可夫斯基和"五人团"。

对捷克以外的世界而言，德沃夏克是其中最具国际名声、最能被人接受的捷克作曲家。之所以如此，原因之一很可能是德沃夏克除了创作最多以外，也是三者之中以"绝对音乐"（absolute music）或"纯音乐"形式创作最多的作曲家。

斯美塔纳与雅纳切克都以歌剧见长，但也都因为歌剧中文字的隔阂，阻碍了许多捷克以外的听众。当然斯美塔纳的《我的祖国》使他享誉世界。德沃夏克虽然也写歌剧，却不成功，他擅长的是不为文字语言所限制的各种器乐体裁的系列作品。

四

德沃夏克很早就对"绝对音乐"的形式感兴趣。他写了不少交响曲、弦乐四重奏、弦乐五重奏、带有钢琴的种种室内乐以及许多钢琴曲。

从历史上来说，德沃夏克出现在一个纯音乐历史正在起步的国家，使他在纯音乐的创作上没有太多过去的包袱。他可说是"天真无邪"地运用了纯音乐的既存形式，用新鲜的创意、活泼的节奏以及独特的音响恣意地"填满"了纯音乐所有的形式。

他的灵感常来自波希米亚风格的斯拉夫民间舞蹈及民歌，他的作品经常展现出清纯如孩童般天真烂漫的气息，以及对维斯瓦河谷和波希米亚、摩拉维亚大平原的不间断赞美，真正体现捷克民族的风貌和精神气质，甚或哈布斯堡王朝的泱泱气派。

德沃夏克对乐曲形式的选择并不局限于"捷克的"曲式，他写波尔卡舞曲、斯拉夫舞曲，同时也写华尔兹与玛祖卡舞曲。他热爱所有斯拉夫民族的民歌及民间音乐。他的天才旋律才能使得另一位世界级大师——勃拉姆斯也十分折服。

五

对德沃夏克影响最深的是斯美塔那、勃拉姆斯和瓦格纳的音乐以及传统捷克民歌。世上没有一种影响足以支配他的创作。但是，对民歌的重视使他易于接受在美国时所熟悉的黑人和印地安人的音乐语言。

然而，他又始终保持斯拉夫音乐的本色，因此，在他的音乐中难以从捷克的因素中分离出美国的因素来,换言之,似乎可辨识出波希米亚和摩拉维亚区域的斯拉夫特色。作为捷克人,他的辨识度和影响力在他担任美国顶尖音乐学院院长时则更加显著。

德沃夏克的音乐创作给我们一个有力的启示,即民族性只是给作曲家提供了一个物化载体和物质世界,只有当作品的内容来自一个富有创造力的伟大心胸,才能产生伟大而长存的作品。在这种情况下,地理和人种的差异是不应被考虑的,或者是可以忽略不计的。

似乎我们耳际又响起他那《自新大陆》交响曲的昂扬旋律,且余响不绝……

作曲家的大名叫安东宁·德沃夏克!

(作者系十方文学公众号网络刊物主编,中国音乐文学学会会员)

一首青春城市的剧诗

——评音乐剧《下一站爱人》

查姿孜

音乐剧是一种兼容并包的综合性舞台艺术形式，也是一种深度娱乐的戏剧样式。作为舶来品的音乐剧，在中国尚处于起步摸索阶段，整个产业长期处于不温不火、水土不服的状态，其中尤为突出的问题是音乐剧的本土化还未完成，原创音乐剧的创演水准还不高，音乐剧产业链也仍待完善。那么，什么是好的音乐剧？英国戏剧制作人卡梅隆·麦金托什说，好的音乐剧应该要有好的故事、好的音乐、好的舞台效果、好的角色和观众的热烈反应。从这样的发展现状和评价标准来看音乐剧《下一站爱人》，便有一种扑面而来的清新之感。《下一站爱人》是由苏州市歌舞剧院和相城区文化体育和旅游局联合出品的原创音乐剧，其精巧的艺术风格、动人的艺术感染力以及丰富的艺术表现力，让我们看到了中国原创剧目编创者的智慧力量、情感力量和创作能力。

这是一部带有鲜明苏州题材、苏州风格的原创音乐剧，是对中国原创音乐剧民族化发展的一次积极探索和有益实践。该剧和中国当下的社会故事以及苏州的人文背景相融合，关注苏州这一"全国第二大移民城市"里"新苏州人"的生活状态。这些人中有扎根苏州多年的异乡人，也有刚来苏不久的新面孔，新、老苏州人身边发生的故事正是这座城市日新月异发展的缩影。通过这群人，既想要表现年轻一代"新苏州人"立足城市、拼搏向上、不舍初心、追寻梦想的过程，又要能反映他们的关切、愿望、情感和期许，这就为剧目创意的设计增加了难度。可喜的是，该剧用一个好的故事为舞台注入了鲜活的生命力。编剧巧妙地将年轻一代"新苏州人"冲出心灵藩篱、找寻自我、探寻初心的历程外化为男主人公找寻心爱女孩的旅程。不得不说,这样的设计精巧又不落俗套。小人物在时代感召下的奋斗与理想,折射出苏州城市的快速发展及海纳百川、自强不息的城市精神,而这种精神内涵恰与中国主流价值观相符合,连通并实现了中国观众所需要的价值意义。从这个层面上来说,该剧的艺术性、思想性契合了音乐剧中国"本土化"的关键。当故事的内容和精神确立之后,讲述和表达这个故事的艺术技巧便成为关键。值得一提的是,该剧用时兴的悬疑手法推进剧情,迎合了音乐剧年轻观众的审美趣味,而这样的剧目创意本身亦是对音乐剧中国"本土化"的有效实践。这种实践所生成的本土文化的力量,充实着剧目的本体艺术质量,为演出市场的"终极黏性"提供了坚实的支撑。

这是一部博采多元、融汇有度的音乐剧。音乐剧本身是大众文化的产物,它可以把大众文化的所有手段、现代科技的所有手段都拿来为我所用,"无所不用其极",声色犬马一概化之。但,在这部剧中却能见到一种有节制的文化碰撞、文化选择、文化整合。妥帖的音乐语汇、轻快的舞段设计,使得这部浪漫轻喜剧悦人耳目,贴近年轻观众的审美趣味与欣赏习惯。剧中人物很多,有腼腆而执着的"张驰"、踏实而独立的"王可佳"、乐观又拼搏的"李小帅"、率真而果敢的"刘米奇",还有快递小哥、新媒体人、网络宽带维修员、轨道交通人员等一批默默坚守奋斗在平凡岗位上的人物群像。如何塑造好他们?音乐剧的表演体系相对来说较为开放,它不"传承"某一种表演形式,但它擅长吸收其他表演形式中对其有利的元素。孙豆尔、于妍、倪俊、吴雨杏等一批优秀青年演员载歌载舞、边唱边演,时而用饱含抒情气质的歌舞来铺陈、诉说故事,时而又用富于对比和变化的歌舞手段来展开故事,深情演绎了一群鲜活的"新苏州人"。全剧包含22首不拘一格的原创曲目,日常白话被提炼为押韵而流畅的歌曲,形成了强烈的音乐渲染力和临场感。其中,《我的目光像一场雨》《她有一双热烈的眼睛》等曲目声声入耳、悦耳动听。不难看出,演员们在演唱时并不拘泥于固化的形式,而是带着多元、融汇的表演思维在唱。包容的旋律风格以及灵巧的抒情方式,不受任何程式化模式的束缚,使得歌曲演唱既富有活力又独具个性,烘托着戏剧情景的变化与各种情态的描摹,达到了唱演俱佳的效果。在"声之歌化、动之舞化"的表演过程中,演员的舞蹈动作成为最为灵动的演绎方式,通过肢体语言、面部表情、眼神传递乃至位移的姿势,直接而热烈地抒情和叙事,这在很大程度上与音乐形成了情感交互,使得舞台表现更为鲜活。该剧的舞蹈场面趋向于个性化和自由化的艺术表达,除生动关联剧目的故事情节、人物刻画之外,还充分调动了群舞演员对主角心理活动外化表达的塑造作用。地铁同行者、宅男们、丰巢快递员,他们通过舞蹈动作外化男主人公的内心情感,个体的张扬与群体的融合相得益彰,呈现了笃定又犹疑的追爱心理。热烈轻快的群舞场景,准确而生动地刻画了人物在不同戏剧情景下的情感反应和心理状态,给观众以淋漓的艺术享受和审美愉悦。

这是一部一线串珠、精巧灵动的音乐剧。高速运转的城市节奏、地铁车厢的人生百态,通过一段地铁情缘趣味呈现。有意思的是,该剧是国内首部以地铁为主要场景的音乐剧,也是国内首部以轨道交通为主要背景的音乐剧。全剧的主要切入点与歌咏意象皆围绕苏州地铁的通勤生活展开,车厢内、站台前、隧道里,观众跟随主人公的眼睛而行,俯身倾听、探幽寻秘,了解苏州这座城市的节奏与点滴。地铁,成为剧诗的情境,它"润物细无声"地融入了苏州元素,充当着展示当代苏州人文都市生活的载体;地铁,形成"场"的效应,各种视听手段,包括传统的和现代高科技的,在这个场域中参差错落,质感逼真,制造了一种"身临其境"的现场感受。窥斑见豹,地铁造型的舞台呈现,足见舞美的语汇与戏剧本身的紧密交融,以及剧场的情趣之美。似乎可以猜到,这大概是创意与创作起初即进行的本土元素的整体性规划和设计。在舞美呈现上,多媒体技术的灵活运用,刺激并激发着观众的审美想象,它一方面营造了充满朝气、积极向上的舞台氛围,另一方面又便于流畅自如地调度舞台,制造交错的戏剧时空。第二幕《丘布特叩门》中,李小帅劝张驰别再做梦,而张驰却毫无痕迹地进入了一个与王可佳的私密时空,他们在其中互诉衷肠,羞涩表白,此时"诗化意象"与"蒙太奇"的交织共进,加速了观众的接受与期待。不仅如此,该剧在场景设计上更多地将古韵典雅的园林布局、小桥流水与快节奏、都市化的元素精妙糅合,似是一场与苏州文化相撞击的融合盛宴,彰显着苏州城融古汇今的双面质地。写实的城市生活布景配合剧情起承转合的来回切换,富于变化,却又有一种连续性的视觉艺术体验。

中国原创音乐剧,首先要讲述的是中国本民族的戏剧故事,要塑造的是本民族的人物角色,要传扬的是本民族的文化精神。《下一站爱人》以其严肃的艺术性、端正的审美性和深邃的思想性,为我们呈现了一部轻松活泼的浪漫轻喜剧。

它用一个好的故事、一台高度整合的歌舞表演和独具匠心的舞美创意，紧扣苏州地域特征和文化传统，做出了音乐剧本土化的有益实践。这对于观众而言是一次极好的文化认同和审美接近的体验，而对于音乐剧本土化的发展而言，则是一次抓住机遇、迎难而上的积极探索。

（作者系常州市文化艺术研究所群文馆员）

美术

也谈"屺老不老"
——兼论朱屺瞻"梅花草堂"里的艺术历程
杨 天

朱屺瞻(1892—1996)一生斋名众多,多抒己之情,明己之志,其中"梅花草堂"最负盛名,寥寥几字,意义深邃。梅花,多有"傲雪凌霜、坚贞刚强、清芬高雅、不随世俗"之意,于先生而言,"梅花草堂"不仅是从事文化活动的物质空间,更是安放精神的"伊甸园",透过斋号,我们不仅可以体悟斋主的万物和合,更可于书斋文化长卷中追寻斋主的哲思与希望。

他的同乡——著名教育家唐文治在1930年出版的《朱屺瞻画集》序中言道:"屺瞻表阮,熟娴国画、西画,气韵超凡,随宜点染,拓胜景于潇湘,参油画于巴黎。艾竹茅梅,兼施六要,殆摹其形而得其理者欤。"[①]这份赞誉于朱屺瞻而言,实至名归。这不仅因为朱屺瞻"老笔纷飞,墨沉淋漓"的笔墨观,"融汇中西,借洋兴中"的艺术观和"博采众长、用功用心"的教育观,更因为其"独、力、简、拙"的人生观。

以1941年朱屺瞻在《新华艺专校刊》发表的《艺术与修养》一文为切入点,先生分别从不同的维度阐释"学艺为人"的人生态度,观点亦有四。一表"修养不独研究艺术者所应有,凡处世治学,均须严明穷理,以圣贤之典训为吾人之修养焉"[②],此表坚守传统之重要性;二谈"绘画之为社会人士所器重者,乃有神逸之

---

① 朱屺瞻艺术馆.朱屺瞻艺术研究文选[M].上海:上海人民美术出版社,2001.
② 新华艺专校刊[N].上海:新华艺术专科学校,1941.

作风、节烈之品格,因崇尚气节为吾国民族特性"①,此谈"民族性"为作画之基础性;三论"欲创立新意,独立作画风格,须从烈火中锻出,薄冰上履过"②,此论个人画风形成之艰苦性;四述"民间艺术亦随时代而兴起,虽不能与名书名画相提并重,然工艺展览、音乐演奏等会之举行,已屡见不鲜"③,此述艺术门类之丰富性。此文篇幅略短,但作为"梅花草堂"精神之奠基,其中蕴含着朱屺瞻的品格志向和情趣爱好。

陈从周尝言:"先生身上有画,言中有画,笔底有画,眼藏有画,故云画如其人焉。"④从朱屺瞻的《艺术与修养》中遴选出三个意象所渐次递进的"梅花草堂",纵贯其艺术生命全程。

"与物为量":"梅花草堂"里的坚守、苦研

《庄子·天运》说:"奏之以阴阳之和,烛之以日月之明。其声能短能长,能柔能刚,变化齐一,不主故常。在谷满谷,在坑满坑。涂却守神,以物为量。"⑤这里以音乐为比,旨在说明唯有直接体验,以万物为量,以万物为怀,方可物化于世界的无量境界。用"与物为量"来标识第一座"梅花草堂"里的朱屺瞻,是因唯有此四字,才能真情实感地传递出先生的坚守与苦研。

1892年,朱屺瞻出生在江南太仓一个以酱园为业的富庶家庭。此后的四十年,先生饱经世故:1912年,进入上海图画美术学院学习,毕业后即留校任教;1917年,只身前往日本川端美术学校学习,阅后印象派佳作无数;1919年,加入"天马会";1928年,联合江新、张辰伯、王济远等人创立"艺苑绘画研究所",旨在"增进艺术兴趣,提高研究精神,发扬固有文化,培养专门人才"⑥;1931年,被聘为上海新华艺专校董、教授。直到1932年,"九一八"事变之后的秋日,朱屺瞻方才返回家乡浏河,构建起艺术生涯中的第一座"梅花草堂"。据《朱屺瞻年谱》记

---

① 新华艺专校刊[N].上海:新华艺术专科学校,1941.
② 新华艺专校刊[N].上海:新华艺术专科学校,1941.
③ 新华艺专校刊[N].上海:新华艺术专科学校,1941.
④ 冯其庸,尹光华.朱屺瞻年谱[M].上海:上海书画出版社,1986.
⑤ 庄子.庄子[M].邓启铜,王磊,张淳,注.南京:东南大学出版社,2015.
⑥ 艺苑小史暨第一届美术展览会记[N].上海:时代画报,1930.

述:"时新镇之老宅已大多被日军焚毁,老镇之新宅亦弹洞满壁,面目全非。遂拆老宅之余屋,修缮名不符实之'新'宅,于是新镇故居,遂成狐兔出没之废墟而遗迹荡然矣。其时浏河商事萧条,新宅周围之店家纷纷以土地出售,遂购下宅后空地,清理瓦墟围而为园,并拓日寇炸弹坑洼水成池,名'铁卵池',用志不忘日寇之暴行也。复于池畔叠土为山,遍植梅花,百余株,因颜其居曰'梅花草堂',自号'梅花草堂主人'。"[1]至此,"梅花草堂"成为先生的精神寄托。

二十世纪三四十年代,中国现代社会因战乱遭受巨大的民族灾难,朱屺瞻亦无法置身事外。借此外因,深耕自身,朱屺瞻积极响应毛泽东在《在延安文艺座谈会上的讲话》中"对于中国和外国过去时代所遗留下来的丰富的文学艺术遗产和优良的文学艺术传统,我们是要继承的,但是目的仍然是为了人民大众"[2]这一指导思想,组织、参加各类美术团体和画展,希冀艺术能够深入到群众中去,实现艺术大众化。

于美术团体,洋画实习研究会(1933年)是先生联合杨秀涛、周碧初、钱铸九、宋钟元等人组织而成的,旨在通过学术性讲座和西画创作两方面的演示,吸引同道;新华艺专绘画研究所(1934年)乃为先生自筹所创,接续固有宗旨,以期活跃上海画坛,培养艺术人才;乡村改进社(1934年)之创立,因先生深受陶行知"知识为公"教育思想之影响,深感农村缺乏文化之悲哀,于太仓长泾桥创办此社;白社画会(1935年)是由诸闻韵、潘天寿、吴茀之、张书旂、张振铎五人所创,先生赞成其"继承和革新中国画"的艺术宗旨,故入之;默社画会(1936年)是先生联合徐悲鸿、汪亚尘发起的,盖欲"沉着忍受,从事实际工作,而不唱空调,徒事宣传";[3]新太仓社(1945年)是先生和顾仲超、陆遵望、顾江山等人联合成立的,旨在"拥护民主,提倡科学,砥砺气节,发扬正义"[4]。

于各类画展,1933年"全国艺术家捐助东北义勇军作品展览会""朱屺瞻绘画展览",1934年"艺风社第一届展览会""现代名画家展览会",1935年"艺风社第一届展览会",1936年"艺风社第三届展览会""默社画展""白社四届画展""力社画展",1937年"第二次全国美术展览会",1939年"联合油画展览会"等展览皆

---

[1] 冯其庸,尹光华.朱屺瞻年谱[M].上海:上海书画出版社,1986.
[2] 毛泽东.毛泽东选集(第3卷)[M].北京:人民出版社,1967.
[3] 王宸昌.美术年鉴[M].上海:上海社会科学院出版社,2018.
[4] 政协太仓县文史资料研究委员会.太仓文史资料辑存[M].太仓:[出版者不详],1980.

有先生的国画、油画作品参展，缘由颇多。或为东北义勇军筹款，或为新华艺专添置图书，或合"精神上的力与物质上的力，可以百战百胜，所向无敌"①。不难发现，此时的朱屺瞻在思想感情和创作行动上相较于过往有了更深层次的表现。

此时的先生虽旅居上海，却从来未曾遗忘过家乡和他的"梅花草堂"，从唐文治的《刘湄朱氏传家乐善图》题跋便知一二："……及门表侄浏河朱生屺瞻，精研绘事，可称名画家。甲申之冬，出其所绘先德湘舟表伯逮其尊人厚庵表兄行善诸大端，约举之有数事：曰助宾兴、曰设浏湄文社、曰创建集善堂、曰修七义祠、曰恤厘、曰救生、曰新镇故居纪念。"②其中1932年建成的"梅花草堂"深得先生欢喜。据考证，先生回到"梅花草堂"的，明确记载有三：

其一，1936年暮春，先生与潘天寿、姜丹书、金维坚、吴茀之、张振铎等重游富春江，返后雅集于"梅花草堂"数日，吟诗作画，研讨艺事。

其二，1936年冬，先生为周碧初作《劲节凌霄图》，据题跋"竹性直，直以立身；竹心空，空以体道；竹节贞，贞以立志。碧初先生法正。二十五年仲冬，朱屺瞻画于梅花草堂"可知，此时先生寓居于"梅花草堂"。

其三，1945年冬日，时值"梅花草堂"寒梅盛开，幽香四溢，先生欣然回归。

也正是在这一阶段，"梅花草堂"承载着朱屺瞻以"物"为"量"的精神转变。《庄子·齐物论》说："圣人怀之，众人辩之。"怀，是"梅花草堂"，辩，是《梅花草堂集册》，先生希冀以此册，与同道好友相忘于江湖。兹将朱屺瞻1995年撰写的《梅花草堂集册》之序言录下，以飨读者，序言为："梅花草堂乃吾旧居太仓浏河镇。羡梅花之耐寒，寄清香可爱，承友谊情馈，绘写斯册。图二十二纸，字二十二纸，合装成册，前后历时六十余载。此乃友朋高谊，弥足珍贵，愿儿孙珍藏之。"③

此集嗣后近六十年，先后有汤定之、齐白石、黄宾虹、吴湖帆、姜丹书、唐云、宋文治等二十二位享誉国内外的知名画家创作了以"梅花草堂"为主旨的国画杰作，尊其为世之罕见，并不为过。

---

① 徐仲年.贺力社[N].上海：时事新报，1936.
② 唐文治.唐文治文集[M].上海：上海古籍出版社，2019.
③ 朱屺瞻艺术馆.赤心惟存：纪念朱屺瞻诞辰130周年艺术展[M].上海：上海人民美术出版社，2021.

"忘情融物"："梅花草堂"里的推陈、出新

《庄子·外篇·知北游》中尝曰："山林与，皋壤与，使我欣欣然而乐与！乐未毕也，哀又继之。哀乐之来，吾不能御，其去弗能止。悲夫，世人直为物逆旅耳！夫知遇而不知所不遇，知能能而不能所不能。无知无能者，固人之所不免也。夫务免乎人之所不免者，岂不亦悲哉！至言去言，至为去为。齐知之所知，则浅矣。"[1]庄子既未否定山水之胜景，也未否定情感之哀乐，却于字里行间中讲述"忘情融物"之理。于物而言，其价值实是感情移入。

二十世纪中叶，近代中国美术面临着"西学东渐"的冲击，其影响是决定性的。此时的美术界经历了前所未有的动乱和变革，旧的画学体系遭到破坏，而新的画学体系尚未建立，故有林琴南感叹："新学既昌，士多游艺于外洋。而中华旧有之翰墨，弃如刍狗……"，但这样的处境并未持续很久。随着毛主席提出"百花齐放、百家争鸣""古为今用、洋为中用""推陈出新"等文艺方针，传统国画迎来了复兴的机遇。

时1946年，朱屺瞻避乱的沪上南市一带，战火纷飞，颓墙残垣，瓦砾遍地。据《朱屺瞻年谱》记述："先生与淘砂厂果育堂街得一空地，约亩许，去瓦砾，刈荆莽，建屋其上，中辟画室二间，一为油画室，一为国画室也。复植梅树数十株，环匝左右，仍以'梅花草堂'称之。"[2]朱屺瞻亦将自身情感移入其中，与之共鸣共感。先生凭借自身的生活经历、思想基础和艺术实践，在新中国主题绘画的探索中，坚持不懈，颇具浩然之气。先生曾说："要多看当前的实物，留意当代的生活，多速写，多写生，才不至于脱离时代精神。"[3]这实际上是他对家国情怀和红色记忆的体认，亦是对自身艺术创作本源简洁、朴素的诠释。

余后十余年，全国人民在中国共产党的领导下，积极投身于社会主义革命和建设事业，一代中国画家的创作热情被激活。他们真诚地拥抱着新时代、新社会，对现实深怀欣赏和赞美，对未来充满理想和期待，同期诞生的"建设新中国"

---

① 庄子.庄子[M].邓启铜，王磊，张淳，注.南京：东南大学出版社，2015.
② 冯其庸，尹光华.朱屺瞻年谱[M].上海：上海书画出版社，1986.
③ 陈洙龙.朱屺瞻画语录图释[M].杭州：西泠印社，1999.

"革命历史""时代新风"等主题绘画创作题材更是成为现代中国画改造和革新的突破口。朱屺瞻在时代的感召下,饱览祖国河山新貌,吟诗作画,素材盈筐,希冀在承接山水写实精神的基础上能够融合自身感悟。宋文治在《屺老不老——为朱屺瞻先生画展而作》一文中谈道:"他曾多次不顾年迈,坚持深入生活,足迹遍布大江南北,这大大开拓了创作的思路和活力,加上他有丰厚广博的知识和对绘画的深刻认识,促使他的艺术风格不断变化。"①生活是艺术的源泉。之后,《卢沟桥》(1955年)、《农田灌溉》(1955年)、《江滨共产》(1958年)、《支援建设》(1958年)、《绿化都市》(1959年)、《闵行建造工人新村》(1959年)等一系列画作的创作,不仅实践了先生"写生须写出其活处,写出其生机生意"②的艺术理念,还彰显出先生的时代情怀。

二十世纪六十年代初,中共中央宣传部副部长、中国文联主席周扬(1908—1989)在中国文学艺术工作者第三次代表大会上作了名为《我国社会主义文学艺术的道路》的报告,他着重谈了美术界争论较多的关于山水、花鸟画阶级性的问题,以及关于深入生活、改造思想、提高技巧,创作更多更好美术作品等问题,同时针对各地分会的情况,向全国画家提出原则性的建议:"组织学习,组织创作,组织美术家深入生活。"③此时的朱屺瞻,作为上海中国画院的特聘画师,秉持"师造化,师前贤"的创作理念,与陆俨少、黄幻吾、孙雪泥、俞子才、孙祖白等一众画师深入上海郊区、浙东四明山区、川陕、广东、镇江、扬州、南京等地进行写生创作。在此过程中,朱屺瞻目识心记,充分向自然汲取营养,创作了一批极具新意、反映时代特性的高质量作品。1960年的《电力自来榔头》《马陆公社工业部》《井冈山工地一角》《潭深养鱼多》《革命圣地》等,1961年的《嘉定风光》《南湖留胜迹》《革命楼》等,1963年的《夏种》《茶山雨后》《为了人民生活好》,1964—1965年的《黄洋界哨口》《民航飞机》《山区秋收》等皆是其中佳品。

1962年8月23日,上海美术馆举办了"朱屺瞻国画展览",本次展览由中国美术家协会和上海中国画院联合主办,汇集朱屺瞻近阶段所作的山水、花卉一百三十件,全方位、多维度展示了朱屺瞻的艺术成果和时代担当,为观者寻找时代

---

① 宋文治艺术馆.宋文治研究[M].天津:天津人民美术出版社,2019.
② 陈洙龙.朱屺瞻画语录图释[M].杭州:西泠印社,1999.
③ 周扬.我国社会主义文学艺术的道路[M].北京:人民文学出版社,1960.

特点提供了新的思维角度和观看路径。《新民晚报》更是刊发《读朱屺瞻画》一文,论道:"这是作者深入生活之后心意舒畅的表现。所谓醉,实际上是对生活对祖国山川的喜爱。""然而……在画井冈山革命先烈的纪念塔,四明山和厓门的时候,我们又明明看见这种画家的醉意化成了对历史上的革命英雄、仁人志士的无限敬仰心情。这时,画笔充满了庄严美好的感情,而出现在画幅上的,好像已经不是山水,而是人物了。"①

《武汉八景册页》便是这一时期朱屺瞻绘画的代表作品。时1957年孟夏,朱屺瞻与钱瘦铁同游武汉、武昌、宜昌等地,观武汉长江大桥落成典礼,赏三峡美景,多做速写,归后历时近十五年,终完成此册页。这套册页共八幅,创作于1957—1971年,画上配有朱屺瞻自书诗文,并将画中景点一一辨明。值得一提的是,朱屺瞻在创作时往往会安排一些标志性的场景,譬如鹦鹉洲、拜将台、武汉长江大桥等,用特定符号点名深意,着重刻画武汉作为"国家历史文化名城"和"楚文化的重要发祥地"的形象。在这一前提下,朱屺瞻努力提炼概括性的笔墨形式,继而融入叙事性和地方性的因素,使自身艺术语言与现实主义题材作品达到紧密的结合。

"游鱼之乐":"梅花草堂"里的抉择、转折

"游鱼之乐"是《庄子》中最引人深省的故事,其问题的本质在于人能否认知和了解到鱼的快乐。朱屺瞻深得其意,继而从绘画研究中论道:"画者,表物也,却不可滞于物,要在表意。意即是物,亦是我,借物表意,表我的感受,所谓画贵写意者,即此简单涵义,不须作神秘解。每一画中,有物有我,物我相成,如是而已。"②耄耋之年的朱屺瞻,衰年变法,融中法之笔,西法之色,渐次达到曼妙舒适的境界。

1977年,华国锋在中共第十一次全国代表大会上宣布"文化大革命"结束。同年,朱屺瞻完成《浮想小写册页》。此册页的构建意味先生的艺术发生新的抉择与转折。一如林同济云:"《浮想小写》十二图像……乃俨然一部对宇宙独对人

---

① 读朱屺瞻画[N].上海:新民晚报,1962.
② 陈洙龙.朱屺瞻画语录图释[M].杭州:西泠印社,1999.

生的默思撷要也。綮错勾绘中,托出画者哲理之轮廓。"①1978年,中国共产党第十一届三中全会在北京召开,会议决定停止使用"以阶级斗争为纲"和"无产阶级专政下继续革命"等口号,把党的工作重点转移到社会主义现代化建设上来。此次会议成为中国改革开放的起点。也就是在这一年,朱屺瞻在上海巨鹿路景华新村构建了他的第三个"梅花草堂"。

汪亚尘在《朱屺瞻画集》中尝言:"绘画之表现,不外情感与技巧。有情感而无技巧,有技巧而无情感,皆非纯正之艺术。"②此阶段的朱屺瞻,在艺术道路上不断思考,希冀在社会语境和风格学上阐释"国画如何继承和创新"这一日久弥新的课题。进入二十世纪八十年代后,朱屺瞻明白:"一是发展的观点,实物和形势都在激变中,画作必须求变,不能墨守前人笔法,更不可固步自封,这是时代向画家提出的迫切课题。二为民族形式和欣赏习惯,我学画三十多年,动机不限于好奇,目的是求中西画法的汇合。"③如其所言,此时的他已将传统笔墨完全融化在心,并用自身语言重新阐释对传统的理解。对于耋年变法,我想途径有二:

其一,摹古。朱屺瞻深知传统才是变法的根基,根基不稳则难以继续维持变法的长远发展。因而从七十年代开始,朱屺瞻孜孜不倦地从传统笔墨中萃取精华以推新法,杨昇的《寒岩积雪图》、石涛的《山水清音轴》、巨然的《层岩丛树图》、范宽的《雪山萧寺图》《满山飞雪图》、王蒙的《夏日山居图》《春云出谷图》以及李唐的《万壑松风图》等,皆为先生之摹古对象。然而,"鉴古非为复古",面对如何看待传统的问题,朱屺瞻十分赞同友人林畔青的论点:"中画不以逞技为高,主要追求在道的契合,道的表现。不贵夺目之美,美在见性之真。"④

其二,西画。对于西画,朱屺瞻涉猎甚早,数次海外求学和参与"洋画运动",使得先生对西洋、东瀛文化的艺术精神有了更深层次的认知。此阶段,朱屺瞻将马蒂斯、塞尚、梵·高等人的艺术创作手法和金农、石涛的笔法结合,创作了一些"老辣""粗犷豪放"的山水画。他于二十世纪八十年代创作的花卉作品有《本是王者香》《秋荷》《秋色浓艳》《雁来红》《嘉瓠高悬》等,此外还有《山花烂漫》(1978)、《万山积

---

① 朱屺瞻.朱屺瞻画集[M].上海:上海人民美术出版社,1980.
② 朱屺瞻.朱屺瞻画集[M].上海:上海人民美术出版社,1980.
③ 陈洙龙.朱屺瞻画语录图释[M].杭州:西泠印社,1999.
④ 陈洙龙.朱屺瞻画语录图释[M].杭州:西泠印社,1999.

翠》(1985年)、《初日照丹枫》(1990年)、《晓日秋山》(1993年)等一批厚重古朴且意趣自然的新山水画。朱屺瞻的这些画,笔法"有急有缓、有飞有顿",用色"狠"而邋遢,布局深厚有变化,其"破除形体,变换原色"的艺术探索精神跃然纸上。正如著名山水画家应野平先生所言:"他的国画构图,从来不因袭前人的老套,总是另辟蹊径……屺老是一个在创新上有卓越成就的画家,也是老年变法取得成功的一个榜样。他在国画色彩上融合西画,突破古人,做出了重大贡献。"[①]

"气韵生动"是品鉴中国画创作的最高审美标准。然中国绘画绝不是一门单一的艺术,它需要画者有综合的素养,所以朱屺瞻在钻研绘画的同时,音乐成为其变革的重要媒介。

在《癖斯居画谭》中,朱屺瞻记述道:"一九七二年一夕,我屏息静听芬兰作曲家西贝里乌斯的几首交响曲,不觉为之一惊,奔腾雄壮的旋律,在我眼前成一幅幅画面,使我激动不已。"[②]这一次的碰撞,让执着于绘画的朱屺瞻看到了不同种类的艺术面貌,于浪漫派、印象派的音乐中之间,师法造化,不断探寻艺术规律和法则,寻求传统笔墨与审美精神结合的契机。

对于绘画创作和音乐之间的关系,朱屺瞻有着明确的认知。细品先生评价印象派音乐时所说的话,可窥见一斑。他谈道:"印象派的有些音乐,表达朦胧的意境和气氛,用暗示、象征手法,给人以飘渺微茫的感觉,留有遐想的余地。""绘画中的大写意笔法,泼墨泼色往往亦有这种效果,以极其概括,有时甚至是以抽象的笔法来表现对象,既泼辣淋漓,又飘渺空灵,使人有可意会而不可言传的美感。"[③]这是朱屺瞻对"音乐感"的形象阐释,他洞悉绘画创作中惟有知晓"对比、变化、统一",方可达到"乍重乍急"的境界。晚年,朱屺瞻的创作正是基于此道,诚如清代戴醇士在《题画偶录》说到的"笔墨在境象之外,气韵又在笔墨之外。然则境象笔墨之外,当别有画在"。

结　语

明代韩邦奇在《思萱堂记》中尝云:"情有所感,弗能已,则有思;思之甚而无

[①] 应野平.反常合道妙得奇趣——贺朱屺瞻个展在港举行[N].香港:大公报,1985.
[②] 朱屺瞻.癖斯居画谭[M].上海:人民美术出版社,1981.
[③] 陈洙龙.朱屺瞻画语录图释[M].杭州:西泠印社,1999.

所泄，则必有所寄。古今之人，或为之碑，或为之台，或为之观，皆所以寄其情而泄其思也。"[1]朱屺瞻是二十世纪中国画坛上卓有成就的画家，先生的艺术活动贯穿二十世纪中国画变革发展的全过程。在朱屺瞻的艺术发展道路中，"梅花草堂"已然是其生活史、艺术史、心灵史的策源地，这里不仅承载和闪耀着先生潜心研读、励志耕耘的梅花精神，更从侧面反映了先生的人格追求和审美意识。

(作者系太仓美术馆副馆长，中国文艺评论家协会会员)

---

[1] 韩邦奇.苑洛集[M].上海：古籍出版社，1993.

新时代国画创作的方位与评价

董裕乾

引　言

在中国共产党第十九次全国代表大会上,习近平总书记指出:"经过长期努力,中国特色社会主义进入了新时代,这是我国发展新的历史方位。"由此,中国进入"强起来"的新时代,集中体现在新时代发展目标的全面性和多元化上。随着我国经济的飞速发展和人民生活水平的日益提高,社会的文化需求也达到了新的高度。也就是物质生活得以改善的同时,为了满足人民日益增长的美好生活需要,高品质精神文化的需求日益成为日常的需要。对于国画来说,新时代创作的方位与评价问题进入了人们的视野。

一、新时代国画创作的方位内涵与意义

张衡《东京赋》言:"辩方位而正则"[①],只有明晰时代的审美方位,才能明确国画的前进方向,讲好国画的中国故事。《在延安文艺座谈会上的讲话》(以下简称《讲话》)提出:"我们的问题基本上是一个为群众的问题和一个如何为群众的

---

① 张衡.东京赋[M]//萧统.昭明文选.北京:华夏出版社,2000:72.

问题"。前者是国画创作要坚持人民大众的立场,即人民性;而后者就是国画创作如何服务大众的问题,即创作方位问题。"墨非蒙养不灵,笔非生活不神。"①人类的社会生活是文学艺术的唯一源泉,《讲话》号召文艺工作者深入到社会生活中去,"了解各种人、熟悉各种人,了解各种事情、熟悉各种事情",这样创作出来的作品才为群众所欢迎。也就是说,到社会生活中去,到群众中去,是一个实践到创作、再实践再创作的回环往复的过程。"笔墨当随时代"在国画服务大众的问题上有了崭新的时代意义。因为社会在进步,时代在发展,服务的方位问题同样需要与时俱进。如何与时俱进?即《讲话》所言"普及"与"提高"的辩证关系。在当时的社会环境下,国难当头,人民生活困苦,《讲话》实事求是地认为:"普及的东西比较简单浅显,因此也比较容易为目前广大人民群众所迅速接受。高级的作品比较细致,因此也比较难于生产,并且往往比较难于在目前广大人民群众中迅速流传。"

  国画的前行不能脱离实际,必须以民众的接受程度为准则。当时及之后很长一段时期内,国画创作的画面表达倾向于"直白"。传统国画注重的内在笔墨与画外文学内涵被尽力压缩,而西画的光影明暗、形体结构、空间立体等成为国画创作不可或缺的手段。这是国画发展的历史选择,也是国画走向现代的必由之路。蒋兆和的《流民图》,融入西画透视解剖、明暗块面等写实技法,强化了画面效果,直达人心的表现力一览无余。1949年之后石鲁的《转战陕北》《东方欲晓》、何海霞的《延河颂》、关山月的《黄河颂》、钱松嵒的《延安颂》、张文俊的《梅山水库》等成为时代最具代表性的作品,得到了人民群众广泛的赞誉。

  改革开放以来特别是进入二十世纪九十年代后,社会经济建设取得了举世瞩目的成就,人们的生活逐渐富裕,民众受教育程度与整体素质不断提升,对精神文化的需求呈现多样化、多层次、多元化的特点。在国画领域,人们已经不满足于西画技法主导的国画,国画界开始寻求新的价值定位和身份认同。许多国画家不断重拾国画的优秀传统,探索其当代价值的转换。水墨与写意一时间兴起,传统笔墨复归的形势也愈发显著。

  新时代,我们已经全面建成了小康社会。整个社会不论是在民生经济方面还是在个体素质方面,都已经站在历史新的高度之上。即使在高等教育领域,也

---

① 石涛.苦瓜和尚画语录[M]//潘运告.清人论画.长沙:湖南美术出版社,2004:10.

已经由精英教育、大众教育进入普及化教育阶段。国民文化素质的整体提升张扬了文化自信，文化自信也带来民众对民族优秀文化的自豪感与审美的需求。

我们再回到"普及"与"提高"，随着广大群众文化水平的不断提高，《讲话》指明："人民要求普及，跟着也就要求提高，要求逐年逐月地提高"，习近平总书记《在文艺工作座谈会上的讲话》也点明："随着人民生活水平不断提高，人民对包括文艺作品在内的文化产品的质量、品位、风格等的要求也更高了。"回顾《讲话》发表以来，国画创作成就在"普及"与"提高"方面，可以说是不断地"普及"与不断地"提高"，但总体上"普及"大于"提高"。"普及"的目的在于"提高"，正如《讲话》所说："也是给将来的范围大为广阔的提高工作准备必要的条件"。在党的领导之下，经过几代人艰苦奋斗，我们取得了进入新时代社会的伟大胜利。也就预示着，时代对国画创作提出了新的历史要求。

新时代的国画创作，同样有"普及"与"提高"的问题。所不同的是，"普及"已经不是国画家的主要创作目的，而是人民大众日常笔墨的愉悦志趣。国画家的创作方位，在于引领时代潮流的"提高"。文化自信的时代要求，某种程度上就是"提高"大于"普及"。社会的每一次跃进，无不伴随着文化的历史性进步。对于"提高"的创作任务，《在文艺工作座谈会上的讲话》指出："我们必须把创作生产优秀作品作为文艺工作的中心环节，努力创作生产更多传播当代中国价值观念、体现中华文化精神、反映中国人审美追求，思想性、艺术性、观赏性有机统一的优秀作品。"

"存形莫善于画"[①]，国画传承历史悠久，早已成为中华民族的优秀文化。《在文艺工作座谈会上的讲话》着重指出："中华优秀传统文化是中华民族的精神命脉，是涵养社会主义核心价值观的重要源泉，也是我们在世界文化激荡中站稳脚跟的坚实根基。"如此，新时代国画创作方位，在于弘扬当代价值观念、体现民族文化精神、满足民众的审美诉求。简言之，就是绘画本身的高雅性和笔墨精神的民族性。

追求真善美是文艺的永恒价值。真、善、美，属于"德"的核心范畴。"道"虽然是中国哲学的万物之源与精神旨归，但"道"是"玄之又玄，众妙之门"[②]。"道"的无形无象，需要"德"来体现与感悟。所以，"德"是"道"的途径与媒介。求真、求善、求美，一直是传统国画表达的主题。一部中国绘画史，可以说是存真、良善

---

① 卢辅圣.中国书画全书·第一册[M].上海：上海书画出版社，1993：120.
② 老子.道德经[M].上海：上海古籍出版社，1995：01.

和美好的展陈。新时代社会的主要矛盾,在于满足人民日益增长的美好生活需要。求真、求善,是国画创作"普及"时代的重点表达,求美则是"提高"阶段国画创作题材选择的主要方位。

新时代国画创作的宗旨,《在文艺工作座谈会上的讲话》指出:"以人民为中心,就是要把满足人民精神文化需求作为文艺和文艺工作的出发点和落脚点,把人民作为文艺表现的主体,把人民作为文艺审美的鉴赏家和评判者,把为人民服务作为文艺工作者的天职。"国画创作的评价一直是一个难题,难就难在标准。而标准的形成需要一个稳定与成熟的社会环境,即社会经济得到长足发展,社会财富与富裕人口以及受到较好文化教育的人员在社会结构中占据主导地位。贫穷不是社会主义,贫穷与温饱时期的需求并不能代表新时代国画创作的评价标准。

每个时代都有每个时代的精神,新时代的国画创作就是要体现新时代的精神。艺术是时代的反映,在新时代这一宏大的主题面前,国画创作从事者自然不甘落后。他们正在用自身的国画技能多维度、全方位记录新时代社会发展的进程,既为历史定格我们奋斗的图像叙事,也为展现当今民众的时代精神与美好愿景,展示时代的正能量。

二、新时代国画创作主题性功能

国画创作一直是中国美术创作的主流且源远流长,是在历史的长河之中不断地寻找和完善自身的陈述方法而形成的文化结晶。国画"肇自然之性,成造化之功"①。从国画创作的价值功能来看,既有居庙堂之高的社会教化的主题性,也有隐江湖之远的审美趣味性。由此粗略形成国画创作功能的两大领域:社会教化的主题性与审美趣味性。社会教化的主题性追求天下社会人生的终极关怀,而审美趣味性注重个体的意趣雅致。传统以降,社会教化的主题性与审美趣味性都是社会文化传承的主要关怀。仅从功能而言,这两者实难区分,某种程度上是混合体。如果需要作一泾渭之分,则可回归作品本身。社会教化的主题性直接以社会重大题材事件为核心,一般采用写实的方法强调社会共同的图像记忆,艺术服务于社会主题的塑造;审美趣味性则相反,以创作对象为媒介,寄托个

---

① 何志明,潘运告.唐五代画论[M].长沙:湖南美术出版社,1997:117.

体的情感抒情与道德旨归,从而体现个体修养的价值认同。故两者的画面解读就有了直接与间接标准,社会教化主题性需要向观众传达社会审美特定主题的终极所在,目标明确且唯一,作品往往集中在重大社会与历史题材,往往以写实性人物画为最佳叙事方式;审美趣味性作品强调自我的社会感悟,传播阅读性并不在意他者的审美接受程度。他者要与之心灵相会,途径就是自身的学识修养与审美志趣的趋同。所以审美趣味性与观众不是面对面的,而是间隔着文化。国画家的创作传达给观众的更多的是符号,作品表层的完整性不是唯一的诉求,更在于作品表层下的社会文化与审美意趣的认同。

社会的发展是指社会经济结构、文化形态、价值观念等发生深刻变化,而美术的历史使命就是把社会的进程从审美的角度图像化,即新时代的主题性国画创作的使命在于确认和图绘时代的美好主题。既然是主题性创作,就要陈述时代宏大的发展潮流与重大的历史事件,敏锐捕捉共性化的艺术特征并以仪式化、程式化的视觉效果加以图像叙事。故主题性国画创作的对象一般集中在人物造型及其精神的呈现,从而赋予时代的主旨性价值与社会崇尚的审美主流。写实主题性国画创作,其实很难。一方面,其创作对象是实实在在生活中的人;另一方面,影像传媒科技非常先进,且早已深入人心。即使相同领域,同类题材作品可以说汗牛充栋。虽然狭路相逢勇者胜,但想从窄缝中脱颖而出,岂止是勇气问题,更需要睿智与才能以及美好的心胸。所以,写实主题性国画创作,在于对象的时代氛围和文化认同,与民众内心深处对对象的认知、情操、审美标准相契合。在具体的图绘表达时,要从时代审美、文化氛围以及对象自我特性之间寻找共性与个性的平衡,即既要符合时代的文化定位与民众的情感认知,也要体现美好的时代审美思潮对当代形象转型改造的需求。

三、新时代国画创作评价

新时代审美趣味性即写意性国画创作的评价,则比主题性国画创作面临更多的难题。二十世纪末以来,写意之风虽然盛行,但更多深受西方现代艺术的影响,画面追求朦胧的境界与色彩的斑斓。而此种写意效果,与"普及"阶段实质是一脉相承,并不能代表新时代人们对"美好"标准的诉求。国画创作的评价,从绘画史维度来看,都是随着时代审美的变化而变化,而这个变化的内因在于社会主流阶层的审美倾向。也就是社会主流阶层的行为方式、品味格调、文化构成与学术标准往往成为审美表达的前进方向。新时代写意性国画创作，要回归国画作为民族画种存在的本身。国画的独特在于绘画的书写工具，即要符合国画"笔、墨、纸、砚"的特征。需要说明的是这里的"笔、墨、纸、砚"并不仅仅是名词，更多的是动词的规范。"笔、墨、纸、砚"应该理解为：用笔的方法，即用笔的线条与皴染方法；用墨的方法，即用墨或色的块面与皴染方法；用纸的方法，即纸的选取要体现笔墨烘托的实际需要；用砚的方法，即艺术家在创作过程中根据画面表达效果的需要对墨色的澄净处理。新时代国画创作的"普及"，已经成为民众的自发行动，所以不必担心曲高和寡的问题。处于"提高"阶段的写意国画创作，除了"美好"的主旨以外，更要体现行笔用墨的国画本质特征。毛笔在不同力、不同速度的作用下，不同弹性的笔在不同性能的宣纸上，能画出不同美的线条。沈宗骞在《芥舟学画编》说："笔为墨帅，有妙笔乌可无妙墨以充其用耶？且笔之所成，亦即墨之所至。"[1]国画线条讲"骨法"，"骨法"即线的力度，讲究力透纸背，笔力千钧，线有力则精神饱满。国画线条的魅力在于能传情达意，能表达不同的意趣。国画的写意性就是在创作过程中，画者丰富情感对笔墨的灌注。

结　语

老子说："大音希声，大象无形。"新时代国画创作的评价，应在人民性的前提下，发扬传统以"美"为画的叙事方式，注重气韵与格局，强调笔墨的表现性与情感性。而对于国画从事者自身的评价，不外乎技法、蒙养与创格三维度。技法考量对国画笔墨基本功与造型能力的掌握程度；蒙养需将自身的文化修养与笔墨技法融会贯通，从而形成自身的风格，特征是风格不断变化，前人东西较多但呈不断减少趋势；创格最难，大部分画家一辈子都难以逾越，创格即"无法"，就是融会贯通各家之技而"我依我法"，风格呈相对固定性，且能被后人欣赏并被大规模师法传承。

（作者系常州纺织服装职业技术学院教师，艺术学博士）

---

[1] 沈宗骞.芥舟学画编[M]//潘运告.清人论画.长沙：湖南美术出版社，2003：23.

动画媒介对浙派水墨画与儒家隐士精神的新诠释
——以《山水情》为例

何晓怡

  1960年1月31日,陈毅副总理在北京美术馆参观中国美术电影制作展览会中听取了上海美术电影制片厂副厂长卢怡浩对水墨动画的设想后,提出了这样的建议:"你们能把齐白石的画动起来就更好了!"当时,作为上海美术电影制片厂厂长的特伟带领着动画师们做出了胶片水墨动画的第一次尝试——《小蝌蚪找妈妈》。这部十分钟的动画短片打开了中国独有的水墨动画的新领域,自此,《牧笛》(1963年)、《鹿铃》(1982年)和《山水情》(1988年)相继问世。

  《山水情》是由上海美术电影制片厂在1988年出品的水墨动画短片的收官之作,是二十多年中国水墨动画剧本创作与技术经验的集大成者,由中国第一代动画大师之一的特伟和马克宣任导演,王树忱担任编剧。这部不到二十分钟的短片为观众讲述了纯净的师徒故事:老琴师在野渡中昏倒,得到船夫少年相救,老琴师给少年传授琴技,两人结为师徒。春秋更迭,少年琴技进步飞速,老琴师赠予少年古琴继续隐居山林,告别徒弟,自此少年每日在山崖间抚琴以寄托思念。美影厂的艺术家们打破中国动画"单线平涂"的传统方式,将水墨在宣纸上的渲染工艺运用在赛璐珞(Celluloid Nitrate)底片上,并采用"即时作画"的方式,观察古琴大师龚一弹琴的同时绘制逐帧动画。由于该影片每一张底片都要分层渲染着色,所以制作工艺复杂,制作周期漫长,饱含着美影厂艺术家们工匠精神的《山水情》于1989年先后在第一届莫斯科国际青少年电影节上获得荣誉奖和第六届加拿大蒙特利尔世界电影节上获得优秀影片奖,并于2006年在法国昂西国际动画节上被评为世界上100部最伟大的动画短片。《山水情》作为中国水墨动画的巅峰在世界动画舞台上取得了出色的成果,但同时中国特有的水墨动画也出现了后继无人的尴尬局面。

一、"仁智之乐"——《山水情》再现的浙派水墨画

（一）《山水情》场景设计与人物设计对"现代浙派"的新阐释

《山水情》的人物造型设计由吴山明担任,吴山明是"现代浙派"人物画的重要继承人,传统浙派人物画中包含着现实主义的情怀,是"改造旧国画"主张与实践的产物,它吸收了传统绘画尤其是写意花鸟画的笔墨技巧,使它产生了活泼灵动、淋漓酣畅,更贴近传统水墨画的风格与优长。既强化了水墨人物画描绘现实生活的能力,又保留了较为充分的传统特色,这是它在中国画教学与创作上产生广泛影响的两个支点。① 二十世纪五十年代至七十年代新浙派人物画逐步发展,作为方增先、李震坚和周昌谷的学生的吴山明将传统浙派的人物画洗练成墨与水的角力,留白的画面是精神与情感的呼吸空间。中国传统人物画分为两种体格:工笔和意笔。工笔强调"以形写神",写意重在"状物写心"。吴山明将新浙派绘画归于意笔人物画,范景中对吴山明的人物造型有着"体正、气长、格清"的评价,他的人物画特色就在于传神写意的书法用笔,又运用独特的"水渍法"表现人物的衣物和关节转折。

《山水情》的场景设计由卓鹤君担任,卓鹤君也是浙派山水画传承中的一员,但他的诸多作品是具有现代性的写意抽象山水画,是对自然景色的提纯与凝练。自南宋院体画家李唐、刘松年、马远、夏圭开始,豪放简略的画风影响了几代中国山水画的风格,明代的浙派山水画在南宋院体画的基础上吸取元末文人画和民间画法的元素,创造出独立于院体画的新山水画画风。卓鹤君早期的山水画也随浙派早期特色呈现肆意豪情的磅礴,但后期他也意识到传统的浙派山水甚至是中国整体山水画系都已出现了结壳的现状,从西方访学归国后的他吸取了西方立体主义大师毕加索和表现主义热抽象大师康定斯基的形式表达情感的原则,在自己的作品中重新解构了固有的山水画笔墨设色,加入了颜色和雅意,内

---

① 吴山明.重返单纯:吴山明中国画艺术研究[M].北京:人民美术出版社.2014.

收了繁复的情结,以抽象的笔墨让画面更有秩序,让中国传统山水画有了现代化的意义。在范景中眼中,卓鹤君的山水画有着"大气磅礴、逸兴遄飞,意象峥嵘"的特色。《山水情》的场景每一帧都是一幅意境幽美的山水画卷,本是借古琴讲述师生情的故事,发生在卓鹤君的水墨山水画中,高山流水,泛舟而上,空山幽谷,万壑千岩,平添无限诗意。

(二)《山水情》再现传统山水画的意境与空间感

从隋唐开始,山水画从以人物故事的背景中独立出来,展子虔的《游春图》以青绿山水打开了中国传统山水画的序幕,唐代李思训继承了青绿山水的传统,王维则开创水墨山水的渲染,而后"荆关董巨""刘李马夏""元四家""浙派""清初四僧"等都是山水画的簇拥者。中国画一直是写神与写意的博弈,南朝宗炳在《画山水序》中,分析了古代圣贤钟爱山水画的"仁智之乐",讨论了山水画中透视法以"存形"的原理和"澄怀味象""应目会心"的追求,首次将人物画中的形神论引入山水画的范畴,最后提出山水画"畅神"的特殊功能。自王维开始,画坛"推崇尚艺不尚形",潘天寿提出的画面中"生生不息的活力"就是魏晋顾恺之"迁想妙得,以形写神"的新式阐释。我国古代批评家们将美术作品及其形象视为有机的生命体,就像人和动物的生命体一般。唐朝画家张璪提出了"外师造化,中得心源",强调艺术创作以自然为师,从客观世界汲取材料,忠实于描绘对象,并进一步对其进行主观的研究、分析和评价,最终创作出来。明朝董其昌提出"以境之奇怪论,则画不如山水;以笔墨精妙论,则山水决不如画"。董其昌以禅宗的南北地理宗派界限模式运用在山水画中,分为南宗和北宗画,并主观地推崇南宗的水墨山水画。他认为水墨山水的"笔墨"才能为山水画带来无限意境,是多年来绘画技艺与审美批评的最高结晶。而对于水墨山水,张彦远早在《历代名画记》中指出"运墨而五色具"的特色,枯涩润泽、虚实浓淡、氤氲变化都是水墨的特殊魅力。水墨画家根据墨的特殊作用,创"五墨""六彩"之说。五墨,即干、湿、浓、淡、黑,"六彩"是在"五墨"的基础上加上了白色。"浓"与"淡"是墨色深浅的比较,"干"与"湿"是水分多少的比较,"黑"比"浓"更浓,"白"指纸上的空白,与"黑"形成对比。[1]

《山水情》从故事题材和主旨精神都是娴静平和的主题,水墨山水的意趣和诗性都是最合适的形式。同时影片本加入老琴师与少年的配音,但最终制作团

---

[1] 袁志正.陕西山水画发展与流变[M].北京:北京工业大学出版社.2019.

队还是选择无配音的版本,只保留了山谷中空灵的鸟叫声和潺潺古琴音,也是配合水墨画的清新淡雅,让山水间的师生之情也像水墨画般纯净。《山水情》除了对传统水墨山水画意境的继承,作为新的媒介,原本山水画中的空间感,在运动中也有了新的诠释。

宗白华在《中西画法所表现的空间意识》中指出,西方绘画的空间意识借助几何学和光影的透视画法,而中国的绘画展现的空间意识是与书法的空间意境相似。① 中国画在尺幅画布中,让人由远及近,由近及远,浏览山川景色,周而复始,无往不复,心之所往就是画之所及。《山水情》中少年与老琴师泛舟于崇山万岭间,一叶扁舟给我们展现了水墨山水画中的景深。其中的大量场景运用了明暗、浓淡、干湿、疏密和留白等方法,远虚近实,相互补充、相互关联、相得益彰,充满节奏韵律。除此之外,画面中还处理了远近的云雾,在位置、大小上布局层次,控制距离。当少年在山崖间弹奏古琴时,又再次回顾少年与琴师在山川间泛舟的画面,运用动画的定格效果,前后层景别的山脉错序出现,配合山谷中的云雾若影若现,在制造动态空间感的同时,也赋予了原本静止的画面以运动之感(图1)。这些按照顺序出现的山峰都需要动画师们在每一张赛璐珞上逐一晕染,逐帧拍摄。除了左右平移镜头,影片中师徒二人除了泛舟也经常登高远眺,所以运用了特殊底片绘制长画面,再从下至上,左右移镜头,展现山谷与山顶的不同风光,山谷悠荡,鸟啼与琴声呼应,动画运用独有的视听特色将宗炳的"抚琴弄操,欲令众山皆响"呈现出新的意境(图2)。

图 1

---

① 宗白华.艺境[M].北京:商务印书馆.2017:127.

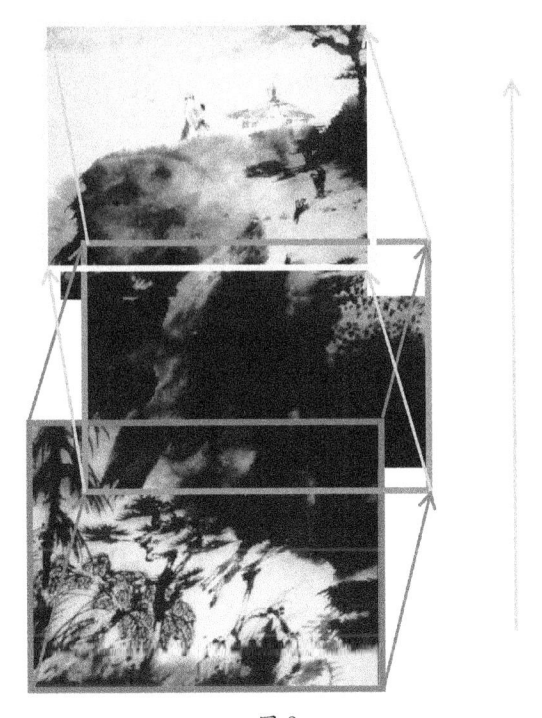

图 2

二、"以心知天"——《山水情》中的儒家隐士精神

(一)《山水情》中的儒家隐士精神

《山水情》的琴师在开篇就怀抱古琴,渡船进入山林深处,他的身份被观众看作是一位即将隐居山林的高士,可能现实生活无法满足他的精神世界,只能带着心爱的古琴寄情于山水之间。在中国传统文化中,"隐逸文化"是一种横贯历朝历代的独特产物,"隐居不仕之士"中的"士"字保证了隐居者的文化知识水平。陈传席将中国古代隐士分为六类[①]:拒绝仕途全隐的宗炳、先官后隐的陶渊明、半官半隐的王维、忽官忽隐的董其昌、假隐的陈继儒和隐于朝的其他庸官。翻开中国古代的官宦史,隐士文化之所以产生及兴盛的背后原因头则是上层精英阶级的更换。唐之前的士族文化在"安史之乱"后被抛弃,朝廷官员队伍与帮派"换

---

① 陈传席.陈传席文集 4[M].北京:中国青年出版社.2017.

血",科举制给予了平民百姓为官的机会,士族文化没落,魏晋"风骨"后继无人,隐与仕成了两大出路,但新一批的知识分子本身就存在着内在的虚弱。隐逸文化实际是为其行为的辩护,他们追求着自身知识体系之外的精神世界和与内心世界分裂的"言外之意"和"象外之意"。当文人掌控政坛,他们开始追认自身的领导权,在绘画界的表现是人物画的风潮转向了山水画,中国古代绘画开拓了赋予山水画人格的可能性。明朝董其昌提出的南宗北宗的绘画分界代表的也是文人知识体系的身份确认,在《庄子·外篇·缮性》中对隐士有着这样的注解:"古之所谓隐士者,非伏其身而弗见也,非闭其言而不出也,非藏其知而不发也,时命大谬也。当时命而大行乎天下,则反一无迹;不当时命而大穷乎天下,则深根宁极而待。此存身之道也。"①庄子的"缮性"是指修养情性,修养恬静无为的性情,他希望提出缮性之法能够洗涤世人被蒙蔽的心灵。庄子认为古时的隐士,并非躲在山林不敢发声,是一种在时运不济时保全自己的方式。而孔子对隐士的观点是:"笃信好学,守死善道,危邦不入,乱邦不居。天下有道则见,无道则隐。邦有道,贫且贱焉,耻也;邦无道,富且贵焉,耻也。"(《论语·泰伯篇》)孔子的"隐"相较于庄子更有了几分积极入世的味道,"子曰:'见善如不及,见不善如探汤。吾见其人矣,吾闻其语矣。隐居以求其志,行义以达其道。吾闻其语矣,未见其人也。'"(《论语·季氏篇》)②孔子将隐看作是再次入世的蓄势,又将入仕看作是知识分子应该背负的命运。隐士现象是一种在历史上处于边缘地位的非主流文化,其哲学根基是以老、庄为核心的道家思想,同时又渗透了儒家、禅宗文化的影响。

1988年的《山水情》采用老琴师隐居山林的故事结局,不得不让观众们揣测其故事本体背后的深意。除了故事剧本的选材,《山水情》中的很多意象也存在着隐喻的意义。隐喻是从文学界开始产生的概念,是把单一语言表达的世界与多元世界结合起来加以比较而引起联想的方式。③我国隐喻研究历史是从《诗经》中的"赋—比—兴"开始,随着二十世纪九十年代西方认知语言学的传入,尤其是认知隐喻理论的传入,我国的隐喻研究开始进入认知研究阶段。随后隐喻

---

① 庄周.庄子[M].北京:民主与建设出版社.2016.
② 杨伯峻译注.论语译注[M].北京:中华书局.2019.
③ 邹贤敏.西方现代艺术词典[M].四川:四川文艺出版社.1989:107.

流行至影视作品中的隐喻是导演留给观众们的彩蛋,也是制作团队们的"所指"。一些论文提出《山水情》中琴、风雪和雄鹰等意象都有着隐喻的意涵,认为琴是老师精神品质的物化,象征着高尚的人格和精神品质,少年继承的不仅是技法还是精神;风雪象征着社会中的艰难处境,用来反衬出了老琴师的意志;雄鹰象征老琴师与少年的高远志向。笔者认为这些文中提及的隐喻仅是意象的表层含义,并没有放在历史的背景中探讨。将《山水情》放在历史的维度中,当时的上海美术电影制片厂需要面对的是从计划经济到市场经济的转型。《山水情》的制作班底集齐了特伟、钱家俊等一批资深的动画大师,同时还有一批以李可染、程十发为代表的山水画大家也参与了艺术指导的工作,从而保证了成片的质量。但计划经济体制下的齐心协力完成一部动画作品的时代已经不复返,大量南方的合资动画公司以商业化的运营模式和技术革新大大简短了动画制作的周期,但成片效率的提升并不意味着质量的保障。经济体制的改革使得美影厂的工作人员大量流失,动画制作这样耗费人力和物力的工程最终让《山水情》成为美影厂水墨动画最后的辉煌。影片背后也隐藏着老一批动画师们的无奈。片中的老琴师更像是这些励精图治的老艺术家们的缩影,古琴是他们手中的珍品——动画,而少年是老艺术家们对中国黄金时代动画的接班人的期望。老琴师即将归隐山林,中国的动画行业又是否有青葱少年可以接任?

(二)《山水情》暗喻的"宇宙人情化"

朱光潜在《"子非鱼,安知鱼之乐"》[①]中运用《庄子·秋水》中的典故,庄子见鱼"出游从容"便觉得它乐,是"推己及人"和"设身处地"的心理活动,同理可得,云飞泉跃、山鸣谷应都是人类的"移情作用"的产物,是个人情感对客观世界的主观投射,与美感经验密切联系。移情作用能让人产生无意的摹仿,是"宇宙的人情化"。

朱光潜谈及的是移情作用与审美经验的关系,在传统儒家学说中,也提及了心物交感的关系,即《易经·系辞》所讲的"感而遂通"的"感通"之说。蒙培元指出了感通在儒家哲学思想中的重要性,他认为"中国哲学所谓'感应'或'感通'之学,在很大程度上是指心灵与外界事物的相互关系而言的。但不是感知与被感知的关系,或认识与被认识的关系,而是存在意义上的潜在与显现的关系,即所

---

① 朱光潜.谈美[M].北京:当代世界出版社.2019:27.

谓'寂'与'感'、'隐'与'显'的关系。"①但心灵与外界事物谁才是本体这一问题，蔡祥元老师在《感通本体引论——兼与李泽厚、陈来等先生商榷》中对蒙培元的感通本体论提出了异议。当两者是一种"隐"与"显"的关系时，潜在事物却成了本体，两者将产生本末倒置的情况，儒家道统的形而上尤其当发展至宋明理学时，儒家的宇宙人情观相较于道家将更加趋向于对人本身内心的内卷。另外，程明道在孔孟的感通本体论的基础之上，又重新探讨了儒家天人关系的问题，提出了"以心知天"的思想。他认为观天地，并不是肉眼的直视，而是感通式的心灵交往。观感是需要观者自身参与其中，这种感受是流动的，不受理智所控制，要与被观感的客观对象融为一体才能建构的成果。在程明道发展的感通思想中，人心与世间万物的"感同身受"是人心之感通本性的生动体现。

《山水情》本是师生情谊的题材，主创人员本没有计划选择这个剧本，但在最终权衡后，发现水墨画更能表现出这种宝贵的情感，并且命名为"山水情"，他们将这种情感投射到深山穷谷、鹰飞鱼跃的意象之中。无论是山光水色还是琴声松沉，都是老琴师和少年的感情外化，是感通的外显。山和水本没有情感，但在这部动画中，老鹰与幼鹰，仿佛是主角二人的象征，老琴师也是在看见老鹰离开幼鹰，幼鹰才能展翅的情景时，与少年道别。同时，琴声本没有情感，只有曲式高低变化，但片中有三次集中的琴声：一开始是少年初闻琴师在舍屋中的演奏，琴声悠扬跳跃；中间是少年练习的琴声，春去秋来，花开花落，琴声在此是时间的寄托，充满延展性；最后一次是少年在山崖边为老师弹奏，琴声由低到高回荡在山谷之中，插入师生共游山水的景色画面，此时的琴声成了两人情感交互的桥梁。观者在此时也仿佛游览于黑白的山水之间，倾听着流动的古琴声，情感投射于画面之中，感受动画带来的无限魅力。

三、动画本体给予山水画鉴赏与叙事的新路径

（一）山水画的新鉴赏模式

中国古代山水画有自身建构的理论依据，郭熙在《林泉高致》中最早总结出山水画绘制和观察条理的"三远法"——山有三远：自山下而仰山巅谓之高远；自

---

① 蒙培元.心灵超越与境界[M].北京:人民出版社.1998:4.

山前而窥山后谓之深远;自近山而望远山谓之平远。高远之色清明,深远之色重晦,平远之色有明有晦。高远之势突兀,深远之意重叠,平远之意冲融而飘飘渺渺。[①] 中国山水画与西方风景画不同的多点透视,让画家从仰视、俯视和平视三种角度观察和描绘景色。同样对于山水画"远"的追求,顾恺之也提出了"西去山,别详其远近"。(《画云台山记》)。古代山水画家在游览山川后,根据画幅的尺寸和构图,将风景在画面中重建,山水画就存在了郭熙提出的"可居、可游、可观、可赏"[②]的"游览性"特点。传统山水画大致分为横轴和立轴两种卷轴方式,观赏山水画的方式根据卷轴的不同有着固定的观赏模式(图3、图4)。但无论是横轴还是立轴的构图,充斥中国古代各大艺术门类的线性叙事也在其中显露出来。这些传统绘画为我们营造的也是固定的线性观赏空间,南唐画家顾闳中的《韩熙载夜宴图》就是典型的以横轴作为线性叙事的方式,横向画面以时间顺序将宴会分为夜宴、观舞、休息、清吹、宾客应酬五个部分。同理可得,欣赏山水画的方式也可以以横向或纵向的时间线涵盖春夏秋冬的不同景色,用空间的解构重新建构画面的时间性。

当以《山水情》为代表的水墨动画出现时,传统水墨山水画观赏里"一步一换景"的固定程式被打破。原本的水墨山水画都是静止的单幅画面,观者的鉴赏顺序大多在左右和上下中来回移动。但动画作为与电影相像的新型媒介,观赏者的眼睛成了制作者安排的"虚拟镜头",观者会跟随"镜头"或师徒二人的身影的聚焦一起游览片中的湖光山色。少年日复一日练琴,短片就用枫叶飘落、竹影伴月、荷花莲叶和大雪纷飞的意象和场景表现时光的流逝。师徒二人翻山越岭,泛舟渡河大多都是先出现场景,再出现人物身影,运用简单的镜头推拉摇移,配合淡雅的琴声,观者欣赏到的就是跟随主人公穿梭在赛璐珞上的前景、中景和后景之中,不知不觉间也增加了画面的空间纵深。《山水情》给予了传统山水画更有动感的观赏方式,运用基本的视听语言呈现出比俯视、平视和仰视更加多元的视角,但同时也有可能因为底片材料的约束,减少了画面的大场景,限制着传统整幅山水画磅礴气势的发挥,这都是动画的观察视角在《山水情》影片中对于传统山水画新尝试的得失。

---

① 郭熙著,周远斌点校.林泉高致[M].济南:山东画报出版社,2010.
② 郭熙著,周远斌点校.林泉高致[M].济南:山东画报出版社,2010:16.

图 3　　　　　　　　　　　　图 4

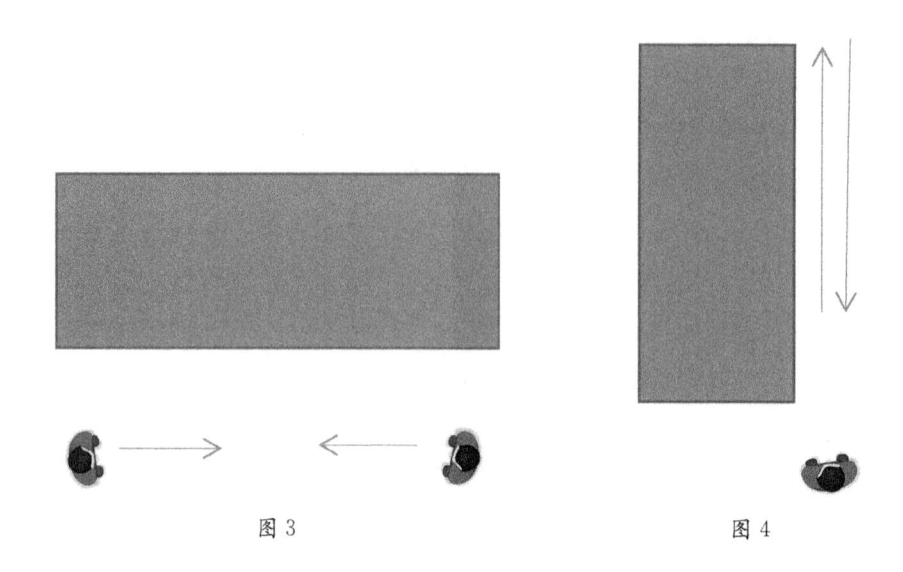

（二）《山水情》的叙事风格

在现代的博物馆会展中,新的技术媒介也被运用在传统中国绘画里,利用电子荧幕让《清明上河图》中的河流和人物动起来,小商贩高声吆喝,街头卖艺者舞枪弄棒,桥上的行人交错移动,船也随着河流飘动。有学术论文将这种新科技在传统绘画中的应用等同于动画的概念,显然该文章未能把握动画到底是"会动的画"还是"画的运动"的本质问题。因为银幕中这些运动的物体并没有带给《清明上河图》新的叙事性的意义,只是以平铺直叙的方式向观者展示北宋繁华街巷的风俗人文。而《山水情》中镜头语言配合音乐表现,结合所有富有生命感的意象运动与纯净的师生之情才给予了传统中国山水画新的活力。动画作为叙事性的文艺媒介其优势是"生命化"运动的叙事,而静止的山水画抒情才是其最显著的特点。动画将现实用幻象解构再结构,动画的奇幻性赋予了传统山水画更多的可能,在运动中全新阐释画面中的故事。另外,动画的本体性语言是动作表现,在《山水情》中不仅安排了人物的表演还有山川风景的表演,这些表演调动了观众们的情感经验,与观众产生共鸣。《山水情》相较于前几部水墨动画影片,带有主观强迫性的第一人称镜头仅占 5%,观众的欣赏几乎不存在"沉迷"的可能,大多数都是以第三人称的视角观赏山川景色与师徒二人的故事。山水画赋予水墨动画寄情的能力,同时动画以听觉真实感和视觉真实感,给静止的山水画增添了立体的叙事性。动画与水墨山水画和写意人物画的碰撞产生了《山水情》,《山水情》也成为中国传统艺术和传统精神的载体。

聂欣如老师在《吴山明的造型和〈山水情〉》中指出了《山水情》中出现的值得斟酌的问题:为了水墨情趣,人们在叙事上究竟要退让到哪一步?他认为影片并没有交代清楚琴师的身份和工作生活,少年的登高抚琴谢师恩也有着"强弩之末"的意味。保持一个有趣味性的观察距离,与投入到故事之中享受情节的悬念、故事发展的跌宕起伏的矛盾,在这部倾向于极端弱化叙事的影片中被凸显出来了,从而引发我们从叙事角度出发的思考。[①] 笔者认为,《山水情》中"犹抱琵琶半遮面"的叙事特色,也是其成为水墨动画经典甚至是世界动画经典的重要原因,"曲径通幽"的故事源头,老琴师的身份是个谜题才能成为这部影片留下的论题,故事没有跌宕起伏也正吻合了水墨山水的平淡雅致、娓娓道来的特色。除了《山水情》中叙事性的问题,"民族化"也是该短片被讨论的热点,同时也是当代中国动画不得不面对的问题,现在动画界出现了极端的多种立场,有人认为"民族化"已经是上个世纪的议题,在全球化的今日"世界的就是民族的",民族化的强制只会束缚中国动画的出路。动画民族化不得不面对着传统与现代的对立,近两年热门的动画大荧幕电影,都是选取《封神榜》中的人物原型再创的新式故事,有着借着民族特色的人物外壳讲西方故事的嫌疑。像二十世纪黄金时代的剪纸动画和水墨动画即使是高校动画毕业短片也少有出现,一方面是缺少了像美影厂一样的培养环境,缺少一批像《山水情》背后优质且有责任感的制作团队;另一方面是商业化和功利化的世界动画市场也让这种基调的动画短片没有生存的余地。

四、总　结

《山水情》中既有对中国传统士人高洁形象的刻画,也有将山水画这一旧媒介作为动画新媒介内容的新尝试。当中国的动画艺术扎根于本土传统艺术的沃土,就能获得更多的发展。二十世纪八十年代,无论是政治、审美还是市场等多重因素都在发生剧变,上海美影厂的动画终于突破了体制的蛋壳,但同时要面对的是市场经济下,美影厂大量工作人员南下进入动画公司发展的现实,一部《山

---

① 聂欣如.什么是动画[M].上海:复旦大学出版社.2016:188.

水情》也是美影厂工作人员们抒发个中情感的寄托。聂欣如在《中国动画的软实力问题》中提出了三点中国动画业未来长期需要面对的问题，其中就有着要探究中国动画特色能否有与他国有差异性的可能。水墨动画就是回答这一问题的完美答案，水墨动画中多种元素间的关联性和体系性能够建构出在世界动画舞台上的中国动画名片。

水墨动画作为具有中国特色的动画风格，是对传统绘画技术的"再创造"，也是对中国传统艺术精神的"再弘扬"。运用动画对传统进行现代化的继承，当现代性的价值观和审美遇上传统艺术形式，新媒介赋予了传统绘画更广阔的思维空间，水墨动画作品也已经给予后人大量的经验和示范。

(作者系杭州师范大学研究生)

关于艺术博物馆打卡式参观的反思
——以美术馆为例

李婷婷

随着经济和社会的发展,美术馆、博物馆已成为城市中公共文化的重要场所,丰富大众的业余生活,传播艺术知识。走进美术馆参观已成为越来越多观众丰富精神文化生活、提升美育素养的一种生活方式。而有部分观众却是抱着拍照打卡的目的走进展厅的,打卡式参观也愈来愈普遍,一些拍照效果好的建筑或展览在网上广为流传,甚至成为一些COSER(角色扮演者)、网红、UP主吸引流量和眼球的VOLG(视频博客)主题。美术馆似乎正以无比紧密的关系吸引着更多的新生代观众,但这种打卡式参观有时又好像还缺了点儿什么?参观"网红化"以及由此带来的一系列现象,需要审慎地看待。

一、社会背景

近年来,随着我国经济社会发展,在政府部门的重视和扶持下,我国的艺术博物馆专业化建设也在加速发展,兴建美术馆、博物馆已经成为一个普遍的潮流。随着物质文明的日渐丰富,社会公众的精神文化生活需求也在日益增长,大众在业余时间进入美术馆、博物馆参观已经成为一种生活方式。

二、美术馆参观观众的现状

近年来,全国刮起了一阵看展风,越来越多的观众进入展馆,美术馆发展空前繁荣。美术馆的观众一般都对艺术展览有着好奇心,但不同的年龄、专业背景和阅历导致他们的观展方式也各有不同。目前来看,进入美术馆参观的观众大概分为三类:第一类是从事艺术的专业参观者,这一类观众一般参观之前会提前了解艺术家及其作品的相关信息,在观展中,他们也会有自己独到的见解,且这类观众会时刻关注美术馆讲座等专业学术活动,是美术馆比较稳定的参观者;第二类是书画爱好者,他们的参观偏向于艺术普及,这一类观众根据年龄段的不同,参加成人、少儿等公共教育活动;第三类就是旅游打卡类观众,这类观众来馆内参观,只为和建筑、作品合影,不去理解展览的内涵,他们更热衷于参观一些拍照效果好的建筑,或是视觉冲击力强、效果震撼的展览。

三、出现打卡式参观的原因

在当今快节奏的生活之下,观众进入美术馆的原因有很多,如获取知识、社交维系、审美需求等多方面因素。而打卡式参观的观众不会在展品面前凝视、思考、体味艺术品的美,精神的体验被简化为一张张照片和点赞的快乐,虽能填补内心的文化缺失感,却失去了静下心来体验的乐趣。为什么会出现这种打卡式参观呢?究其原因,大概有以下几点:

(一)互联网时代带来的快节奏、碎片化生活方式

互联网时代,信息化对社会的冲击和构建是一个长久而又深刻的话题。网络空间不断刷新着人们的时空观,快速发展的网络社交媒体导致了社会环境的变化,而社会环境的变化也在改变着人们的生活和交往方式。朋友圈点赞、短视频留言等已成为人们展示生活、互动交流的平台,这也进一步刺激了大众的行为方式。打卡式参观刚好符合人们"晒生活"的这种心理,成为一种全新的社交行为。从本质上来说,打卡式参观是现代社会快节奏生活的产物,是互联网时代的文化背景下人们行为方式的转变。

（二）艺术作品的学术性与大众性难以找到平衡点

由于社会大众的教育背景不同，对艺术的理解和接受程度也不同。目前大多数美术馆展览的学术性较强，所要传达的艺术理念与普通大众的艺术审美和接受程度之间存在着一定差距。传统的艺术展览更趋向于"学院派"，美术馆的策展人多为馆内专业人员，策展的重点往往强调专业性，导致很多展览曲高和寡，与大众期待看到的展览内容不尽相同，对普通观众吸引力不足。视觉效果突出的展览能够吸引许多青年人前来，而一般学术型较强的展览，观众往往寥寥无几。

（三）新媒体推广上缺乏必要的差异化广度和深度

美术馆作为艺术展示的场馆，宣传和推广尤为重要，传统美术馆的宣传推广多依赖于纸质传播，而现在大多数美术馆开始探索运用数字媒体进行宣传，新媒体已成为美术馆宣传传播的主要方式。然而，现在大多数美术馆虽建立了网站和微信公众号，但实际功能主要集中在参观预约和展览、活动的通知上，如何针对不同观众的需求利用多元化的宣传方式增加艺术教育的深度，对公众进行长时间的艺术传播与培育，增强公众的参与互动，进而提升大众审美是下一步值得思考的方向。

四、如何从打卡式参观向艺术美育转化

随着经济社会的发展，越来越多的观众对艺术审美也有了更多的需求，开始注重个人艺术欣赏的深度与广度。美术馆应该为观众搭建一座感知艺术、体味艺术的桥梁。美术馆参观的价值并非简单地打卡拍照，而在于内在精神世界的填充。抛开"打卡"这一形式，追求真正有意义的仪式感至关重要。作为美术馆人，要学会探究和思考，如何转变思路，怎样把举办活动变为一种艺术普及，把美育工作落到实处，增加艺术推广的深度和广度，实实在在地让打卡式参观的观众也能看懂展览是一个亟须解决的问题。

（一）丰富展览的内容和形式

当越来越多的大众走进美术馆，其实对美术馆也就提出了更高的要求。需要美术馆引导大众看懂展览、爱上看展，并把观展变成一种习惯。观众走进美术馆欣赏艺术、感受美，这种欣赏是有一定门槛的，需要一个慢慢累积的过程，需要时间的沉淀。这就需要美术馆将展览深入浅出地传递给大众,才能吸引他们经常走进美术馆,让观展成为大众的生活方式,并发现展品的艺术价值。而现当代策展已经远远突破了传统美术作品的范畴,其形态不再局限于绘画的形式,艺术的边界被打破,策展的方式也就丰富起来,多元化的策展形式更能够丰富艺术的领域。

(二) 增加活动的艺术性和大众性

为了逐渐缩小美术馆的展览学术性与观众艺术审美之间的差异,解决观众看不懂展览、缺乏艺术感知的问题,美术馆的公共教育显得尤为重要,公共教育的目的并不在于培养艺术精英及专业人才,它是为了让广大观众感受到艺术魅力。想要做好公共教育,就需要针对不同年龄、不同类型的观众,开发系统化、体系化的公教活动,有针对性地传播艺术知识,这样,它的教育性和观众的需求才能够结合得更好,让观众们对专业艺术展览有一个逐渐接受的过程。通过不断的普及艺术知识,让不同层次观众的"看懂"展览,了解艺术知识之后再进行"拍照打卡",会让展品与观众的互动更丰富,发布的照片、文案也更有价值。

(三) 强化传播的深度和广度

信息时代互联网高速发展,美术馆从业者要顺应这种历史趋势,充分利用线上平台,利用好互联网不受时间、地点限制的特点,在宣传的广度和深度上下功夫。美术馆是传播艺术的平台,公众参与的深度和广度也是美术馆公共文化服务职能的重要评估标准。当今社会,公众对艺术审美的追求在不断提高,美术馆已不能局限于作为单向传播知识的机构,更要借助平台优势,将馆方、策展方、艺术家、社会公众集结关联,把握好流量与艺术教育的平衡点,共同传播审美思想,创造价值。

(四) 注重观众的体验和互动

美术馆现在已经成为一个城市中重要的公共文化场所,能够给人以审美、休闲的体验,而美术馆的发展以及提升大众的美育度,需要美术馆与社会公众共同努力,这是一个双向的过程。相对于传统美术馆展览的叙事性呈现,要想更好地吸引观众,就要站在社会大众的角度,以社会公众为核心,通过展览和公教活动连接艺术和大众,观众不仅可以观看,还能通过听觉、触摸等来进行沉浸式的体验,探索适合美术馆的观众参与模式,增加良性互动,从而吸引更多的观众,更能够增添文化活力,将优质展览及美育的范围扩大化。

五、结　语

　　美术馆不应是"打卡"的圣地，而应成为艺术交流的殿堂。在"打卡"热潮下，美术馆迸发出来的传播力量，恰恰为未来的发展提供了绝佳的机会。"打卡"是时代发展造就的一时的结果，真正想要走得远，还需要思想性和艺术性。美术馆想要吸引更多的观众，并留住观众，需要为大众提供高质量、多层次的艺术大餐，将打卡的热度延续成常态，树立起值得信赖的美术馆品牌，让进入美术馆成为一种习惯，增加"打卡"的内涵，让"打卡"有深度、有意义。

（作者系淮安市美术馆公共教育部主任，三级美术师）

中国画中"女性与古琴"形象探究

张六逸

古琴是中国最古老的弦乐器之一。清李渔《闲情偶寄》中论述:"丝竹之音,推琴为首。古乐相传至今,其已变而未尽变者,独此一种,余皆末世之音也。"古琴自远古时期就已诞生,与巫术有一定联系,其形制经历漫长的发展后在唐代基本成熟,西汉时期首次以图像形式出现在画像石(砖)和壁画中。随着文人的介入,古琴相比其他乐器有了特殊的艺术功能和审美意蕴,逐渐成为文人抒发情感的重要工具,"古琴"形象也成为中国画中极为常见的图像之一。在古琴弹奏者的图像中,以男性居多,但也存在大批女性,画家出于女性身份特殊性的考量,产生了新的创作方向与构思,运用不同的构图与编排方式,丰富了绘画作品的内涵,"女性与古琴"图像逐渐成为画家乐于尝试与记录的主题。

一、琴女之姿

有关人琴之姿的言论很多,各家分析不尽相同。笔者认为,画面中演奏的女性比起男性身形较紧收,两腿并拢,更为文雅。然而有些画家也不会过于注意这一问题,为了突显女性抚琴者的性格情趣,或者为了刻意营造惬意随性的画面氛围,琴女之姿的关系也逐渐变得开放且多样。

笔者通过图像对比,认为在琴女之姿中共出现了抱琴、取琴、调琴、抚琴、听琴、停琴六种情况,依据其产生的情节分析,将抱琴、取琴与调琴归为第一类,画面截取的都是女性主人公在备琴或行走的瞬间,它们多表现女性与古琴独特的情境与氛围。抚琴、听琴与停琴为第二类,其中抚琴与听琴是正在演奏的艺术表达过程,停琴时抚琴者沉浸于抚琴状态下,这种思想活动同样也应当包含在艺术表达中,故而笔者将其归于一类。

(一) 抱琴、取琴与调琴

总体而言,抱琴图出现的比例较大,抱琴者为女性主人公本人或随行侍从。高士携琴访友或携琴远游的场景中存在大量的男性抱琴图,满怀文人抱负,逐渐发展为文人画家十分重要的创作题材。但在女性抱琴的图像中,远游的情况相对少见,更多存在于一些特定的场景描述。这也导致大部分女性抱琴图出现在室内或庭院等日常活动范围中,与男性抱琴图产生了很大差别。由于女性多在有限范围内活动,抱琴时,琴身多无琴包。如清佚名的《仕女琴棋图卷》中,侍女侧身斜抱着琴,琴面或琴身直接朝向观者,这样的女性抱琴图较为常见。

另一方面,与男性相比,女性抱琴或携琴的身形更加优美,富有动态,清黄慎的《携琴仕女图》、清改琦的《抱琴仕女图》、明佚名的《千秋绝艳图》等作品中,女子皆携琴缓步而行,身形款款,抱琴回首的姿态致使身材的曲线起伏更为有致,极富美感。为了突出女性自身优美的身形,女性抱琴图中的古琴也相对更为修长。在女性抱琴的姿势选取上,画家不会首先关注古琴重量与形制等一系列现实问题,而是以凸显女性的美为主要考虑因素。

取琴图也是一种常见的姿势,一般表现为两位女性相对而立,一位托琴,一位取琴囊。以唐周昉的《挥扇仕女图》为例,画面中部绘有"解囊抽琴"的场景,一位仕女向左侧身,双手上下抱琴,琴身裹着琴包,另一位仕女向右侧身,右手扶着琴底,左手掀起琴包,正在解囊取琴,这两位仕女与古琴共同形成一个闭环。这样两人一琴的组合几乎涵盖了所有的女性取琴图。

调琴图并不多见,最具代表性的是唐周昉的《调琴啜茗图》。一位宫女坐于石上,正在调试琴弦,左手中指拨弄第 4 根琴弦,右手旋转琴轸。调琴是弹琴前的准备工作,抚琴者需要先将琴音调至合适的音调,再进行演奏。画家选择如此不刻意的场景进行绘制,突显了女性平凡的日常。调琴也像生活中的小情节,虽不显眼,但能传递出女性在日常生活中随性惬意、不特意修饰的生活情态,更加真实生动,同时也充分摹写出属于女性自身的独特审美特色。

（二）抚琴、听琴与停琴

抚琴与听琴作为正在演奏的状态，是画家最喜欢选择的主题。两者之间关系密切，在所有听琴图中，听琴形象全部伴随着抚琴形象一同出现，画家需要通过抚琴形象来表现音律性，从而侧面衬托听琴者，五代周文矩的《宫中图》与清严湛的《赏音图轴》都属于典型的抚琴与听琴图。《宫中图》出现了一位弹琴者和众多听琴者。《赏音图轴》也出现了一位弹琴者和两位听琴者，旁立一名侍从，这里的听琴者中还出现了男性。当然，抚琴形象可以是单独出现的，也存在没有听者的女性单独抚琴的图像。

停琴处于抚琴前、抚琴间隙或抚琴后的时刻，抚琴者或在思索琴音，或在中途小憩，或在回味无穷。顾恺之有言："意存笔先，画尽意在"，所言指绘画创作前需要有构思酝酿的过程，且画作完成后意蕴不尽。音乐演奏与绘画创作一样，需要提前带入琴境，也需要时间才能从演奏的情感中抽离，这些为了艺术构思的思想活动以及沉浸情景无法自拔的情感波动，也应当都归于演奏的一部分。

停琴图中绘闺秀的较多。明丁玉川的《设色独坐弹琴图》刻画的就是一位在庭院中停琴而思的闺房之秀。另有清费丹旭多幅《仕女图》绘制了相似的停琴状态，他笔下的停琴女子也多为闺秀，可以望见，画中女子伏于琴上，手撑着头，沉思冥想。清改琦的《停琴待月图》《记曲图》《仕女》等作品也表现了十分典型的停琴图。相对抚琴与听琴，停琴的画外之意更深，因此，画家常用停琴形象表现思乡、爱国等浓烈的情感。

琴女之姿的多种组合形式与画家想要传递的情感息息相关。不同的人琴之姿导致了女性不同的身形动态，女性与男性身份的区别使相似的画面也传递出完全不同的情绪心境，以上对六种琴女之姿呈现的不同形态做出详细分析，也是后文深入分析"女性与古琴"图像审美意蕴的重要参照条件。

二、奏琴之境

作为背景与环境，奏琴之境与人琴之姿是不可分割的。基于此考虑，笔者按照空间分布，将奏琴之境分为"室舍琴韵"与"自然琴景"两类。另有一些画作，虽同时出现了"女性与古琴"图像，但古琴只作为背景中的装饰与摆设，并未与女性产生姿势上的直接关联，笔者将此类画作列入"无人琴境"。

（一）无人琴境

古琴作为装饰与摆设，多直接袒露在桌上或包裹琴包，主要塑造衬托画中女性，营造特殊的氛围韵味。女性知书达理、温婉娴静的形象通过放置的古琴跃然纸上。

这种情况极为常见，明吴伟的《武陵春图》中绘江南名妓武陵春画像，石桌上的古琴处于武陵春正后方的醒目位置，它对画面情感的表达无实质性影响，但武陵春善琴、有学识的江南才女形象更深入人心。明陈洪绶的《授徒图》中的古琴也有此效果，画家依旧以古琴的摆放位置来突显其重要性，以塑造女性形象。

不仅如此，古琴作为装饰与摆设也有可能连结画面的故事情节发展。明陈洪绶的《宣文君授经图》绘制宋氏"隔绛纱受业"传授《周官音义》的场景。画面中，宋氏正前方的桌上放着一把用红底金纹的琴包包住的古琴，以绿线束之，这把古琴处于宋氏与众弟子之间的重要位置。《周官音义》记载了周礼，音乐之于周礼是绝对无法忽略的。宋氏传授周礼，必定会亲自操琴，因此在这里出现的古琴也成为场景还原与思想传达必不可少的重要物件。另有极富故事性的北宋《乞巧图》，亭内的两张桌子上分别预设了古琴等一系列乐器，这些乐器尚包在囊中未开启，预示即将会有一场演出上演。古琴的出现将场景故事引向富有情节性的方向。

作为摆设与装饰出现的古琴，与女性没有直接接触，它们衬托修饰画中女性，同时也可能成为画面故事的重要一环，引导画作的情节发展，使无人之琴境散发出独特韵味。

（二）室舍琴韵

由于空间的封闭性，狭小的室舍会将女子的情绪，多为深闺愁绪，更清晰地传达。但一般情况下，画家会选择相对开放式的构图，以增加画面的层次感与空间感。完全封闭的室舍空间，多在表现闺秀或艺妓等民间女子时出现，多为一位或多位女子的竖轴画像。

相反，宫廷内苑的描绘则多为长卷形式，此类画面一般为女性群像，画家直接刻画宫殿、厢房或亭台的全貌，将"女性与古琴"形象安排在某一处屋内或廊下，如明仇英的《汉宫春晓图》、清佚名的《仕女琴棋图卷》等，女性与古琴虽然被笼罩在建筑下，但前方一定透风可视。这与画家的表现方式有关，画家希望能将女性的面貌完整呈现给观者，于是将女性的前方设置得毫无遮拦，只在她们的旁侧与后方做文章。

闺房场景也是开放式室舍空间的典型，如清费丹旭的多幅立轴仕女画，观者可从闺房系起的窗户中，向内窥见女子停琴或弹琴的身姿。清改琦的《四屏仕女人物画》中有一屏绘室舍内女子停琴而思的画面。松绿的轩窗半开，两位女子满面笑意，似正在谈论琴中之意。这类立屏需要在有限的空间内表现出纵深感，增强画面的深远之意，开窗可自室舍通往另一个空间——古树参天的庭院，也能营造出闺房中的书香之气与琴韵之意。

画家运用开放式的构图，将室内室外两个独立空间融为一体，这与绘画本身的二维空间特性有关，费丹旭与改琦都通过开启的窗户达到了这样的效果，但二者的画亦有区别，费丹旭从庭院的视角出发，窥进室内抚琴女子的倩影，而改琦则正面描绘室内场景，二者采取了不同的视角表达同一种构思，本质是相同的。

（三）自然琴景

人物画中对自然环境的描绘，并不孤立存在，必定是为了烘托人物的个性情调，只有画中人物与自然环境相得益彰，才能产生和谐的艺术效果。因此，画家将女性抚琴的图像安排在一些特定的自然环境中，产生了独特的艺术效果。

同文人一样，女子抚琴与自然山水也是分不开的。与室舍空间不同，室外环境更为广阔。画家会根据女性抚琴的现实情况，将奏琴的自然之境分为两种，分别设置在宫苑庭院或自然山水间。

宫苑庭院更为常见。有学者认为："当美女形象逐渐脱离礼仪建筑成为独立绘画作品，自然会出现将人物所属的宫苑环境移入画面内部的企图和实践。"宫苑为宫廷仕女画的主要场景，唐周昉的《调琴啜茗图》中调琴的丽人姿态随性、悠闲惬意地坐在庭院内，更加突显了丽人们的日常情趣。庭院常出现在闺秀之景中，如明丁玉川的《设色独坐弹琴图》、明陈洪绶的《授徒图》等。与之不同的是，在自然山水中奏琴，女性主人公与古琴显得格外渺小，仿佛只是天地间的一粟。身处浩瀚宇宙中，琴音似乎更加悠扬通灵，女性所弹所奏的情感与天地相通，也更加坚定地传达了女性抚琴时的微妙情绪。

画家对奏琴之境的选择，与人琴之姿以及抚琴者的身份有着密切联系。选取宫苑庭院与自然山水，一部分与画中女性的身份密切关联，另外也与画家想要传达的情感或立意息息相关。而在室舍内，开放性空间占据主体地位，半封闭的构图使画面更显空间与层次。这两类奏琴之境几乎涵盖了所有出现"女性与古琴"图像的情况。在关注人琴之姿的同时，我们也需要重视奏琴之境，只有将两者结合而观，才能以全面的视角观察研究"女性与古琴"的图像。

三、女性古琴的琴心抒发

不同绘画情景下,女性抚琴的情绪不尽相同,女性抚琴时所表现的情感与她们经历的见闻轶事,受到的思想教育以及当时的社会环境息息相关,或为个人之思,或为天下之情,本章笔者主要对闺怨之愁情、缱绻之爱情、家国之深情三点加以分析,探讨绘画中抚琴女性的独特审美内涵,突显女性之琴的魅力。

(一)闺怨之愁情

女子抚琴之情,往往以愁怨居多。女子心生愁情有许多起因,锁深闺的寂寥、失宠于男子的落寞、对花草节气的感伤、无法归乡的思念……这些别样的情绪致使女子为解愁而独自抚琴。

深阁中的闺秀们,最能借琴消愁,清代才女王韵梅在《行香子》中写道:"闲拂冰弦,闷拂云笺。总无聊、狼藉愁年。黄昏小坐,白日闲眠。叹意阑珊,情萧索,恨缠绵。"明代丁玉川《设色独坐弹琴图》中,女子停琴独坐,青草幽幽,竹石点缀。画上跋:"独坐堂前日又斜,绿杨摇翠透窗纱。解愠鸣琴弹一曲,不为春愁不为花。"琴景交融,她心中的忧愁并不是因为春的消逝与花的凋零,而是想到这样美的景色只有自己一人日复一日观赏。清改琦《停琴待月图》里,女子在绿意宜人处,伏于琴上,任随时间流逝,等待月色降临,将渺渺琴思融于自然之景中。

又有清随园老人袁枚的女弟子金若兰的诗《囊琴》:"竟作囊中物,空山月满林。无弦亦如此,应为少知音。"这里的抚琴女性更有一种在自然山林中寻求知音的文人情趣。这些知识女性所作的诗句,也有着与《设色独坐弹琴图》中的抚琴女子相似的心境。世间各种事物微小的变化或消逝,都有可能让她们的内心受到触动与感伤。由诗画皆可见,同文人远离尘俗,隐居山林一样,女子也会去往自然山水中,抚琴赏景觅知音,她们的愁怨从闺阁走向了自然。

宫中女子的愁绪也常常溢满心间,譬如汉皇后陈阿娇失宠后请司马相如作《长门赋》中有:"悬明月以自照兮,徂清夜于洞房……忽寝寐而梦想兮,魄若君之在旁。"后以此为题也有古琴曲《长门怨》。又有王昭君出塞后"作怨旷之歌",《怨词》有词曰:"离宫绝旷,身体摧藏,志念没沉,不得颉颃。"以相似之情创作而出的古琴曲亦有许多,譬如《汉宫秋》《关山月》《湘妃怨》等,哀而不伤,怨而不怒。这些宫中女子的愁绪以音乐、文学的形式流传下来。

王昌龄的《西宫春怨》云："斜抱云和深见月，朦胧树色隐昭阳。"唐权德舆的《杂兴五首》云："琥珀尊开月映帘，调弦理曲指纤纤。"这些诗句皆表现出女子们"借琴消愁"的心境，在细看唐周昉《挥扇仕女图》时也能发现，女子们面含幽怨之色，抱琴的仕女蹙眉低头，面露愁情，她们虽身处华丽的宫廷，有丰富的物质生活，但精神世界却极度匮乏，需要找寻各种娱乐活动转换心境，弹奏古琴就是很好的消愁方式，女子的闺怨情愁就这样弥漫于画中。

(二) 缱绻之爱情

古琴的表达不受空间限制，又可使人类的情感艺术化，自古至今，不管在典故中还是在现实中，古琴都是男女之间传情达意的绝佳载体和良媒。《诗经》有记："妻子好和，如鼓琴瑟"，可见先秦时古人已然将古琴比拟爱情。

又有西汉卓文君与司马相如以《凤求凰》定情，元王实甫的《西厢记》中崔莺莺与张生借琴传情达意，明高濂的《玉簪记》第十六出《弦里传情》中道姑陈妙常与书生潘必正以琴相约等广为流传的故事，为画家的创作提供了更多元的素材。

王实甫的《西厢记》描述了崔莺莺与张生夜晚隔墙听琴之景，张生借古琴曲《凤求凰》表达自己的爱慕之情，琴音绵绵，爱意缱绻，二人虽未谋面，却借着一首传世琴曲互通情意，琴音所附之情感，比言语更真切更细致。寂静夜中泠泠之音回荡，女子的心都随着琴声飘去了。这样的爱意的表达其实沿用了司马相如与卓文君隔着屏风借琴传意的爱情佳话，卓文君所言"愿得一人心，白首不相离"道出了他们的痴情。他们的爱情都是突破世俗之见的。

《西厢记》有众多版本的卷轴画和版画插页传世，最著名的有张深之本、闵齐伋本、刘龙田本、弘治刊本。在其中一些刊本中，描写琴音的原文所对应的画像并没有出现古琴图像，只描绘了无人无琴的庭院夜景，画中却似飘有阵阵琴音。布颜图在《画家心法问答》中言境界是"隐显叵测"的，亦是"无穷"的。画中万物皆在变化，画中之意境也变幻无端，有无相生，在有人有琴之境中，插入一幅无人无琴之景，"笔外有笔，墨外有墨"，画中实景所发散的意境才是真正超越宇宙本体的，观者所见是画中有限的描绘，但所思却是画外无穷之意境，崔莺莺与张生二人缱绻的爱意，充斥在空寂的庭院中。

其实，女子听琴亦是对琴意的再解读，男子的琴意中对女子的爱慕之情昭然若揭，女子隔墙聆听时，从抑扬顿挫、轻重缓急的琴音中慢慢体会到了男子的一片痴情，被炙热的情意所感动，她们对琴意进行了再解读，与抚琴的男子情意相通,这便是借琴传意的奇特之处,使无法见面的两位痴情之人相互理解。在无声的绘画中,关于古琴的描绘与琴音的呈现也会让画面更加言有尽而意无穷。

(三) 家国之深情

女子抚琴,当然也并不只是为了伤春悲秋或情爱往事,她们亦有为家为国的无限壮志豪情。

最典型的怀有家国之情的画中抚琴女子是东汉蔡文姬。蔡文姬父亲蔡邕的文学家身份,使得她从小就耳濡目染在文学艺术的家庭氛围下。蔡文姬十分精通音律,朱长文《琴史》记载:"(蔡琰)妙音律。邕夜鼓琴,弦绝,琰曰:'第二弦。'邕故断一弦,问之,琰曰:'第四弦。'皆不差谬。"

《胡笳十八拍》是蔡文姬被胡骑掳去12年后的归汉途中所作,包含了蔡文姬对中原浓厚的情谊。与之相关的传世古琴曲有许多,如大小《胡笳》等。文姬出塞的故事蕴含着浓浓的思乡爱国之情思,《胡笳十八拍》不仅琴曲有名,更有多幅绘画名作传世,后世的画家们多围绕《胡笳十八拍》的歌词进行创作。由《胡笳十八拍》之词,我们能看到蔡文姬对家国磅礴的情思:"干戈日寻兮道路危,民卒流亡兮共哀悲。烟尘蔽野兮胡虏盛,志意乖兮节义亏","我非贪生而恶死,不能捐身兮心有以。生仍冀得兮归桑梓,死当埋骨兮长已矣"。

蔡文姬从流亡胡中的亲身经历出发进行思考,满心都是对百姓的同情,对家国的思念。在连绵不休的战争中,想要安稳地生存变得分外艰难,蔡文姬被掳去胡中的同时,也看到许多黎民百姓与她一样流离失所,痛苦难当。"城头烽火不曾灭,疆场征战何时歇。杀气朝朝冲塞门,胡风夜夜吹边月。"文姬觉得自己只得在胡中苟且偷生,违背了内心之本意,丢失了节操,内心有愧。画中的文姬有时携琴远眺,她或许在遥望着城头未曾熄灭的烽火,思虑残酷的战争何时才能停止,又或许在望着杳无音讯的故乡的方向,盼望着能早日归家。文姬将自己对流离的惆怅,对家国的思念,对百姓苍生的共情都寄予渺渺琴音之中。

如文姬般的女子,心中之大义不输男性,以天下为己任,但内心无可奈何,只能以抚琴消解或者宣泄情绪。在这种艺术表达形式中,女子的情思被艺术手法进一步扩大,不用言语的力量,便能处处萦绕挥之不去的审美意趣,而画家只用对女子一颦一眼、举手投足的描绘,便能使画纸充满丝丝幽情。

情趣的不同致使"女性与古琴"图像表现出各不相同的审美意蕴,与"男性与古琴"图像相比,"女性与古琴"图像也会表现愁情、爱情与家国之思,但女性在社会地位上普遍处于男性的统治下，她们的视角更多局限于小范围中，也更阴柔更缠绵，因此表现出与男性不同的独特的审美意蕴。

总　结

　　本文的创新点与贡献在于，在学术界研究绘画中"古琴"图像之风逐渐兴起时，从独特的"女性"角度切入，形成一个新的命题，突破男性视角而观"古琴"图像。尽管女性相对男性行动受限，地位低下，但在以男人为统治中心的社会，女性的活动依然为文艺题材的范围与发展作出了贡献，这些绘制女性的作品经过历代发展，逐渐具有了与其他题材一样高的艺术价值。而作为一个与文人群体联系紧密的乐器，古琴在文学史、艺术史上都有着其他乐器无法与之比拟的地位，这样的特殊性对女性弹奏古琴也产生了强烈的影响，古琴在女性群体中同样不只是单纯作为一项乐器存在，它同时传递着女性深切的情思。

　　反映到画作中，"女性与古琴"图像出现时，画面的构图设计与审美意蕴都异常丰富。如本文所论述，女性的身形更为婀娜，女性的美与古琴的雅相融，在视觉上就能碰撞出独特的火花，在画面的意境与意蕴上更是如此。女性有着与男性截然不同的思考角度，画面中女性与男性传递的情感看似相同，譬如愁情、爱情、浓情，但这些情绪的激发源头却是不同的，产生的抚琴之思从具体上细究是完全异于男性的。这也最终导致了该题材绘画创作作品丰富度的大大提升。

（作者系江苏省文艺评论家协会会员）

路径与心迹
——画家江轸光的家国情怀

曹国桥

  江轸光(1900—1989年)与世纪同龄,早年私塾读书期间读了大量四书类书籍,幼年时期就树立了"修齐治平"和"穷则独善其身,达则兼济天下"的文人理念。从上海美专毕业后,由教育工作者的身份进入社会,并由所接触到的职业教育的不足与缺陷,开始树立变革的信念,日本帝国主义的侵略战争并没有给江轸光先生施展抱负的机会。战争爆发后,江先生不为日军作画,积极参与各类群众运动,发起"涛社",一介文弱画家依然用自己可行的方式践行爱国主义的信念。1960年,江先生在扬州市政府的支持与帮助下筹办组建扬州市国画院,在物质极为匮乏的时代,一度将家里桌椅搬到画院办公,身先示范并组织画家创作了大量现实主义和爱国主义美术作品。江先生是一位德艺双馨的艺术家,他在中国画创作方向上的改良与成绩值得被美术史记录,他一生满怀斗志抒写的家国情怀也不应该被二十世纪美术史湮没。

一、求学与志向(1900—1922年)

  江轸光出生于扬州中医之家,家中人口较多,上有四姐,生活虽然维持艰难,但是从小备受呵护。六岁起上书房,读了大量四书类书籍,这些为其树立"修齐治平"和"穷则独善其身,达则兼济天下"的人生信念奠定了基础。小学毕业后因家庭困难而放弃读书,后来不甘心,一年后自行找到几乎免费读书的第五师范学校。读书期间,恰逢"五四运动",在学校教育和社会环境的影响下,江先生称自己这段时间有了"狭隘"的爱国主义思想,有了"仇日"情结,只是不懂得做些什么,更不知道革命。此外,对于江先生而言,更为重要的是遇到影响一生的恩师吕凤子先生。江轸光曾反复提及当时吕先生是最受大家敬佩的老师,其做人做事乃至个人喜好都被大家看到眼里、记到心里,更是潜移默化地影响着他。比如江先生曾说:"吕先生在群众的眼睛里是清高的,而我此时也种下了清高的观念。"因为对吕先生格外敬重,江轸光对这份师承关系尤为看重。这个榜样的力量,使江先生爱上美术,而且开始立下将来成为一名教师的志向。

江先生毕业后如愿成为一名小学教师,貌似实现了早年的愿望,但或许是小学教师的平台无法让他实现更多的人生追求,抑或是踌躇满志的人生抱负难以在此施展,一年后,随着父亲收入渐丰,加之于好友处筹借的钱款,江轸光先生终于有了投考上海美术专门学校的底气和决心。1921年9月,江先生以优异的成绩直接插入西洋画科二年级。在此期间,吕凤子先生再度成为江轸光的授业恩师。美专的学习不仅开阔了他的眼界,更重要的是,让他开始对时代进行思考与判断,"狭隘"的爱国主义思想也在不断重建,未来的人生走向也逐渐清晰。

江先生定义自己这个阶段的爱国思想是狭隘的,是藏于心底的,更是不知道如何去表达的,一方面要归结于时代的混乱;另一方面在江先生看来,无论是私塾,还是学校教育,读的大都是哲学和艺术理论,都是形而上的,不学实术的。从另一个维度讲,江先生此时对艺术兴趣盎然,对于艺术的理解也是单纯和纯粹的,是与政治绝缘的。因此,此时的江先生对政治并不关心,一门心思想做一个置身事外的画家,做一个中学教师。

二、教育事业推动者与探索(1923—1937年)

1922年9月,吕凤子先生开始担任江苏省立第六中学(镇江)校长职务,此时的学校一片狼藉。因受学潮影响,学校秩序混乱,正常的教学工作都无法展开。先前的校长曾遭到学生驱逐,而后代校长刘永翔任命后遭到当地士绅反对,以至于后来的被推荐者张景欧不敢接替。

"我邑省议员胡尹皆允公老伯,约同镇属省议员仲念周、杨兼华等六七人,到南京同省厅交涉,并一致推荐凤先生接任校长。省厅厅长对凤先生甚为钦佩,便予同意,但凤先生却固辞"①,在多位省议员的推荐与邀约下,吕凤子先生方勉强应允。吕先生上任后做了大量工作,力图改善学校生态。他设立了中学美术科,并以人才引进的方式吸引人才。江轸光于1923年春天从美专毕业后,便应吕凤子先生之约前往江苏省立第六中学担任美术老师。荆位辰作为当时的学生,曾经回忆当时去校长室拜访吕校长时,恰好"进来两位老师,吕校长当场给我介绍说:这两位是江轸光、乌树养老师,教图画的,今后要多多向他们请教"。②字里行间,满是吕先生对于两位爱徒的重视和满意。

初来乍到的江轸光看到学校亟待完善的局面也有很多不满和想法,尤其对于美术学科颇有感慨:"其实,我对工作上的看法是要把美术这一科弄得非常出色,讲求设备,要在展览会上出风头,要使投考大学艺术科的同学个个录取。至于当时的教材内容,完全是从个人兴趣出发的,完全是那种形式主义的一套教学方法,自以为是而逐渐以老资格自居。"1927年第六中学重组,吕先生随即卸任,之后几易校长。江轸光在此期间常常反思学校教育制度,不断改进个人教育方式,同时,对于他对学校的"形式主义的教学方法"愈加不满,也时常反思,一度为自己竟然成为形式主义教学方法"忠实的执行人"而自责。在不断的反思与总结中,江轸光一方面在不断进步,受到大家的认可和尊重,同时,也在为更好地解决教育问题寻找机会和方法。

1934年,高校毕业生就业形势十分严峻,继而发生北平大学生职业同盟运动,高校毕业生的就业问题、教育体制层面的改革都在被迫进行。同年,中华职业教育社订立了职业教育的目的:一为谋个性之发展;二为个人谋生之准备;三为个人服务社会之准备;四为国家及世界增进生产力之准备。同年,江苏省立镇江师范学校(此时江苏省立第六中学已更名为江苏省立镇江师范学校)校长曹漱逸从日本参观回来,并盛赞日本小工艺与工艺教育非常发达。感受到国内职业教育的革新浪潮紧迫,江轸光突然萌发到日本学习的想法,这样回国之后搞工艺美术教育或者工艺生产,既能更好地解决当下的学校教育和毕业生就业问题,还可促进职业教育的发展。此时的江轸光已工作十二年之久,并且取得了一些成

---

① 朱沛莲.吕凤子先生事略[M]//镇江市政协文史资料委员会、丹阳市政协文史资料委员会.吕凤子纪念文集.南京:江苏人民出版社,1993.
② 荆位辰.沐浴春风十五年[M]//镇江市政协文史资料委员会、丹阳市政协文史资料委员会.吕凤子纪念文集.南京:江苏人民出版社,1993.

绩，便提议由学校向伪教厅申请，从而获得了前往日本学习中等学校的工艺教育的机会。7月，江轸光同居小石、高季可共同奔赴东京工艺学校以见习名义研究木材工艺制版、印刷工艺和学习制度。与此同时，他还不肯放松对于"纯艺术"的研究，想着珍惜这次来之不易的机会，他热爱的美术创作也能有所收获。他一边与上海美专老同学乌叔养一起前往日本帝国美术学校，一边同金原省吾教授学习中国画史和中国画论。

1935年6月返国，回到镇江师范学校，此时"国内大中学的学生毕业就是失业，大家都认为这是由于学了一些不切实际的学科的原因，假使有了技术，就不愁没有职业。如果把在日本学习的一套技艺套搬过来，是不是适合？"这是留学归来江轸光的反思。同时，扬州中学已经创办了女子生活学校，南京创办了农业的生活学校，江先生决定在镇江师范学校办工艺的生活学校，学校委托江轸光担任班主任同时兼任高中美术科的美术教师。

1937年秋，抗战开始，学校被迫解散，学生未能完成学习。学成归来的青年正准备以满腔热血投身于社会教育的变革，却被突如其来的战争打断。江先生对日本帝国主义更加深恶痛绝，并感慨"今天才认识到一个半封建半殖民地国家的人民经济是完全掌握在帝国主义和官僚资本家的手里的，如果不从根本上去进行革命打倒反动统治，人民的生活是始终不会改善的"。

三、革命事业参与者与路径（1937—1960年）

抗战开始后，学校解散，社会动荡不安，江先生的生活也几经波折，1938年冬月，父亲去世。1940年，江先生与长子江山因慢性肺炎，大病一场，江先生最终辞去了别人先前介绍的教导主任的工作。此时的江先生无比痛恨日本帝国主义，为了保存"气节"，拒绝做汉奸，他搬家到乡下，靠卖画艰难度日，同时利用留日所学的小工艺与友人办厂。江先生每天阅读书报，尤其关注时事。

1945年9月，在抗日战争胜利之后，因难掩喜悦与兴奋，江轸光与陈含光、鲍娄先等人发起成立扬州著名书画团体——涛社。社中成员皆为书画界追慕石涛、坚守民族气节且有志于复兴中国画艺术之士。陈含光《涛社记》中记载"乾坤再辟，欢欣鼓舞"，认为石涛作品"卓然超百世而无与匹"，他对中国画的革新"举八载抑郁堙塞之气，吐为祥云，化为和风""抒蕴蓄之怀，发新兴之光，为艺苑一洗颓靡消沉之旧"。石涛发之于画的民族气节,激励着涛社成员,社团切磋书画技艺,举办画展,也展示了他们复兴中国绘画艺术的决心。

1947年,江轸光任南京国立音乐学院艺术概论课教师,并与徐悲鸿、吕凤子等人参加教育部组织的全国中学《实用技艺》课本的修订。后来,他在扬州中学任美术教师。江先生很早就看到了延安文艺座谈会上的讲话,只是当时并未理解讲话的精神,并感到自己的一些美术技能无处可用,甚至一度与朋友做起了工艺社,后来再度做起教师。在新社会、新事物的不断感召下,在不断与国民党反动派的对照下,他对党逐渐由信任、敬佩到热爱。1949后,他用画笔参与宣传,由于表现突出,多次受到表扬。1951年,新中国成立不久,百废待兴,发展经济,保障供给,成为党和政府的重要工作内容。在销售渠道较为贫乏的当时,举办展销会,是服务群众、展示成果、宣传产品的主要活动形式。当年5月初,中共苏北区党委、苏北行政公署在扬州举行了一次"物产展交会"。江轸光参与了活动的举办。活动闭幕后,江先生对于艺术、对于群众教育的力量有了新的认识,对于文艺座谈会上的讲话也有了进一步的思考,认识到艺术必须符合人民的需要,艺术必须为工农兵服务。以至于在后来每次举行大游行或者什么运动之时,江轸光总是尝试在艺术宣传上能做到一次比一次不同,表现出更新更大的活力,使广大群众能受到鼓舞,以达到政治教育的要求。参军参干运动开始后,江先生积极参与运动,日以继夜地搞着艺术上的宣传工作。后来得知自己在交大读二年级的儿子江山也要参与,毅然决然地鼓励他报名。尽管江轸光在背后也十分担忧其安危,甚至一度失眠,但他不断告诫自己:"我们不能期待和平,必须争取和平,我的儿子不去参加,教谁的儿子去参加呢?"不安的情绪也就得到了缓解。

如果说青年期间对于家国的热爱,是在个人所从事与热爱的行业中投入革命的热情,推动社会在本层面的变革的话,那么在此期间,在社会大动荡的浪潮中,在江先生所热爱的事业不得不终止的背景下,他做出新的选择。在不断对比与发现中,在对于共产党不断地敬佩、热爱与感动中,江轸光的爱国主义情感不断升华并且有了寄托。

四、画院领导者与心迹(1960—1989年)

1960年初,江轸光受命开始筹备扬州国画院的成立工作,4月20日,扬州市国画院成立，江轸光任院长，这是继北京、上海、南京之外，全国成立较早的地市级画院。此时的扬州，依然是贫穷落后的中国的一角。画院的办公经费极为紧张，不足以维持画院的正常运行，以至于江先生将自家桌椅搬至画院用于办公，将笔墨纸砚拿来共用，将家中藏画作为教学范本用以示范和讲解。在这样严苛的条件下，画院不负使命与担当，一边致力于中国画的革新与拓展，一边注重培养、引进人才，以艺术作品回馈人民群众。画院最初聘请董庆生、李圣和、何庵之、宗静风、陈谷平为画师。1962年，又增聘王板哉、吴砚耕为画师。他们来自北京、上海、南京和扬州，或接受过良好的高等教育，对于中国画创作与研究有着深刻的认识；或接受过传统师徒授受式的中国画教育，对于中国画笔墨有着系统的把握。比如，王板哉毕业于国立北平艺专，曾受教于齐白石；何庵之早年就读上海美专；董庆生来自南京大学，曾受徐悲鸿先生指导；李圣和、吴砚耕均来自扬州书香世家，家学渊源深厚。1963年，画院集中力量创作并挑选出107幅新作赴扬州各地巡回展出，配合"农村写生素材观摩会""农村写生作品展"等活动的开展。文化部《农村文化通讯》还做了专题报道。1966年江先生组织画院全体画家集体创作组画《方巷大队民兵学习毛泽东著作》，后来作品在《东海民兵》杂志第五期发表等。这些活动不仅响应着时代旋律和呼唤，讴歌共产党，歌颂新时代，而且在中国画笔墨与时代性改造这一课题上做了大量的尝试与探索。

《晓窗雪霁》作于1964年，江先生以焦点透视描绘了座椅、书桌、老花镜、书籍、学习笔记、茶缸、台灯、窗帘，还有梅花，窗外留白的处理更加深了白雪皑皑的意向。其中毛主席诗词三十七首惹人醒目，翻开的书页所呈现的诗词《卜算子·咏梅》与窗外的蜡梅做了非常有趣的呼应，红色书籍更是将场景的日常化与生活化表现得淋漓尽致。作品中虽带有西方的透视化与塑造的写实感，但是用墨的干湿浓淡与用笔的勾皴点染，以及画面中的主观处理与主题营造，都包含中国画的意味和爱国主义情感。

1972年，江先生体力不支，申请退休，开始了单纯的个人创作。画为无声诗，诗为无声画。画家抒情达意的方式就是美术创作，晚年江先生创作了大量的爱国主义书画作品，书写了大量的毛泽东诗词。1984年，时值国庆35周年，时年85岁的江轸光特意创作了《老柏青山齐寿图》。作品尺寸140×90 cm，表现的是苏州光福古镇的4棵古汉柏，画中有长跋："裂断腰身剩薄皮，新枝依旧翠云垂,精忠寺里精忠柏,暴雨飙风总不移。此田汉同志诗一首,余忆往昔游姑苏光福,见汉代清、奇、古、怪四柏,其生命力之坚强令人难信,随打草稿。今欣逢建国三十五周年,因感怀作此以示庆祝。甲子夏日扬州江轸光,年八十五。"古汉柏坚韧不拔、威武不屈的形象,给人以充满希望和奋发向上之感,寓意历经磨难的新中国,依然郁郁苍苍、雄姿英发,展示出一副百折不挠的气概和蓬勃向上的风貌。题跋中的精忠寺原是邓禹的隐居地邓禹草堂。传古柏为邓禹手植,至今已有1 900年。而邓禹是东汉开国名将,云台二十八将之首,也是东汉光武帝特封的大司马。当年乾隆爷下江南时曾来此一游,并为四柏题了"清、奇、古、怪"四字批语,从此,这组古树更是闻名江南。江轸光先生此时已85岁,国庆之时特意选其入画,并配之于跋文,如此长的跋文在江先生后期的中国画创作中极为少见,显示出江先生用意之深。

《晓窗雪霁》
106×40.5 cm　1964年

《老柏青山齐寿图》　96×140 cm　1984年

江轸光先生于 1989 年 5 月病逝于扬州，他一生谨小慎微，作为一名教育事业的奉献者，桃李满天下自不必言说，其家庭教育也同样可圈可点，江氏一门俊秀、芝兰玉树。其长子江涛为天文学家，惜客逝海外，国际天文学界为纪念其贡献，特以其姓名命名小行星；次子江明为中国科学院院士，复旦大学高分子博士生导师。先生的存世作品大部分被海内外的五位子女珍藏。让父亲作品重返故乡，将私人收藏变成公共文化资源，是五位子女的共识，而这也是父亲立下的家风。经过整理收集，2019 年来自海内外的江轸光后人向扬州博物馆捐赠江轸光绘画、书法、写生稿等作品 351 件，均为现实主义题材的创作。这些作品或是对大好河山的讴歌，或是对美好时代的赞扬，其中仅毛泽东诗词的书法创作就达 35 件之多。

在动荡不安的时代，有家国大义的文人志士不会冷眼旁观，江先生一生都在抒写斗志满怀与忠贞爱国。江先生首先作为一名画家，根植传统，中体西用，继承清代扬州画派艺术勇于创新的精神，将西画色彩与中国画的传统笔墨相结合，以写生入画，力求拓展中国画传统笔墨的现代性表现方式，开创了扬州画派的新风。江先生同时也是二十世纪致力于中国画笔墨拓展的代表之一，是新时期扬州画坛开创性的存在。其次，抛去画家身份，他的其他身份也在不断地发生着转变，从教育事业的变革者到革命事业的参与者，再到美术事业的推动者，生命中的每一次转变，都是因为深埋心中的爱国主义的民族观在指引，这种观念直接或间接地推动着他理想中的中国与中国美术事业的构建。先生晚年遗留的美术作品，更是旗帜鲜明地讴歌新中国、讴歌党和新时代。

作为扬州市国画院关键性的创始人，江先生是二十世纪扬州地方美术事业重要的推动者，也是当代画院画家美术创作的榜样。画院作为具有中国特色的社会存在，其存在的合理性与必然性一直是近年来社会讨论的热点，而之所以会成为社会热点话题，无外乎是其存在的意义与价值逐渐被凸显。不忘初心，方得始终，江先生作为国内地市级画院最早的创建者之一，作为最早的地市级画院领导者，他的初心与使命值得当下画院画家去思考和追忆。在动荡不安的局势中江先生顺应时代之变所做的探索与成绩，路径与心迹，所彰显的责任与使命，家国与情怀，愈显珍贵而不应被时代所遮蔽。

（作者系扬州市国画院理论研究室主任，中国美术家协会会员）

画史遗珠:被忽视的扬州百年绘画
——从日本关西地区中国书画的收藏看晚清以陈崇光为代表的扬州地方书画

马钲懿

纵览有清以来的扬州画坛,诞生在康雍乾年间的"扬州八怪"可谓是中国书画史上的一道不容忽视的靓丽风景,也因此,国内外的学术界、书画界、收藏界对八怪十五家的相关研究、收藏蔚为大观。如果以八怪为期,其前及同期的扬州书画亦已日渐引起国内外学界、画界、藏界的关注、研究与收藏。但是对八怪之后,尤其是晚清至民国这百年间的扬州画坛,无论是在扬州还是在全国范围内,学界、画界、藏界与其相关的且较为深入、持续、全面的关注、研究与收藏都不多。这里原因种种,"地方画家且名头太小"可能是其中之一。由此,笔者想到:中国书画艺术收藏的核心是什么?什么样的书画艺术才是值得关注、研究与收藏的?画家所处地域与名气是否与其书画艺术成就之高低划为等号?以陈崇光为代表的晚清至民国这百年间的扬州地方绘画在中国、在扬州的书画史上到底应该给予什么样的定位与评价?在此,笔者试从日本关西地区的中国书画收藏特色的角度就上述问题来谈谈自己的一些看法。

一、收藏历史新、地方特色浓的日本关西地区中国书画收藏

在这里,我们暂且撇开历史与来源问题,中国书画艺术品在国外的鉴藏,实是中国书画鉴藏研究领域的一个重要内容,其在国外的鉴藏研究情况有助于我们认识中国书画艺术在世界范围内的影响、意义及其价值所在。这其中,与日本对中国书画的鉴藏与研究可谓数量可观、丰富多彩。据日本京都大学教授、日本

黑川古文化研究所所长曾布川宽所述,在日本关西地区(注:约在日本的镰仓时代,日本始有关东、关西一说。日本人把以京都、大阪为中心的地区称为"近畿",亦称"关西",包括大阪、京都、滋贺、奈良、和歌山、兵库等市县)如京都国立博物馆、大阪市立美术馆、西宫黑川古文化研究所、奈良大和文华馆、四日澄怀堂美术馆等博物馆和美术馆中有众多的中国书画收藏。关西地区中国书画收藏的一大特色就是:收藏历史较新,地方特色浓厚。[①]

关西地区的中国书画收藏全部晚于日本明治时代(1868—1912年),也就是说这数量可观的中国书画从清末同治年间才开始流到日本关西藏家的手中。而对日本关西地区中国书画收藏研究有着重要影响的日本京都帝国大学教授内藤湖南则最先发现:与中国本土收藏不同的是,传入日本并受到关西藏家珍视的中国书画尤其是绘画作品,以明清以来地方色彩浓厚的地方画家之作居多,他说:"日本人喜好的所谓近世中国绘画,非是中国人推崇的正统国画。日本人喜欢的,是从中国乡间发展出来的一种具有地方收藏的绘画。"[②]

二、日本观峰馆藏两万余件中国晚清民国扬州、上海等地区的地方书画作品

在日本关西收藏家的收藏中,中国美术史上那些书画大家、名家高手的作品很多,如传为南朝张僧繇所作的绢本《五星二十八宿神形图》,传唐王维所作的绢本《伏生授经图》,五代董源的《寒林重汀图》以及宋代苏东坡、元四家、明代浙派、吴门、清六家、四王、四僧等大家名家作品。关西收藏还有一大特色就是包括扬州在内的晚清民国时期的中国地方绘画,在关西收藏家手中也有很多。其中,以原田观峰的观峰馆藏中国晚清民国时期扬州、上海、岭南地区的地方书画最多,达两万余件。还有如上野家族收藏的阮元书法手札,创建大和文华馆的矢代幸雄收藏的方士庶的山水等。

在也是书法家的原田观峰(1911—1995年)始创的观峰馆收藏中,以晚清民国时期扬州、上海以及岭南地区绘画的收藏最多最全,这其中就包括陈崇光

---

①② 关西中国书画收藏研究会.中国书画·日本收藏:关西百年收藏记事[M].台北:典藏艺术家庭股份有限公司,2015:156 - 171.

(1839—1896年)、陈康侯(1866—1937年)、程远岑(1855—1941年)等扬州书画家的作品。"观峰收藏的特色,在于作品的年代以中国清末至民国时期为主,不光有巨匠作品,还有当时尚未为人知晓的画家乃至佚名画家的作品等等,收藏范围想当广,这些文物组合看似良莠不齐,但正因如此,观峰收藏最终才形成不光是在日本、就连在中国国内亦极其罕见的中国近代书画收藏。"[1](赖川敬也语)

三、备受黄宾虹、吴昌硕推崇的晚清扬州画家陈崇光

在光绪十三年(1887年)黄宾虹曾在扬州跟随陈崇光学习花卉,学养深厚的宾虹老人认为陈之绘画"笔古法严、沉雄浑厚",故在他的《黄宾虹文集·书画编·虹庐画坛》中,将陈崇光列为清道咸年间卓绝古人的20多位画家之一。由此可见宾虹老人对陈崇光绘画之推崇。

清代晚期,由于受到政治、经济、交通等诸多因素的影响,使得扬州画坛的中心地位日显颓势。但据黄宾虹1954年在对友人信中的回忆:黄20余岁来扬州时,扬州以画为业的专业画家有700余人,至于会舞文弄墨的文人学士则有3 000多人。[2] 而陈崇光无疑是此期扬州画坛的一缕耀眼的光芒。艺术才能全面的陈崇光(1839—1896年),原名炤,字若木,栎生,江苏甘泉(今扬州)人。初为雕花工人,后拜虞蟾为师。曾因客皖中蒯氏家,多见宋元名人真迹,艺锐进,山水、花卉、人物俱能,尤善双钩花卉。[3]

黄宾虹曾六到扬州,并意欲拜陈崇光为师,由于陈当时已是疯癫状态,故未成,这也让宾虹老人引为终身憾事。黄对陈崇光的绘画极为推崇,将陈崇光列为清道咸之间卓绝古人的20多位画家之一。[4] 不仅是黄宾虹,海上大家吴昌硕同样也对陈崇光的画极为推崇,称他的画"笔古法严,妙意从草篆中流出。于六法外又见绝技。若木道人真神龙矣"[5];时人认为汪中的文章、陈崇光的画、臧谷的诗(也有吴让之的篆刻、龚午亭的评话、陈若木的丹青一说)堪称"维扬三绝"。[6] 但是与时下声名如日隆天的宾虹老人相较而言,无论是在学界、画界,还是藏界,现

---

[1] 关西中国书画收藏研究会.中国书画·日本收藏——关西百年收藏记事[M].台北:典藏艺术家庭股份有限公司,2015:156-171.

[2][5] 贺万里.扬州艺术史[M].天津:天津人民美术出版社,2013:243-254.

[3][6] 尹文,薛锋.笔墨写新异——扬州绘画艺术[M].扬州:广陵书社,2009:92-96.

[4] 罗加岭.黄宾虹的扬州情缘[N].扬州日报,2011-9-22.

在的陈崇光实在是太过冷寂了。不仅是陈崇光,其前后左右的当时活跃在扬州画坛的,诸如释莲溪、吴熙载、倪田、倪璨、宗静风等艺术成就卓著的近现代扬州书画家同样几乎寂寂无声。① 这到底是什么原因呢？难道他们的艺术成就,他们对中国画坛的贡献就这样被忽视了吗？

四、从观峰馆收藏特色重新审视书画收藏与研究的着力点与核心价值

2004 年,观峰馆对馆藏中国画作的调查结果如下:作品年代集中在晚清民国;能够确认作者与艺术经历的作品占到 25%左右,余者作者生平均不详;作者出生地及活动范围主要集中在扬州、上海等南方地区,鲜见北方地区画家。专研中国古代史的观峰馆中国书画研究学者赖川敬也说过:观峰馆收藏最大的特色就是将清末民国年间中国南方地区的书画文化全部照单收入了日本。② 二十世纪的七八十年代正是日本经济全面飞速增长时期,许多日本企业家纷纷购藏国内外的艺术精品,建造私人、企业的美术馆、博物馆,将购藏的各国名画以及艺术品免费供人参观。日本黑川古文化研究所中国书画研究员竹让远认为:"中国书画有着悠久历史,并且于传统中不断加以创新而蓬勃发展,其最主要的特征,便是书风与画风在千年间融入了每个时代的诠释,并代代相传,而这也是我们鉴赏的一个重要角度。在进入全球化的当下,理解他国文化已成为深化彼此了解所不可缺少的要素。如何继承传统文化的美好一面也很重要。关西地区中国书画的收藏的价值已成为广播于国内外的契机,并成为未来文化滋养的底蕴,实为幸甚。"③

那么,与日本关西地区的中国书画收藏与相关研究相比而言,以陈崇光为代表的晚清民国时期扬州地方绘画的现状为例,我们的书画收藏与研究的着力点或者说核心的价值又是什么呢？笔者以为,这似当引起相关学术界、收藏界、书画界的深层思考。

(作者系安徽师范大学硕士研究生)

---

① 汪鋆.扬州画苑录[M].扬州:陈恒和书林刻本,清光绪年间,卷三、卷四.
②③ 关西中国书画收藏研究会.中国书画·日本收藏:关西百年收藏旧事[M].台北:典藏艺术家庭股份有限公司,2015:156-171.

曲艺

担负新文化使命 谱写扬州木偶新华章

汪 莹

2023年7月,习近平总书记在江苏视察时强调,中华优秀传统文化代代相传,表现出的韧性、耐心、定力,是中华民族精神的一部分。正是这样的连续性、创新性、统一性、包容性、和平性,使得中国文化源远流长,中华文明博大精深。扬州杖头木偶作为传统文化的一部分,具有鲜明的地域文化特征,弦歌不辍、薪火相传形成了"不似真人,胜似真人"的艺术风格,更在新时代里不断寻求突破、一次次蜕变,推动扬州木偶创造性转化、创新性发展,呈现了古韵新姿的蓬勃态势。

一、坚守本体艺术,让传承更具连续性

扬州杖头木偶之所以发展至今,得到大、小观众的认可欢迎,在于一代又一代的木偶从业者把木偶艺术作为自己毕生的事业,钻研表演技艺、攻克制作难关、培养后备人才。几代人发扬木偶的理念,持之以恒的努力,连续性的传承,使扬州木偶能从源远流长的中国历史文化中走到现在。

坚守表演阵地。木偶表演是木偶艺术的根本,只有坚守木偶表演的阵地,才能在日新月异的大环境下搞活木偶艺术,与时俱进。因此,扬州市木偶研究所从成立起,一直致力于木偶艺术的表演事业,《白雪公主》《嫦娥奔月》《扇韵》《秋江》等剧(节)目荣获国家、省级奖项。由于传统戏曲僵化的程式、缓慢的节奏,不适

应时代文化需求的变化,扬州木偶另辟蹊径,转向少儿审美需要的样式和剧目。二十世纪九十年代创作的《琼花仙子》突出偶味和童趣,在舞台上灵活运用开台表演"琼花舞"等,各种特技"枯树发芽""魔杖喷火"等信手拈来,将扬州木偶的表演、技艺淋漓尽致地展现在观众面前,使其焕发出了新生机,该剧也获得了国家文化部第八届文华新剧目奖。

重视人才培养。人才是传统艺术传承发展的希望,扬州木偶人才培养不局限在本单位、本地,而是主动肩负非遗传承的责任,为行业内木偶表演、制作搭建学习深造的平台。一是在实践中锻炼青年演员,《女驸马》《扇韵》《长绸》等小节目塑造了一批演员,也成了这批青年演员的代表节目;大剧目由骨干演员挑大梁,他们再传授青年演员剧目的角色特点、操纵要点,一部剧成长一批演员。二是积极申报国家艺术基金项目资助,办好全国木偶表演、制作人才培训班,培养一批专业人才。2015 年、2017 年、2022 年相继举办三期制作和表演培训班,为全国木偶行业共计培养近 80 名木偶制作、表演的传承骨干。

发挥公益价值。作为国有文艺院团,我所发挥文化惠民的作用与担当,实现全民共享文化建设、非遗保护成果,让民众了解木偶、喜爱木偶,形成观众连续性发展,木偶与受众的双向奔赴。每年开展 36 场进校园、社区公益演出,从 2023 年起"偶遇小剧场"开启木偶研学课堂,在戏曲园、东关街、蒋王三个活动场所,每期有 50 个预约名额免费面向公众,向小观众们普及木偶发展历史、木偶制作及表演的基本技能,在寓教于乐中实现木偶的民间传承。2023 年第六届木偶皮影优秀剧(节)目展演中,有 36 场剧场、学校、景区的免费公益演出,涵盖了杖头木偶、布袋木偶、提线木偶、皮影戏等偶戏品类,深受游客和扬州市民的追捧,既有新认识偶戏的观众,也有常年关注偶戏的资深粉丝,洒下了扬州木偶延续性传承的种子。

二、激发木偶活力,让发展更具创新性

木偶艺术走到现在,不仅需要关注其传承保护的艺术价值和精神魅力,更要思考在当今社会进一步激发木偶艺术的青春活力,让木偶戏兼具古老木偶艺术的魅力韵味和现代艺术的新意时尚,力求能够成功发掘传统文化的精神内涵,并能在创新中坚守本体艺术,发展木偶艺术的多种可能性。

放大木偶特质。十几年前,全国众多剧团创排了十多部白雪公主,当时扬州市木偶研究所《白雪公主》主创人员拓宽思路,抓住了该童话7个小矮人和白雪公主身高差异的特点,决定采用真人和杖头木偶相结合的表演方式。小矮人采用杖头木偶,木偶身形远矮于真人,造型上也易于表现夸张,增加人物存在感和记忆点。白雪公主由真人出演,从而产生强烈的视觉反差,既形象体现了小矮人的"小",又充分发挥了杖头木偶的造型表演特色。该剧自2006年出品以来,演出已超千场,并获得了江苏省第五届戏剧节"优秀剧目一等奖"和江苏省舞台艺术精品工程精品剧目奖"等。

注入科技元素。近年来,创排的木偶剧《嫦娥奔月》《神奇的宝盒》《铁道小飞虎》《哪吒传奇》等都采用全息多媒体技术,与灯光、舞美配合,为观众营造逼真、多层次的视觉效果,改变了木偶剧古老、陈旧的刻板印象。2016年创作的《嫦娥奔月》是扬州市木偶研究所利用新科技并融入其他艺术形式的一次重大尝试。在这出木偶戏中,全息投影发挥了重要作用,舞台前后两道纱幕与舞台空间形成层次感,动画影像与木偶表演相互映衬。同时,将皮影、真人表演与杖头木偶相结合,丰富了木偶剧的观赏层次,但又不喧宾夺主,非常完美地配合了木偶表演。舞蹈、爵士乐这些元素的加入,使整部剧充满活力、时尚感。接着创作的《神奇的宝盒》,同样利用多媒体呈现宝盒、山洞、海洋等剧中环境,传递了木偶艺术的现代表现力。这两部木偶剧在上演以后得到众多好评,国家大剧院演出时,震撼、好看是观众一致的观赏体验,都表示演出不但小孩喜欢,成人同样适合,更惊讶于传统的木偶戏竟会如此好看。

三、注重兼收并蓄,让艺术更具包容性

扬州木偶秉承了中华文明兼收并蓄的品格,既有自己的本色、长处、优点,同时也是积极借鉴其他偶戏品类、其他国家民族木偶文化的长处和精华,不断交流互鉴,形成兼容并包的特色。

开展对外合作。新冠疫情前,扬州木偶不仅保持着年均3~4次赴国外开展文化交流的频率,先后在各类政府代表团以及自主开展的商业演出中,赴美国、英国、新加坡、澳大利亚、荷兰、比利时、阿根廷等数十个国家开展近千场演出,而且尝试与国外艺术机构合作创排木偶剧。2016年,与阿根廷圣马丁大学签约创

排木偶剧《森林王子》。该大学的木偶学教授蒂托·劳伦菲斯及其同事负责导演、舞美、音乐,设计中兼收并蓄中国元素和外国设计理念,扬州市木偶研究所负责演员、表演、木偶制作等。在表演形式上,采用扬州杖头木偶为主体,尝试国外木偶艺术的表演方式,为观众呈现一部融合民族艺术特质与国外艺术理念于一体的木偶剧。该剧于 2017 年 11 月赴阿根廷、克罗地亚参加当地木偶艺术节的演出。此次合作是继九十年代与日本影法师剧团合创《三国志》后,第二次与国外艺术机构深入交流,证明了在对外合作上,扬州木偶可以采取更加丰富的方式途径。

博采偶戏之长。2016 年《嫦娥奔月》尝试在杖头木偶为主角的剧目中加入皮影戏,既解决剧中嫦娥、后羿翻山越岭寻求宝箭的艺术体现难度,木偶剧中看到皮影表演也给观众带来了惊喜。《神奇的宝盒》《铁道小飞虎》《哪吒传奇》都在剧中运用了不同品类偶,比如说托偶、铁枝木偶、桌偶等种类。《铁道小飞虎》的精彩之处便是导演综合调用各种形式的偶,发挥各种类别偶的最大优势。一些重要戏份中,强子等主角都是三种木偶形式,根据剧情需要选择表演形式。一种是托偶,偶的上半身与演员捆绑在一起,演员操纵偶的上半身,偶的下半身就是演员本人,走动表演起来就是人动偶动,这种表演方式使得角色的摸爬滚打格外生动。另外,让小观众们捧腹大笑的桌偶,在强子等人藏起日本兵的衣服一场戏中表现抢眼。这些桌偶在演员的演绎下,虽然形体小,但是肢体灵活、动作风趣。这些大小不一、操纵不同的偶,丰富表演形式,让舞台调动更灵活,也在视觉上为观众带去远近感,舞台层次更分明、立体。

四、赋能"木偶+"业态,让木偶更具体验感

围绕文旅融合,做好传统文化"转化"文章,扬州木偶拓宽广度、开掘深度,不局限于传统木偶表演、制作,积极打造业态更为丰富、市场更为广阔、受众更为广泛的新型文化发展模式。

推动"木偶+"全产业链。深度挖掘扬州木偶在工艺观赏、演出售票、技艺培训、木偶成品、文创产品的价值点,形成全域性的文化体验项目。目前,扬州木偶制作已形成了木偶、舞美、布景、场景的设计、制作、搭建的产业延伸。衍生产品有白雪公主、葫芦娃等人物形象的杖头小木偶,在各类"非遗集市"上销售都取得

了一定业绩。下一步，基于已有剧目《神奇的宝盒》《白雪公主》《嫦娥奔月》《哪吒传奇》等资源，继续开发杖头小木偶玩具、文具等文创产品，观众观剧后可以选购心仪的小玩意用作纪念。

探索文旅融合新路。当下文旅融合过程中，文化和旅游已从被动适应向主动构建积极过度。扬州木偶在文旅融合的道路上，一是做好景区演出等基础工作，不仅是吸引游客驻足观看，更是要引导游客了解扬州旅游资源、文化特色，从全局高度实现以文塑旅、以旅彰文。创排中的木偶剧《东方白鹳》以高邮国家电网对白鹳的保护为大背景，传播的生态理念、景区特质，可以将剧目内容拓展至文旅产品打造、新媒体传播、文创产品开发之中，开启东方白鹳的文旅融合探索之路。二是探索新型文化空间模式。目前，偶遇小剧场已尝试将传统文化研学与木偶演出结合，活动中讲解木偶历史、制作技艺、表演手法，引导小观众近距离接触、操作木偶。今后，小剧场可以更加开放、立体、有针对性，抓住扬州木偶无语言障碍、手作DIY特点、亲子互动的独到长处，形成木偶陈展、工艺观赏、手作纪念、演出表演、技艺培训、成品销售、亲子研学、文创衍生等文化体验环节，针对景区游客、学校教育、专业深造、亲子互动等不同文化体验方向，形成各具特色、各有价值点的独立文旅新空间。

在木偶艺术长久的传承发展中，需要一代又一代人的努力，当今木偶取得的艺术成绩是站在了前人的肩上，现今我们为木偶艺术的传承发展做出的一点思考、努力，是为了将这份事业传承下去，给后人一些经验，也期待扬州木偶艺术走得更远更好。

(作者系扬州市木偶研究所创研室副主任，三级编剧)

舞
蹈

追寻原始祭祀仪式中的生命激情
——评苏州芭蕾舞团引进演出的《春之祭》

徐志强

2022年,建团12年的苏州芭蕾舞团排演了首部引进版权的作品、美国编舞大师格伦·泰特利1974年创编的现代芭蕾舞剧《春之祭》。这也是中国首度引进泰特利《春之祭》版权。作为一次全新的探索与尝试,苏芭非常珍惜这样的机会,排练中克服了巨大的困难,排练老师亚历山大·扎伊采夫8月只能开启跨国线上排演新模式指导苏芭演员们排练。艰苦而创造性的努力终于在9月中旬的首演成功中获得了回报,对年轻的苏芭而言,这当然又是一个里程碑。

在西方音乐史、舞蹈史上,斯特拉文斯基的《春之祭》和尼金斯基根据斯特拉文斯基同名作品编舞的《春之祭》都是颠覆性、转折性的存在,开启了现代主义音乐和现代舞的帷幕,对之后的西方现代音乐、舞蹈的发展影响极为深远。因而,苏州芭蕾舞团引进版权演出的美国著名编舞大师格伦·泰特利改编的现代芭蕾《春之祭》,对中国芭蕾学习借鉴西方现代芭蕾美学理念、发展经验具有重要意义。

其实,西方音舞史上《春之祭》出乎意料、似乎突然的出现与转型自有其必然性。它是十九世纪末、二十世纪初西方一个重要文化、文艺思潮的产物。这个思潮便是原始主义思潮。达尔文进化论彻底颠覆了人类对自然进化发展的认识,而美国社会学、人类学家摩尔根则把进化论思想运用于人类社会自身发展的研究,其皇皇巨著《古代社会》从进化论视角揭示了人类社会从低级阶段发展到高级阶段的实际情形和基本规律,其实证研究对人们传统的人类观和社会观,尤其是对西方传统的宗教人类观、社会观无疑是颠覆性、划时代的,具有巨大冲击力。

泰勒、弗雷泽、列维·布留尔、马林诺夫斯基等美英法人类学家的研究,让人们惊讶地发现了一个从未如此全面深刻认识过的原始社会,以及这个阶段的生活状态、文化风尚,加上十九世纪以来,现代文明带来的侵犯掠夺和道德堕落、弊端危机正在逐渐呈现,所谓现代文明扭曲了人的本真和本性,让人厌倦,使得其文化精神中的理性主义与浪漫主义色彩明显褪色,而人类学发现的原始社会和原始文化却没有现代文明的虚伪,原始人更贴近自然,质朴本真、血性激情,充满了原始野性的勃勃生命力,于是,崇尚原始人的本真生命力,追寻返璞归真的原始精神,成了一些具有先锋精神的文化艺术家们的自觉追求,直接推动了当时精神文化领域里原始主义思潮的兴起。画家马蒂斯和高更、作家劳伦斯、音乐家斯特拉文斯基、巴托克、普罗科菲耶夫等等都在各自领域创作出了原始主义的代表作。这个思潮对哲学、心理学、语言学等诸多领域产生了深刻影响,对文艺创作中的表现主义、未来主义,文艺评论中的神话原型批评等也产生了深远影响。

从原始主义思潮视角来看,斯特拉文斯基交响乐《春之祭》的艺术追求和意蕴并不深奥难解,而尼金斯基据此而创编的芭蕾舞剧《春之祭》也得其精髓,展现出原始主义的精神和审美特征。交响乐《春之祭》展现了对一个原始部落祭祀仪式及过程的描摹、理解与把握,其技法、节奏、和声等诸多方面完全反古典主义和浪漫主义,尼金斯基根据音乐编舞的《春之祭》,尽管被斯特拉文斯基抱怨不懂他的音乐,但有一点编舞把握得很准,就是音乐展现的原始祭祀仪式诡异狞厉中的神圣、粗蛮迷狂中的虔诚、神秘互渗中的本真。原始祭祀仪式基于原始思维的神秘互渗律和原始人的图腾崇拜,通过牺牲品的献祭仪式,以一种神话想象的通神方式表达对自然神祇或祖先的敬畏崇拜和虔诚祈望,在原始人的神话想象中,春天正是神祇苏醒和作物播种的季节,此时献祭,助推神祇和牺牲品重生,可祈求此年作物猎物丰收、部落子嗣兴旺、灾害祛除远离。在斯特拉文斯基与俄罗斯艺术家、考古学家罗耶里奇共同编撰的剧本基础上,尼金斯基以自己独特的舞蹈语言和把握方式将音乐的原始仪式精神实质表现得淋漓尽致。这个舞蹈从语言、方式到精神实质,都背叛了古典浪漫主义芭蕾,也由此,《春之祭》完成了对古典音乐和芭蕾的现代主义转型切割。从首演的并不成功到以后被不同编导数十次改编演出,如果改变了《春之祭》最初原型版本的精神实质与审美追求,那这种改编肯定是不成功的。

以此看来,苏芭创编排演的现代芭蕾舞剧经典之作《春之祭》,恰恰是一个尊重凸显原型精神的成功版本。

从苏芭演出的这个泰特利版本来看,尽管结合古典芭蕾和现代舞技巧融入了自己的舞蹈语言,创新了动作语汇和概念,使作品成为技巧难度最高的现代芭蕾作品之一,祭祀仪式中的牺牲品也由柔弱少女换成了更具力量美的少男,苏芭演出版还对服装、灯光、布景等作了重新设计,但依然紧紧抓住了原始仪式的精神内核,即原始的激情、诡异的粗犷、崇拜的虔诚、牺牲的崇高,却又不止于此,又融入了现代审美理念和现代芭蕾元素,总体上呈现出这样三个特点:

一是更加突出舞蹈的肢体语言和身体感觉。《春之祭》不讲故事,舞者也不穿足尖鞋,完全不守古典芭蕾的动作程式,却更注重于强化舞蹈的肢体语言与自由律动,舞蹈动作的频率快、幅度大而有力,有些动作甚至具有杂技般的高难度,演员演出中几乎全程处于亢奋状态,却又注重舞蹈动作与身体的对话,以演员体验式的投入来展现祭祀仪式中人物与自然神秘互渗的狂暴和激情,凸显崇拜和牺牲的崇高以及浴祭重生的渴望。舞蹈语言的本体性得到了比较充分的弘扬,给观众带来强烈的视觉与情感冲击力。

二是把握作品原型注重精神传承与语言创新。《春之祭》原作1913年巴黎首演并不成功,但有识之士却看到了原型作品的创新潜质和厚重的内涵。苏芭演出的泰特利版正是在汲取原型的精神内核与舞蹈语言的创新上下足了功夫,既有原型的神秘粗犷虔诚崇高,又淡化了原型中原始部落的民族民俗民间色彩,服装简化为现代舞的贴身演出服,道具布景也作了简化,更加突出肢体韵律和动作力度,注重展现现代芭蕾动作舒展有力、韵律自由之美。这种取舍和创新使苏芭演出的《春之祭》既有原型的精神厚重和震撼感,又有现代舞蹈的审美气质和时代气息,观众毫无违和感。

三是着力展现舞蹈造型的场面感与雕塑美。《春之祭》的崇高凝重与现代感,在听觉上体现为音乐的诡异阴沉、古怪焦躁、粗诞癫狂,在视觉呈现上则非常注重舞蹈场面和舞蹈动作的造型美和雕塑美,伴随着有灵大地与万物的苏醒,牺牲品的选取呈展、献祭仪式的上演,舞蹈场面造型诡异中飞动有力,似流动的雕塑,或仪式感强,或灵动欲飞,或狂野怪异,或庄严肃穆,将人体的力与柔同舞蹈的造型、流动之美展现得充分又有张力。在持续狂诞舞蹈后,祭品男子在众人膜拜中力竭升天而亡,这个献祭仪式高潮的场面造型,在牺牲的惊悚中具有强烈的雕塑感和震撼力,使崇拜的虔诚、牺牲的崇高氛围得到了充分的渲染。

(作者系苏州市文艺评论家协会原副主席,江苏省文艺评论家协会会员)

飞扬的生命情状
——评民族舞剧《红楼梦》的创新表达

夏 静

"开谈不说红楼梦,读尽诗书也枉然,"作为中国传统文化的集大成者,小说《红楼梦》不仅给予后世文学以深远影响,同时也滋养了美术、音乐、戏曲、话剧、舞蹈等艺术媒介。书中的主要人物,宝玉、黛玉、宝钗,乃至于十二金钗,都一一成为各类艺术作品中的角色。近代的电影、电视剧,甚至消费性的娱乐广告,也都大量塑造《红楼梦》中的人物,使一部文学作品中的人物形象化地存在于世俗大众的印象中。原创民族舞剧《红楼梦》集结年轻而杰出的艺术力量,含英咀华,试图摆脱太过形象化的模拟,希望能真正嵌入《红楼梦》原作的美学精神,清除文学名作被世俗消费文化污染的泛滥表象,在抒情和写意之中找到文学的延展空间,在古典叙事的缝隙中,融入当代的审美倾向,以全新视角解读古典名作的心灵本质。

一、如诗如梦的写意叙事

根据经典文本进行改编,是当代中国舞蹈创作经常使用的方法策略。究其原因,在于这些经典文本不仅为舞蹈,尤其是舞剧的表达提供了较为完整的故事情节,拥有较为生动的人物形象,同时也能真实地记录文化经验,深刻地反映对人生的哲理思考。而这些都让舞蹈作品具有了前置性的精神品格和文化品位。《红楼梦》算得上是舞蹈改编频率较高的文学作品,由此诞生出的舞剧作品已有数部。从1981年陈爱莲首次尝试改编这本文学巨著,运用圆场、水袖、花梆步等典型中国古典舞元素,形成典雅清淡的舞剧表达风格。几乎在同一时间,陈湘、李承祥和王世琦另辟蹊径,以独幕舞剧的形式,芭蕾舞的艺术语言,突破叙事为主的表达思路,从人物心理入手,使作品呈现散文诗式的结构。有了古典舞和芭蕾舞的版本,1983年林怀民编创的现代舞剧《红楼梦》又为这一经典的改编增添了新的观演体验。整部舞剧突破以往的舞台塑造去描述一个封建大家族的盛衰,用"红楼里的人生"去演绎生命的无常与枯荣,以此类比生活的时代与环境。以上三部同名舞剧从不同的视角以不同的形式述说红楼故事。二十年后,2004年和2007年,编导赵明和编导肖苏华再次以此为题,把小说中的人物形象转化为视觉可见的舞蹈形象,通过大胆地艺术想象提炼爱情、阴谋、生死等表达主题,勾勒如泣如诉、如痴如醉的舞台画卷。

红楼世界一去不复返,在感叹其哀婉深沉的同时,对经典文学著作的敬意激励着一代代舞剧编导。以《红楼梦》为母题进行改编,对于舞蹈艺术参与民族文化记录,融入集体记忆的时代构建,践行文化内涵的个性化解读都有着十分重要的意义。同题作文之下,较之以往版本,由黎星领衔的创作团队创作的《红楼梦》更加关注宝黛爱情悲剧背后的人与世界、人与社会、人与他人的关系。舞剧试图在保持与原著之间若即若离的关系同时,以当代年轻人的视角阐释人生梦境,体验"情之至"的心灵震撼。随着大幕一层一层降下,黛玉入府、宝黛初见,观众被带入光影斑斓的红楼大梦之中……

黎星版舞剧《红楼梦》的叙事结构沿用了书中章回体的形式,从一百二十回的内容中挑选出十二个戏剧性强、张力大、逻辑连贯的篇章,进行了写意化的编排演出,分别为"入府""幻境""含酸""省亲""游园""葬花""元宵""丢玉""冲喜""团圆""花葬"和"归彼大荒"。这十二个章节片段从原著具体的语境中抽离,在保存原有逻辑发展脉络的基础上,被放置进新的"上下文"关系中。它们各自独立又时刻聚焦中心,不仅暗合金陵十二钗的人数,同时也体现出创作主体对于生命轮回和人性天伦的追问与思考。从"幻境"经"丢玉"到"归彼大荒",传递的是宝玉的感伤与孤独。他养尊处优,又充满叛逆,不断试图从权利与财富的虚假价值中逃脱。从"入府"经"含酸"到"葬花",倾诉的是黛玉的心事与心境。她漫步而来,灵慧敏感,透过黛玉我们看到的是生命面对美与死亡的决绝。

学者海维清认为:"舞蹈编创流程中前文本与后文本的意义关系,实质就是前、后文本间不同角度的指涉关系或视角迥异的后文本立场。"①舞蹈对经典文本的改编,既是一种文化记忆的传承,表明了主体对于前文本的认同,同时它也代表了当代群体对于过往经典的主体阐释。在进行转义、解构和创生的过程中,舞剧《红楼梦》以嵌入的方式在经典文本中找寻思想的栖息之所,借助写意性的叙事方式,不但使原著中较难呈现的梦境和幻觉得到了外化,同时也形象直观地传达了小说"人生如梦"的主题。烟雾缭绕的太虚幻境,一句句判词以灯光形式不断"发射"在白色纱幔上,白衣如云穿梭,虚实难辨;僵化的官服在舞台上沉重摆放,似是暗示人与权的纠葛;团圆过后,金色大幕从天而降,亭台楼阁分崩离析,大厦将倾……在如梦如诗的审美氛围中,编导以舞为媒,以抒情叙事为路径,描绘那个"假亦真时真亦假"的梦幻世界,在对青春、情感、生命的思辨中,追问个人命运与家族兴衰的深沉关联。

二、以意炼形的人物解码

十二金钗作为大观园中女性群像的代表,在牵一发而动全身的镜像世界中花开花落。篇章式的结构设计配合借人物说话的表达策略,促使舞剧《红楼梦》的人物塑造直接对应和参与到情节演绎过程的复杂性当中。宝玉之爱博而心劳、黛玉之痴情与诗意、宝钗之委婉与干练、熙凤之精明与跋扈、贾母之慈悲与明达,以及元春的尊贵与悲哀,基于这些人物的性格特征及主体认知的更新,黎星与李超两位编导通过以意炼形的创作方式创造出具有隐喻性的动作式样,在视觉形态上"再现"人物形象及其性格的典型特征,进而丰富人物形象内在层次的表达。

《省亲》一章,几排高悬的宫灯照耀下,穿着蓝色官服的一众宫人站成整齐的阵列,元春雍容华贵地立于舞台中间,走过之处众人纷纷蹲跪下来。她是贾府富贵荣华的极致,而她的回家省亲,却必遵君臣之礼,面对一众亲人无法表达任何思念之情。家族似乎是团圆,却是痛如刀割,道不尽的凄凉苦楚。于是我们看到了有别于以往端庄、华丽、高高在上的元妃形象,甚至是巨大反差。灿然的华衮之荣下,元妃如提线木偶般的肢体动作机械、细碎,看似身体的颤抖却是来自灵

---

① 海维清."经典改编"舞蹈的前、后文本关系试推[J].民族艺术研究,2017,30(3):218-224.

魂的震动。金黄色的华衮既是皇家权势象征,也是人性、天伦的枷锁,编导通过手腕的抖动、躯干的佝偻和头部的垂吊等肢体语汇,从人性本真的视角外化出元春"今虽富贵,骨肉分离,终无意趣"的内心感慨,创造出与常规刻画迥然不同,却更加真实的艺术形象。而这样的处理也为未来走向衰败的剧情埋下了情感因子。

十二钗里最不容易描述的当属林黛玉。她不像薛宝钗、王熙凤都是比较现实的存在,有色彩、有形象、有体温,占有一个固定的空间。比较起来,林黛玉更像是大观园里的一缕魂魄,热闹繁华里的一声长长的叹息。雾里看花,陈爱莲在爱情的名义下解读了她的凄美与痴情,赵明用"乌托邦"式的语境展现她的青春叛逆和青春幻灭,而黎星与李超则将对于黛玉的所有放置在大观园的是是非非中。在巨大的想象空间中,舞台上呈现给观众的是一个全身素白,举手投足充满灵性的年轻女子。从初入贾府的小心翼翼,到宝黛钗三人之间扯不尽的情缘纠缠,再到葬花时的哀婉凄美,黛玉的形象被舞蹈语言凝练抽象为人性对礼教的抗争,生命和死亡的纠结。剧中,林黛玉的独舞与双人舞、三人物或者是群舞形成了一个并存的画面,这种人物塑造方法是将一个独立的形象与一个独立的画面和空间并存,通过对比反衬给人一种视觉和心灵上的冲撞,相比白描更易凸显人物特征,从而获得其表意的独立性。用众人的欢愉反衬黛玉的悲伤,借宝钗的含蓄浑厚对比黛玉的任性率真,在人物与环境的相互交织中黛玉形象的塑造因此拥有了更多的内在含义。在举手投足、一眸一笑间让观众看到人性、悟到生死。

舞剧中以意炼形的人物解码方式同样被运用在女子群像的塑造中。剧中十二金钗集体亮和共舞一共三次,一次是太虚幻境,一次是游园,还有一次是在倒数第二幕"花葬"。三次群像的出现传递出完全不同的信息。编导试图剥去事件或人物中理所当然、众所周知的和显而易见的东西,从意义的角度重新寻找切入点。动作语汇的建构基点或是事物原始的视像或意象,或是个人情感经验所带来的主观异化,也可能是时代影响所赋予的全新认识。因此,我们得以看到"幻境"中缥缈虚无的内心素描、"游园"中灿烂绽放的婀娜青春和"葬花"中挣扎呐喊的悲怆灵魂。

刻意强化的形象以及重新构建的人物关系凸显出舞剧《红楼梦》的创作者以细节建构本体,以人物澄明精神的艺术诉求。以意炼形的创作思维代表了动作创作从事物表象中抽离的过程,在解码人物的基点上突破认识惯性,将生命感受中的原创性和发现性作为衡量动作价值的基本标准，从而做到"舞"与"剧"的真正统一。

三、多维表达的当代格调

近十年来，随着数字时代和媒介融合的飞速发展，舞剧创作理念与叙事方式随之发生了深刻的变化。由声音、色彩、灯光、形态、幻觉和装置等多重媒介共建的沉浸式舞台空间已成为当代舞剧提升叙事效能、充实身体运动质感、增强受众感官刺激的必要手段。此版舞剧《红楼梦》充分利用新媒体全景式的视觉舞美布置、充满符号隐喻的造型设计，以及现场的民族管弦乐队演奏，为舞剧叙事的意义生产、信息弥合、时空转换和情感建构，创构出视觉感知与听觉感知相互平衡，且目的明确的艺术表现样式。

轿子，在这里不只是引出了黛玉和宝钗的出场，更是传达爱憎情绪的重要载体。在"省亲"段落中，元春乘坐的大轿是其尊贵身份和极大权利的象征。而"冲喜"一段，轿子则被编导进行了陌生化的处理，其多义性的开发成为承载宝黛钗三人情感纠葛的重要媒介。编导利用花轿的四面构建对立的人物关系，宝玉、黛玉、宝钗和王熙凤，四种情绪与力量借助多层次的立体空间来回转换、对抗与撕扯，以达到心理外化的目的，传递出"红盖怔梦，泪洒相思地"的情感表征。

幕布，在这里不只是传统意义上剧情段落的区分，更是营造视觉情感的有效形式。从空间意象的角度分析，金玉质感的幕布反射出的光影效果，不仅呼应了剧情，以图像解读的方式为舞者身体语言的表达提供底色，同时也使舞台空间在幕布多种组合的起降变化中获得延展。《幻境》段落，宝玉于多层幕布间穿梭寻觅，与幕布投影中的秦可卿对话、与自己的臆想共舞。这一处理既巧妙地营造了视觉上的"虚""实"层次，在直白与晦涩之间给出暗示，同时又恰到好处地形成了叙事留白，为观众的主体阐释保留了其他可能性。《冲喜》段落，宝黛二人近在咫尺，却阴阳两隔。红与白对比色的幕布将发生在不同时空的事件与情感并叙在同一舞台之上，以双声道平行叙事的方式实现审美过程的心理平衡与物理平衡。

花，在这里不只是青春的隐喻，更是实现意象外化的符号暗码。舞剧《红楼梦》完整承袭了原著主旨，将女性与花的生命联系起来，使鲜花的意象贯穿全剧。《葬花》段落中，黛玉手执书卷，轻抬漫步，以极度柔软绵延的动态舞姿将身躯沉浸于一片花雨之中。人与花的对话，现实与内心的照应，千万花瓣飘落的意象，呼应着原著中"花谢花飞飞满天"的美学精神，在触碰生命本质的悲欣交集的同时，将舞剧的叙事表达推向一个更加深刻、更加复杂和更加全面的表意领域。同样是花的意象，《花葬》中的厚厚铺陈的满地白花，却以更加强烈的视觉力量直击观众的内心，鲜明地体现了主创者对于"媒介即讯息"理念的了然于胸。白花、高背椅、纯色长裙、节奏强烈的背景旋律以及站在椅子上的长发散落的女子，在复调式的组合之下共同吟唱生命的挽歌。她们是《红楼梦》中的金陵十二钗，如今香消玉殒，只有魂魄尚留在花丛中间不曾散去。此时，我们已经无须再去辨识谁是黛玉、谁是宝钗，她们是《红楼梦》中所有女性的聚合与象征，身份与权势的禁锢已在这片花海中被彻底洗涤，褪去矫饰与重负，才是青春年华本该有的样子。"花葬"与"葬花"两处花的意象一前一后镜像式的互相映照，黛玉藏下的岂止是落花，更是自己和十二钗被封建礼教压迫、禁锢的青春。

　　立象以尽意，舞剧《红楼梦》通过多种媒介的并立使用为舞剧叙事建构了富有创造性的表意环境。对于中国传统文化的现代阐释，舞剧的创作团队找到了准确且精彩的方式，无论是舞蹈身体语言，还是诉诸视听的多媒介语言，其中任何一种存在的模式，都在凭借它所能具有的最有效的形式进行呈现。已然存在的表层意义被动态生成的新意义以深层意义或者暗示意义的结构地位超越的过程，正是这部作品对其自身艺术价值的有力证明。

　　作为一部原创民族舞剧，《红楼梦》带给我们的不仅是视觉盛宴、古话新说，舞剧的创作团队借助古典的神韵，完成了一场现代文化视阈下的民族性探究。尽管，当下我们的艺术认知被新科技、新思维一而再地翻新，但对文化记忆的自省和对民族文化的自信却必须始终深植于每一个艺术家的创作灵魂之中。前人对生命的想象，如何丰富我们的想象，进而用当代的眼光重新诠释古老的素材，丰富今天的文化，这是我们需要面对的课题。我想，原创民族舞剧《红楼梦》已给出了一些答案。

（作者系南京艺术学院舞蹈学院副教授，博士）

民族舞剧《红楼梦》的创作分析研究

曹蕙林

引 言

当下为了积极响应"讲好中国故事"的新时代文艺要求,舞剧创作越来越多的开始彰显中国特色。《红楼梦》作为我国的一部文学巨著,其各种不同艺术形式的解读都具有自身独特的艺术魅力。因此,笔者从舞剧创作的角度出发,对赵明版舞剧《红楼梦》进行浅薄的分析。前人有对文学与舞蹈的结合进行舞剧方面的分析论述,但是其文章篇幅多在介绍舞剧的故事内容,缺少了作者的理论性思考与意见,亦有论述关于红楼梦题材舞剧中人物例如林黛玉在舞蹈身体语言角度的编创手法,是以红楼梦为例进行探究的舞蹈论文中一个值得学习和思考的论题。

一、舞剧《红楼梦》的文本价值及作用

(一)古代社会缩影的深刻内涵

曹雪芹所著的《红楼梦》、罗贯中所著的《三国演义》、施耐庵所著的《水浒传》和吴承恩所著的《西游记》并称为我国四大名著。在诸多或写实主义或浪漫主义风格的作品中,只有《红楼梦》是一直围绕着"情"而展开的,这种新颖的主题和写作手法开始被后世关注和采用,并影响了许多作家的创作。自《红楼梦》流传以

来,"红学"已经成为一个独立研究的学科。由此可见,《红楼梦》这一文学巨著对人文、社会、历史、民俗、地理等多方面的研究价值以及对乾隆时期的社会进行了细腻的描绘,可以说它有包罗万象之态。《红楼梦》在戏曲、文学、影视方面都有着深远的影响。《红楼梦》作为一部优秀的长篇小说,做到了史记的纪实,又为读者精心展示了一个时代的人们的生活,此种精心涉及生活众多的细小方面,从建筑园林到饮食医药,从礼仪习俗到戏曲宗教,是以大观园中的故事一角来讲述整个时代的背景。在这样一个盛世后,隐藏着衰落的趋势,作者这暗喻的居安思危的警世精神是古往今来皆要铭记的准则,具有深刻的教育意义。一部优秀的舞剧作品,一定是有深刻内涵的,只有其意义深远,才能经久不衰。且《红楼梦》作为四大名著之一,是我国文学成就的代表。舞剧与文学日益紧密的联系,也增强了舞剧的文化内涵,发扬了我国舞剧发展中的优秀文化传承特点。

(二) 观众对名著作品的前理解

当面对一个事物的刺激时,人的知觉会从大脑中已有的反映中找到与之相应的一系列感觉,例如读原著时的视觉、嗅觉、触觉。这一切感觉综合而形成了知觉,面对舞剧《红楼梦》时,当观众听到有关的主题音乐或再现贾宝玉、林黛玉的形象而对听觉、视觉的刺激,都会激发观众脑中的知觉形象。因此,观众对主题事物有着一定的前理解是非常重要的,因为它会在人的脑海中形成对这个事物的第一印象,这种"心理定势"会影响人们对事物的第一判断。[①] 这也要求我们在改编名著作品和过于有着大众基础的题材舞剧时要尊重故事情节的基调,适当改编,不可拼凑成另一种不符合主题的画面。除了这种知觉的"定型作用"需要我们注意之外,我们还可以利用知觉的"近因效应"来拓展知觉定势的认知,有助于提高新事物的接受度,在此基础上编导即可以对舞剧在艺术手法上进行独特的创新,赋予观众新的知觉体验。

前理解还有助于舞剧情节的推进,在先在印象中,存在着普遍已知的信息时,即不需要再用过多的舞蹈场面去辅助观众理解背景情况,只需要依靠观众自身的知觉复现,就可以在一定基础上推进事件的发现,并且不用过于惧怕情节的复杂性。正是因为名著这种脍炙人口的、具有悠久历史文化的性质,名著的大众

---

① 理查德·格里格,菲利普·津巴多.心理学与生活[M].北京:人民邮电出版社,2016:110 - 123.

流传度和接受度都很高,对于舞剧进行文本再创作起到了铺垫的作用。而且在知觉的主观因素中,兴趣起到了很强的推动力。前理解对观众存在潜在认知作用,即这个领域、题材属于已接受过的简单知识加工,会提高观众的兴趣,把此类发展视为自己擅长接收的领域知识,对于舞剧艺术的创新点以及新的艺术形式具有先在的接受度。知觉的主观选择性使得人们会主动选择知觉潜在的、加工过的主脑中的经验知识。借助知觉形象的复现,可以使编导快速推进情节发展,用舞蹈语言建立较为复杂的戏剧结构,也不至于使观众产生陌生感。

二、民族舞剧《红楼梦》的编创特点

(一)传统叙事结构——宝黛钗三者互为衬托

舞剧的叙事结构与小说的叙事结构一样重要,舞剧也有其清晰的戏剧结构以及要表达的故事内容和矛盾冲突。叙事结构的选择影响着读者的阅读感受,也影响观看舞剧的渐进感。在赵明编导编排的大型民族舞剧《红楼梦》中,能看得出他想用舞剧的形式对文学巨著《红楼梦》用另一种动态的艺术形式去演绎它的深厚文化感,不遗失其内涵、不简化其盛大、不避免其冲突。旨在用民族舞的语汇去表现一个流传已久的故事。所以他为了贴近原著,选择了传统的叙事结构,也就是线性叙事结构——即其人物的行动和舞蹈场面的结构方式是根据舞蹈作品的情节事件发展的过程安排的。这种具有开端、发展、高潮、结局的叙事方式符合观众在传统小说中的阅读习惯,这种波浪式的事件发展可以带来情节上的刺激。[①] 但是赵明并没有完全去进行一种复刻,还加入了他对中国舞剧的思考以及他在舞剧编排上的心得,使得这部舞剧有着既贴近原著又别具匠心之感。在表现黛玉得知宝玉结婚的悲痛之情时,赵明选择打破现实时空的自然顺序,将不同时空的场景,进行交错组合成同一幅画面在舞台上同时呈现的方式。这种手法形成了鲜明的对比,是红与白、悲与悦的反差。突出了大婚时弥漫贾府的喜庆以及黛玉失望抑郁而亡的遗憾。且这部舞剧在选角和服装、道具上的安排与电视剧的《红楼梦》的视觉效果都可相媲美。

编导选取了林黛玉进贾府、刘姥姥进大观园、黛玉葬花、海棠诗社、宝玉受贾

---

① 许薇.舞蹈创作基础理论[M].苏州:苏州大学出版社,2016:88-96.

政毒打、王熙凤密谋骗婚这几个重要的情节点去串联整个故事。既还原了经典，又可以清晰地交代事件进程。编导赵明依旧选择宝玉、黛玉、宝钗三者的关系为一条主线，在结尾的处理上，编导让宝玉和黛玉最后在一片"白茫茫真干净"的幻界中相守，圆了大众希望看到美好的爱情有美好结局的梦。而且整部《红楼梦》中宝玉、黛玉、宝钗本就是最为关键和重要的人物，透过他们的生活和遗憾来表现世人皆有所不得的悲伤和与世俗顽强抵抗的反叛精神。

（二）宏大场面的精致还原

赵明编导的这部《红楼梦》题材的舞剧，在整体风格上侧重于对作品写实性的还原，贾府的风光无限、家大业大、人丁兴旺，主要通过人物服饰、舞台造型、角色塑造来体现。"说奇缘，风月无边。此梦谁人解，痴情奈何天。"在音乐上，京剧戏曲唱腔在舞剧音乐中的体现，第一次出现在序幕和一幕一场的交界处。这里既映衬了整个红楼梦的痴情无解基调，又给了一个说奇缘的引子，为红楼梦的故事蒙上一层真与假的面纱。第一幕是林黛玉进贾府，整个舞台金碧辉煌，背景为金色雕花、祥云纹饰样的建筑样式，贾母用金色系的步摇头饰和锦缎去衬托这样一位德高望重的世家老夫人形象。利用漆红色的云纹台阶把舞台拉成高低的纵深感，展现了贾府的门楣光大、富贵无边。每一舞台设计都是撑起整个台面高度的，给人尊贵威严之感。符合原著中贾府的挥霍无度，让观众只一眼就看到这个家族初始的辉煌。群舞中贾府女眷的宽袍舞袖，加之队形的交错与起伏，营造了一派歌舞升平的祥和景象，也不禁让人感叹一大世家为何最终家破人亡。

刘姥姥进大观园，首先利用巾集上的纷繁热闹来烘托贴近市井小民的生活玩乐，色调也采用比较多样的红暖色调。进入贾府会见王熙凤和贾母时，则换成金色为主调，雕花香炉和落地鎏金花瓶都采用的是夸张放大化了的道具，以避免用多数仆人群演来烘托哑剧效果的场面，不用背景板式的人物衬托，只用道具就展现了贾府对于刘姥姥来说的威严和富贵。

宝玉被骗婚这一段，背景采用无数个红色灯笼规则排列形成背景，数量的庞杂足以展示贾府上下皆庆此婚缘的喜悦。编导利用舞台的高度将做成花轿样式的平面绸缎高高挂起，并由轿门的底端延伸出一条红毯至舞台地面，形成花轿在远处不断递进的动态。当婚礼开始，花轿降落至地面，演员从幕布中穿出，设计精妙而灵巧，既避免了繁重的花轿道具，又赋予了舞台一个动态的发展过程，构思极为新颖。

（三）贴合人物形象，烘托情节发展

在用舞蹈语言表现情节的手法上，有很多舞剧无法协调内容与形式的关系，许多舞蹈作品空洞无意义，徒为炫技的工具。但是在赵明编导的舞剧《红楼梦》中，观众可以看到许多流畅连贯、富有情绪性的观赏性舞蹈技巧，这些动作技术技巧的出现是为还原人物形象而塑造的。在第一幕中，宝玉出场时编导设计了一连串的大跳、凌空跃、串翻身等具有高强爆发力的跳翻型动作技巧，这种动作变换的瞬时性、跳跃翻腾的时空占据，充分表现了宝玉的胆汁质人格。他们动作迅速有力、精力充沛，具有外倾性。无须语言的描述，只通过这样的技巧型动作，则表现了贾宝玉的放荡不羁的富家公子形象。

在"刘姥姥进大观园"这一篇章中，刘姥姥作为推动宝玉、宝钗姻缘的一个重要人物，对整个事件的发展进程有着推动作用，赵明编导设计了刘姥姥和板儿两个主要人物形象，营造了一个热闹、轻松的氛围，在舞蹈语言上，刘姥姥和板儿的动作设计，主要是以扛脚为主，整个动作风格呈现出滑稽、幽默、诙谐的基调，凸显了未见过世间繁华色彩的贫穷百姓形象。在这种语言设计上，有一些类似于早期的芭蕾舞剧，编导为正面人物设计为飘逸、高尚的古典芭蕾，让反面人物跳低舞，例如一些较笨拙的动作。[①] 但在舞剧《红楼梦》中，并没有刻意分出积极作用的正面人物或消极作用的反面人物，在设计人物形象时，没有刻意贬低丑化，而是在人物身份基础上作出较为贴合人物的动作设计，刘姥姥的动作虽然哑剧成分较多，也借鉴了一些木偶戏的动作，但对于观众来说非常贴合她的质朴与笨拙，为整个舞剧插入一段轻松的喜剧片段。

对于民族语汇的融合，有许多群舞片段突出运用了云南花灯的轻盈、俏皮、活泼来塑造贾府侍女们正值青春的少女形象；运用中国古典舞身韵中的蹉泥步、山膀等动作来塑造古代贵族公子们的潇洒恣意；运用东北秧歌的喜庆和灵活多变的动作幅度来表现宝玉大婚全府上下的欢乐。尤其是在双人舞片段，无论是宝玉、黛玉，还是宝玉、宝钗，编导都吸收融汇了芭蕾舞剧中在双人舞上的成就，使整个舞段柔和、流畅，空间位置变化巧妙，在肢体接触中加入古典身韵动作消除了双人舞刻意开始的生涩。赵明在《红楼梦》的编排上，可谓处处细致探究与

---

① 朱立人.西方芭蕾史纲·舞蹈卷[M].上海：上海音乐出版社，2001：120-132.

打磨,舞蹈语言始终为表现人物形象、烘托情节服务。

(四)情感外化形态的舞段构思

全篇舞剧中,令观众觉得舞蹈之美尤甚的舞段,当属海棠诗社一章。舞蹈音乐以古筝的清丽音色为主,突出了诗社的文雅之气,舞台布景设计的小桥、绿竹,营造了一种高山流水觅知音的氛围。群舞以菱形的舞蹈画面出现,有蔓延流动之感,辅之以白纱舞服的轻盈飘逸,宛若仙子降世般灵动。突出了文本人物所处的环境而造就的其追求高雅洁净的情感外化形态。舞段中的舞蹈道具的运用乃点睛之笔,编导选择扇子为道具并在扇上题诗以表明场景意蕴。这种扇面作画题诗开始于明代永乐年间,文人墨客恣意挥洒的诗情使得扇子的价值从实用、美观的功能外又得到了另一种艺术形式的升华。此处使用题诗扇,既点明中心主旨,又增强了情节的可舞性,扇子在古时亦是一种赏玩的物件或是象征身份的媒介物。用舞蹈的风格性特征去表现不同人物所作诗句的风格。以"舞诗"代替"颂诗",使"诗句"化为舞动的肢体,巧妙运用了舞蹈的艺术特征。舞蹈中所用舞扇,在材质上多以绸质为主,可以突出飘逸潇洒之感,亦是舞者肢体的一种延伸,合扇时长而笔直的扇柄也可代替毛笔,一物多用,构思精妙。

编导在选角上是非常考究的,似傻如狂生得好皮囊的潇洒宝玉;闲静时如姣花照水,行动处似弱柳扶风的柔婉黛玉;肌骨莹润,举止娴雅的闺秀宝钗。每一位人物一登台即由内而外地展现了自己所表演的形象,从演员气质本身就贴合人物,而不是依靠大环境的渲染才能让观众读懂这是谁。性格的不一体现了他们不同的人生观,所以在"舞诗"时,编导所编排的舞蹈语汇是以其人物的内心性格与情感出发的:宝钗的舞蹈语言灵动大气、节奏动律鲜明,注重细微的动作衔接,有着与人物相匹配的心思细密稳重之感;宝玉的舞蹈语言活泼生动,展现出他不愿流于世俗的张扬,无畏于表达自我的勇敢,动作以难度较高的"跳、翻"技巧为多,突出了舞蹈演员扎实的舞蹈基本功,不从突兀的炫技出发,而是更贴合地塑造了宝玉的形象;黛玉"舞诗"则重在舒展,肢体的控制力、柔韧性把黛玉优柔寡断、思绪缠绵不断的性格演绎得恰如其分,她不在意舞出了如何多的华丽的辞藻,只在意有没有达到她心中的意境,舞出那份"遗世而独立"的清冷雅致。

"花溅泪、鸟惊心,人伤春、物非昨,事非今、人断魂。"京剧唱法的哀婉唱词一出,不禁让人联想至黛玉对花落飘零命运的触景伤情。舞台瞬间腾起干冰化成的烟雾,整个舞台笼罩在一种梦幻的氛围中。舞台铺满落下的桃花雨,黛玉搭着锄头，接过流动而来的花篮。真切再现了感伤花之陨落的别思愁绪，那种花与黛玉同命相怜的缘分让观众为之惋惜。编导在此处的舞蹈画面设计别具匠心，"花儿化身"的群舞演员们形成圆圈之势将侧躺在地的黛玉包围，并跟随而卧，在视觉上形成了黛玉栖身于遍地落花之中，是黛玉葬花还是花葬黛玉，这相连的命题引人感叹。"黛玉葬花"无论在原著书中还是舞剧中，都是极为经典的一段落。由这一舞段去表达对林黛玉命运的思考，舞段的唯美性没有成为编导唯一的创作角度，仅有烘托意境、填充时长、切换画面的群舞是无法起到表达舞剧内涵作用的，只有以塑造人物的内心世界为主题，才能用以花掩人隐喻出黛玉这朵芙蓉被大观园的无数花朵所包围而了此一生的结局。艺术作品就是要有值得推敲与细品的特性才能长久保存而不被时代浪潮冲刷流去。

结　　论

要想创作出一部优秀的舞剧作品，舞蹈编导首先要选择恰当的文本内容作为舞蹈的创编基础，这一文本的选择要具有恰当的情节矛盾，激烈而不复杂，故事的内容要具有普适性，不可选择不符合道德传统的以及无情感意义的故事。其次，舞蹈编导在创作过程中，始终要围绕表现人物的内心世界而进行舞蹈语汇的编排，不能生硬地塞入无情节意义的舞蹈动作片段来填补舞剧的时长。最后，一个好的切入角度是整部舞剧的核心。如何恰当地选择叙事方法以及进行情节布局，其舞剧背后蕴含的深层意义是否引人深思，这些都依托于舞蹈编导的自我素质的提高。舞剧与舞蹈编导的世界观、价值观紧密相连，编导看世界的角度以及其所要表达的观点的深度，都是这部作品背后的价值意义，编导的文化素养、思维想象力与审美观具有重要作用。当然，优秀作品也离不开优秀的舞蹈演员和具有欣赏力的观众。这三者相互进行思维流通，才能最大程度地促使艺术作品的传播。

（作者系南京艺术学院舞蹈学院硕士研究生）

空间叙事表现与革命情怀谱写
——评芭蕾舞剧《旗帜》

姜昱冰　杨莉莉

一、隐喻叙事：符号空间到观演空间的修辞转换

（一）以饱含深情的旗帜作为视觉母题

作为舞剧宏观叙事的功能，作品的主题及名称已经为观众提供了对作品展开想象的"前理解空间"。观众在观赏前，心中便有了对故事的预判和个性化的解读。舞剧以《旗帜》为题，在其"前理解"的艺术想象中便点明了作品的精神母题。"旗帜"作为核心意象已然紧紧扣住了中国人民深层的文化心理。《旗帜》在精神母题与视觉母题的转换上，使用了将旗帜的形态在不同人物的场合进行变幻的手法，使其自身承载的意义泛化，借助"隐喻叙事"的手法使得"旗帜"的意义生成在个体修辞与宏大叙事中整合统一。

视觉母题在变化中营造出深邃的空间意象。飘扬的旗帜从开场前舞台幕帘上投影出现到舞剧最后一秒结束，都以不同形态展现在舞台上。在张太雷的叙事线中，旗帜以意义携带者的角色在场，例如公安局办公室中悬挂的党旗、抗战时集结战斗的信号、胜利时挥舞的红旗等。但在更多时候，旗帜的意义则进行了比喻性的泛化处理，是符合观众的心理预期，并在其理解范围之内的。例如在"广州起义"舞段中的张太雷和战友领导起义军作战的群舞，不仅用红色的顶灯营造出战火猛烈、战士们流血牺牲的场景氛围，还用了一面极大的红旗作为道

具,通过群舞的调度,先使红旗完整地覆盖于所有演员之上,观众在红旗的起伏之间得以见到作战的场面。这里依旧是对战争残酷无情的特写,对紧张的战斗情势进行渲染。红色旗面轻飘飘地弥漫在舞台之上,就像无处不在的鲜血与死亡,紧张、肃杀、昂扬的情势通过道具渲染而极具张力。升腾的旗帜将战士们笼罩着,象征着年轻的革命者们在信仰的照耀之下无畏牺牲、视死如归。可以发现,这段群舞中的旗帜在不同演员中交接、传递,直至这场战斗胜利,象征攻占要地的旗帜缓缓在舞台上升腾。这面旗帜作为视觉母题的幻化,在舞段中象征着鲜血、信仰,点明精神母题,同时承担舞美叙事的功能,将战争场面渲染得格外残酷,使舞台画面的丰满度大大提升,使舞剧获得更强的观赏性。

人物形象与"个性化"的视觉母题,凝聚成舞剧的精神内核。在张太雷的故事线中,旗帜象征着他与战友们并肩作战的革命友情,而在游曦的故事线中则象征了她与恋人肖飞的爱情。旗帜作为二人相识相知的引子贯穿于游曦的感情世界中,见证了二人超越爱情的羁绊。两人相识在肖飞慷慨陈词的演讲时,肖飞背后悬挂着的正是一面鲜红党旗,这面旗帜在游曦的叙事线中一直矗立。在游曦"心象"的独舞中,编导通过极具力量感、延伸感的舞姿清晰地表现出游曦对已故恋人的思念。旗帜这一视觉母题在游曦"物象"与"心象"的两个空间中幻化成不同的形态,使舞剧观赏性大大提升的同时,将人物形象塑造和作品主旨表达的关系也连接得更为紧密,作品中宏大叙事与个体修辞形成呼应,观众在强烈的情绪感染力中完成了艺术想象、文化认同与国族认同。

(二)"空间表征法"在舞剧艺术中的实践

"空间表征法"在叙事性文学作品创作中是塑造人物形象的主要方法之一。其叙事手法在于描写一个特定的空间并使其成为人物性格形象的、具体的"表征",是丰满人物形象的一种叙事策略。① 作为"隐喻叙事"的表现手法之一,在不少优秀的舞剧、舞蹈诗剧作品中都可以看到通过营造一个"特别"的空间去表征人物性格以及复杂的人物关系、人物情感。

舞剧《旗帜》给出了"空间表征法"在舞剧实践中很好的示范。令笔者印象深刻的是"会议召开"舞段,舞台空间利用数把可滑动的椅子和倾斜的布景营造出谈判桌上两方势力焦灼的对峙情势。广州公安局中,与会者们分成两个不同的

---

① 龙迪勇.空间中的空间:叙事作品中人物的共性与个性[J].思想战线,2010,36(6):72-77.

阵营,就坚守阵地还是撤退保留实力展开激烈地对峙。此时,舞台深处的巨幅窗户、侧面的建筑墙壁、悬挂的时钟都向着不同的方向倾斜着。凌乱扭曲的空间传达出不安、压抑感,也预示着广州公安局这个空间内将要发生重大事件。空间的隐性叙事功能在此刻充分显露,观众通过空间意象对接下来的剧情发展已然展开想象和预判。接着,运用可移动的椅子道具演绎出会议的紧迫和激烈。处于舞台正中间的"那把交椅"象征着最后决议的敲定。椅子在群舞的调度间时而偏向共产国际的代表,时而偏向以张总指挥为领导的中国共产党。数把椅子在倾斜的舞台空间内不停移动,将焦灼不安的情绪渲染得愈发强烈。同时,舞台布光明暗交错,唯一的追光打在位于中央的一把椅子上,加剧了对于会议结果的重要性的描写。是走是留?迫在眉睫!会议结果将会决定无数人的命运。随着与会者一方将一侧椅子全部推翻、愤然离场,会议在不欢而散中结束。此时观众终于得以喘一口气,此舞段利用舞美布景营造出一个极具戏剧性的空间,不安感始终伴随剧情推进。

二、空间营造:提升舞台的视觉质感与戏剧张力

(一)"空间并置"交织故事情节的时空

《旗帜》中空间叙事策略的运用扩展了舞台艺术的表现深度。身体语言作为舞蹈叙事主体要求创作者在编创中需要运用"舞蹈思维"充分体现"舞蹈本位意识"。不可否认的是,舞美叙事、音乐叙事作为叙事副体也对优化作品的整体观感起到关键作用。从当下的创作成果来看,舞美和音乐的叙事效力得到了编导们的重视。这与舞美技术与时俱进的发展是分不开的。舞美通过灯光、布景、道具的使用大大丰富了舞台空间的层次,实现了"舞台空间并置"。《旗帜》中,多个舞段实现了至少三个空间的并置,使得视觉空间的质感与张力充分提升。如"游曦畅想"舞段,三个同时展现的空间是女兵班的战士们辛苦操练、互相扶持的现实空间,游曦思念恋人时的心象空间,游曦记忆里与恋人初识的心理空间。三个空间的同时展现,使得此时的"舞台空间厚度"增加从而形成震撼的效果。又如张总指挥被暗杀的"献身"舞段。舞台右侧的空间展示的是事件发生的现实空间,左侧则是张总指挥在赶往前线时内心空间的剖白。他担心着坚守前线的战友,担心着受伤死亡的百姓、担心着敌对势力的反扑……就在这样一个关头,伴

随着一声枪响，敌人夺去了他年轻的生命。在此舞段中，舞台上呈现出既是跨时间也是跨空间的展示，拓展了舞台艺术的表现深度，为观众带来了全新的观赏体验。双时空视角增加了舞台"信息量"。

舞台空间的复合度在很大程度上决定了视觉效果的丰满度，在极大程度上丰富了舞剧每一特定场景的"信息量"，大大增加了这一场景的叙事性。这样的空间处理在《旗帜》中出现了多次，笔者在观赏时觉得"戏点"安排得十分紧凑、目不暇接，注意力一直被牢牢吸引，不断随着剧情推进展开想象。

(二)以群舞织体营造张弛有度的戏剧性

舞剧作品中，群舞主要承担交代故事发生环境、编织舞台意境、营造戏剧情势、丰满主要人物形象的功能。群舞因人数众多在舞台调度以及队形的变化上存在更多的可能性，同时，群舞在编排得当的情况下，可以营造出极强的视觉冲击力和情绪渲染力。例如整齐划一带来的力量感、流动变化带来的柔美感、舞姿停顿带来的静态美、舞群交织带来的跳跃感等。

《旗帜》中有多段群舞运用舞群的对比营造出极强的戏剧性。第一处是"血色记忆"中老百姓惨遭枪杀的舞段。舞台灯光闪烁且猩红，背景音乐的炮火声、哭喊声、枪声将舞台空间瞬间拉入那个如同地狱般的场景中。舞段用动静对比描绘出卖花女目睹灾难时的恐惧与悲痛。开始逃难时，群舞进行线性的较大距离的调度，随着一个个人的倒下，群舞逐渐失去调度。倒地死去的人和越发慌张狂奔的逃难者形成极强的动静对比，直至舞台上再也没有站着的"活人"，舞台归于沉寂。只剩下唯一幸存的卖花女孩抱着亲人的尸体声嘶力竭地哭喊。另一处是"珠江泣血"舞段中游曦与战友们并肩作战直至牺牲的片段。此舞段不仅通过四人舞演绎出女战士们的不畏牺牲、坚守战地的魄力与勇气，也通过一面红色旗帜作为视觉母题将舞段中人物行为的情感逻辑升华，再度点题。群舞通过一致的动作和力度、人物间的互相搀扶依靠侧写出战争的惨烈。舞段中没有正面给出敌人的样貌和作战场面，而是通过人物的第一视角展现战争中的女战士们浴血奋战的场景，将战争的残酷、敌人的残忍刻画得淋漓尽致。游曦四人在伤重不治的最后关头，将旗帜依次传递、抚摸。此时，这面红色旗帜既是写实性道具又是写意性道具，四位女烈士在对信仰的不悔中牺牲。最后接捧旗帜的游曦在恍惚中仿佛看到那个早已为革命献身的恋人向她挥手，他的背后是那面鲜红的党旗。

三、舞剧空间叙事的时代契机和表现趋势

(一)"空间化处理"成为丰满舞剧叙事的有效方法

仔细考察当代舞剧的叙事策略的转变,可以发现戏剧结构从线性到非线性叙事的审美嬗变,时间性维度的削弱和空间性维度的加强正成为趋势。舞剧在表达时间、空间的时候,不是单一地指向时间或者指向空间,而是指向一种时空的复合状态——舞台时空整体营造出的描述语境,舞剧描述语境的营造属于空间叙事策略之一,也是舞蹈本体叙事手法。对于描述语境的营造不仅释放了许多身体语言叙事的压力,同时对身体语言叙事的效果也实现了多方面的优化。

时空跨越叙事不仅将戏剧情势营造得跌宕起伏,更带来复合的视觉美感。舞剧创作中需要主创以"舞剧形象思维"关照作品编排。不同于"舞蹈形象思维"是一种动作性思维,将重点放置于动作、语汇及形象的编创,"舞剧想象思维"需要编导更加动态、宏观、整体地把握作品编创。[①] 其特点在于将人物性格通过舞蹈语言完成动态塑造,将人物心理空间"可视化",将描述语境进行场面化营造。后两者都可以归纳为舞剧空间叙事的范畴。《旗帜》中多个舞段充分体现了舞剧形象思维,令笔者印象深刻的是"会议召开"这一章节的尾声。随着众人的不欢而散,张太雷陷入沉思,疲惫地瘫坐在舞台前区。半梦半醒之间,一位女子(张太雷妻)领着一群柔情似水的江南女子缓缓步入舞台。这段"丽人群舞"是张太雷心理感受的"外化",他如同置身于回忆的蒙太奇中与群舞丽人们穿插、互动。

首先,真实与虚拟之间的时空跨越叙事将张太雷的人物形象塑造得更为真实立体。战争局势是如此焦灼,年轻的革命者感到无力无助。可他想起来战争前宁静的家乡故土,思念起温柔坚韧的妻子,这无一不使他激荡起革命的初心——献身革命、解放人民。其次,一段舒缓悠长的"丽人群舞"缓解了"会议召开"舞段紧迫压抑的氛围,会议舞段作为整部舞剧第一个"戏点"已将戏剧情势推到一个高潮,接下来的舞段需要将观众的情绪抚平,避免观剧体验的"高负荷"。最后,"丽人群舞"提升了舞剧语言形态的多样性。《旗帜》作为革命历史题材舞

[①] 许薇.舞剧叙事的文学性探索起点:舞剧脚本[J].南京艺术学院学报(音乐与表演版),2010(1):152-161+176.

剧,大多舞段表现的都是战斗、练兵等军旅生活场景,舞蹈语汇的编创上必然受到一定局限。剧中丽人们身着素雅的月白色旗袍,动作融合江南民间舞婀娜柔情的舞蹈语汇,以极具地域特色的绣绷为道具,使舞剧呈现出风格形态上的多样性以及更高的观赏性。

（二）"时空并置与跨界融合"带来全新的观剧体验方式

观察优秀的舞剧实践成果,作品叙事突破外在事件的再现从而能够去表现隐秘细微的人类情感,去塑造丰满立体的人物形象,去演绎复杂诡谲的情节题材,去叩问深邃宏大的人生命题。在"时间化处理"中,从舞剧文学台本到舞剧成品,两种文本之间的转化手法中重要的策略便是基于故事文本的叙事时间线进行时序、时距、时频的调整,使故事的戏剧性、观赏性得到极大提升。在舞蹈叙事"空间化处理"的实践上,笔者认为呈现出两种趋势——时空并置与跨界。

情节、时间、空间的并置丰富了舞台空间的信息量,视觉质感与戏剧张力得到提升。情节、空间的并置指的是故事演绎中,舞台上同时利用不同的区域,将舞台分隔成不同的时空。多个时空中人物的行动、状态进行同时呈现,在很大程度上丰富了戏剧张力,使舞剧艺术产生了跨越媒介的视觉质感,这样的手法类似电影剪辑手法中的蒙太奇,通过多个镜头的切换、拼接,多条叙事线的收束归拢,共同补全完整的时空全景。《旗帜》从宏观叙事来说,分别展开了张太雷线、游曦线这两条叙事线,而两条叙事线则都在"广州起义"的事件背景下展开情节发展。虽然是两个视角,却共同构建出虽身处不同阵营、不同身份的中产党人却心怀同一个信仰,在"广州起义"中生死坚守的革命图景。从微观叙事来说,《旗帜》也使用了空间并置的处理。例如"献身革命"舞段中,张太雷遇刺身亡。编导使用了浪漫化的艺术处理手法,使张太雷的英灵得以回到战友的身边、家人的身边作最后的道别。这个舞段中用强烈的情绪感染力将天人永隔的无奈、张太雷欲安慰抚慰亲人战友却无法触及的无力感展现得淋漓尽致。

伴随着舞台美术科技的更新,舞蹈空间叙事的另一新趋势是"跨界融合"。舞者身体与其他艺术门类的媒介跨界融合成为鲜明特征。融合数字媒体的舞美设计使可视的舞台空间更具有接近现代人审美真实的优越性。舞剧《旗帜》中同样运用了多媒体的投影、巨幅的背幕,变化的屏幕背景极大程度地调动了观众的剧情参与度和想象力,提升了舞剧整体的观赏体验。可以说,通过舞者身体与多媒体技术的跨界交融所营造的剧场空间,将会产生全新的观演关系和审美体验。

四、革命历史题材舞剧的情感表现与叙事方法

(一) 以情感意识关照舞剧空间建构：无声地诉说情思、情感、情怀

"革命历史题材"表现的是对中国共产党作为领导力量的礼赞与讴歌，因此格外洋溢着浪漫情怀与英雄主义。而作为表现"革命历史题材"的舞剧，可以说全部是新中国成立以来，也即中国"当代史"的产物。革命历史题材拥有作为宏大叙事的史诗性特征，在对革命历史真实的展现之外，也包含着对于革命英雄人物的艺术化、浪漫化的处理。[①] 从二十一世纪创作的革命历史题材舞剧来看，作品均呈现出了对主角人物情感世界的深度挖掘与多维展现。不仅通过肢体叙事将主角内心细微、深邃的情感娓娓道来，更是通过舞台空间营造策略将故事的情绪感染力放大、情感表达加强，为宏大叙事题材的表达增添了一股触摸人心的力量。

细节化的生活空间呈现了平民生活的真实景象。近年来，革命历史题材舞剧的叙事视角呈现出以小见大的转向。不仅体现在人物设定的平民化，也体现在故事场景的选择、营造上。这种转变使人物更具情感的温度，有血有肉的角色与观众能更好地产生共鸣、共情。如女兵班们的"洗衣舞"片段，编导使用了二十世纪二十年代生活中常见的道具——晾衣竹架。舞段中，演绎的是女兵在休息时的生活场景。训练时坚毅、刻苦的女兵在生活中则流露出年轻女孩们的调皮、活泼。演员们利用长长的晾衣架上垂下的衣物形成遮挡，仅露出小腿以下。衣架后的演员们用灵活多变的脚下动作、躲闪变换的位置调度与晾衣架前的演员们互动嬉戏，一种生动温馨的氛围在舞台弥漫。

诗意化的舞台空间寄托人物情思。从情感的维度挖掘革命英雄人物的情感动机与行为逻辑使形象更真实立体。角色作为个体的情感表达与革命的宏大叙事在合理化中统合，是当下革命历史题材舞剧塑造主角形象的常用叙事策略。舞剧的诗化叙事中，强调场景与人物情感的交融，或者说外部空间的情感基调是由人物内心状态决定的。舞景交融呈现出舞台的意境美。近年来革命历史题材的舞剧的叙事手法的"诗化"转向值得注意。使用诗化手法创作的舞剧作品有

[①] 于平.中国当代舞剧创作再论[M].北京:中国文联出版社,2020.

《闪闪的红星》《天边的红云》《傲雪花红》《红梅赞》《八女投江》《记忆深处》等。舞剧《旗帜》也同样使用了诗化的叙事手法。在描绘游曦回忆的甜蜜双人舞片段，写意抒情的双人舞表现出二人热烈的情感和对革命的坚定。此时背幕幻化成一朵焰火般绚丽的百合花，火红炽热的舞台空间是游曦内心情感的投射，象征了二人的感情因其共同的信仰绽放美丽的爱情华光。时空自由的跨越切换，舞者身体与空间色彩交融增加了视觉效果的张力和层次，观众不禁为游曦动容。

（二）从情感维度开掘革命历史题材：生动地演绎人物、人性、人生

随着二十一世纪的到来，革命历史题材的舞剧呈现出对于叙事策略多元化开掘的发展趋势，其目的已经超越了"说什么""怎么说"，而是去更深刻地思考舞剧叙事语言的"阐释效力"——如何说到观众心里。

从情感维度开掘，以情感表达切入革命历史题材舞剧的创作体现了对传统题材趋同和表现形式模式化的超越。其特征可总结如下：其一，舞剧叙事以"情感动机"推进情节演进。一部作品必然怀有打动观众的诉求，所以，从情感维度开掘主要人物的内心空间，将情感空间直观化呈现，将所思所想剖白式演绎成为一种主要的表现方法。如2000年上海芭蕾舞团创演的芭蕾舞剧《闪闪的红星》，以主角情感的流动为核心动机，舞剧时空随着主角的内心情感空间展开时空跨越叙事，实现了舞台空间的自由切换。以主角的"情感动机"推进事件演变的创作模式也是二十一世纪中国舞剧创作的特征之一。2001年的《红梅赞》、2002年的《风雨红棉》、2016年的《八女投江》、2017年的《天边的红云》、2018年《永不消逝的电波》、2021年的《旗帜》、2022年的《努力餐》等革命历史题材的舞剧都通过创新艺术表现手法将宏大的革命情怀与主角个人的命运紧紧交织相连，以真实动人，以真情感人。其二，叙事视角的平民化、微观化转移。首先，平民化的叙事视角可以在宏大的革命历史与个体修辞间形成呼应；其次，聚焦于小人物使得作品带有亲民性；最后，作品的情感温度为观众带来深度的情感体验。舞剧《旗帜》的男女主分别是张太雷与游曦两人，分别展开各自的叙事线，引出了二人的亲人、友人、爱人的故事讲述。其三，艺术形象的人性化、动态化塑造。文艺作品的本质是描写人，以人的故事来打动人，以心灵的温度滋养心灵。超越"高大全"式形象的静态刻画，当下舞剧的创作注重动态地塑造生动真实的艺术形象。特征体现在人物身份设定的世俗化、人物性格的多面立体、人物形象的真实可感。人物形象的人性化、动态化塑造一定程度上将决定着作品故事情节的戏剧性。需

要避免的是程式化、符号化、工具化的形象选择,避免沦为某种理念得以传达的工具人,这点我们在曾经错误的创作导向中已经吸取了教训。

结　语

　　舞剧《旗帜》作为喜迎党的二十大献礼作品获得了第十三届全国舞蹈展演优秀剧目的殊荣。无论从书写革命历史的创作立场还是作品高品格的美学呈现,尤其是其极具借鉴意义的叙事手法都体现出对传统革命叙事舞剧的超越,是一部值得关注的优秀舞剧。本文认为《旗帜》的艺术价值体现在:(1)多维度的舞台空间叙事丰满了舞台空间的质感与戏剧张力。这是编导王舸、编剧于平深化舞剧创作意识的体现。(2)以"舞剧形象思维"关照作品创作——以舞蹈语言建构舞蹈形象,以舞蹈手段营造戏剧张力。身体语言的叙事性在作品中得到充分彰显,多处群舞的编排营造出极强的悲怆感、肃穆感。(3)几位编导通过新颖的表现形式,赞扬了共产党人无畏牺牲、坚定信仰的精神品质,舞剧结尾在激荡、恢宏的氛围中。这部优秀的舞剧作品体现出主创团队在"主旋律舞剧创作创新"道路上秉承的艺术理想和艺术担当。

(姜昱冰系南京传媒学院助教;杨莉莉系南京航空航天大学艺术学院教授)

从异质同构理论看当代舞蹈审美"新现象"

宋春颖

异质同构理论是由美国著名的心理学家鲁道夫·阿恩海姆所提出的,是格式塔心理学的核心观点,并且格式塔心理学以"异质同构"来解释审美经验的形成。要了解异质同构,首先要对格式塔的原理有所了解。"格式塔"是德文Gestalt 一词的音译,其意思是"完形",强调完整性,"形"是指由知觉活动组织和建构经验的整体性。格式塔心理学认为任何一种完形的内部都存在一种张力,也就是一种"力的图式"。不同的完形之间还存在着一定的关系,当性质相同的"力"构成完形时,为"同质同构";当性质不同的"力"构成完形时,为"异质同构"。在审美活动中,格式塔心理学派认为:"在外部事物、艺术式样、人的知觉(尤其是视知觉)、组织活动(主要在大脑皮层中进行)以及内在情感之间,存在着根本的统一。它们都是力的作用模式,而一旦这几个领域的力的作用模式达到结构上的一致时,就有可能激起审美经验。"这就是格式塔异质同构核心理论。

舞蹈艺术与异质同构关系的建立基于两点:一是舞蹈完全以人的肢体为语言,本身传递的就是"力的行为",阿恩海姆认为"每一个视觉事物都是一种显著的动力事件",从视觉的角度,人体就形成"力的图式"。二是在舞蹈审美活动中,舞蹈艺术品与观众在空间上存在着情感沟通。所以,一方面是基于舞蹈本体而言;另一方面是舞蹈审美包含的主客关系,可以试图将舞蹈与异质同构相关联,以对舞蹈审美进行更进一步挖掘。身体、心理、时间、空间是舞蹈艺术的四要素,平心说:"身体是舞蹈的物质载体和技术本质,心理是舞蹈的灵魂和艺术本质,空间是身体(物质)存在的绵延,时间是心理(精神)的绵延。"从异质同构最初的定义和来源来看,似乎异质同构理论仅仅可以对舞蹈本体的身心层面进行解释,但通过对异质同构的进一步剖析与全方位解读,可以发现异质同构理论不仅仅涉及身心的同构,审美活动中主客关系同构,还可以从空间上、创作上、不同艺术门类以及不同媒介与舞蹈进行异质同构。下面借此来解释当代舞蹈审美中出现的"新现象":平衡、重叠与交互。

一、平衡:审美建构的主客共情

"不管是从视觉上说,还是从物理上说,平衡都意味着其中所有活动达到停顿时所持有的一种分布状态。也就是说,对于一件平衡的构图来说,其形状、方向、位置诸要素之间的关系,都达到了如此确定的程度,以至于不允许这些要素有任何些微的改变,在这种情形下,整体具有的那种必然性特征,也就可以在它的每一个组成成分中呈现出来。"阿恩海姆陈述了在绘画构图中的"平衡",以及"平衡"的重要性。虽然这是具象中的"平衡",但放在抽象的舞蹈审美活动中同样适用,从异质同构理论看舞蹈审美活动,在审美的主体与客体之间便存在着这样一种"平衡"而又稳定的关系。

从审美的角度看,舞蹈表演者通过身体语言传递出独有的"张力",这种"张力"通过某种方式传递给审美主体,从而唤起情感共鸣。从物理学的角度来判定,一种力是不可能单独存在的,必然存在着与之相互作用的力,那么在审美活动中的主体也必然存在一种力,这种力来自审美主体的内心欲求。心理学家分别从物理领域和心理领域对这两种力进行了划分。在舞蹈审美活动中,舞蹈艺术品的倾向性"张力"是存在于物理领域的力;另一种力存在于心理领域,即欣赏者内心世界中。从格式塔的"完形"概念来看舞蹈审美的过程,则是心与物的完形,心与物的同构,即"心物同构",或者说是"心舞同构"。从前文中可以看出,阿恩海姆认为,想要绘画作品能够完整呈现、准确表意,就要实现各个要素的平衡。将阿恩海姆的平衡构图理论用于舞蹈审美活动进行分析,在这个审美活动的"构图"中各要素也需要"平衡"。审美主体与客体的两个场域,以及上文提到的两个"力"之间都需要平衡。审美主体心理领域的"力"与审美客体物理领域的"力",二者相互作用,当作用性趋于一致时,传递给对方的就会是最和谐的讯息或是最饱满的能量，在审美主体与客体之间就会形成持续的稳定关系。

"力"的异质同构连接了心理领域和物理领域，并最终使二者达到一种稳定的平衡状态，但是仅仅两个不同性质的"力"的同构是不能直接形成平衡关系的，中间必然存在着某一动态过程，来担任两种"力"相互作用的媒介，这种过程能够将审美主体与客体的力进行"交互"，使得一方作用，另一方被作用，这一过程便是"移情"。德国心理学家立普斯认为："移情是一种积极主动的投射。"美感的产生是由于审美时人们把自己的情感投射到审美对象上去，将自身的情感与审美对象融为一体，或者说对于审美对象进行内在模仿，即"由我及物"或"由物及我"。朱光潜指出："人在观察外界事物时，设身处在事物的境地，把原来没有生命的东西看成有生命的东西，仿佛它也有感觉、思想、情感、意志和活动，同时，人自己也受到对事物的这种错觉的影响，多少和事物发生同情和共鸣。"通过移情主体将自身的情感倾注到客体上，客体又将意味传递给主体，在这一过程中主体与客体双向建构彼此所需，"异质同构"了二者之间的内在联系。"移情"在异质同构中作为一种过程或者说是动作，所承担的是"力"的相互作用。

审美活动的构成要素包括两个场域中的主体与客体，以及连接审美主体与客体的移情。存在于主体与客体的"力"通过移情相互作用建立"平衡"，最终实现舞蹈审美的主客共情。舞蹈诗剧《只此青绿》中就存在这样的平衡。象征中国传统符号的"青绿"率先向观众传递了"美"的视觉体验，观众在接受作品的这种"美"的张力时进行思维意识的转换，产生除视觉之外的审美欲求，观众将这种欲求通过移情加注于作品。作品通过移情又向观众传递出宋代画家王希孟的工匠精神、《千里江山图》的雄浑气势，以此使得观众产生文化自信，从而实现平衡。

二、重叠：媒介融合的创新表达

按照阿恩海姆的看法："只有保持某种程度的自我独立，才是'部分'的真正特征。一个部分越是自我完善，它的某些特征就越易参与到整体之中……没有这样一种多样性，任何一个有机的整体（尤其是艺术品）都会成为令人乏味的东西。"从这句话中可以看出对独立性的强调，组成整体的每个个体也都可以作为一个独立的整体。异质同构的完整不仅仅针对一个大整体，它也强调了大整体中各个部分的完整，也就是说异质中每个"质"都是一个独立且完整的个体。正是因为个体的独立性,使得个体可以与外界构造自己的独特形式。阿恩海姆基于视知觉的形式提出了"重叠",并将它作为异质同构的一种方式,他认为重叠"可以通过使各种形式关系在一个更加统一的式样之内集中,而使这些关系得到控制和加强",这与上一节中的"平衡"有着密切关系,外部的"重叠"最终也是为了保持内在的"平衡"。在如今大融合的时代,单一的媒介开始面临着机遇和挑战,在各种因素影响下,单一媒介生存的边界逐渐模糊,媒介融合现象现已成为一种流行趋势,舞蹈也在这场媒介风暴中履步向前。将阿恩海姆的"重叠"映射到舞蹈的整体发展环境中,舞蹈趋向于与外界环境融合的状态,当舞蹈的内部实现稳定的平衡态后,它开始作为一种完整的、独立的个体,与外界中的其他媒介融合生存。通过"重叠"实现视觉的叠加效果,也是当代舞蹈审美中一种独特的现象,表现出个体与个体在视觉空间上"融合"的特征,如舞蹈与自然环境、与人工环境的融合,舞蹈与技术的融合等。

  舞蹈与环境的异质同构通过重叠呈现出"融合"的形态,从舞蹈的起源来看,这种"融合"是在回归中创造新审美。通过重叠将舞蹈作为一种独立的完整的个体与环境交融,通过"同构"创造出全新的视觉体验。如今,舞蹈跳脱出传统剧场而走向社会环境中已成为舞蹈界非常流行的现象,动态的舞蹈为静态的环境注入了活力,而不同的环境也为舞蹈提供了多样灵感。舞蹈艺术家们开始试图主动寻找舞蹈与环境的契合进行创作,对特定的环境做出实际的回应,使舞蹈与环境二者融合共生,突破各种局限,从而给观者带来身临其境的视觉审美体验。在河南卫视举办的"端午奇妙游"端午特别节目中,水下飞天舞蹈《祈》就非常直观地诠释了舞蹈与环境的融合,飞天与水环境本是毫不相干,但是舞者却可以通过水而反重力,真正实现了"飞",完美展现了《洛神赋》中的那句"竦轻躯以鹤立,若将飞而未翔",让观者赞叹不止。

  如果说舞蹈与环境的重叠是"回归",那么舞蹈与技术进行重叠则是"进阶"。技术并不是一开始就伴随着舞蹈的,而是在时代的推动下逐渐形成的审美现象,尤其是如今数字化技术的发展,多种媒介的产生,更是给人们带来全新的视觉盛宴。艺术家们总能发现不同寻常之处,录像艺术潜在的具有创造性的功能被充分发掘,它"可以记录同步发生的行为、表演或事件,也可以将同一空间中的屏幕影像、录像装置和环境相并置,还可以将胶片、影像造型和录像装置等多媒体杂糅、交叉或融合",借此影像艺术逐渐形成,舞蹈影像也紧随其中萌生并发展。集成化的时代催促着舞蹈与各种媒介交融，舞蹈影像现已成为当代舞蹈跨媒介交融的最重要的表现形式。通过舞蹈影像可以克服很多技术上的困难，比如上文提到的水下舞蹈，长时间在水下舞蹈是有非常大的难度的，但通过影像剪辑进行拼凑和镜像剪切便可以保障舞蹈的完整性。

信息化时代的快速发展催促着多种媒介的产生。在舞蹈与技术融合的范畴中不只有舞蹈影像，舞蹈与科技的交互碰撞也在这场风暴中崭露头角，艺术家与观者都渴望在科技和舞蹈的相互探索中碰撞出不一样的火花，以再次丰富舞蹈的创造性表达。河南卫视春晚中的舞蹈《唐宫夜宴》利用数字媒体创设舞蹈环境，从而实现了博物馆与舞台的时空转换，在不知不觉中带领观者穿越；还有由唐诗逸主演的《西河剑器》，舞者手中的剑并不是传统的舞蹈道具，而是虚拟的"剑"，这种虚拟道具的应用真的实现了收放自如。除了这种空间上的突破，还有舞台表现手法上的创新，比如"人影共舞"的互动式多媒体舞蹈表演，在这种表演形式中，数字媒体不是作为背景或是道具，而是也成为"表演者"，与舞者互动。在这场艺术与科技交融的视觉盛宴中，"人"从一个表现的主体逐渐变成启发式的关键媒介，这些虚拟的影像是创作者通过对人体生命结构深度剖析进而进行数字媒体编程所形成的"概念化"人体。

"每一种媒介都提供了转译模特之突出特征的最佳方式"。无论是舞蹈与环境，还是舞蹈与技术，都是舞蹈对于媒介时代到来的直接回应。在当下多元化的时代，带有创新性的事物的出现总归是有意义的，"多种媒体形式要打破传统的单一模式，提供不同的表达方式"，这也是舞蹈在跨媒介发展中的必然趋势，是当下时代价值的体现。

三、交互：多元手法的交融互鉴

"一个'部分'越是自我完善，它的某些特征就越易参与到'整体'中"，并且能够在这个整体中始终保持完整而不被其他因素破坏影响。在上一节中探讨了舞蹈作为一个完整的物质与其他媒介在外部空间环境中的同构融合，通过研究会发现虽然舞蹈与其他媒介的边界逐渐模糊化确实带来了许多创新性的体验，但当站在舞蹈的角度去思考这一现象时会发现舞蹈本身所具有的独特性被削弱了，尤其在舞蹈与科技同构中，似乎舞蹈长于抒情的特点逐渐被淡漠。针对这样尴尬的境地，舞蹈需要以更完美、完整的姿态投入到与其他媒介的博弈中，它需要新鲜的血液来充沛自己。艺术是相通的，舞蹈在与其他艺术建立关系的过程中呈现出"交互"的姿态，不同的艺术为舞蹈提供了多种创作灵感，从多元艺术中汲取营养，使得舞蹈有了更多的资源构建自己的独特性。

在舞蹈与多种艺术同构中，首先想到的便是作为同源艺术的音乐。从最初的乐舞到舞蹈与音乐分别成为独立的艺术，秉承着事物"合久必分，分久必合"的发展规律，今天的舞蹈又与音乐产生了交融，虽然音乐与舞蹈看起来一直没有分开过，但音乐对舞蹈是在创作上的渗透，是当下最显著的。比如，卡农作为一种复调音乐形式，其拥有特殊的技法，"它以连续的模仿为基础，当一个声部还未结束时，另一个声部就以模仿的形式开始"，在舞蹈作品中常看到的"流水"，与卡农技法就有着异曲同工之妙。通过舞者身体上的"卡农"，表现情绪的起伏涨落，比如从身体的小关节到大关节的身体律动，幅度由小及大，以体现表演者情绪的迸发和情感宣泄；或是通过整体调度上的"卡农"，表现群体意象或精神气质，如舞蹈《小溪·江河·大海》中的"流水"，给人一种连绵不断之感。

作为动觉艺术的舞蹈艺术与影视也有着密切的关系，从宏观上看，两者都具有"动"的特征。不同的是影视的"动"来自镜头的捕捉，而舞蹈的"动"，一方面来自人体；另一方面来自观者形成的视知觉活动中，即在前文提到的审美主体与客体的"力"的同构。舞蹈也在影视的创作中对号入座，并从中汲取具有创造价值的资源，"蒙太奇"影视创作技法就是其中之一。蒙太奇最早是应用于建筑学中的一种创作手法，有安装、组合、构成之意，即将各部分通过安装、组合等构成一个整体。通过诸多影视艺术家从不同角度对蒙太奇技法进行解读，最终将蒙太奇的主要特点归结为：第一，具有叙事功能；第二，通过镜头的联结调动观众的理智和情感。舞蹈也充分利用了蒙太奇的这两大特点，实现了自身优化。大部分的舞蹈影像都采用了"蒙太奇"镜头编创，通过"蒙太奇"让镜头为舞蹈而舞动，使舞蹈影像摆脱了机械性的复制，让同一个舞蹈作品在镜头下有了不一样的表达，如在大理舞蹈季中的舞蹈影像作品《转山》，创作者将作品从剧场转换到自然环境中去，在不改变舞蹈原本结构、内容条件下通过对镜头进行"蒙太奇"的拼贴、重组，向观者展现了更为深刻的生命轮回之美。

"诗中有画，画中有诗"是唐代诗人、画家王维对于诗歌与绘画艺术特征的描述，绘画与诗歌自古就有着十分密切的关系，在如今艺术交融的环境中，艺术家们更多专注于诗歌与绘画"写意性"的共通。随着人们对于审美的高度追求,以身体语言为媒介的舞蹈艺术也开始了对"诗情画意"的追寻。众所周知,诗歌是以语言表达为媒介的文学艺术,也正因为文字是人们无法通过感官直接感受的,所以会使人们产生无尽的遐想,这也为诗歌意境的营造创造了条件。中国古代诗歌深受道家哲学和美学思想的影响,表现出虚中有实、虚实相生的艺术特色,舞蹈也应充分利用这种虚实结合的创作手法,构建自己的象外之象、境外之境,如舞蹈诗剧《只此青绿》《节气江南》等。绘画是以色彩和线条为表现媒介的艺术,相比诗歌,绘画的呈现更为"直观",绘画也常常通过这种"直观"来调动观者的联想或想象以实现"言外之意"的表达。在中国画中常用"留白"手法进行创作。"留白"是中国传统绘画特有的意象创作手法,它以"不著一字""不染一色"来营造出幽静空谷的幻想和"无画处皆成妙境"的审美旨趣。舞蹈也常从不同的角度采用"留白"进行意象和意境的塑造,以追求"言有尽而意无穷"。舞蹈诗剧《大方无隅》以道家"大方无隅,大器免成,大音希声,大象无形"为创作主体,表现人与自然和谐共生的道家美学观,这部作品的"留白"主要体现在整体结构、舞台美术、人物动作、服装化妆、背景音乐等方面都追求"减法"。不得不说诗歌和绘画对于舞蹈的意境美产生了功不可没的影响,通过与诗画的交融,进一步营造了舞蹈的"诗情画意"之感。

在艺术大融合的时代,各门艺术都在不停地"拿来"和"给予",以编织更完美、更完整的自我。无论是何种艺术门类,给予舞蹈的都不只是单方面的,在取"精华"过程中,舞蹈要始终保持本体的坚固稳定以构建完善自身的独特性。

四、结　语

格式塔的异质同构理论虽然只对知觉经验进行了分析,但根据其概念,实际上异质同构适用范围是很宽泛的,"平衡""重叠"与"交互"是本文试图对异质同构的发展,通过研究也表现出契合。时代在进步,技术在进步,审美在不断变迁,在当下的审美"大熔炉"中,相信舞蹈艺术还会呈现出更多令人耳目一新的姿态,异质同构是否还可以用来解释舞蹈艺术还有待深度探究。

(作者系南京艺术学院在读硕士研究生)

民间文艺

雅俗共赏　心怀暖阳
——感受蒋东永楹联作品的"温度"

吕　涛

在无锡，常能看到蒋东永老师的楹联作品，或在书画展厅，或在石碑匾额，或在门店两侧。和其他艺术类型一样，楹联也在跟随时代发展而变迁，为楹联事业奉献和铺路，用楹联关注和书写当代，十三载弹指一挥间，蒋老师乐在其中。

初见蒋东永老师是在他的工作室，一间10平方米左右的玻璃房子，里面挂满了楹联书法作品，笔体各异，多出自知名书家之手。很难想象如此风雅别致、墨色生香的空间主人，是一位盲人艺术家。蒋老师主动站起来，迎着我在他对面坐下，他的微笑与和善，有着老一代艺术家身上谦逊和质朴的气质。

我曾多次参与蒋老师的楹联展，一边布置一边读赏，他作品里的精神气度正如他励志阳光的人生写照，让我产生了共鸣。蒋老师曾是人民检察官，自强达观，始终热衷公益事业，在突然失去光明后的二十多年，始终与楹联艺术携手结伴。一本《东永联韵》（2014年出版），集结了蒋老师楹联创作的十年精华。其作品题材广泛，有的宏大磅礴，有的细腻入微，浸透智慧的厚厚一部书，我品读了很久。然而他的作品，识字的就能看懂，而有共鸣的人读着更有回味。

他作楹联使用的都是常用字词，描述的都是常见事物，阐释的都是常规事理，融入的则是浓厚的情感和深刻的思想；虽然惜字如金，但内容丰足，相互关联，富有深意，饶有情趣。平凡的字词在他的笔下有机运转起来，一副副有"温度"的楹联便产生了。

一联"你自何来，来就吃，吃完就走；佛朝此看，看还笑，笑罢还思"，短小精悍，似信手拈来，但没有甜得发腻的陈词滥调，没有高深莫测的注解典故，有的只是一幅充满意趣的画面，还有读罢还思的余味。蒋老师一向不写长联，因为一来老百姓看不懂，不易传播，进而造成大批读者流失；二来长联创作难度很高，艺术性难以保证。本质上，楹联本身贵在短小精悍、朗朗上口，能流传能战斗，是文艺界的"轻骑兵"。

我曾向他讨教称谓，他谦逊地说"作家"一词太神圣了，自己只是一名民间艺人罢了。民间艺人也好，作家也罢，蒋老师楹联作品中的隽秀文字，清新脱俗，多是优美佳句。

一联"叶动云嬉珠滚翠，莲开霞起水含香"，好一座美如诗画的留春岛，人们仿佛看到了蓝天白云掩映下闪烁着的透明叶珠，闻到了绿色的水面上圣洁莲花之下泛起的幽幽香气，勾起人们内心无限的美好，就像陶醉在一首优美的诗词中一般。

一联"钟鸣悠远，鼓响激昂，传承天府千秋韵；德泽绵长，阳光和煦，簇拥仙乡百尺楼"，把主题"钟鼓楼"藏头嵌在文中，天府对仙乡，地区相对；再看"天上风来香远近；园中月过影横斜"，"风送暗香浓淡；月移疏影高低"，文字之优美隽永，与优秀的诗歌散文相比丝毫不落下风。

"人盲了，心不能盲"，蒋老师的艺术创作都来源于生活。在以超越常人的毅力，经历了风雨磨砺后，蒋老师对世界万物的美好感情始终未变，心中的阳光布满了他创作和生活的每一个角落——曾经看见过的真实的世界，朝霞落日、山川湖泊、阴晴圆缺、方圆规矩，在他心里依旧气象万千；而没有看到过的世界，没有接触过的信息，他都攻坚克难，通过自学、请教和交流，不遗余力地坚持知识更新和跟进。"目不识丁非己懒，心甘解甲为联忙"，这副自题联写出了蒋老师创作过中的勤奋与坚持，也道出了与楹联为伴的幸福与快乐。

蒋老师很多作品被著名书法家书写，展示或刻挂在如沈阳世博园奥展馆、澳门、南昌论语楹联园、荣成西霞口中国楹联第一村、中国米芾书法公园、南京牛首山佛顶寺，以及无锡惠山古镇东岳庙、荡口古镇等全国各地著名文化景区，尤其是能为家乡无锡的文明城市的创建贡献一份力量，这让他倍感欣慰。

来到南京中华门前，一副高15米、宽2米，蔚为壮观的楹联便映入眼帘："报恩祈福，揽胜泛舟，天悬丽日三千丈；聚宝布新，申遗圆梦，春满中华第一门。"该联除了巧妙地使用指代手法，还将传奇故事蕴含其中，内涵丰富、逻辑严密，文学风范张扬,豪迈雄伟。

必要的艺术手法是楹联创作中极被重视的,不过在蒋老师看来,常见修辞的运用只是基本功,作品好不好,关键还是思想内核。羊年央视春晚主持人口播春联"拍蝇打虎猎狐,人民点赞;马去羊来燕舞,华夏开春",蒋老师在创作这副作品时,联想到近年来国家反腐倡廉的大动作深得民心,猎狐行动战绩彪炳,就将其作为了创作的主题,果然取得了不错效果。纪念辛亥革命100周年征联一等奖作品:"辛亥几多志士,悬首国门,只为看帝制崩、共和起;风云无数英灵,埋名山野,最爱听雄狮吼、巨龙吟。"感情充沛、立意高远、声势雄壮、虚实相映;还有"网通田舍,便捷地球村买卖;笔带泥巴,清新农业国文章。"此联以小见大把新农村的宏大景象几句道破,带有点夸张意味。

有"温度"的楹联是感情充盈的作品,往往带着艺术家独特的个性魅力。蒋老师重视作品个性的塑造,没个性的作品是要"亦乎众矣"的。楹联的创作和作者的人生经历密切相关,每个人看问题的角度是不同的,作品风格必然也是多元化的。

读赏蒋老师的作品个性,除了品词嚼句,享受着抑扬顿挫的韵律感,以及上下对应,如齿轮般咬合的工整节奏,还能感受到字词之间前后呼应的联系,体味字里行间蕴含的深意;随着联想和思考的展开,佳联深邃的思想、严密的逻辑,给人以更深的时空和情感体验,让人不由自主沉醉其中。

作为2011年春晚五个楹联对句佳作奖之一,"游子吟乡愁,静夜思荷塘月色(出句);普天乐春晚,丰年瑞玉腊梅枝(对句)",出句以四个文学篇目名,词性活用,表现了游子思故乡念亲人之情;蒋老师作的对句巧用春节典型场景,上下相对,字字相扣,描绘出返家的游子与家人欢聚一堂,共同收看春晚节目的温馨场景,在这辞旧迎新的夜晚,预兆着丰年的瑞雪已落在了早春的梅枝,与春晚现场的氛围颇为贴近。

题梁山"聚义厅"——"始叫良山,终叫梁山,两般称谓一般景;先名聚义,后名忠义,一样厅堂两样天",此联成功在对梁山历史背景的娴熟掌握,四两拨千斤,将梁山聚义失败的原因这一复杂错综的主题,深藏不露地揭示给读者,把楹联艺术含蓄的特点发挥得淋漓尽致。

"画里水乡,一半天堂,点缀些园林双面绣;手中圣火,百年奥运,圆了个梦想九州春。"作品以最具代表性的事物、地名入联,鲜明典型、明确具体、想象丰富,既写出了姑苏的天堂风韵，又表达了国人终圆奥运梦想的欣喜，非常容易感染读者，引起共鸣。作品在中国奥运年的全国比赛中一举折桂。

对生活的无限热爱，让蒋老师把心中五彩斑斓的世界描绘得淋漓尽致，充满着无限春光。

在开办伦敦残奥会时，蒋老师专门为伦敦残奥会众健儿题写楹联集，这部与现实紧密贴近的作品，倾注了他对残奥精神的热烈感情，读起来充满能量。可以说，对生活的感恩和热爱既是他创作的思想来源，也让其作品贴近人民的通道越拓越宽。

"不把沉疴放眼里，但凭妙手暖人间。"这是为一位大众创业、心怀梦想的盲人推拿按摩医师所题；"纪实埋名行善义，清风高节慰炎黄"是为2015年全国十大感动中国人物之一、江阴的张纪清所题的楹联。这些作品来自民间，来自生活，也来自对老百姓的关心和热爱，点点滴滴的温暖融入感人的佳联，感动和温暖着更多的人心。

扎根人民，让蒋老师多年深入公益事业一线。他忧心于当下楹联艺术的小众性，楹联虽广，但在社会上的传承大多不够规范，甚至错误百出。在楹联公益教育的过程中，他常常告诫初学者，想写好楹联门槛并不高，有基础的语文修辞功底就可以，但要有思想、有内涵、接地气，让作品有"温度"。不能写得平淡无奇，也不能写得晦涩难懂。雅俗共赏，妇孺百姓皆能兴观群怨，才是楹联艺术得以口口相承、流传千古的原因。

蒋老师的楹联作品，他的人生故事，正在感动和激励着越来越多的人——并不是说眼睛盲了，心门才能被打开，而是只有一贯用心生活着，心窗照进暖阳才永远不会盲。心中存着暖阳，作品自然也有了温度。

（作者系无锡文艺研究院创作研究员，中国评协会员）

苏绣的传统与当代表达
——从《博物 指间苏州·刺绣》谈起

唐 鹏

虽然在工作中经历了各类大大小小的民间工艺美术展览,但每当有同事或朋友问起苏绣是怎样的一种传统手工艺,有什么特点时,我却不能给出清晰的答案,挂在嘴边的总是只有"精美""逼真""双面绣""乱针绣"这些零零碎碎的概念。带着好奇心和使命感,我向专业人士咨询市面上是否有苏绣的科普书目,在为数不多的选择中,林锡旦老师的《博物 指间苏州·刺绣》一书成为首选。这本书区别于传记、口述史与作品集,它以历史文化为纵线贯穿全书,虽有技法介绍,但更多从社会人文历史的角度进行展开,引经据典而通俗易懂,从针史、绣品、绣市、绣俗、绣谱、绣娘、名品、华章八个方面带领读者进入苏绣世界,感受苏绣传统的演变与当代表达。仔细读后,收获颇丰。在此,也向所有对苏绣感兴趣的读者推荐此书,一同感受苏绣的魅力。

整本书虽分成多个独立版块叙述,但依然可以清晰地理出苏绣发展的历史脉络,我们可以看见苏绣传统的形成过程,传统在各个历史时期的传承和演变,风格、题材、色彩、技法,包括商业模式的创新几乎伴随苏绣发展的每个阶段,而每个时期经典的创新与"当代表达"又与之前的传统相融,生成新的传统。习近平总书记在文化传承发展座谈会上指出,中华文化源远流长,中华文明博大精深,只有全面深入了解中华文明的历史,才能更有效地推动中华优秀传统文化创造性转化、创新性发展。本书独特的写作视角可以让我们更好地把握和思考苏绣这一手工艺,乃至中国的历史文化,从而增强文化自信自强,自觉弘扬优秀的民族精神。对苏绣发展过程的梳理与掌握，也将启发今天的苏绣从业者寻找新的突破点，对那些仍有借鉴价值的内涵和陈旧的表现形式加以改造，赋予其新的时代内涵和现代表达形式，激活其生命力，同时按照时代的新进步新进展，对苏绣文化的内涵加以补充、拓展、完善，增强其影响力和感召力，从而更好地推动苏绣文化与工艺的创造性转化与创新性发展。

刺绣，是在织物上穿针引线构成图案色彩的手工技艺，包含苏绣、粤绣、湘绣、蜀绣"四大名绣"。苏绣，发源于苏州吴县一带，其形成与苏州的文化密不可分，具有图案秀丽、构思巧妙、绣工细致、针法活泼等风格，绣技具有"平、光、齐、匀、和、顺、细、密"的特点。所以，苏绣既是一个在技艺层面区别于其他绣种的手工艺，更是一种地理和文化标识，一种特定的审美追求。书中作者引用明代王鏊主编的《姑苏志》指出苏绣的特点为"精细雅洁"。精细，既指针法的绵密细致，也指对艺术形象的精准塑造，代表着苏州工艺精益求精的精神。雅洁，代表着艺术与审美的表现，有着娴雅、文雅、清洁、洁白的意蕴，体现了吴文化的特质。当下，我们说到苏绣的传统，说到弘扬中华优秀传统文化，"精细雅洁"就是这样的一种文化与精神，苏绣的传承与创新首先应延续这种文化特质。苏绣于2006年被列入第一批国家级非物质文化遗产名录，虽说是非遗，但苏绣一直是一门活态技艺，以日用绣品和艺术绣品的形式渗透在人们的日常生活中。近年来，由于国家高度重视传统手工艺，其发展更是欣欣向荣，呈现出多元化发展趋势，作品包含更多当代审美趣味和形式，其传统也在进一步演变、扩充。今天的苏绣从业者眼光更加开阔，一方面从中国悠久的文明史中汲取传统文化和艺术精华，从经典的诗书画印与民俗中挖掘新的审美价值，并与苏绣的传统内涵相结合；另一方面，继续批判借鉴西方艺术，从绘画、摄影、建筑，以及当代艺术理念和艺术语言中找寻灵感，让苏绣不仅是苏州的苏绣，也是中国的苏绣，更是世界的苏绣。

苏绣的发展离不开绣娘，他们是苏绣的创作者，书中第六、第八部分向读者重点介绍了近代的苏绣大师以及他们的探索与创新，他们将苏绣带到一个新的高度，使苏绣名震海内外。沈寿，百年前已是人们眼中的"绣圣"，她受西方油画和摄影的启发创仿真绣，使作品能更好地表现立体感、质感和光影效果。1915年在巴拿马世博会上，她用一幅《耶稣像》惊艳了世界。杨守玉则创立乱针绣，其门生又创虚实乱针绣，通过看似杂乱的长短交叉线条，使其适合表现油画、水彩画等绣稿，形成"堆、破、粗、松、变、趣、乱、错"的特点，制造出立体、朦胧、明暗等层次与艺术效果。今天,在苏州,尤其是镇湖,依然活跃着相当数量的绣娘,她们已接过老一辈的接力棒,像姚建萍、邹英姿、姚惠芬、王丽华、卢福英、梁雪芳、蔡梅英、薛金娣等均已成为中国工艺美术大师或江苏省工艺美术大师,她们风格各异,在苏绣理念和技法上也有了新的突破。令人欣喜的是,当下更多的年轻人和绣二代(姚兰、郭子舟、张雪、钱晓丽等)也逐渐加入了苏绣传承的队伍,为苏绣的发展注入了新生力量。

书中像我们详细介绍了苏绣的创作流程和常用针法,展示了苏绣的经典题材和名作。作为工艺美术的苏绣,其创作过程主要包含构思设计与绣制等工序。从周代的"绣缋共工"到宋代的画绣结合,再到杨守玉将西洋画入绣,苏绣一直深受绘画的影响。不过当下,在设计方面,绣稿的选择则更加丰富,除了现有的书画、摄影作品或某种图案,也可以根据需要设计图稿,艺术家根据想要表达的主题或物象,结合自己的风格和技法特点,设计出新的形象与图案。在题材方面,也已远远超过了传统范畴,不再局限于小猫、金鱼、花卉、人物、风景等经典题材。被誉为"苏绣皇后"的姚建萍,结合自己的"融针绣"风格,创作了一系列表达时代精神、时代风貌的主旋律和现实主义宏大题材作品,实现了传统苏绣从内容、题材到形式上的创新性突破。她的大型苏绣原创作品《和谐——百年奥运中华圆梦》开启了当代苏绣现实题材的创作;在《丝绸之路》系列作品中,通过绣张骞等人物,塑造了中华民族的精神;作品《初心盛放》则把江南文化、红色文化、海派文化融为一体。为了表现更加丰富的题材和效果,针法的演变与创新也层出不穷。为了表现青铜器的金属质感、层次渐递的色彩和饱经岁月侵蚀过的层次感,王丽华经过对实物的反复探索和试验,在乱针绣的基础上独创了"八工针";邹英姿首创的"滴滴针法",有助于呈现出点状离散的光影变化感,从而使作品更具通透感和立体感;姚惠芬将传统针法与西方素描技法融合发明了"减针绣",以少、素、精的针脚和线条,体现简洁纯粹的美感。

书中第三部分"绣市"向我们展示了苏绣在中国古代的商业形态与规模。今天苏绣行业的繁荣和未来苏绣艺术的发展也离不开产业的兴盛,对商业模式的探索已成为苏绣传承与发展绕不开的话题,年轻一代的苏绣从业者已走在探索的道路上。由姚兰和姚卓于2010年创立的苏绣品牌"姚绣",正在探索非遗融入生活的理想方式,姚绣团队研发设计了一系列原创时尚的非遗生活美学产品,并广泛开展跨界合作,包括宝马的全球限量典藏板车、上海时装秀的舞台、手游《王者荣耀》的人物皮肤等，让苏绣文化焕发新的生命力。郭子舟则将苏绣与咖啡做跨界融合，从咖啡拉花图案和口味上呈现苏绣的特色，并同时推出苏绣体验包和课程。

2023年5月，大型文化节目《非遗里的中国》江苏篇在CCTV-1首播，苏绣大篇幅出镜。节目里既有姚建萍团队历经三年绣出的经典作品《西出长安》，也有薛氏刺绣第四代传承人张雪和清华大学团队带来的全球首发"苏绣＋科技"创新作品，作品实现了3D立体效果。这样一档节目，也让更多普通观众能够走近苏绣、欣赏苏绣，窥见苏绣的传统与当代表达。当下，苏绣的传统仍在不断生长，对于传承，依然需要更多热爱苏绣的人们不断坚守、创新，讲好苏绣故事，传递苏绣之美。

（作者系江苏省民间文艺家协会驻会干部，江苏省文艺评论家协会会员）

从民俗艺术到舞台艺术：洪泽湖渔鼓的舞台化

朱志平　鞠　萍

艺术总是在历史的进程中悄然变化,任何一种艺术形式都不可避免地经历着传统至现代的转向。社会经济的发展促使着越来越多的民间表演形式朝向舞台化发展。洪泽湖渔鼓于2014年经国务院批准列入第四批国家级非物质文化遗产名录,其舞台化实践为"非遗"文化保护提供了多元化的平台,使其呈现出更为繁复的文化景观[①]。洪泽湖渔鼓作为一种民俗艺术,要想真正渗透进现代社会的肌理中,就不能将之边缘化为"纯艺术",须在"日常生活中的传统传承与审美转向"间寻觅一个结合点,实现日常生活中文化遗产与审美价值的有机统一。而"舞台化"实践在国家级非遗洪泽湖渔鼓的传承与发展中扮演怎样的角色？在"非遗"保护这项热烈的社会运动中,洪泽湖渔鼓是怎样保持民俗义化的内涵,在现代化背景下巧妙地适应舞台化发展以促进本土文化的沿袭和传承的呢？为此本文采用了人类学田野调查的方法对洪泽湖渔鼓的历史起源深入挖掘,进一步探究其于舞台实践中的创新机制,发挥舞台传播效能,为民俗文化的传承提供可依赖途径。

---

① 乔建中."原生态"民歌的舞台化实践与"非遗"保护——在"中国原生态民歌盛典"学术研讨会上的发言[J].人民音乐,2011,(8):47-49.

一、民俗艺术与舞台艺术

民俗艺术是指传承性的民间艺术，或是融入了传统风俗的民间艺术。作为文化传统的艺术符号，在岁时节令、人生礼俗、民间信仰、日常生活等方面广泛应用。黑格尔认为，民间艺术根本就算不上艺术，不过是"制造和装饰自己工具的农民的家庭活动"，由此可见，虽然黑格尔于美学话语上贬低了民俗艺术，但从根本上揭示了民俗艺术产生的根源——实用的需求。

民俗艺术有其特殊的性质，它是生产者的艺术，是离不开民俗文化的艺术，大多都是实用的艺术，如面塑、刺绣、陶艺、剪纸等。从发生学的角度说，民俗艺术的产生是生产劳动的副产品，因其无法从生产、生活中独立出来，在农耕生活中民俗艺术往往从属于农业生产。[①] 例如长白山下的朝鲜族舞蹈农乐舞，模拟猎人捕捉猎物的"雀步"，诱捕活动中演变而来的象帽，都是农耕时期劳作的符号化。发源于明代初期的安顺地戏，由当地的农民头顶面具，面罩青纱，背插小旗，手持刀、枪等兵器，在锣鼓伴奏中相互唱、和、舞、打。以种田为生的农民于新春佳节和农历七月稻谷扬花时节以此祈求来年丰收、村寨平安。

海阳大秧歌亦是受先祖崇拜习俗的影响，反映了当地人的生活习惯和行为习惯。海阳人民受宗教文化影响，初时将海阳秧歌用于每年的正月十三海龙王生日的"祭海"中，四方秧歌队齐聚龙王庙前的海滩上，渔民们脸上画以螺、螃蟹、虾等图案，用来祭奠海神龙王。可见，它所反映的是人民的生活，是一种自发的娱乐形式。伴随着现代化进程，海阳大秧歌这项传统民间舞蹈在现代审美艺术的视角下，实现了舞台化的华丽转变。在将它提炼到舞台上的过程中，除了对美的挖掘，其民俗艺术的本质特性依旧被保留，成为艺术初级形态的升华。秧歌中的女性角色"小嫚"，其动作身体重心与脚下重心由于受到海阳当地早期的妇女缠足的影响，都呈现出相反的特征，还有大闪腰这个动作，表现的是农村妇女伸懒腰的慵态，在舞台化的过程中将其提升，又不失原始性，保留了民俗艺术的风格和特点。

另一典型的例子是鄂尔多斯婚礼的舞台化实践。鄂尔多斯婚礼的舞台化进程始于二十世纪八十年代，其最初与旅游业结合，获得了良好的社会效益和经济

---

① 季中扬.民间艺术的审美经验研究[M].北京:中国社会科学出版社,2016.

效益,引起当地政府的重视,此后,加速了鄂尔多斯婚礼的舞台化进程。舞剧《鄂尔多斯》展示了鄂尔多斯人传统的婚礼习俗,呈现出浓烈的民族风情。剧情层层推进,以舞台为载体展现了当地人民团结、宗教自由、文化交融的繁荣景象,可以说,舞台剧《鄂尔多斯》本身就是一次对民俗文化的书写,以更加唯美优雅的形式向世人展现鄂尔多斯最为动人的民族歌舞,以更为生动的形式给了观众一次解读鄂尔多斯民俗文化的机会,并完整地保留了民俗艺术的样态。甚至在当今文化变迁的背景下,现代鄂尔多斯婚礼中已无从找寻的民俗文化只得从舞剧中找寻踪影,可见其于传统文化传承中的重要地位。

洪泽湖渔鼓于此做得也很出色,它既保留了民俗文化的风格与特点,又对细节进行了重构与升华,是从民俗艺术到舞台艺术的成功转变。

然而,中国现代化的进程破坏了传统民俗文化的生态环境,我国的文化生态发生巨变,民俗文化的传承受到了剧烈的冲击。周星曾经撰文指出:"民间传承大都在日常生活中被人们反复实践着,或口耳相传,或'以心传心',或借助文字、教育及其他各种包括非语言的方式(行为)而代代相传。"因为民俗文化传承具有一定的自发性,使得民俗文化在社会变迁的大背景下得以延续,而不是消逝于历史的长河中。正如日本民俗学家岩本通弥所说:"无论民俗学还是人类学,都以文化是无意识的传承为前提。"安塞腰鼓起源于民间的宗教活动,即便在现代化进程中宗教仪式感被逐渐淡化,但庙会、渴庙等民俗活动的举办仍保留了宗教的元素。产生于农村、发展于农村,具有广泛群众基础的安塞腰鼓以民俗活动自发举办的方式得以代代相传。即使是"文革"时期,以基层大队为自发性组织,民众自愿参与的特殊形式得以延续,保证了安塞腰鼓传承的连续性。[1]

也有因传承所依附的母体遭受了破坏,传承母体所在社区解体、出现结构性的变化甚至崩溃、消失,导致传承岌岌可危的情况。在此背景下,民俗传承的途径也发生了改变,仅依靠自发性的传承,已无法满足当代"非遗文化保护"大环境下的需求。从前,在一个家庭或村落或群体内近距离的世代传承在当代科技迅猛发展、文化快速传播的前提下被打破,如今的文化传承不必再受时空的约束,文化的传播呈现前所未有的良好态势。在母体变迁的局势下民俗文化的传承转

---

[1] 董晓萍.民俗学建设凸显国家文化模式[N].中国社会科学报,2014-5-23(B01).

向非文化主体的他者传承[①]。现代传承改变了传统民俗文化自发性的特点,变成了一种有意识的行为,是有意识地创造记忆的时代[②]。民俗文化摇身一变,打破其自身功能和价值的局限,赋予其特殊的政治、经济、文化目的,成为一种有价值的对象。民俗文化自此不仅仅依靠自发性的传承,各种组织或个人出于不同原因采取多种手段将民俗文化延续至今。其中,舞台化就是一种常见的方式,洪泽湖渔鼓则是一典型的代表。

为了给传统民俗文化创造生存空间,传统的用以抒发情感、装饰生活的民间艺术在1950年左右响应中央政府"继承民间优秀文化遗产"的号召,各地、各民族的民间艺人陆续走出山寨乡村,登上现代舞台。舞台化作为一种缺乏内在动力和功能传承的途径,往往只继承了文化的形,而丢失了民俗文化的魂。失去了"原生态"和特殊意义的民俗文化,为一定的经济利益、个人利益而存在的现象也并不少见。

长阳山歌是民族文化积淀深厚的土家族传承下来的典型艺术形式。传唱至今,其艺术形式不可避免地在传承过程中发生着异变,不断变化的审美取向和时代元素是舞台化转向的参考因素。薅草锣鼓是长阳田秧山歌中的一种,据传起源于3000多年前的巴人时期,为了驱赶野兽、祭祀山神而击鼓鸣锣吆喝,如今以田秧山歌的形式呈现,用作激励劳动情绪,助兴提神。在大大小小的编导和形形色色的舞台规范下,薅草锣鼓登上了央视舞台,却摒弃了长在田间的"薅草锣鼓"的原生态。它在舞台化进程中发生了如下转变:(1)抛弃了薅草锣鼓伴奏,变成了纯粹的演唱形式。这使得舞台上所呈现的并非真正意义上的"原生态"薅草锣鼓,只是为了满足观众审美心理、猎奇心理的演唱杂技。对山歌中的特色因素加以修饰和夸张,极好地迎合了"不知情者"对于民俗文化的好奇心理。(2)在舞台化过程中,薅草锣鼓由集体的演出,朱志平等从民俗艺术到舞台艺术,洪泽湖渔鼓的舞台化形式变为单人、两人或四人的组合形式,在舞台实践中可发现,两男两女的组合形式最适宜舞台表演,增强了观赏性,丰富了演唱形式,却脱离了原本薅草锣鼓的面貌,少了田间忙碌的氛围,多了些舞台化精致的改造。(3)演唱方法的变化。演唱者因为炫技需要,迎合观众喜好,将长阳薅草锣

[①] 徐赣丽.当代民俗传承途径的变迁及相关问题[J].民俗研究,2015(3):29-38.
[②] 岩本通弥.作为方法的记忆——民俗学研究中"记忆"概念的有效性[J].文化遗产,2010(4):109-115+158.

鼓的高腔拖长,成为一种虚拟的民歌文本,这并不是传统耨草锣鼓的特点,但从受众的反应来看,显然改良过后的山歌更能受到观众的喜爱。由此可见,在传统民俗文化的动态传承中,其原有的艺术特点被根据现代审美的喜好而无限夸张、放大和美化来获取观众的欣赏以达成某种效益。"这类日常生活的审美化,大都服务于经济目的。一旦同美学联姻,甚至无人问津的商品也能销售出去,对于早已销得动的商品,销量则是两倍或三倍地增加。"①韦尔施此言揭示了现代民俗文化舞台化的经济目的,舞台化成为一种非纯粹的传承方式。然而,在现实语境的动态传承中,耨草锣鼓自身包含的艺术元素也在逐渐消失,甚至为了满足舞台化的需求被刻意地忽略或从本体上剔除,例如锣鼓伴奏、群体表演的方式因受舞台的限制被从传统的表演形式中剥落,丧失了核心民俗元素的传统艺术。在舞台上演绎的再也不是厚重的民俗历史和传承的文化精神,仅仅是被演绎出来的理性的商业,传承的民俗文化在现代审美元素和市场的介入中迷失了方向。洪泽湖渔鼓在动态传承过程中遭遇舞台化的"两面性",又该何去何从?

二、洪泽湖渔鼓的前世今生

洪泽湖渔鼓舞是穆墩岛"敬大王"祭祀仪式中的舞蹈,源于古代萨满文化中的驱鬼逐疫的祭祀仪式中的萨满舞,据《中国舞蹈志·江苏卷》载:"渔鼓源于满族人的风俗——跳神。"清代杨宾《柳边纪略》载:"满人有病必跳神……跳神者……以铃(腰铃)系臀后,摇之作声,而手击鼓,鼓以单牛皮冒铁圈,有环数十枚在柄,且击且摇,其声索索然。"载涛、恽宝惠《清末贵族之生活》一文中也说:"萨满乃头戴神帽,身系腰铃,手击皮鼓(皮蒙于圆铁圈上,下有把可持)。"清人何耳《燕台竹枝词》也载有:"铁环振响鼓蓬蓬,跳舞成群岁渐终。见说太平都有象,衢歌声与壤歌同。"早时,满族妇女敲击为其歌舞伴奏,近百年来,则常由男子演奏。此般描述可见,洪泽湖渔鼓发展至今亦未脱离原貌。

后在其不断南下过程中,在唐时由祭祀神汉带入洪泽湖,伴随着洪泽湖流域渔民的生产活动不断发展,形成了具有洪泽湖特色的洪泽湖渔鼓。其最初产生于江苏省泗洪县半城(今半城镇)一带。半城镇位于洪泽湖西岸,春秋时期,是徐

---

① 韦尔施.重构美学[M].上海:上海译文出版社,2002.

国国都所在地,也是中华徐姓和中华徐文化的发源地,如此特殊的地理环境和深厚的文化背景造就了传统的渔家祭祀活动。渔鼓舞成为特殊的请神驱鬼方式,湖区渔民用以驱邪、敬湖神、保佑丰收等。

(一) 雏形初具

若说洪泽湖渔鼓的正式形成则要追溯至唐朝。在洪泽湖渔民中流行着不同的传说,其中一个是,唐王李世民在登基之前为了打胜仗便向神灵许下了愿,若打胜仗,便敬天神、地神和阎王。许愿以后,唐王取得了胜利,回到西京长安,坐上了金銮殿。李世民当上皇帝以后,就把自己许下的愿忘了,三年过去了,专司查愿的神灵发现唐王李世民不讲诚信,便把唐王李世民捉到了地府,但由于李世民是真龙天子下凡,阎王奈何不了他,于是就惩罚李世民最宠爱的西宫皇娘。李世民一看失信缺德要受惩罚,日子不得安宁,决定在洪泽湖一个高墩上(半城镇穆墩岛)搭高棚、设香案、摆大供,请"神汉(渔鼓班子)"举行四天四夜祭拜神灵仪式,这些"神汉"就是洪泽湖的渔鼓班子,还愿祭奠神灵所唱腔调经过演变就形成了现今的渔鼓。渔民们用这个附会的故事教育后人要守诚信。

(二) 发展之巅峰

明清时期"打端鼓"达到鼎盛。凡渔民续家谱、祭祀、开捕、灯会时都要设坛举行"打端鼓"活动,其间从事渔鼓表演的人数多达千人。后来,湖区艺人对打端鼓的舞姿增加了劳动模拟,并由过去单一的请神驱鬼活动,逐渐演变成逢年过节、家谱会等活动中必不可少的娱乐形式,也融入了民间舞蹈元素。彼时,"端鼓舞"改称"洪泽湖渔鼓",演出场地也增加了陆地舞台或广场表演,真正形成了渔鼓舞。清末到民国时期,渔鼓从内容到形式都不断发生新的变化,逐渐成为渔民的迷信活动与文化娱乐相结合的项目,这时的渔鼓已不再是单一的迷信活动。首先从唱腔来说,不再是迷信中的嚷神和念佛,逐步融进了曲艺演唱和肘鼓调,也吸收了渔家号子和渔歌等唱腔和韵律,改变了过去似唱非唱、无痛呻吟的娘娘腔,表演的舞蹈也加入生活元素,丰富了表演形式,出现了前后游、左右摇等舞姿,模拟撒网、下箭、摇船的打鱼动作。

(三) 舞台化:洪泽湖渔鼓传承的载体

洪泽湖渔鼓与社会的变迁存在着依附关系,古时,渔鼓舞的发展与农民的生产、生活息息相关。寄生于传统驱鬼祭祀仪式的洪泽湖渔鼓在现代化变迁中形成了整体性的舞台艺术。传统的洪泽湖渔鼓通过舞台化的转变得以在传承路径中有了喘息的机会。传统的渔鼓舞是实用的,具有目的性,其大多出于祭祀、生产、生活的需要。沿袭至今,随着人们社会观念的转变,古老的祭祀仪式已不常见。考察中发现,参与集体祭祀仪式的大多是年过半百的老人,老艺人们也坦言,现代化进程中减少的祭祀仪式大大降低了洪泽湖渔鼓的生存空间。

而在抗战时期兴起的渔鼓舞改造运动则赋予了其新的内涵。半城镇为淮北地区抗日根据地,渔鼓舞被赋予宣传抗日的内容。1941年,新四军四师九旅在围剿洪泽湖武装土匪战斗胜利的庆功会上,总指挥张爱萍在半城镇穆墩岛观看了由渔帮表演的渔鼓舞。在此期间,音乐家贺绿汀等到淮北根据地开展文化宣传工作时,深入湖区,根据渔鼓和渔歌的调子,创作了不少渔区演唱节目,如《洪泽湖渔夫曲》等。1943年,半城镇成立了淮北根据地第一个民间剧团——洪滨剧团,团长张坤在与当地渔民文艺爱好者接触时,了解到了洪泽湖渔鼓,便组织剧团演员根据渔鼓的基本特征,将渔鼓编排成适合舞台表演的渔鼓舞,还增加了宣传抗战的内容,受到了新四军和淮北根据地军政首长的充分肯定,新四军四师师长彭雪枫还特意让四师的"拂晓剧团"给"洪滨剧团"送去了八套舞衣(现保管于雪枫墓园陈列馆内),并对演出节目进行了艺术辅导。自此,洪泽湖渔鼓便走入了人们的视野,逐步被外界所了解。

如今,洪泽湖渔鼓正经历这一次历史性的变革,借助舞台化的艺术形式实现了质的转变。自1943年,洪泽湖渔鼓被挖掘整理到1957年,洪泽湖文化工作者张坤组织渔民文艺爱好者,在湖区对传统的渔民渔鼓进行了系统的挖掘整理。改编后的渔鼓表演,在继承渔家歌舞的传统风格的同时,为适应舞台演出而增加了舞台艺术成分,并正式命名为"渔鼓舞",并于1960年参加省群众文艺会演,被正式搬上艺术舞台,受到广泛好评。半城文化站组织当地文艺骨干深入湖区挖掘整理出渔鼓舞,并在此基础上创作出民舞(洪泽湖渔鼓)《洪泽湖上好风光》《渔鼓飘香》等作品以及大型广场方阵式渔鼓表演。始终坚持民间舞蹈的特点并融入了现代审美元素的洪泽湖渔鼓走出了田间地头,登上了现代、专业的舞台。为迎合现代大众审美而改变的渔鼓舞成为其传承和发展的重要载体,开启了渔鼓表演艺术化、舞台化的大门。

三、洪泽湖渔鼓的舞台化

2016年8月17日,洪泽湖渔鼓舞艺人在洪泽湖上表演渔鼓舞,这是当地文化部门为了传承国家级非物质文化遗产组织的活动之一。它绝不是洪泽湖渔鼓第一次舞台化实践，不仅仅是一次民俗文化的展示，更给观众带来了一次纯艺术的审美体验，是一次纯粹的表演。在城市化、信息化浸染下民俗文化日益衰退的今天，洪泽湖渔鼓经历了发展、变异，保护、被抢救、传承的命运，舞台化成为一个重要的"活态"传承的途径，是非物质文化遗产转型的重要方式。剥离了日常实用功能的洪泽湖渔鼓正式成为被欣赏的艺术登上了舞台。当然，在现今对民间艺术"原生态""本真性"等学术语境的关注下，承载着厚重文化内涵的民俗艺术透过"舞台"窗口进入普通民众的审美视野。然而并不是所有传统的民俗文化都能在舞台化的尝试下得以存活，并生生不息地传递下去。倘若无法把握舞台元素改编的审美尺度，则会出现文化趋同化和庸俗化倾向，破坏了民俗文化传承的有效性。但洪泽湖渔鼓的尝试应该可以被视为一个成功的"舞台化"案例。

（一）洪泽湖渔鼓舞台化的表现

民俗文化的舞台化经历着传统向现代的转型，传统的艺术形态进行舞台化的创新，要经历破旧立新的思想变革。郑也夫教授曾提出"不破不立"是批判传统中最糟糕的主张。鉴于民俗艺术的特殊性质使得这种逻辑具有强烈的空想主义色彩。作为一种鲜明的文化符号，洪泽湖渔鼓所包含的强烈的精神文化经历岁月的洗礼，历久弥新。因而洪泽湖渔鼓在舞台化进程中做到了"守旧立新"，既传承了民俗文化要素，迎合了现代审美需求，也保留了民间风格素材，又反映了当下人生活状态，完美地融合了历史传承与现代意识。

洪泽湖渔鼓传统舞蹈步伐独特，有"商羊腿""剪子步""双架云""白鹤亮翅"等，还有"穿花""走圆场""走灯"。后来逐渐发展起来的队形有"双排柳""庆团圆""孔雀开屏""北雁南飞""一网粮"等。舞蹈时的特色主要是似船在水中行进，人站于船头击鼓，舞步轻盈、荡漾，幅步不大，演员随着渔鼓的节奏走着踏步，上身随着船体摆动，左右晃动，似船在水中行走。表现劳动模拟动作如撒网、抄网、收网和捕鱼获得丰收喜悦时，分别以中速鼓点、快节奏鼓点、强弱结合的鼓点相配合，高潮迭起。如在《刘文龙赶考》"送路"一段，肖氏女为丈夫刘文龙赴京赶考送行，一个手秉纸扇，一个手持手绢对舞，边舞边唱，一路走着互诉衷肠。两人在舒展、优美的进退动作中，恰如其分地表达出了夫妻间难以割舍的情怀。在《张郎休妻》的张郎打丁香表演中，丁香抱鼓盘膝如不倒翁在台上来回翻滚，张郎则围绕丁香走圈、转鼓、打鼓，表示打丁香，其动作配合默契，流畅优美，具有很强的舞台效果,是洪泽湖渔鼓中最为经典的舞蹈动作。故而在舞台化进程中,洪泽湖渔鼓保留其独特的风格,对传统舞蹈步伐、队形进行艺术化处理,在编排、设计上更为符合现代意识。舞蹈作品《渔鼓飘香》也是一个典型的例子,在传统的舞蹈语汇上加以创新,彰显了洪泽湖流域人们的劳动场景和幸福生活,传递了丰收的喜悦。传统的洪泽湖渔鼓舞是一种祭祀舞蹈,主要的曲调有"嚷神咒"和"念佛记",经由舞台化改编后,融入了曲艺、渔家号子、渔歌等。《渔鼓飘香》以极富感染力的渔家号子开场,清亮动听,丝丝入耳,配合一舞者模拟船家摇桨时的动作,营造了浓郁的渔家生活气息,通过此种表现手法,使得人物形象更加鲜明。其于舞蹈语汇上,则继承了传统洪泽湖渔鼓舞的特点,保留了传统的舞蹈语汇,模拟劳动动作、渔家生活,并且沿用传统队形,加以舞台修饰,丰富场面调动。由通俗化转向艺术化,糅合了现代审美的《渔鼓飘香》作为一种浓郁风格与现代意识的结合体为洪泽湖渔鼓的传承途径提出了新的思考。此外,不同于摆供敬神时用的"端鼓腔",为符合舞台化的需要,洪泽湖渔鼓剔除了演唱形式,却完整地保留"端鼓"这一重要道具,传统洪泽湖渔鼓道具被保留,为更好地表现当地特色,对舞台上呈现的"端鼓"进行了适当的美化。传统"端鼓"是一面状似芭蕉扇的羊皮鼓。鼓身用直径33厘米,宽1厘米的铁圈,一面蒙上羊皮做成。鼓把长14厘米,把尾装有一套"8"字形的铁环。现今,我们于舞台上所见的"端鼓"则轻盈小巧了许多,整体造型亦呈芭蕉状,由于伴奏功能被弱化,尾部用于发声的"8"字形的铁环被去除,为增强舞台美感,"端鼓"表面印有金色小鱼,使其外观更符合现代人审美,同时也突出了地域文化特色,这种良好的舞台化再创作为民俗文化的传承与发展奠定了良好的基础。

(二) 舞台化:传承语境变迁下可依赖途径

民俗文化是人们在社会生活中积累的文化传统,在其自身的传承语境中有着异常具体的实用功能,主要通过人们口头与行为等无形的方式进行漫长的历史延续。一旦世代相传的传承方式失去活力,民俗文化的传承将面临巨大的困境。但现代的市场经济、城市化、人口流动导致民俗文化生存的母体社区崩溃,支撑民俗文化续存的基石岌岌可危,依赖乡土社会进行传承的民俗文化难以延续。目前,洪泽湖渔鼓也面临着同样的传承困境。

早期,洪泽湖渔鼓舞是实用的而非"表演"的,在一定需求的影响下,呈现出自发传承的态势。湖区渔民一年中举办多场集体祭祀、家族祭祀或个人祭祀,渔鼓作为祭祀场景中不可或缺的一部分，在渔民们一定的精神需求或"工具理性"导向下代代相传。

新中国成立初期，洪泽湖渔鼓因为有浓厚的迷信色彩，被列入打击和清理的对象，当时湖区沿湖乡镇收缴渔鼓一千多面，民间鼓手、舞者均被列为管制对象。在政府的改造下，大多数鼓手改行就地从事渔业生产，至今湖区的老鼓手已所剩无几，新时期青年渔民已无人从事此项活动，渔鼓舞濒临失传的境地。一直强调的"世代相袭"的民俗面临断裂的历史困境。现代化的推进对传统的民俗文化造成了剧烈的冲击，这是世界现代史和当代社会发展过程中存在的不可避免的问题。在祭祀仪式逐渐减少、传统风俗日渐衰微的今天，传统洪泽湖渔鼓演出正逐渐失去市场。我们所处的"现代"社会，人们积极地将民俗文化视为振兴衰退地域的有效资源与财产，给予民俗文化"文化遗产"这一公认的判定，将之作为行政化、制度化下的"保护""活用"的对象，置于这种环境之中，我们已经无法再将民俗文化的存续委任于自然力量了。若无人为力量，民俗文化已无法继续存活①。而舞台实践为洪泽湖渔鼓的传承路径提供了全新的思路。

社会学家苏皮契奇客观地评价道："新的传媒塑造了一种新的文化，或更确切地说，首先决定了包含旧文化的新的道路。"全新的演出环境将洪泽湖渔鼓从它产生和演出的社会环境中分离出来，以新的方式，新的审美形态被现代观众所接受。洪泽湖渔鼓是表演的民俗。表演性很强的民俗，就有共享性②。作为一种共享的文化，通过舞台表演可以和观众进行情感交流。舞台为民俗文化提供了一个与观众沟通和交流的平台，使得它在社会变化的新方向上进行重构。而民俗文化传承的核心问题是传承人的问题。我国 2011 年 2 月 25 日通过的《中华人民共和国非物质文化遗产保护法》第四章第二十八条规定："国家鼓励和支持开展非物质文化遗产代表性项目的传承、传播。"对于洪泽湖渔鼓此类的民俗文化，仅依靠地域维系的少数人参与的世代传承是不够的，应将其扩展到广阔的地域，而舞台化无疑是最好的可以打破地域限制、挖掘民俗艺术中的感性因素，引导观众对其进行审美关照的途径，引起人们对民俗艺术的重新关注，激发人们

---

① 韦尔施.重构美学[M].上海：上海译文出版社，2002.
② 樱井龙彦，甘靖超.人口稀疏化乡村的民俗文化传承危机及其对策——以爱知县"花祭"为例[J].民俗研究，2012(5):121-129.

的传承保护观念,是极好的推动民俗文化有效传播和发展的方式。在轰轰烈烈的非物质文化遗产保护运动下,民俗文化的传承迎来了前所未有的良好机遇,各种艺术交流、博览会等大型舞台为民俗艺术创造了一个展示自我的机会,也激发人们在现代化消费主流的观念中对精神生活的追求,在拓展传播渠道的同时,促进了民俗文化的活态传承。

四、结　语

总而言之,洪泽湖渔鼓的"舞台化"是现代化进程中社会变迁的一个见证,它的成功实践为非物质文化遗产的活态传承提供了一个全新的思路。将浓郁的地域风格与现代意识巧妙结合,经由都市文化改造的民俗艺术不再仅仅发挥其实用功能,符合现代人审美趣味的舞台艺术为其创造了前所未有的良好传播境遇。新的时代背景下,民俗艺术的传承路径正在发生改变,不断扩大的接受主体,不断丰富的信息传递都为民俗艺术的舞台化提供了条件,也给了普通民众了解和认识民俗艺术的机会,使得其在长期坚守过程中可以不断流传下来。充分发挥舞台的主导能动作用,恰当有效地利用好"舞台"这个传播载体,有利于推动传统民俗艺术的传承和发展。

注释:

①《中华舞蹈志：江苏卷》是于2007年出版的图书,第一次以志书形式系统记叙了中华各民族舞蹈的历史渊源、衍变风格、演出形式、音乐伴奏、服饰道具以及有关风俗节令、信仰礼仪、工艺美术、文献考古等史料,填补了中国文化史料和研究的一项空白。全书从1999年开始,分省、自治区、直辖市各卷陆续出版。

②《柳边纪略》,康熙三十一年,杨宾开始动笔写,作者于自序中阐明写此书的缘由,说有五个"宜书"。简言之,是为了纪念父亲、弥补空白以及让中原人了解东北而作,他断断续续写了15年,至康熙四十六年,《柳边纪略》成书刊印问世。

摄影

艺术视角:从"昆山之路"看摄影创作的成功密码
——记"喜庆二十大·聚焦昆山之路"主题摄影展

高振杰

2023年3月20日,由昆山市文体广电和旅游局、昆山市文学艺术界联合会主办,昆山市摄影家协会、昆山市文化馆承办的"喜庆二十大·聚焦昆山之路"主题摄影展在昆山市文化馆圆满谢幕。作为摄影展的所在地——昆山,被多数人知晓,更多是因为它百强县之首的名号,且这一名号已连续保持了18年,成为地区,乃至全国的标杆。

昆山的成功绝非偶然,其成功的密码源自一条不凡的"昆山之路"精神——"敢闯敢试、唯实唯干、奋斗奋进、创新创优"。作为建设中国式现代化县域示范,昆山被寄予厚望。昆山群众文化发展引导资金文艺精品创作扶持项目——"喜庆二十大·聚焦昆山之路"主题摄影展,正是以二十大精神为背景,通过摄影艺术,以影像写实的形式,反映昆山市经济社会发展的历程和辉煌成就,传承和弘扬昆山之路精神,以达为时代留影、为历史存证之效。

艺术是求美的。对于艺术家,美是其创作的出发点。对于捕捉时光影像的摄影家,发现美也是其所具备的一种基本素养。如果用艺术家的眼光去审视昆山之路,它就是一场充满着美之理想的大型艺术——它有独特的"创作"理念、丰沛的"创作"情感、连绵不绝的"创作"行为、花团锦簇的"创作"成果,所有艺术创作的特征和元素其都具备。而它的理念及其孵化的土壤是美的,它的行为是美的,它产生的成果也是美的。这两个看似截然不同的领域,却呈现出高度的契合,正映照了万物有道、融通归一的发展本质。

不管是昆山之路,还是艺术表达,最关键的都是人——作为行为主体,其所处的高度,直接关乎结果是否是美的、成功的。而从昆山之路的成功中,我们可以凝练出一些行为主体的重要品质,它们同样也是从事摄影艺术之人获取成功所应具备的重要品质。

一、诚实唯干

如果以昆山之路喻人,那么他(她)一定是位诚实唯干的实在之人。他(她)从人民中来,行君子道,用诚实、勤恳、善良的品质做事创业。而摄影艺术,首先需要摄影人具备的重要品质就是诚实。不诚实的摄影人很难拍摄出真正有力量的作品。因为摄影语言记录基因的要求——对客观世界的再现与复制,要求它求真求实,同时摄影人保持对内心世界和创作态度的真诚——真诚于自己的情感,诚实地面对自己、接纳自己,也利于其打开创作的大门,与所拍对象实现敏感又真实的交流,赋予创作者不竭的创作热情和活力。其次,摄影艺术需要行动。摄影人只有不断将想法付诸行动,才能让拍摄产生意义。在路上是摄影人的日常状态,保持拍摄的欲望不断按动快门,是摄影人的日常工作。

二、坚守初心

如果以昆山之路喻人,那么他(她)一定是位坚守初心的专一之人。坚守初心,才知来路,牟定方向,方得始终。摄影创作更需定力。在现今这样一个事物飞速更迭、发展的时代,创作者受到的诱惑和干扰似乎比以往任何时候都来得更加强烈。如果摄影人没有坚若磐石的初心,就容易在瞬息万变的当下迷失自我,在见异思迁中丢失摄影的信念和方向,而最终在流逝的岁月之中留下遗憾。在人生的不同阶段,面对生活接踵而至的考验,对于大部分摄影人来讲,更要懂得学会如何平衡和协调生活与摄影之间的关系,如何保护好摄影艺术的火苗纯粹炙热地燃烧。在选择的人生天平上,对于坚守初心的摄影人来讲,摄影永远是那份保持倾斜高度的可贵重量。

三、用心用情

如果以昆山之路喻人,那么他(她)一定是位用心用情的性情中人。"昆山之路"垦荒人之一,昆山经济技术开发区原管委会主任宣炳龙说:"服务要出自内心,要赋予感情的,而不是机械的。"而这里面所蕴藏的内涵,也正是摄影艺术创作的不竭源泉。摄影一定是要用情、动情的。很难想象一个摄影人,对拍摄没有情感,没有欲望,只是机械按动快门,就能拍摄出打动人心的精品佳作来。不管是绘画艺术、摄影艺术,还是其他什么艺术,看上去虽神秘,但其本质都是创作者内心世界的一种不同表达。摄影人只有内心充盈,富有温度,看待事物有怜悯和关怀之心,才能看到更多宝贵的画面,在创作时才能真正自然地动情,赋予作品以真情实感,也才能真正地打动人心,获得经典影像。

四、做好内功

如果以昆山之路喻人,那么他(她)一定是位懂得做好内功的修行之人。昆山优秀的地域文化犹如一个人强大富足的内心,在传承中不断修行,不断获取活力和养分滋养其民;向内求的"昆如意"犹如一个地方修炼自我的意志,在变革中完成着突破,不断获取前进的动力和勇气。摄影人同样需要独特的眼光、强大的审美、丰满的内心和源源不断的创作热情。尽管摄影人的镜头面对的是外部世界,但摄影是向内的。在摄影艺术的创作之路上,摄影人只有不断认识自我、修炼内心、明辨事物,不断参悟摄影的语言和能力,才能打开自我,让所拍摄的照片真正具备个人"印记",使其有深度、有力量、有生命。

五、把握机遇

如果以昆山之路喻人,那么他(她)一定是位懂得把握机遇的有志之人。所谓机遇永远垂青于有准备的人,而懂得为机遇做准备的人,也一定是心怀理想的志士。昆山之路便是志士之路,机遇之路。而摄影之路,也同样是一条寻找机遇、把握机遇的探索之路。摄影是光影艺术、瞬间艺术,在瞬间中因为暗含诸多条件和多变因素而充满着偶然性、机遇性，这造就了摄影的几分不可求和几分决定性。摄影人就是要在这种变化中寻找和发现那些闪光瞬间，并通过不断的摄影实践，提高艺术创作的能力，当我们用镜头偶遇时光时，就能够成功捕捉到那些闪光的光影片段。

六、求真求实

如果以昆山之路喻人，那么他（她）一定是位求真求实的智慧之人。昆山所走之路，是一条顺势而为之路，是高站位、超前性的求真之路。这也正是摄影人应秉持的创作之路。真为真理、真相。艺术之真，便是语言之真，境界之真。摄影创作讲求自然而然，顺势而作，自成体系；追求超越人工之巧，融通心性，达到和谐之美。摄影在不断地追求真实，表达真实，摄影创作的求真境界就是要达到由生到熟再到生的升华，摆脱器材、技术等的束缚，达到自然创作的状态，在心、手与眼的融通中，得以无障碍、恰到好处地表达，这是创作者的艺术智慧，更是艺术觉悟。

（作者系中国文艺评论家协会会员，中国摄影家协会会员）

书法篆刻

"碑帖融合"的美学实践研究[①]

张 磊

弁 言

在"碑帖融合"思想形成前,书家在实践过程中无意识地将"碑"和"帖"的美学特征相互融合,这种实践的目的虽然不是为了达到"碑帖融合",但实践结果表现出的风格或向"帖"的"温雅"偏离、或向"碑"的"雄健"偏离,正是这种风格特征的实践,成为书家不断探索"碑帖融合"美学特征的潜在动力,最终推动"碑帖融合"思想及美学实践的形成。

一、"碑帖融合"的美学特征

关于"碑"的美学特征,康有为认为"有十美:一曰魄力雄强,二曰气象浑穆,三曰笔法跳越,四曰点画峻厚,五曰意态奇逸,六曰精神飞动,七曰兴趣酣足,八曰骨法洞达,九曰结构天成,十曰血肉丰美"[②]。关于"帖"的美学特征,沈道宽认

[①] 本文系2019年度江苏高校哲学社会科学研究一般项目"地方审美文化视域下'彭城书派'艺术价值研究"阶段性成果,项目批准号:2019SJA0933。

[②] 康有为.广艺舟双楫[M]//上海书画出版社,华东师范大学古籍整理研究室.历代书法论文选.上海:上海书画出版社,1979:826.

为"晋、宋以来书以神韵胜,唐人以规矩胜,宋人以姿态胜,盖皆以秀逸行之"①。刘熙载对"碑""帖"特征进行了比较。"南书温雅,北书雄健。南如袁宏之牛渚讽咏,北如斛律金之《敕勒歌》。"②总的看来,"帖"主要是以温雅、妍美、清秀为特征,而"碑"则主要是以雄健、稚拙、粗犷为特征的,而"碑帖融合"则是书法"中和"美的具体表现形式。自明代中期,人们在书法实践中尝试将"妩媚"与"遒劲"相结合,其后经历清代初期的"拙中含姿",达到清代晚期的"合则两美",碑帖融合思想逐渐成熟。③ 正是因为"碑"和"帖"美学特征的对立,使得"碑帖融合"在这种对立中产生,可见,"碑帖融合"本质是"碑"的雄健与"帖"的温雅特征的融合,这种刚柔相济的审美观念,正是中国传统审美观念"和"的表达。

关于"和"的审美观念,可以上溯到《论语》中的"中庸"思想。④《庄子》中对音乐艺术的审美,提出:"奏之以阴阳之和。"⑤关于书法中的"和",孙过庭书谱中提到"违而不犯,和而不同"⑥。指出书法实践应当彼此违背但互不侵犯,注重和谐但互不雷同。项穆《书法雅言》以"中和"思想贯穿其中,并将"中和"作为一章作了详尽说明:"圆而且方,方而复圆,正能含奇,奇不失正,会于中和,斯为美善。"⑦他将方圆、正奇的矛盾相互融合,认为"中和"方圆兼备、正奇互融,正是书法之美。对于书法"中和"观点的论述,刘熙载在其《艺概》中,更是将此思想发挥得淋漓尽致。评述右军书"所谓'中和诚可经'也。以毗刚、毗柔之意学之,总无是处"⑧。谈到欧、虞书则认为"方圆刚柔交相为用。善学虞者和而不流,善学欧

---

① 沈道宽.八法筌蹄[M]//崔尔平.明清书论集.上海:上海辞书出版社,2011:1060.
② 刘熙载.艺概[M]//上海书画出版社,华东师范大学古籍整理研究室.历代书法论文选.上海:上海书画出版社,1979:697.
③ 张磊.明清时期碑帖融合思想的形成[J].书法,2019:57-63.
④ 陈望衡.中国古典美学史 上卷[M].武汉:武汉大学出版社,2007:104.
⑤ 庄子.庄子[M].方勇,译注.北京:中华书局,2010:228.
⑥ 孙过庭.书谱[M]//上海书画出版社,华东师范大学古籍整理研究室.历代书法论文选.上海:上海书画出版社,1979:130.
⑦ 项穆.书法雅言[M]//上海书画出版社,华东师范大学古籍整理研究室.历代书法论文选.上海:上海书画出版社,1979:526.
⑧ 刘熙载.艺概[M]//上海书画出版社,华东师范大学古籍整理研究室.历代书法论文选.上海:上海书画出版社,1979:694.

者威而不猛"①。在谈到书法审美时,更明确指出"书要兼备阴阳二气。大凡沈着屈郁,阴也;奇拔豪达,阳也"②。等等。总之,论及书法"中和"特征,总是将两个相对因素进行融合,如用笔的方圆、结体的奇正、风格的刚柔等,体现出二者兼融的特点。

可见,关于"碑""帖"的美学特征,体现二者美学特征的辞藻较多,但自"碑帖融合"观念提出后,人们对于表述"碑帖融合"美学特征的辞藻却鲜见。究其原因,主要是"碑帖融合"思想形成较晚,而"碑帖融合"实为"碑"之阳刚与"帖"之阴柔的兼容,因此前人在谈论"碑""帖"特征时,更多地运用"中和"思想阐述"碑帖融合"的美学特征。这就启发我们可以从具备"中和"特征的辞藻中寻求与"碑帖融合"美学特征相符的表述。纵览诸家书论,笔者拙见以"清雄"表达"碑帖融合"的美学特征似乎较为贴切。

"清雄"最早在诗学评论中出现,李白在《上安州裴长史书》中引用马公对自己诗文的评价"李白之文,清雄奔放"③。《书史会要》中也记载对米芾文章的评价"文则清雄绝俗"④。当然,"清雄"也出现在书法评论中。苏轼在《题颜公书画赞》中云"颜鲁公平生写碑,惟《东方朔画赞》为清雄,字间栉比,而不失清远。"⑤《书史会要》中也记载有人对谢灵运书法的评价"如石色松干,吹翕风云,簸荡川岳,则清雄可见也"⑥。郝经在《跋鲁公送刘太冲序帖》云"鲁公笔法皆正笔,出奇独有刘太冲。初从真草入行草,削去畦町尤清雄"⑦。对于颜书的特点,前人也有"《画赞》《离堆》结密清雄,点画全作隶书"⑧的评述。从上述的评价可以略窥"清雄"之面貌,虽然谢灵运书迹已不复可见,但是颜真卿书法如今还有不少存世,颜真卿书法融入了"二王"笔意和篆籀笔意,兼有"碑帖融合"的特征。沙孟海

---

① 刘熙载.艺概[M]//上海书画出版社,华东师范大学古籍整理研究室.历代书法论文选.上海:上海书画出版社,1979:702.
② 刘熙载.艺概[M]//上海书画出版社,华东师范大学古籍整理研究室.历代书法论文选.上海:上海书画出版社,1979:713.
③ 李白.李太白集[M].长沙:岳麓书社,1989:257.
④ 陶宗仪.书史会要[M].北京:北京师范大学出版社,2016:118.
⑤ 苏轼.东坡题跋[M].杭州:浙江人民美术出版社,2016:133.
⑥ 陶宗仪.书史会要[M].北京:北京师范大学出版社,2016:45.
⑦ 郝经.陵川集[M].马甫平点校.太原:山西古籍出版社,2006:292-293.
⑧ 胡祗遹.紫山大全集 卷十四[M].钦定四库全书.

先生在《近三百年的书学》中云："颜真卿的字，有的说他出于《高植墓志》，有的说他出于《太公望表》，有的说他出于《瘗鹤铭》，有的说他出于《郙阁颂》……他是兼有帖学、碑学之长的。"①从颜真卿的书法风格上我们可以对"碑帖融合"的"清雄"特点略窥一二。综上，纵观历代书论中关于书风品评的辞藻，"清雄"既有"帖"的清逸、柔美，又兼有"碑"的雄浑、大气，可以较好地表现出"碑帖融合"的美学特征。

二、"碑帖融合"美学实践的渊源

"碑帖融合"是以"清雄"为美学特征的"碑学"与"帖学"相互融合的实践，在"碑帖融合"思想产生初期，人们便尝试将具有雄强风格与清逸风格书写特征进行结合。实际上这种具有"清雄"特征的实践要比"碑帖融合"思想产生得早，而这种具有清俊浑厚特点的书法风格，在早期的出现往往是书写者无意识的实践产生的。

魏晋南北朝时期，楷书逐渐产生，这种书体在由隶书过渡形成时，或结体方扁，或用笔含篆隶特点，正是这种在打破方扁结构的基础上，逐渐形成瘦长的结体特点，此时的书迹既具有古体篆隶的雄茂，又具有新体正书的妍美，在风格上显出"清雄"特点。这一时期出现这种风格书迹的原因，主要是由古茂的隶书向新书体演变推动的。在这个时期，最有代表性的书迹是南朝《瘗鹤铭》。何绍基在《题李仲云藏瘗鹤铭旧拓全幅》中云"自来书律意合篆分、派兼南北，未有如贞白此书者"②。何氏认为，《瘗鹤铭》兼有篆隶笔意，融合南北书风的特点。对于这一特点，刘熙载也有共识，"《瘗鹤铭》用笔隐通篆意，与后魏郑道昭书若合一契，此可与究心南北书者共参之。"③在"碑帖融合"意识基本成熟的清代晚期，这种"融合南北"审美意识正与"碑帖融合"的美学观点吻合。

如果说《瘗鹤铭》这种刚柔相济风格的出现是书体演变过程中产生的，那么颜真卿、黄庭坚的书法风格实践，则是书家有意识而为之。楷书到了唐代已经完

---

① 沙孟海.近三百年的书学[M]//郑一增.民国书论精选.杭州：西泠印社出版社,2011:68.
② 何绍基.东洲草堂书论抄[M]//崔尔平.明清书论集.上海：上海辞书出版社,2011:1136.
③ 刘熙载.艺概[M]//上海书画出版社,华东师范大学古籍整理研究室.历代书法论文选.上海：上海书画出版社,1979:695.

成演变,形成了比较成熟的书体。正如前文所引沙孟海关于颜真卿书法论述,颜书具有"碑""帖"的双重特点,正是因为颜体书风打破了前人偏于清俊的书风,被后世誉为书法史上第二座高峰。究其书风形成的原因,除了是受到盛唐以雄浑为美的审美观的影响,其主要原因还是与颜真卿书法取法相关。历来对颜书的取法有着多种认识,但有一点是学界的共识,即这种风格的形成,与取法"碑学"书风或者民间书风有着密切联系。"颜鲁公正书,或谓出于北碑《高植墓志》及穆子容所属《太公吕望表》,又谓其行书与《张猛龙碑》后行书数行相似,此皆近之。"①"吾尝爱《郙阁颂》体法茂密,汉末已渺,后世无知之者,惟平原章法结体独有遗意。"②刘熙载、康有为认为颜书雄浑茂密的特点,或取法魏碑、或取法汉碑,在章法结体方面有其独特的面貌。此外,颜书用笔同样具有古意,"魏、晋而下,始减损笔画以就字势,惟公合篆籀之义理,得分隶之谨严,放而不流,拘而不拙,善之至也。"③"余近来临颜书,因悟所谓折钗股、屋漏痕者,惟二王有之。"④从朱长文、董其昌的评述中可以看出,在笔法方面,颜书具有篆籀之气,如"屋漏痕"、如"折钗股",这也是颜书浑厚、古朴的原因。除此之外,颜书还"字字意相联属,诡异飞动",乘"二王"遗韵,可见颜书还不失清朗俊逸的风貌。

宋代书家黄庭坚作书无论是结体还是用笔,也一改前人之法,以求清劲之意,他论书中多次提到《瘗鹤铭》和颜书,"先秦古器,科斗文字,结密而无间,如焦山崩崖《瘗鹤铭》、永州摩崖《中兴颂》。"⑤"大字无过《瘗鹤铭》,晚有石崖《中兴颂》。"⑥后人在论及其书法时,也认为其书用笔有篆隶之意,清逸脱俗,结体取法《瘗鹤铭》,清俊豪放。"山谷老人书,多战掣笔,亦甚有习气,然超超元著,比于东

---

① 刘熙载.艺概[M]//上海书画出版社,华东师范大学古籍整理研究室.历代书法论文选.上海:上海书画出版社,1979:704.

② 康有为.广艺舟双楫[M]//上海书画出版社,华东师范大学古籍整理研究室.历代书法论文选.上海:上海书画出版社,1979:797.

③ 朱长文.续书断[M]//上海书画出版社,华东师范大学古籍整理研究室.历代书法论文选.上海:上海书画出版社,1979:324.

④ 董其昌.容台集[M].邵海清点校.杭州:西泠印社出版社,2012:626.

⑤ 黄庭坚.论书[M]//上海书画出版社,华东师范大学古籍整理研究室.历代书法论文选.上海:上海书画出版社,1979:354.

⑥ 黄庭坚.论书[M]//上海书画出版社,华东师范大学古籍整理研究室.历代书法论文选.上海:上海书画出版社,1979:356.

坡则格律清逈矣。故当在东坡上。"①"山谷书秀挺伸拖,其摆宕处似苏,而逊其雄伟浑厚。晚年一变结构,多本北海。"②"宋人之书,吾尤爱山谷,虽昂藏欲拔,而神闲意浓,入门自媚。若其笔法瘦劲婉通,则自篆隶来。"③以上对黄山谷书法评述虽然指出其在结体、用笔方面有一些习气,但是从"清逈""秀挺""瘦劲"等可以体会其书法依然透出清逸特点,加之其用笔"自篆隶来",也不失篆隶笔意的苍茫。

我们将"碑帖融合"的美学特征视为"碑""帖"美学特征的中和,颜、黄书风虽然是以"帖学"的清逸俊秀为主,但因其取法篆隶、魏碑,所以还兼有"碑学"的雄浑古朴的特点,可以看作是"融碑入帖"的代表,这种"融碑入帖"的特征是介于"帖学"和"碑帖融合"风格之间。由于那个时代的书家并没有"碑帖融合"意识,因此我们把这个时期的美学特征的实践称为"碑帖融合"美学实践的无意识期。

明末清初,随着尊碑意识渐露萌芽,加之科举制度下台阁体、馆阁体的极端,一些书家已经看到了"帖学"发展的窘境,他们开始尝试探索新的书法路径,取法篆隶笔意、从碑版中汲取营养,以增加雄强之势。如倪元璐凝涩激越的书风、雄浑苍劲的骨力得力于颜书之篆意,其横向开张的笔势运动以及方侧用笔之重,或自苏书的隶意而变化,或即得自六朝碑版的影响。④黄道周在《与倪鸿宝论书法》中谈到"书字自以遒媚为宗,加之浑深,不坠佻靡,便足上流矣"⑤。他认为书法取法不能只追求"遒媚",还应当注重"浑深"之势。明朝遗民傅山"四宁四毋"的论述,更是对当时帖学一路的书风靡弱现状的抨击,他还主张取法篆隶,认为"楷书不自篆隶八分来,即奴态不足观矣"⑥。梁巘也看到了帖学的软弱之病,他主张通过学习唐碑增加书风的劲健之势,"学书须临唐碑,到极劲健时,然后归入

---

① 王澍.虚舟题跋[M]//上海书画出版社,华东师范大学古籍整理研究室.历代书法论文选.上海:上海书画出版社,1979:671.
② 梁巘.评书帖[M]//上海书画出版社,华东师范大学古籍整理研究室.历代书法论文选.上海:上海书画出版社,1979:583.
③ 康有为.广艺舟双楫[M]//上海书画出版社,华东师范大学古籍整理研究室.历代书法论文选.上海:上海书画出版社,1979:859.
④ 吕金光.晚明尊碑意识与倪元璐书风研究[J].书法,2015(1):59-65.
⑤ 黄道周.石斋书论[M]//崔尔平.明清书论集.上海:上海辞书出版社,2011:518.
⑥ 傅山.霜红龛书论[M]//崔尔平.明清书论集.上海:上海辞书出版社,2011:563.

晋人,则神韵中自有骨气。否则一派圆软,便写成软弱字矣。"①清代中后期,虽然"北碑南帖论"和"碑学"观念在当时书坛占主导地位,但是已经开始出现"碑帖融合"的思想。"集帖之与碑碣,合者两美,离者两伤。"②即便是将"碑学"推崇至极的康有为对碑帖反复思考和实践最终也主张"碑帖融合",这种主张随着年龄的增长越来越强。③ 这个时期的实践,已经不是无意识的融合,无论是"融碑入帖"一改"帖"之佻靡的明末清初,还是"碑学"大兴后的"融帖入碑",都是有意识地将清逸、雄强中的其中一种风貌向另一种风貌进行转换,正是这种探索式的转换,为人们进行"碑帖融合"的美学实践提供了参考。

"融碑入帖""融帖入碑"都是在"碑帖融合"实践过程中进行的探索,尤其是清后期的"碑帖融合"思想的产生,更为"碑帖融合"的实践提供了理论依据。虽然清代中晚期已经有了诸如何绍基、赵之谦、康有为等在"碑帖融合"中的实践,但是大多向"碑"或向"帖"一面的特征倾斜,而真正达到趋于"碑""帖"美学特征均等的"碑帖融合"实践,无论从美学特征的兼顾还是从书家基础技法的掌握来看,都是有一定的难度的。④ 在这些方面,近代书家沈曾植进行了探索,他认为"碑帖融合"实践不仅要在体势上兼容,即"异体同势,即所谓古今杂形也"⑤。同时,还要在笔法方面注重笔画的中段,"读艺舟双楫,心仪中画圆满之义,然施之于书不能工。晓起睹石庵书,忽悟笔界迹流美人之说,因知中画圆满仍须从近左处圆满求之。"⑥他还善于从新发现的简牍书法中取法,"于唐人写经、流沙坠简亦极用力,晚年变法得力于此。"⑦不仅开启了"碑帖融合"实践的新的高峰,还掀起了章草的复兴。可见这种实践的成功,既依托于简牍书法的发现,更与其独到的书学思想和美学实践观念密不可分。

---

① 梁巘.承晋斋积闻录[M]//卢辅圣.中国书画全书(第十册).上海:上海书画出版社,1993:532-533.
② 杨守敬.激素飞清阁评帖记序[M]//谢承仁.杨守敬集(第八册).武汉:湖北人民出版社,1997:585.
③ 金丹.论康有为的碑帖融合观[J].荣宝斋,2019(3):64-117.
④ 白砥.碑帖融合的难点与方法[J].东方艺术,2018(22):17-25.
⑤ 沈曾植.海日楼书论[M]//崔尔平.明清书论集.上海:上海辞书出版社,2011:1286.
⑥ 沈曾植.海日楼书论[M]//崔尔平.明清书论集.上海:上海辞书出版社,2011:1293.
⑦ 王蘧常.忆沈寐叟师[J].书法,1985:19.

三、"碑帖融合"美学实践的启示

"碑帖融合"是书法实践在书法审美上的一次尝试，以其对"帖""碑"兼容的"清雄"美学特征在书法实践中与"帖学""碑学"风格并列，成为又一种新的书法美学实践趋向。从这种实践中，我们或许可得到如下启示。

书法史观方面，我们更应该清楚地认识到书法史的整个构成。目前我们看到的书法史，尤其是唐至清代初期的书法史，更多的是书法名家的书法史，并非全部书法史，那么是"英雄创造历史"还是"时势造英雄"，这个观念要明确。[①] 随着考古事业的不断发展，人们更多地将视野关注到除了书法名家之外的书法资料中，从而关注这些书法资料所产生的社会环境、书写者以及书法资料本身具有的深层价值，这为丰富书法史及与书法史的相关知识提供了更广阔的视角。

书法实践方面，应注重某种风格发展过程中的变化状态。事物成熟前的过程状态，或者说事物由一种状态正向另一种状态发展中的过程状态尤其值得关注，往往发展过程中的状态兼有前期状态和最终状态的共同特征。如明末清初，虽然"碑帖融合"思想尚未形成，但书家进行"融碑入帖"的实践，使得书法风格既具有"帖学"清俊的面貌，又或多或少体现出"碑学"的雄浑，这种特征对于我们进行"碑帖融合"实践有很好的启发。由此，我们可以联想到对某个书法名家的取法，在其个人书风完全成熟前的书法实践，既兼有其前期吸收传统的风格特点，又略微显现出其成熟风格特点，这对我们研究书法个体风格提供了较为便利的依据，同时也为我们书法实践提供了新的思路。

纵观"碑帖融合"的美学实践历程，我们不难发现，这种实践对于书家本身是一个艰巨的挑战，不仅要求书家要兼有"碑""帖"的深厚功底，还要在不断实践中找到二者的融合点，达到清逸与雄强的统一。这种创作要比纯粹的"帖学"或"碑学"特征的创作更具有挑战性，当代书法实践在这个方向上还有更多的路要走。

（作者系江苏师范大学美术学院副教授）

[①] 陈振濂.现代中国书法史[M].郑州:河南美术出版社,2019:12.

浑厚拙朴存古风
——浅谈孙个秦书法创作中的个性化追求
许　蒙

　　欣赏书法作品，我们当然要从线条、结字、章法上去审美，要从取法、风格、神韵上去廓清，但我更愿意去体味浸在书法作品中的作者个性，这更有意思。书法家的个性化追求就是想通过作品去表达什么，给欣赏者传递什么。他一定要去表达他想表达的，并且可以充分表达的。他可以像诗一样让你回味无穷，也可以像电影一样令你心潮澎湃，有时候像玩蹦极，惊险刺激；有时候像在谈恋爱，情意款款。书法家就是在用笔墨讲自己的故事，线条、结字、章法是故事中的人物，它们联袂登场，一起构建宏大叙事，而导演兼编剧就是书法家本人。

　　在我可视的范围内，孙个秦就是一位优秀的书法导演兼编剧。他可以很从容地在宣纸上部署自己的剧本。有鸿篇巨制也有微型小品，有"高富帅"主演，也有"平头百姓"般的配角，他的演员也很配合他，随他怎么召唤。如此，一定是功力深厚，有着丰富的实践经验的书法创作者了。

　　拙而不丑，是孙个秦大部分书法作品的显著特点。看着仿佛不好看，细品后会发现还真是有味道。夸张的线条，错乱的形态，这或许和孙个秦深入研习八大山人的书法有关。我曾看到孙个秦发在微信朋友圈的一幅四尺横幅作品，内容是四字楷书。书写体式右倾，笔画张扬，出锋犀利，方笔夸张，圆笔含蓄，甚至有些像儿童的书写的感觉。所谓大智若愚，孙个秦是深谙此道的。这里要辩明一个观点，我们绝不能简单认为把字写好看的就是书法家，那么在中国古代获得秀才以上功名的学子人人都是书法家了，也绝不能仅仅认为写的字不好看就不是书法家。你去看展览,一定会看到一些似乎不漂亮的书法作品,可能认为这写的什么东西。的确,书写交流是中国书法的功能之一,书法是在写字,但写字就不一定是书法了。书法最大的功能还是一种由线条构建的艺术,书法者通过线条去表达思想,表达个性。

欣赏孙个秦这类书法,我能从中看到他天真烂漫的一面,也能看到他朴拙亲切的个性气质。其实,欣赏书法也是欣赏书法家,欣赏书法家的人格精神。

优秀的书法作品一定要透露一种人格精神。这种人格精神一定要富有中国传统文化的普遍内涵,一定要张扬属于中国书法的"大道",孙个秦的书法已经呈现出文化书法的面貌。那么什么是中国文化精神,什么样的书法是体现中国文化精神的书法呢?《论语·子路》中说:"子曰:君子和而不同,小人同而不和。"尚"和"而卑"同"是中国传统文化中的一个重要观念。我觉得对于中国传统文化的实践、研究一定要从整体上把握中国传统文化的精神所在。否则,很难得其要义。任何事物,只有不断地综合会通才能发展创新,若是一味地单一附和则将萎缩死亡,这是事物发展的规律,也中国传统文化的根本特点之一。很明显,孙个秦掌握了这一规律。他曾经学习了许多不同风格的书法,这是一种积累的过程,他用苏东坡去"和",效果很明显。看过孙个秦早期作品的人都会有一种感觉:面貌大变,但又能找到他早起研习的学书轨迹。

任何艺术形式都是不断发展着的,成功的艺术家总是在继承中发扬,在学古中开拓。不断在"旧瓶"中填入"新酒",尽可能地打下自己的艺术烙印。走得远的,形成了自己的风格,甚至开创一种流派。这种开拓当然就是他的原创性了,这种原创性一定不是自己凭空"钻研"出来的,而是在长期继承中开拓出来的。

熟悉孙个秦的朋友都知道,最近几年,孙个秦一直在研习苏东坡的书法、诗文,在苏东坡的书法中吸收营养。众所周知,苏东坡的书法用墨丰腴,崇尚"以肥为美"。孙个秦的很多书法作品也如此,比如,2018年春节时在宿迁东关口公园展出的一幅清代无名氏《竹枝词·不觉春光又到前》。这幅作品的用墨、点画形态就很像苏东坡。赵孟頫评价苏轼的书法如"黑熊当道,森然可怖"。如此评价也可用在孙个秦的自撰联《云移·月卧》《龙翔·鹤舞》,自作诗《读书有感》等一些书法作品中。在苏东坡的《赤壁赋》《洞庭春色赋》等书法作品中,我们可以出看到他的书法结字扁平、横轻竖重等特点,这在孙个秦《茶韵赋》《残雪恋梅赋》等大量作品中也可以看到。另外,孙个秦的书法也"妩媚天真"。总之,在当下学苏的书法者中,孙个秦是学得比较好的,也难怪宿迁书法圈把孙个秦称为"西楚东坡"。

然而,孙个秦不满足于"随人作计",尽管这个人是苏东坡。在学习东坡书法很像的时候,他决定"破解"定势,化熟为生。孙个秦首先找到了柳公权。"柳骨苏韵"是孙个秦前段时间着力打造的书法风格,他向柳公权借来"破解"自己书写苏体书法"定势"的"钥匙"。柳公权端正严谨、清劲拔俗的书法风格给孙个秦新的灵感。他努力地让这两家书法在他的笔下相融。这种"和"是在孙个秦已经具备的文气、敦厚中加入柳公权的书法元素。诚如西周末史伯所言:"夫和实生物,同则不继。以他平他谓之和,故能丰长而物归之。若以同裨同,尽乃弃矣。"

经过一段时间的"开锁"练习,孙个秦的书法中明显融入了柳体清劲拔俗的元素,在他的笔下,扁阔的苏体"站"起来了,但他自己还不满意,似乎学柳只是个跳板和过渡。说起来,孙个秦的苏体小行书是我尤其欣赏的一路,我曾建议他继续在苏体中畅游,暂时不必找"柳"或其他的书家。孙个秦自有他的想法,这种想法一定是经过深思熟虑的。于是,他由苏轼上追颜真卿。

孙个秦在近三十年的学书过程中,曾在颜体上反复下功夫。现在,他第五次聚焦颜真卿,希望可以从颜真卿的书法中找到属于自己的那把钥匙。

这次找到了吗?我认为找到了。首先从结体上看,孙个秦吸收了颜真卿的宽博之气,在"正面视人"的宏大叙事中展露自己的书法形态。大字行楷尤其如此,这让孙个秦的书风更加拙朴;小字楷书透露出一种童稚趣味。从线条上看,孙个秦的书法更加丰腴,甚至在一些笔画上用墨很"肥"。众所周知,颜真卿和苏东坡都善于用重墨,在厚重中寻找敦实,在浓墨中开拓创新。从章法上看,孙个秦似乎并不"斤斤计较"于某些细节,他更重视作品整体上的气韵效果,这也并非刻意为之,还是性格使然吧!

我们平时在欣赏书法时,一定有自己的偏爱。有的喜欢王羲之们的飘逸俊雅的书风,认为这就是"师传统""师古人";也有人说,颜真卿们的雄健刚劲更能表现中国书法的阳刚之美。诚然,王羲之和颜真卿的书法是最具中国书法个性的两条道路。作为中国书法的两座高峰,王羲之和颜真卿的法帖早已成为中国书法临习的范本。孙个秦似乎更加喜欢后者,这几年,他一直在提倡正大气象和朴素意识,他的书法,尤其是大字作品更加追求气势上的博大和结构上的中正。我以为,这正是孙个秦所追求的,也是他苦苦找寻破解苏体书法定势的"钥匙"。

目前，孙个秦的书法已经有了较高识别度——浑厚拙朴，古意盎然。当然，孙个秦吸收颜真卿的书法营养还在路上，相信通过更长时间的"开锁"，他一定融会贯通，开拓出真正属于自己的书法领域。

孙个秦为人谦和有趣，很容易相处，从刚认识他的时候就有一见如故之感。都说字如其人，这当然也表现在他的书法创作中了。孙个秦经常把自己的作品分享到微信朋友圈，我通过欣赏他的书法作品写下以上文字，纯属抛砖引玉，不当之处，还请书法同道不吝赐教。

（作者系江苏省文艺评论家协会会员）

书法审美与时代精神

冷 琥

引 言

中国书法自古以来就成为反映人类内心世界的一门艺术。汉代扬雄就提出"书为心画"的观点,这一观点一直影响至今,成为书法艺术的基本规律之一。简言之,书法是体现人们审美理想的一门艺术,审美并非是纯粹感官的个人的,而是关联人的审美心胸,思想观念,同时甚至还折射时代之精神。因此之故,书法审美不仅是书法家个人的"私事",也不是纯粹感官经验的呈现,而是时代精神的真实映射。本文将从书法的审美、时代精神以及二者之关联三个方面具体论述其旨要。

一

书法艺术的载体是中国文字,创造中国文字的六法,就集中体现中国人的思维特点与创物方式。书法艺术主要的特征还在于形象思维的对象化,这一点主要可以在历代书法作品本身的审美特征上来考察。吴胜景研究指出:"书法艺术是一门体现人性心灵的艺术,也是一门极具抽象形态的造型艺术,它通过线条的刻画来表现物体形象与审美意象,在一定程度上反映出书家的情感心绪与品格修养。"①吴胜景的研究论述是比较全面深刻的,既指出了书法艺术是形象的也是抽象的,同时指出书法审美意象这一命题。书法的审美意象是指一个浑然的整体,整幅书法作品给人的整体印象。很显然构建书法整体的意象的是关涉汉字本身的诸多方面,如书法的点画、结构、行气、章法等。这些方面对于所有的书体皆相关而重要,可以说是缺一不可。首先书法的点画与结构主要是指构成书法的每个汉字,每个字在组合成一行书法时,呈现出不同的姿态,而这一特殊的呈现方式或者规律就是行气,如摇摆式、竹节式、贯珠式等行气。每个书法字体的笔力与行气是一致的,体现在书法家的腕力与气韵。书法的力量之美,是书法审美的一个重要方面,如力透纸背,入木三分等这些语汇的表述皆在说明书法的力量之美。清代的刘熙载说:"字有果敢之力,骨也;有含忍之力,筋也。"②这是强调书法的骨力亦即气力之美的论述,其实是有深刻的道理的。五代之荆浩在《笔法记》中言及"生死刚正谓之骨",也是强调用笔的"骨法"问题。其实,无论是书法还是中国画皆强调用笔的力度,这是书画家必须掌握用笔从而达臻自由之境界,这时候的笔墨才能真实表现自己内心的观念与审美。崔树强先生也甚至认为:"在中国书法历史上,不论是甲骨文还是钟鼎文,不论是秦篆还是汉隶,不论是魏碑还是唐楷,不论是行书还是草书,不论是刚劲雄强之作,还是妍美飘逸之书,它们都有一个共同的特点,就是在笔墨线条之间,无不充满着一种撼人心神的力量或力度。"③书法艺术的力量之美,既是指书法的笔力之美,也是书法艺术的生命力之美,其实最终指向的是书法家的精神力量与人格力量之美。纵观书法史也是如此,唐代是强盛发达的过度,其书风也是以雄强和浑厚为美。唐代对人的审美甚至也是如此,女人以胖为美就是一个有趣的历史现象,这与当时的文化审美整体的价值取向是一致的。因此之故,时代性是审美的前提,书法艺术的审美前提也是如此。

二

历代杰出的书法作品无不具有特殊的时代印迹,这是毋庸置疑的。简言之,

---

① 吴胜景.书以移情——论审美移情在书法艺术中的体现[J].中国文艺评论,2022(4):82-93.
② 刘熙载.艺概[M].上海:上海古籍出版社,1978:166.
③ 崔树强."笔力"在书法审美中的地位和意义[J].书法,2022(4):60-61.

书法艺术是时代的产物,书法艺术是时代精神的折射。从广义上来说,文艺作品皆具有此种特质。清代石涛云:"笔墨当随时代",强调的是笔墨不仅是表现意象的载体,同时要能够彰显时代精神。这一句话自此在书画乃至文艺创作中成为比较经典的命题,至今依然具有十分重要的指导意义。

书法虽然一直被强调是中国传统文化的一个组成部分,有着独特的价值。关于传统文化的讨论也一直持续不断,争论者各抒己见甚至是"仁者见仁,智者见智"。这里不展开关于传统文化的论述,回到书法传统的语境中。书法虽然是传统艺术,但其主旨还在于创作出符合当下的审美理想与时代精神,否则既不是书法艺术,也不是书法传统。我们不能把临摹古人的书法习作当成是传统,也不能一味地以古人的笔法与墨法,以及章法来衡量当下的所有书法创作,当然古代书法家的作品是学习的典范,是参照的一种标本,但艺术的核心价值还在于创新,创造出属于自我与时代精神的风貌来才是正道。有的人提出书法只要继承传统就够了,也有的提议书法不需要传统只要创新,其实这两者的观点都是偏颇的,都是不可取的。简言之,书法艺术是在传统基础上的发展出新,离开对传统的继承,一味地创新是不可能的。笔者的观点是,对于书法艺术发展而言,九份传统一份新意就很不容易了,当下能做到这样的书家其实不是很多。另外,从书法艺术的时代精神,以及发展创新这一视域来说,书法艺术创作又必须有属于自己的,也是属于时代的原创性的东西存在。有的研究者的论述:"一个时代的书法,是绝对不能缺失原创性书法文本的,也就是说当下的书法理应承载更多的时代精神与书家情感,理应记录和反映当代的人文思想和社会现实。当然,作为一个时代的书法,对于那些传统的经典传承性文本也绝对是不可以去弃的,但是从当下的现实情况来看,这些具有原创性的书法文本显得尤为重要和迫切。"[1] 这些论述显然也是在强调书法创作中的时代精神与传统之间的关联的问题。作为文艺作品的书法艺术同样要反映当代的人文思想与社会现实,这是作为所有真正优秀的文艺作品的普遍属性,否则就不算是优秀的文艺作品。试想,一个书写技巧非常娴熟,而缺乏人文思想和对现实生活的关注与思考,这样的书写者以及其作品即使有很好的笔墨功夫,也最多是一个写字匠而已。简言之,这既是对作品本身的要求,也是对书法家自身的内涵与人格构建提出要求。因为,作品要反

---

[1] 彭新国.书法文本理应承载更多的时代精神与书家情感[J].书法,2016(9):36.

映人文思想与社会现实,首先书写者或者书法家要有人文思想,同时关注社会现实,这之间的关联不是书法作为文本的价值存在之意义,而是作品在观念与审美特质上的综合呈现。一个书写技巧非常好的人,抄写一段反映现实的新闻或当代哲人的一段语录,从内容上看是具备了,但是作为书法艺术创作本身来说未必是成功的。当然,书法创作内容的时代性也是一个不容忽视的方面,书法审美既是书法家自身的审美理想与审美心胸的一种呈现,也是时代精神的一种折射,只有兼顾书法创作中内容与形式的问题,才是书法艺术创作的关键。对于艺术创作来说,内容又不纯粹指的是书写的文本内容,而是指书法家所要表达的整体内容。形式则是指艺术作品的呈现方式,如以长卷还是手札,斗方还是扇面等,以什么样的书法体式也是其形式范畴,如以楷书、行草,还是篆隶书等。楷书适合书法家典雅闲静的状态,而行草书则适合激情浪漫的心境,如此说来,一幅成功的书法作品与字体以及书家的精神状态有着必然之联系。当然,作为书法艺术创作的载体,文字的内容如若也是自己创作的,其作品的整体状况将会更好。历史上真正杰出的书法作品其内容大多皆来自书法家独自撰写的散文辞赋等,如王羲之的《兰亭序》、颜真卿的《祭侄文稿》、苏轼的《寒食帖》等无不如此。这不仅是书法审美的时代性特征,也是书法家的时代性特征所在。古代的书法家大多是饱读诗书的文人士大夫阶层,他们的文化修养都是从握笔读书开始的,甚至成为一生的事业。另外,古代的书法家其真实身份不是以书法而立世的,而是为任一方之官员,体察民情造福一方是他们的职责。因此,他们对其所属的时代把握得比较真切,他们的职责与生存方式决定了这一必然。李斯与钟繇是宰相,书圣王羲之是王右军,颜真卿是大将军,张旭是张长史,苏轼是翰林大学士、礼部尚书,赵孟𫖯是翰林学士承旨、荣禄大夫,董其昌是翰林院编修、太师、南京礼部尚书。由此可见,他们是时代的脊梁,他们投身在时代的浪潮中,他们的书法诗文怎能不反映其时代之精神呢?由此再推想,当下一味地闭门练字的所谓书法家,张口闭口自己超越了古人,难道能不惭愧吗?这里还必须说明一下,今人无论书法成就有多高,最终还是无法超越古人的。古人与今人所处的时代不同,难道今天谁因为其书法成就卓越,就取代了颜真卿,取代了赵孟𫖯与董其昌?总而言之,每个时代杰出的书法家在构建属于他的时代的书法艺术丰碑,是过往历史的传承,是书法艺术优秀传统在当下的发展,而不是好大喜功的超越。中国文化的总体特征是传承发展,书法艺术更是如此,离开传承,书法艺术就成了无源之水,在传承中发展自然会出现新的书法风格,新的审美特征。书法艺术之审美理想就是书法艺术发展出一个新的总体的特征,书法家临摹古人杰作,照抄书法家的作品都不是传承发展,也不会出现新的审美理想。简言之,就是真正的书法家需要有消化吸收传统书法艺术的能力,即真正做到对传统书法艺术的继承,从而为发展创新做好坚实的基础。同时,一个真正杰出的书法家必然是对现实生活投注极大的关注,对现实生活是热爱的,同时也是有责任与担当的。

三

书法艺术在表达书法家的审美的同时,也彰显其时代精神,二者是紧密关联的,这成为杰出的书法作品本身的基本属性。中国的书法艺术不仅是书法家内心世界的真实反映,也是反映人类整体对生命的思考与生命形象的构思的艺术。宗白华认为:"中国的书法,是节奏化了的自然,表达着深一层的对生命形象的构思,成为反映生命的艺术。因此,中国的书法,不像其他民族的文字,停留在作为符号的阶段,而是走上艺术美的方向,而成为表达民族美感的工具。"[1]由此可见,中国的书法是属于生命艺术的范畴,也就是说,书法不仅仅是书写的艺术,更是人类内心世界的真切呈现。如何做到的呢?这还需要从书法的工具方面来考察。首先,毛笔是用动物比较软的毛发做成的,蓄水性能好,有弹性,宣纸是植物之精华做成的,具有比较绵软而敏感的特性。当毛笔在宣纸上书写时,书法家的细微之情感,包括呼吸的节奏皆会真实地呈现在宣纸上,这就是中国书法的工具性特征。其实,作为书法的工具特性,简单归纳为"技"的范畴,也就是如何驾驭这些工具,所谓"工欲善其事必先利其器"。任何艺术门类,掌握技能是第一步,技术能达到什么水平也是由自身的禀赋与能力所决定的。要成为这个时代的书法家,首先必须了解这个时代书法家的技法高度,也就是说,你的书写技法必须是这个时代的代表,而不是个人的戏耍与自以为是。也许会有人质疑,过分强调书法技巧最多不过是书匠而已,其书法艺术造诣是不会太高。这显然是片面的不合理的,真正杰出的书法家其技法层面也是让人惊叹的,至于书法造诣那是水到渠成的结果。书法的格调也就是书法艺术的品格与内涵,这是区分书法良莠

---

[1] 宗白华.美学的散步[M].合肥:安徽教育出版社,2006:208.

的重要指标,但是其前提也离不开书法的技法支撑。庄子云:"臣之所好者道也,进乎技矣。"①其实,这就是所谓的"技"与"道"的问题,对于书法艺术而言也是如此。书法艺术中的"道",可以指书法的格调,书法的审美理想等,总而言之,"道"是精神的高度与层面的事情。"技"是属于物质层面的,是可以在现实中把握和操作的事情。这两者从哲学的视域来说,其实又是量变与质变的关系,书法技术可以理解为量变,书法之审美与道可以理解为质变,二者之间是非常契合的。简言之,这两者是密不可分的,也受制于其所处的时代,时代是大的前提。试想一个今天的书法家可以写出符合唐代气息的书法作品吗?即使有的书法家通过临摹古人的法帖,其技术可以达臻非常精准的境地,但是古人的时代气息你是无法呈现的。书要古,画要孤,可能说的就是这个道理。总而言之,这是研究书画艺术的一个重要方面,还不能算是终极旨归。很显然,书法作为艺术,它的一个最为显著的特征就是审美功能。古代社会因为特殊的文化语境,书法不仅是艺术,其最基本的功能也是实用,甚至实用是大于艺术的。今天却正好相反,艺术功能是大于实用的。张译丹认为:"本次展览体现了书法在展陈上的巨大变化,是书斋文化和展厅艺术的结合,体现了书法从三千多年以实用为第一功能向当代以审美为第一功能的重大转型。"②其实,无论古今,草书艺术就集中体现在它的纯粹艺术审美的功能。当今,如果还在争论书法的实用与艺术两者的境遇孰优孰劣,其实都是偏颇的,也是不全面的。简言之,书法艺术发展的时代语境变了,而不纯粹是书法本身的问题。虽然有很多方面还是体现书法的审美与实用两者之功能,但这仅仅是很小的方面了,伴随着现代科技的发展以及智能时代的来临,书法渐趋成为纯粹审美的艺术范畴了。作为书法家其职责依然是在继承中发展,君子弘毅任重而道远,这一点还是需要书法家多有担当。

(作者系江苏省文艺评论家协会会员,三级美术师)

---

① 庄子选集[M].北京:人民文学出版社,2001:42.
② 张译丹.以现实题材创作彰显时代精神——第十二届中国艺术节全国优秀美术作品、书法篆刻作品、摄影作品展览综述[J].美术观察,2019(8):38-40.

论书法艺术参与乡村文化振兴的秩序协同作用
——以南京溧水区某村创建书法特色乡村为例

刁艳阳

习近平总书记在文化传承发展座谈会上指出:"中华优秀传统文化是中华文明的智慧结晶和精华所在,是中华民族的根和魂,是我们在世界文化激荡中站稳脚跟的根基。"近年来,优秀传统文化呈现复兴之势,特别是书法艺术得到极大的发展,书法创作、书法学术研究、书法普及活动广泛开展。作为中华优秀传统文化,书法发轫于乡村,与乡村根脉相连;书法雅俗共赏,充分体现了中国人民的创造力和中国美学精神,能够调节群众精神健康、文学修养、帮助群众修身养性,提高群众审美品质,[①]广受群众欢迎。乡村文化振兴是乡村振兴塑形铸魂、凝心聚力的至关重要的一方面,也是建设中华民族现代文明中不可或缺的一方面。加强优秀传统文化的保护传承和创新发展,持续推进城乡公共文化服务标准化、均等化,是开展乡村振兴的题中之义。书法艺术介入乡村振兴的实践,正是对乡村文化振兴的艺术支持,也将书法艺术厚植在乡村基层的土壤。本文以南京溧水区诸家村创建书法特色乡村为例,对书法艺术对乡村文化振兴的秩序协同作用加以分析,并以布迪厄文化资本理论对进一步优化活动效果展开分析。

---

① 李建.书法艺术对群众文化发展的助推作用研究[J].文化创新比较研究,2018,2(9):67,69.

一、书法艺术介入乡村的几种实践路径

近现代艺术与乡村的渊源可追溯至三百年前,而书法在乡村的历史则可从书法在中国诞生之初计。书法在中国社会有广泛的群众基础,在从实用功能向纯艺术转化后,在乡村的建筑装饰、群众美育中依然举足轻重。乡村书法文化活动是一种在乡村语境下开展的公共文化实践,目前对于乡村公共文化实践学界已有较多研究。学者孙振华《公共艺术的乡村实践》一文将公共艺术的乡村实践路径归纳为六类:游牧、采风式的乡村实践;原发、融入式的乡村实践;定点、周期式的乡村实践;机构、据点式的乡村实践;本土、在地式的乡村实践;构筑、营造式的乡村实践。① 参考这种分类,本文将乡村书法文化建设大致分为文艺惠民、艺术乡建、群众社团这几种实践类型。

1. 书法下乡类的文艺惠民实践

城乡公共服务均等化的理念在实践层面推进多年,各级文化宣传官方机构开展了"科教文卫三下乡""送欢乐进基层""我们的中国梦文化进万家"等基层文艺惠民活动,其中书法下乡有组织专业书法家在节日节点为群众书写福字春联、慰问基层群众赠送书法作品、开展免费公益讲座、书法走进乡村校园等形式,受众多、持续时间短。此类可归入定点、周期式的实践,多为艺术机构或艺术家进入乡村的单向活动,群众参与感弱,主体性不显。

2. 书法共建类的艺术乡建实践

艺术乡建在我国已有近三十年发展历程,在美丽乡村建设中愈得到关注。书法艺术乡建一般由外部书法艺术机构、高校书法院系、艺术家与当地党政机关、乡企、乡村组织、乡村群众以及外来游客等多元主体共建,以乡村空间艺术化改造、艺术场馆建设、大地艺术、装置艺术、艺术节日等活动为表征。书法类艺术乡建目前已有不少地方开展,如南京浦口桥林街道"草圣书乡"美丽乡村、佛山禅城区张槎村"仙槎墨韵·书法之乡"建设,活化原有的书法历史资源,在群众中广泛普及书法艺术,以书法为核心元素嵌入乡村空间,营造弘扬传统优秀文化的氛围。值得注意的是,活动对象也应包含外来游客。如诸家村 2022 年的石臼湖艺

---

① 孙振华.公共艺术的乡村实践[J].公共艺术,2019(2):32-39.

术季主旨为"艺术回应乡村生活",欢迎游客"一起来乡建",前来研学的团队可在当地自主发挥创意创作艺术作品。书法类艺术乡建改造了村民的生活生产空间,主导者仍为艺术家群体,但乡村群众作为乡村空间的原住民和使用者,在其中也是不可忽视的主体。

3. 书法组织类的村民自发性社团实践

此类活动是原生、融入式的实践,通过熟人圈层发散,村民自发组织为主,或有公共艺术机构介入其中,但主要承担提供场馆、学术指导等辅助性作用。组织形态有乡村文化大院、乡村艺术馆、书画社团、老年大学、乡村书法家工作室等等,具体形式主要是群众性的书法赏评、研学访碑、书法展览、群众书法比赛,也会服务于与书法有关的群众日常生活和节日民俗。此类活动突出群众自主性和主体性,群众参与度高,但受限于活动投入,可能出现规模小、作品质量不高的缺憾。此外,随着网络信息社会的发展,以QQ群、微信群、抖音用户群等书法爱好者组成的网络社群也成为村民社团活动的形式。

新时代文艺活动形式多种多样,以上几类并不能完全概括所有实践路径,只能代表常见实践路径。但无论何种实践形式,都旨在提升村民审美水平和文化素养,为乡村振兴大局营造和谐环境,助力形成新时代的乡村文化秩序。2023年某专业书法机构立足于书法助力乡村振兴,牵头在南京溧水诸家村试点打造书法特色乡村,结合当地文化特色,开展乡村书法实践,探索书法艺术秩序协同作用。

二、某村的"书法特色乡村"活动实践分析

1. 某村文化基础概况

一是自然人文禀赋优越,旅游资源丰富。有近700年历史,依山傍水、风景优美,渔家文化别具特色,文化遗迹甚多并保存较好,遗存百年以上古建筑23栋,其中不乏市级文物保护单位,先后获评"南京市最美乡村""江苏省传统村落""江苏省特色田园乡村""江苏省乡村旅游重点村"。从2016年开展美丽乡村建设,引进社会资本参与乡村项目建设和运营,在物理空间形成了一定程度的艺术化,有石臼湖艺术季、和凤百花节等自办文化活动,建立了村美术馆、村史馆、图书馆,乡村文化基础设施较全。

二是崇文重教、翰墨传家，群众对书法艺术亲近熟悉。资料显示，村历史上走出的文化名人有贾光荣、魏炯等，宗族文化传统依然保持得非常好，子弟除了在学校接受教育外，也会在村里拜师学艺，所以出了许多书法大家，这与重视学校教育之外的宗族文化培养不无关系。[1] 该村截止2023年7月有中国书协会员3人，走出了书画名家，另有省级会员若干，过半村民能写会画，成立了全国第一个自然村级的书法家协会。一些村民通过家庭相互带动促进书法美术的学习，自发举办过诸氏书法展，村民对书法学习和传播有需求。

该村各方面条件基础良好，书法类群众文化活动有一定进展，已经积累了一定的文化资本，在建设书法特色乡村、建构文化空间上有先天优势。

2. 书法特色乡村建设要点

该村在2023年3至5月进行书法特色乡村建设的前期调研考察，在6至7月开展了系列活动。

一是多元主体的参与。前期调研中，某书法专业机构成为发起主体，与当地文联、区文旅局、镇政府、村委、村支部等多部门多单位进行会商，群策群力得出发展建议，也为后续资源供应提供保障。邀请当地乡贤书法家参与，邀请了两位原籍在该村的书画家担任"诸家书法村宣传大使"，并在活动过程中发动当地村民骨干、书法爱好者积极参加。

二是以书法符号元素参与微景观改造。让书法元素嵌入公共空间为诸家村题写路名地标、场所匾额，在公共场所布置经典碑帖的碑刻。该村经多年发展，打造了一批精品民宿。书法家选择第一批3栋民宿小楼命名题字，并按照书斋样式用书法作品、文房四宝对民宿内部布局加以布置，赋能文旅融合。

三是举办惠民活动提升书法艺术影响力。在7月的创建活动中，改变以往单向向村民赠送春联福字的活动方式，书法家开展现场教学和村民一起书写，以期让群众在节日来临时可以自行书写。还开展了书法史的简短讲座，传授最基础的书法常识和审美知识。举办了公益主题书法展览，将书法精品送入乡间地头。此外还揭牌了"书法普及与推广基地"，后续还根据实际情况实施更多改造举措。

---

[1] 见"溧水发布"公众号上的文章《八旬老人扎根乡村图书馆》，网址为 https://baijiahao.baidu.com/s?id=1664568375360929781&wfr=spider&for=pc。

3. 秩序协同模式探析

乡村文化振兴含有多个维度,艺术的参与仅是其中一方面,能够发挥的文化作用是间接的,长期坚持才能见效。乡村的语境是前现代的,当下的艺术多成于后现代语境,如果盲目加以结合则难以见效。诸家村的书法特色乡村建设,既不是单纯的文化下乡也不是艺术乡建,而是选取了与乡村语境较为契合的书法入手,以一种润物无声的秩序协同的模式,从实体建设和价值塑造、社会实践三重语境融入乡村,构建以书法为标识的乡村文化场域,激发隐含在古村落中的原生优秀传统文化力量。

在实体建设维度,改变物质语境,发挥书法在生活细微处的景观美化功能。与美术作品和雕塑作品常以较大的整体块面夺人眼球、创造奇观不同,书法作品多在墙壁、门屏、室内陈品作点缀,以雅致的形制发挥美观实用的装饰功能。另一方面虽在细微处,但如果做到无处不在、画龙点睛,也就成为了整个乡村文化空间上的显著标志。又如在乡村引入名家书法工作室,提供实体的书法学习和创作体验空间,以点带面强化当地书法特色。

在价值塑造维度,发挥书法潜移默化的美育作用。对村民个体而言,书法作品以书写诗词歌赋、名言警句等精炼、精彩的文字语言为内容,传递劝善、明志、趋吉等传统文化中的积极内容,诸家村通过在公共场所、商业地带、私人领域等地布置村民喜欢看、看得懂的书法作品,为村民欣赏提供便利,寓教于艺发挥教化、抒情等心理感染功能,以期达到对村民心灵的共情和提升。在集体层面,官方机构给诸家村的"书法特色乡村"授牌,加强了诸家村村民在文化心理上对书法艺术的自信。在诸家村开展线下书法教学、义艺惠民活动,也是一种群体性的仪式化活动,村民集体在场,同时参与学习和创作,学习过程中增进了彼此了解和交流,容易形成情感上的共鸣和共情,进而促进群体关系和谐,形成人际关系的良好秩序。

在社会实践维度,构建多个次级场域,推动乡村社会文化结构变化。外来的书法机构、艺术家、当地政府,内部的乡村群众等主体各自在场域中占据不同位置,根据书法类的文化资本对乡村的不同的输入形态和再生产形态,在多方牵引力作用下,形成不同的次级场域。一是建设中的书法惠民类活动场域,这是城市的文化资本对乡村的单向输入,村民参与活动得到具体形式或客观形式的文化资本,也是书法作品或审美教育。如果在家庭生活或社会生活中进一步传播所学知识，或自行创作作品，则形成了文化资本的再生产良性循环，终将提升整体的文化素养。二是书法艺术化改造活动场域，通过书法作品的装饰、书法作为文化符号在空间的嵌入，增加了群众的生产生活空间中的客观形式的文化资本，推动其转换成具有文旅价值等经济资本。三是村民自发性组织的活动场域，这是诸家村原生文化场域，有社团成员身份的村民成为场域中心的行动者，通过村书协或书画社社团成员的身份获得体制化的文化资本，进而在乡村文化生活中获得与他人相区隔的特征，在更大的乡村场域中获得优势地位。在特色乡村建设中，这类场域中的行动者将成为骨干力量。三种场域共同构建书法在乡村文化振兴上的意义，也形成了对文化传播的秩序协同。

三、秩序协同模式对今后的启发

1. 明确村民是书法艺术参与乡村文化振兴的主体

对艺术介入乡村中艺术家意志和村民孰为主体一直存在争议。三种乡村书法实践场域存在群众参与度的递进关系，从乡村外部的书法机构或艺术家主导，到书法共建中艺术家和乡村群众参与建设，再到村民自发的展演活动，这三类活动的形态演变在时间上由远及近，村民从边缘或被遮蔽的状态逐渐成为活动主导力量，虽然活动有多元主体参与，但从书法机构到当地政府更多是提供了文化生活的一种选择。在微介入模式下，书法艺术并未彻底改变乡民的生活环境，而是在公共空间、社会生活和实践中让村民在美育和客观环境的引导下，对书法艺术的意义能够从审美的角度去进行文化消费，以书法艺术中常见的中华优秀传统文化的"中庸""礼仁"等思想潜移默化地影响实际行动。

2. 建构乡村书法传播的场域和文化记忆，让书法成为乡村在地艺术

布迪厄提到："艺术作品是一种凭借集体信仰而存在的对象，是这种集体信仰意识到，并认可了艺术作品的合法性地位。"书法艺术立足个人创作，表率群体精神，是中华民族传统精神的笔墨表征。只有村民真正认可了书法艺术是与他们精神同源、文化同脉的传统艺术，书法才能真正融入乡村，在发轫之地重新焕发光彩。这需要让书法成为乡村的"在地艺术"。"在地艺术"是指艺术家的作品与特定的乡村地域文化产生深度融合，以当代艺术惯用的表达方式对其进行现

代表述并形成可视形象的艺术形式。① 一直以来,著名书法历史遗迹、书法机构、书法艺术人才、相关文化决策部门都集中在城市,书法的发展牵引力在城市,话语权和决策权都在城市形成,城市的书法活动与乡村存在明显区隔,形成了"城市中心主义"倾向。在公共空间的符号嵌入上,在字体的选用、外观的装裱、书写内容的选择上应注意在人文、建筑、自然风景中的有机协调。可以通过设置专门的乡村书法体验馆等专门场所,设置"记忆之场",构建书法传播的场域和文化记忆,增强群众意识层面对书法艺术作为传统文化的认同,进而促进新农村、新乡民的身份建构和凝聚力。举办乡村主题书法展览和村民群众性展览,并通过现代传播手段等方式让乡村在地艺术在城市展示,进行反向的文化资本输入,在艺术场域中发出乡村的声音。

乡村振兴大局中,书法艺术的参与是一种文化修辞,是"两个结合"理论在乡村的生动实践。各方行动者要共同努力,让书法艺术在细微之处介入生活、改变生活,让乡村激发蕴藏其中的文化自信和自觉,进而培根铸魂、启智润心,为乡村文化增添厚重底色。

(作者系江苏省文艺评论家协会会员)

---

① 王明亮.从艺术的介入性和在地性角度看中国艺术乡践[D].南京:南京艺术学院,2022:12.

其他

以手机为主的移动媒体与传统期刊融合发展策略研究

周 蓉

相对于报刊、户外、广播、电视等四大传统媒体,新媒体正以迅雷之势席卷这个时代,而且其外延还在不断扩大,网络、手机、数字电视、数字广播、数字报纸,包括时下最风行的微博、微信等尽囊其中。新媒体所具备的传播方式的快捷性、表现形式的多样性、信息资源的海量性等优势,都对相对静态的传统期刊造成了巨大的挑战。用《连线》杂志的话来说,现在我们正处于一个"所有人对所有人传播"的新信息时代。[①] 在这样的媒介环境中,我们必须拓展观察视野,改变思维方式,重新考量并且创造性地去理解新媒体,借助新旧媒介的融合,促进传统期刊的创新发展,提升其传播能力。

一、直面新媒体的冲击,走媒介融合之路

与各类新媒体技术及平台的相继崛起相比,传统报刊面临的挑战日益激烈,纸媒的衰退已是不争的事实。以期刊而言,停刊、人才流失等现象相继出现。此背景下,媒介融合已是必行之径。早在二十世纪八十年代,美国马萨诸塞州理工大学的伊契尔·索勒·普尔教授便提出"媒体融合"一词,认为"媒体融合"是"各

---

① 郭涛.新媒体,所有人对所有人的传播[J].职业经理人周刊,2008(5).

种媒介呈现出的多功能一体化的趋势"①随着数字传媒形态的出现,"媒体融合"的概念则被美国新闻学会媒介研究中心主任安德鲁·纳齐森定义为"印刷的、音频的、视频的、互动性数字媒体组织之间的战略的、操作的、文化的联盟。"②而中国人民大学新闻学院副院长喻国明则提出,"媒介融合将是媒体转型的一场革命,改良式的量变,不足以拯救传统媒体"。③

在科技发达的今天,3G、4G 网络几乎已无处不在。据统计,中国移动网民的规模如今已达到 6 亿,其中,移动阅读网民规模占到了 91%,95% 的移动网民每天都会阅读手机杂志④。地铁、咖啡馆、电影院等任何一个娱乐休闲场所,人们点击微信公众号,或是阅读手机报,转发微博、书评等,已是随处可见的现实。从"读纸时代"到"读屏时代"的转变,深刻地反映了媒体技术的变革对人们的阅读行为、阅读关注及阅读兴趣的影响。

因此,面对媒介融合的时代现实,传统期刊应顺势而发,借势发力,摒弃过去静态的高冷范儿,主动适应、积极探索与新媒体的联姻融合,实现传播效应的最大化。只有实现优势互补,彼此融合,形成抢占市场的合力,才能弥补单一自身存在的缺陷⑤。在剧烈变革的当下,传统期刊与手机媒体融合发展,互惠共荣,无疑成为传统期刊在新媒体时代成功突围的重要途径。

二、传统期刊与手机媒体融合发展现状

早在 2002 年,时尚类期刊《瑞丽》便开始进军无线移动业务,相继开发出了《瑞丽》彩信,《瑞丽》短信等手机产品线。目前,《瑞丽》有 15 本彩信杂志,是国内较早有自觉意识与手机媒体联姻发展的传统期刊。⑥ 在纯文学期刊中,《小说月

---

① 高钢,陈绚.关于媒体融合的几点思考[J].国际新闻界,2006(9).
② 蔡雯.新闻传播的变化融合了什么——从美国新闻传播的变化谈起[J].中国记者,2005(9):3.
③ 喻国明,姚飞.媒介融合:媒体转型的一场革命[J].青年记者,2014(8):26-28.
④ 腾讯企鹅智酷.纯干货:揭秘微信的"影响力"首份微信数据报告[OL].2015-01-31.http://mp.weixin.qq.com
⑤ 戴程.全球化视野下新媒体与传统媒体融合问题研究——以电视媒体网络媒体为例[J].新闻界,2009(2).
⑥ 红尘.实用·时尚——新媒介生态下《瑞丽》杂志的发展策略[J].新闻界,2008(2):40-41+28.

报》于 2013 年 5 月 17 日,率先开通微信公众平台,成为首个纯文学期刊公众号。[①] 国内的科技期刊新媒体发展则较为缓慢,据陶华等[②]研究统计,在 59 种影响因子大于 0.5 的 SCI 科技期刊中,提供移动客户端阅读平台的期刊只有 3 种,样本中只有《颗粒学报》可分享到 facebook,《大气科学进展》开通了新浪微博,在对综合评价排名前 60 位的中国科技核心期刊应用新媒体统计数据分析中,提供移动阅读平台的核心期刊有 4 种,使用微博的期刊则比 SCI 期刊多 3 种。

总体来看,传统期刊与手机报、彩信、微博、微信等手机媒体的相融之路,这些年正日益深入。比如老牌期刊《暖通空调》自 2011 年起创办了《暖通空调手机报》,是暖通空调行业第一种面向业界高端人士、设计院工程师、广告客户等定向发送的手机彩信产品。其内容和形式正受到越来越多的客户的认可,已有企业有意向以冠名的方式在赞助手机报的发送。[③] 而根据新浪微博提供的数据表明,截至 2015 年,已有超过 1 000 种期刊开通了新浪官方微博,其中《南方人物周刊》《新周刊》等期刊都是将微博运营得较为成熟的范例。

虽然手机报、彩信、微博、微信等新媒体对传统期刊的发展起到了不可忽视的推动作用,但其本身所固有的一些特点又成为制约双方良性发展的软肋。比如文本压缩带来的过度碎片化及浅显化,对部分有志于深度阅读的人群造成了困扰;一部分期刊的"微博""微信"缺乏专业的运营团队和精细的运营分工,使得更新与推送的内容远远落后于其研究领域的最新前沿,生产和传播内容的方式比较封闭,信息发布同质化比较严重;公告形式比较单一、枯燥、互动性不足,新媒体的运营思维仍停留在"我传播你接受"的初始阶段,对读者用户的关注及需求重视不够,对用户的信息消费行为了解不深,尚未真正从用户角度挖掘信息,还不能在数字环境下满足受众的需求和体验,未能从媒体思潮变革的战略高度来考量手机媒体与传统期刊的融合。基于此,需要充分认识媒介融合的时代意义,传统期刊应主动适应新媒体的发展,充分利用手机媒体的优势,弥补自身缺

---

① 李小凡.论新媒体时代文学期刊的发展——基于《收获》《小说月报》微信公众号的案例研究[J].重庆工商大学学报(社会科学版),2015,32(5):67-71.
② 陶华,朱强,宋敏红,等.科技期刊新媒体传播现状及发展策略[J].编辑学报,2014,26(6):589-592.
③ 姜燕梅,郭晓芳,王曙明,等.新媒体在科技期刊广告经营中的运用——以《暖通空调》为例[J].编辑学报,2012,24(3):277-278.

陷,在保持内容优势的基础上,扩大其传播路径,提升传播效能。

三、传统期刊融合手机媒体对策

(一)构建立体式手机媒体传播格局

纸质期刊要从传统认知中的"静态""封闭"走向更高的平台,就要重视通过手机新媒体整合优势资源,突破区域性、非目的性的传播障碍。在传统传播媒介之外,构建以开发期刊的 APP 移动阅读服务、彩信、手机报、期刊官方微博、微信公众号为主要方式的立体式移动媒体传播格局。

1. 尝试采取纸质媒体与 APP 客户端优惠捆绑订阅方式

附加采用包月、半年或是全年订阅优惠促销等手段,也可将手机报、彩信等多媒体数据包等作为增值服务方式,定期免费给读者发送,增强 APP 客户端的订阅黏性。通过消费积分换书券、畅读包产品,减少高价值用户流失,同时综合用户的消费偏好和量变时机,自动推荐包月产品,提升主动包月阅读率。

2. 积极发展微博、微信等自媒体,打造开放互动的微编辑平台,构建"碎片化"和"浅阅读"的微出版模式

目前被公认为最好的自媒体平台之一的微信,由于其整合吸收了微博、QQ等多种社交平台的特色功能,传播更具目标性、针对性。随着微信使用人数的快速增加与影响力的逐步扩大,传统期刊可利用微信公众号实现期刊信息内容向订阅用户的精准推送,大大加快内容的传播速度,有效实施传统期刊的品牌塑造与市场推广战略。在微信公众号的内容推送与纸质期刊的出版发行之间,要把握好双方内容的平衡与协调。一般而言,纸媒发布的内容侧重于深度报道、系列报道,微信公号推出的则倾向于短小精悍的有创新点和亮点的文章。

3. 打造独立的手机媒体形态,组建复合型运营团队

从依赖性的角度来看,目前已有研究发现,将近一半(49.7%)的人对移动阅读"比较依赖"或"非常依赖"。[①] 因此,传统期刊应重视移动阅读,将其提升到战略高度,列为期刊发展战略的重要组成部分。关键要破除过往的将移动阅读视

[①] 谢蓉,金武刚.高校图书馆如何推广手机阅读——基于对在校大学生手机阅读的调查结果[J].图书情报工作,2011,55(14):20-23.

为传统期刊"衍生物"的陈旧思维,真正将其视作独立的媒体形态,组建独立的编辑部,由复合型运营团队进行专业运作。在新媒体背景下,原先单一的传统期刊采编播素养已不能满足现时的移动媒体发展新需求。因此,有必要组建一支复合型的团队进行独立专业的运营,他们既深谙传统期刊传播内容的权威、广度与深度,又了解手机等移动媒体产品运作的规律特点。这在国外已有一些成功的经验可以借鉴。如《赫芬顿邮报》,在他们的核心团队中,除了传统的记者、编辑外,还设置了用户体验设计师、流量编辑、产品经理等互联网公司的常规职位。[①]只有在专业团队的独立运作下,才可以运营出符合移动阅读媒体要求的信息内容产品。

(二) 提升用户体验,设计个性化的阅读推送服务

1. 信息推送从"内容为王"到"用户个性信息为王"

全媒体时代,各媒体的竞争优势就是要靠核心目标受众。传统媒体受版面限制,只有重要的、被大众所关心的内容才能占领版面,才具有传播的价值。而在一个人人都是自媒体的时代,只有和每一个人的兴趣点和关注领域高度相关的内容,对个人或用户来说才具有价值。只有这些个性化的内容,用户才愿意去浏览甚至愿意去付费。因此,传统的"内容为王"思维在新媒体时代应转换成"用户个性信息服务为王"。要利用成熟的用户研究技术或与从事大数据处理的专业调查机构合作,借助对用户各种浏览数据的收集及分析功能,了解读者群的构成、读者的阅读好恶、阅读时间的分段点、主要浏览方式等,利用大数据分析,获知不同读者群的阅读个性与共性,然后综合用户、内容、时机、手段等,通过智能分发推荐优质内容。

2. 信息发布的方式更具个性化

新媒体时代,用户体验成为服务的先导。各种形式的创意发布层出不穷。手机媒体日益激烈的竞争迫使其必须重视通过提升用户体验来形成差异化的竞争,打造自己的分众市场。比如针对专业人士不喜冗长干扰信息的特点,可重点推送手机报和手机彩信,言简意赅,重点突出;针对20～35岁的青年群体,要强化信息的多媒体形式,注重图片、声音、视频之间的融合,尽量多用动态化、直观化的形式来表达内容,比如可将期刊内容制作成 flash 利用微博或微信进行推

---

① 张灵敏.传统媒体数字化转型之杂思[J].青年记者,2013(4):14-15.

送,使多媒体形式与纸媒内容良性互补;针对午间和晚间的休息段,可尝试突出音频推送。如有些文学期刊可择其文字或篇章,配以舒缓、愉悦的音乐,制作音频文件,在午间或晚间推出,让用户得以缓解因过多的读屏带来的视觉疲惫,转而以听觉进行信息的接受,也不失为一种占据用户体验高地的做法。

(三) 内容发布从"巨内容"转为"微内容"

1. 根据移动阅读新趋势——短平快,加快手机媒体传播内容的推广

新媒体语境下,人们很多时候放弃了对因果关系的渴求,取而代之的是更加关注彼此之家的相互关系,也就是说,想知道"是什么",而不需要知道"为什么"[①]而这也就是新媒体催生出谷歌、百度等互联网搜索巨头的原因之一。人们的阅读很多时候呈现出短平快的趋势。尤其手机的便携性、灵巧性、高科技性更催生出"手机阅读族",因其更适合在碎片化时间里随时随地进行浏览、阅读。正如有学者所言,"新一代人群阅读和获取信息的方式与过去不一样了,我们要在读者人群中扩大知名度和覆盖率,就要采取最容易到达他们的方式"[②],而手机显然成为移动媒体中的佼佼者。因此传统期刊应利用此契机进行手机媒体传播内容的推广,进一步提升纸质期刊的知名度。

2. 传播内容从"巨内容"到"微内容"转变

针对移动阅读"短平快"的特点,期刊在手机媒体制作运营时,应注重设计制作出适合手机屏幕大小、网速、存储容量、电池容量,特别是手机访问体验等特性的内容与应用服务,要把"期刊的内容生产与手机媒体信息发布的速度和广度优势相结合,生产适合网络时代互动性、移动化和碎片化要求的短小精悍的优质内容,适应新媒体传播渠道的变化"[③]。一句话,就是内容要深耕细作,而信息则注重微处理。选择发布推广的文章、评论,一般不超过1 500~2 000字,对其进行编辑加工,形成适合移动阅读群体所喜闻乐见的"点""块""条"状的内容表现方式。比如学术期刊可将作者论文的创新点以简洁概括或点评的方式编辑成简短的信息条,以彩信、微博、微信的方式发布给读者,方便这一类用户群在零散的时

[①] 维克托·迈尔-舍恩伯格,肯尼思·库克耶.大数据时代生活工作与思维的大变革[M].杨燕,周涛,译.杭州:浙江人民出版社,2013.

[②] 吴越.《收获》昨首次向订户发微信[N].文汇报,2013-11-26:009.

[③] 杨祖增,张仁汉.媒体融合时代传统期刊"互联网+"路径探索[J].浙江传媒学院学报,2015,22(3):52-56.

间里及时了解到学术科研的最新信息。正是通过手机媒体的微传播,大大加快了传统期刊单一的线性传播方式,从直线传播转变为网状传播,有力地拓展了传统期刊的熟悉度与知名度。

(四)建立多渠道的新媒体群,借助"粉丝经济"拓展期刊的传播宽度

1. 打造"名牌编辑",建立"编辑读者群",借力"粉丝经济"宣传推介期刊

《中国国家地理》杂志社社长李栓科说过,"媒体最值钱的东西是什么?只有两样东西,一是品牌,一是品牌后面的团队。我们唯一拥有知识产权的,所谓的专利,就是我们的员工以及员工脑海里的东西"[1]。因此,各期刊社要注重打造"名牌编辑",将一群有着精深的专业素养、高度的信息掌控能力以及良好的沟通协调能力的编辑打造成本期刊社的"名人",通过各种渠道宣传推介,使之成为期刊的品牌代言者,并以此为契机,建立"编辑—读者群"等新媒体联系群,比如微信群、QQ群等,吸引该编辑的粉丝读者成为新媒体群的构成者与参与者。

所谓粉丝,费斯克在《理解大众文化》一书中曾这样描述,"粉丝是过度的读者,其对文本的投入是主动的、热烈的、狂热的、参与式的"[2]。建立以他们多年来欣赏、喜欢的编辑为领头羊的"编读群",是一种人们在网络社会中一直追寻的一种认同感,一种要得到他者认同的归属感。读者能从其赞赏和确认归属的群体中获得一种身份认同。比如《南方人物周刊》主打栏目之一"梦中情人",是杂志多年来深受读者喜爱的王牌栏目,曾出过《"梦中情人"十年精选集》,主持版块的编辑翁倩在读者中的辨识度很高,期刊可借势组建"翁倩编辑读者群",发展"粉丝经济",这种由名牌编辑和其粉丝群建构的群体是二者自行选择的"粉丝亚文化",不但有助于建构一个多元文化社会[3]更因其群体的情感性、认同感而在更大的媒介空间推广了期刊,比如粉丝群体对期刊文章的转发。转发是信息扩散的重要机制,用户的转发或评论决定了信息传播影响力的大小。[4] 因此,可充分借助粉丝群的多点多渠道转发传播,提升期刊渗透力和影响力的辐射。

---

[1] 李栓科,师永刚,胡勋璧,等.期刊的几个做点[J].编辑之友,2009(6):9-16.
[2] 约翰·费斯克.理解大众文化[M].北京:中央编译出版社,2006.
[3] 蔡骐.大众传播中的明星崇拜和粉丝效应[J].湖南师范大学社会科学学报,2011,40(1):131-134.
[4] 陈静宇,王春国,唐小飞.新媒体传播对转发意愿及品牌态度的影响研究[J].科研管理,2014,35(6):129-135.

2. 以互动引领期刊的策划与传播

互联网时代，单一封闭的仅靠期刊编辑部小团体成员策划选题与相关活动的程序应做相应的调整和改变。因为在一个人人都是自媒体的时代，越来越多的读者愿意并且喜欢自发地主动地参与到期刊的策划与出版中。他们自发组织，通过协作，集中起他们的知识和精力，将"新网络变成全球性人脑"[①]故而期刊社可充分利用手机媒体的互动性，在其微信公众号、微博上，就下一期的主打话题或封面人物进行群体讨论、选择，给读者广泛的讨论参与的机会，根据读者的票选决定新一期期刊的主题或封面人物，同时与热情参与的读者进行联系沟通，赠送小礼物、发送电子贺卡，寄赠编辑亲笔签名的笔记本之类，以贴心又温馨的服务和沟通更好地拉近与读者的距离。而且这样的期刊策划还贴近了读者，有效地维护了与期刊忠实读者的联系纽带，激发出读者群、用户群中为数不少的"沉默者""旁观者"的参与热情，调动起他们的积极性，从"沉默者""旁观者"变身为"发言者""参与者"，成为期刊粉丝群中新的成员，壮大读者用户群的队伍。

（五）继续满足传统期刊阅读者的阅读期待。

客观来说，手机媒体的汹涌来袭，对纸质期刊的静态阅读的确构成了极大的挑战，但从阅读的本质和个性化而言，纸质期刊的阅读给个体带来的质朴简单、缓慢愉悦，也恰恰是一股当代社会中的清流。"虽然杂志出版商正在尝试用不同的平台来延伸他们的杂志品牌，但无论使用多么新潮的平板电子阅读技术，它也无法让读者与杂志内容产生共鸣"[②]。而纸质期刊的阅读享受是其他移动阅读媒体永远无法比拟的，从打开封面到看到封底，一气呵成，像是听一首交响乐。因此，传统期刊不但要积极涉足手机媒体的阅读宣传与推广，同时推新不忘顾陈，对纸质期刊的封面设计、版面构思、栏目编排、插图、配色等，都要更注重精品化、个性化、创新化，要有独特的审美意识。比如《钟山》期刊的封面设计，一直都坚持创新，2013年的封面设计尤其有特点。是在面封上画上细方格，在方格的不同位置零散地嵌入人物，据封面设计师朱赢椿先生说，他是将自己在南京火车站俯拍到的芸芸众生像灵机一动放进了这一年的《钟山》封面上，意谓写作就是

---

① 唐·泰普斯科特,安东尼·D·威廉姆斯.维基经济学[M].何帆,林季红,译.北京:中国青年出版社,2007.

② 数据来源:平板/电子阅读用户希望统一电子杂志的版式[EB/OL].中国期刊网(2011,12,12) http://www.bkpcn.com

一场艰难又充满未知乐趣的爬格子的历程,作家的使命就是用手中的笔描绘出世间百态、众生万相。如此一来,封面设计便让艺术想象为读者的审美体验打开了另一个灵动的空间。

再比如《南方人物周刊》,一本以人物访谈报道为主打栏目和主要特色的期刊,但它在栏目编排上巧妙地进行了轻重的稀释和化解。比如将以图片为主的"图片故事"栏目穿插在"非虚构纪实"与"后窗"这两类以文字为主的栏目中,让读者的阅读观感有层次,有轻重,有停顿,像交响乐一般。因此,纸质期刊要将自己的气场做足,气质深化,从外部装帧到内在内容资讯,都要精心打造成独一无二的"交响乐",成为手机媒体无法替代的经典阅读。

媒介融合,其本质在于追求媒介资源合理共用,甚至是多用,以达到资源利用最优化。特别是在当下,以手机为主的移动媒体正逐渐成为文化信息的传播载体与沟通工具,移动阅读已成时代大潮。因此,传统期刊应顺势而为,化冲击为机遇,不断探索与手机媒体取长补短、融合共生之路,坚持内容为本,技术为翼,不断深化体制机制创新,实现从内容生产、传播渠道,再到组织重构的深层次变革,在新媒体时代重新找准自身的价值定位,并将期刊的传播力和影响力推至又一新的高度。

(作者系南通市文艺评论家协会副主席兼秘书长,副编审)

徐州汉墓出土凤鸟纹玉器赏析

岳　凯

徐州汉代墓葬中出土了大量凤纹玉器,或与龙纹相结合的龙凤纹玉器。本文就以徐州地区汉墓中出土的凤鸟纹玉器为对象,对其形制、风格等作进一步介绍与赏析,分析这一时期凤鸟玉器的艺术特点与时代特征,以便揭示凤鸟纹的演变过程,发挥装饰花纹在器物断代上的重要作用。

凤鸟纹是中国古代器物中常见的纹饰,除了运用在青铜器、漆器、金银器上,在玉器中也十分盛行。与龙纹一样,凤鸟纹出现的年代也很早。在原始氏族社会时期,人们就开始将鸟类纹饰运用在各类器物上。《尔雅·释鸟》中道:"凤,其雌皇。"郭璞注云:"凤,瑞应鸟,鸡头、蛇颈、燕颔、鱼背、五彩色,其高六尺许。"凤为百鸟之王,是古人以鸟的形象为基础,结合多种动物的形象,想象出来的一种混合性神话动物。目前所知,较明确而古老的凤鸟应属距今约 7 000 多年前,湖南洪江高庙文化遗址出土陶尊上的展翅凤纹饰。[1] 而有鸟类纹饰的玉器则大多出土于红山文化、龙山文化及良渚文化的遗址或墓葬中,如辽宁建平牛河梁第十六地点 M4 出土的红山文化玉凤[2],浙江余杭反山和瑶山墓葬出土的良渚文化玉鸟等[3]。商代安阳殷墟妇好墓中出土的玉凤,则是目前我国发现最早的凤鸟形

---

[1] 萧兵.龙凤龟麟:中国四大灵物探究(下册)[M].武汉:华中师范大学出版社,2014.
[2] 崔岩勤.牛河梁红山文化遗址出土动物形玉器探析[J].赤峰学院学报(汉文哲学社会科学版),2017,38(5):1-6.
[3] 杨菊华.良渚文化与凤鸟关系初探[J].北京教育学院学报,1994(2):1-6.

玉器①,可见当时人们对凤鸟的崇拜已较为普遍。

原始先民对凤鸟的崇拜,源于鸟禽善于飞翔,能够自由地穿梭于天地之间,因此古人便认为其具备呼风唤雨、通天达地的神秘力量。同时,凤鸟也被古人看作是"神鸟"或"祥瑞",是天下安宁的象征。商人信奉"天命玄鸟,降而为商,宅殷土茫茫"(《诗经·商颂·玄鸟》)。《国语·周语》云:"周之兴也,鸑鷟鸣于岐山。"鸑鷟就是凤凰。因周文王敬德保民,故有凤来仪,凤鸣岐山,保佑周人兴旺,最终战胜了强大的殷商。又有《异物志》曰:"其鸟五色成文,丹喙赤头,头上有冠,鸣曰天下太平,王者有道则见。"这种观念从徐州地区所出土的代表性凤鸟纹玉器中可见一斑。

西汉早期虎(一说龙)凤纹玉戈(图1)②,1994—1995年出土于徐州狮子山楚王墓西侧第4室门道北侧的拢土中③(图2)④。系白玉雕琢而成,长17.2厘米、宽11.2厘米、厚0.7厘米,玉质细腻,色泽温润,局部有黄褐色沁斑。短援,长胡,胡上有棘刺。阑侧三穿。戈体两面均满饰浅浮雕勾连云纹,援胡之内出廓透雕一只背生羽翅的螭虎,螭虎张口昂首,长腰丰臀,长尾勾起,作奔走之势,神态

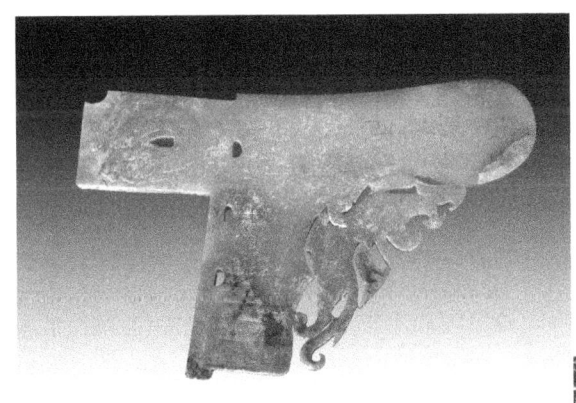

图1 虎凤纹玉戈(凤鸟纹样拓片)

---

① 李芳.汉代玉器凤鸟纹饰及在现代设计中的应用研究[D].合肥:安徽大学,2014.
② 图片、拓片来源于《中华文化画报》(1996年第3、4期)、《楚工珍宝知多少》(黑龙江科学技术出版社,2015年版)。另,此前诸多专家学者在描述此文物所雕"兽形"纹饰时,表述多有不同,本文不再一一细述。
③ 王恺.浅说徐州狮子山楚王墓出土玉器[M]//邓聪.东亚玉器 第二册.香港:香港中文大学中国考古艺术研究中心,1998.
④ 图片来源于《楚王珍宝知多少》(黑龙江科学技术出版社,2015年版)。

图2　虎凤纹玉戈出土原貌

凶猛异常。玉戈主体两面纹饰相同，但内部两面纹饰各不相同，一面雕琢螭龙，肢体随戈内穿孔作"U"形卷曲回环；另一面则雕出一只凤鸟，凤鸟直颈昂首，后斜的羽冠，突额圆睛，钩喙鸣叫，双爪飞扬，展翅作舞。其造型一改先秦以来的写实风格，显示出一种较强的审美特征，展现了汉代人丰富的想象力和创造力。

目前我国出土的西汉玉戈并不多见，这件玉戈的刃部未见使用痕迹，当属于玉礼兵器，推断为西汉楚王祭祀、礼仪或出行时使用的华贵仪仗用具。其造型别致、纹饰精美，雕琢的图案生动传神，是中国汉代玉雕中具有很高艺术价值的上乘佳作，对研究汉代玉礼兵器的形制也具有十分重要的意义。

西汉早期龙凤纹玉璜(图3)[①]，1994—1995年出土于徐州狮子山楚王墓甬道中[②]。系白玉雕琢而成，长21.1厘米、宽4.2厘米、厚0.4厘米。上下两侧和两端皆琢出牙槽，双面纹饰相同，皆以穿孔为中心，孔下雕柿蒂纹和变形卷云纹，两侧对称雕刻5条螭龙，龙首的一侧为凤喙，龙身旁满布凤羽。龙身外各雕4条相互虬曲蟠绕之龙。整个画面均采用浅浮雕，双面纹饰相同。共雕刻20条螭龙、4只凤鸟及两个兽面。此件玉器构图精细饱满，工艺精湛奇妙，雕刻繁复却密而不乱，为汉代玉璜中纹饰最为精美的一件。

西汉早期凤纹玉璜(图4)[③]，1994—1995年出土于徐州狮子山楚王墓甬道中[④]。系白玉雕琢而成，长19厘米、宽9厘米、厚0.46厘米，断为三段，拼对完整。其玉质细腻莹润，雕工精湛，抛光滑润，近似半璧形，颇具战国晚期楚式玉器的风格。上部璧缘出廓透雕两只回首相望攀伏着的凤鸟，内弧处也透雕一对颈

---

① 图片、拓片来源于《大汉楚王——徐州西汉楚王陵墓文物辑萃》(中国社会科学出版社出版，2005年版)、《楚王珍宝知多少》(黑龙江科学技术出版社，2015年版)。
② 图片来源于《楚王珍宝知多少》(黑龙江科学技术出版社，2015年版)。
③ 图片、线图来源于《古彭遗珍：徐州博物馆馆藏文物精选》(国家图书馆出版社，2011年版)、《江苏徐州市狮子山西汉墓的发掘与收获》(《考古》，1998年第8期)。
④ 王恺，葛明宇.徐州狮子山楚王陵[M].北京：生活·读书·新知三联书店，2015.

图 3　龙凤纹玉璜（拓片）

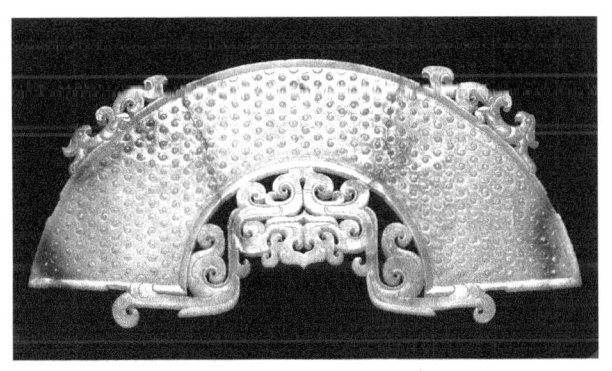

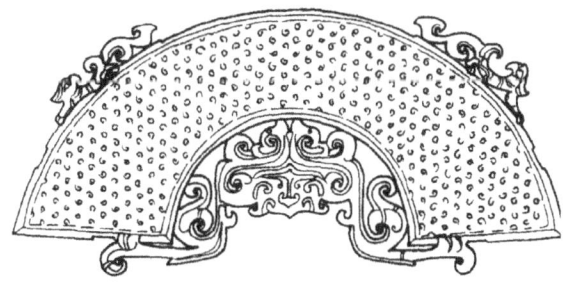

图 4　凤纹玉璜（线图）

背相对的凤鸟。凤鸟圆目钩喙，凤体变形夸张，弃具象而求神似，凤尾延至下缘，以极细的阴线装饰，并卷尾形成圆孔，凤鸟身下为变形的卷云纹。玉璜内部则满饰排列紧密有序的谷纹。此件玉璜造型工整稳重、美观大方，雕琢精良，寓意吉祥。

西汉早期凤鸟形玉饰件(图 5)①,1994—1995 年出土于徐州狮子山楚王墓西二侧室(W4)②。系白玉雕琢而成,高 4.3 厘米、宽 2.3 厘米。全玉透雕一只昂首挺立的凤鸟,凤鸟凸目钩喙,凤冠飘扬,凤翅合拢,凤尾上翘,构图稳重大方。凤身多部位以极细的阴线装饰,抛光精美,惟下部稍有残缺。

图 5　凤鸟形玉饰件

西汉早期组玉佩(图 6)③,2009 年出土于徐州骆驼山段翘墓(图 7)④。系白玉雕琢而成,其中玉凤高 4.1 厘米、宽 2.8～1.8 厘米、厚 0.2～0.6 厘米。组玉佩发展至汉代,构件中增加了玉舞人、玉冲牙以及其他形制的玉佩饰,并逐步形成

---

① 图片来源于《追寻不朽:中国汉代墓葬精华》(*The Search for Immortality*:*Tomb Treasures of Han China*,Yale University Press,2012)。
② 徐州汉文化风景园林管理处,徐州楚王陵汉兵马俑博物馆.狮子山楚王陵[M].南京:南京出版社,2011.
③ 图片来源于《古彭遗珍:徐州博物馆馆藏文物精选》(国家图书出版社,2011 年版)。
④ 林刚,崔强.骆驼山东坡出土玉舞人的 M29 号墓,主人叫"段翘"[N].彭城晚报.2009 - 2 - 10(A04).出土现场图片由考古发掘者提供并同意使用。

了相对固定的使用方法和组合,一般佩戴在腰间的革带上,并垂至下肢。该件组玉佩便是由玉环、玉珩、玉觿、玉舞人、对凤玉饰等11件构成。最上端以云纹镂空环引领,其下部连接玉舞人与阴刻线双龙首珩,双首两端各引舞人;左右舞人又与下部谷纹双龙首珩相连,珩下正中坠对凤,凤鸟圆目张喙,凤冠飘逸,呈现对鸣之姿,舞人在对凤左右两侧,舞人下各坠有长尾龙形觿。玉件玲珑剔透,雕工精细精确,抛光娴熟,各土件功能不同,便于佩挂者灵活运用。

图6 组玉佩(对凤玉饰)

图7 组玉佩(对凤玉饰)出土原貌局部

西汉早期组玉佩(图8)①,1992年出土于徐州韩山刘女宰墓②。系白玉雕琢而成,其中玉凤高4.8、宽1.7厘米、厚0.5～0.2厘米。玉凤鸟形饰扁平状鸟形,头部一圆孔作眼睛,兼作系孔,尾部亦有圆孔,正面浅浮雕、背面阴刻鸟身、羽翅,喙不明显,可能为旧玉改制。

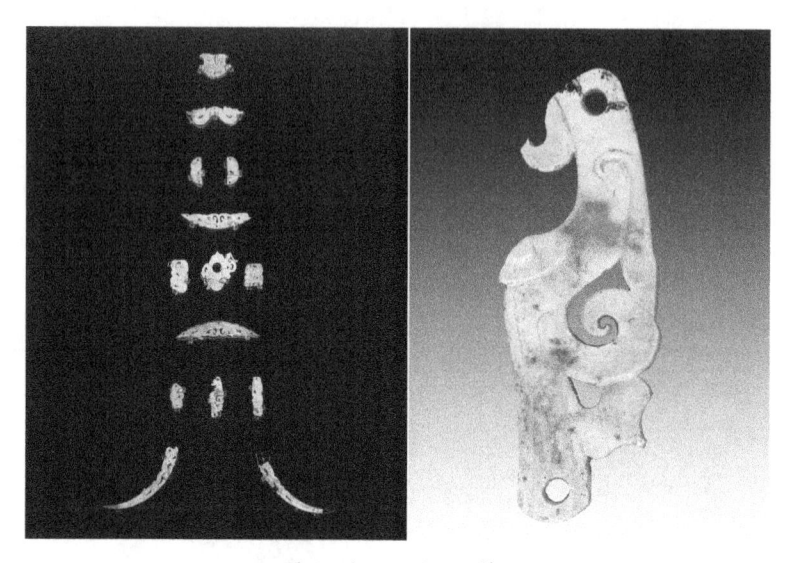

图8 组玉佩(玉凤饰)

西汉早期龙凤纹韘形玉佩(图9),1986年出土于徐州北洞山楚王墓。③ 系青黄色玉雕琢而成,长7.1厘米、宽4.3厘米。玉佩平面前尖后圆,中部鸡心隆起,有一椭圆形孔。正背两面分别雕刻一龙一凤。龙首与凤首并列,采用圆雕技法雕刻而成。龙首的眼鼻凸起清晰,凤作回首状,凤冠外突,喙作内勾状。凹面边端处阴线刻画勾连云纹,造型甚是奇特。

韘形玉佩又称心形玉佩,是由韘演变而成,韘是古代人们射箭时佩戴在大拇指上用于勾弦的用具。《说文解字》说:"韘,身决也。"虽然器身中间的圆孔还保留着,明显已不具备钩弦的实用功能,整器极强的装饰性标明其为佩玉。

西汉时期的王侯贵族墓葬中常见玉韘,早期的韘形玉佩处于战国风格向汉

---

① 图片拍自徐州博物馆天工汉玉展厅。
② 耿建军,孟强,梁勇.徐州韩山西汉墓[J].文物,1997(2):26-43.
③ 图片来源于《古彭遗珍:徐州博物馆馆藏文物精选》(国家图书馆出版社,2011年版)。

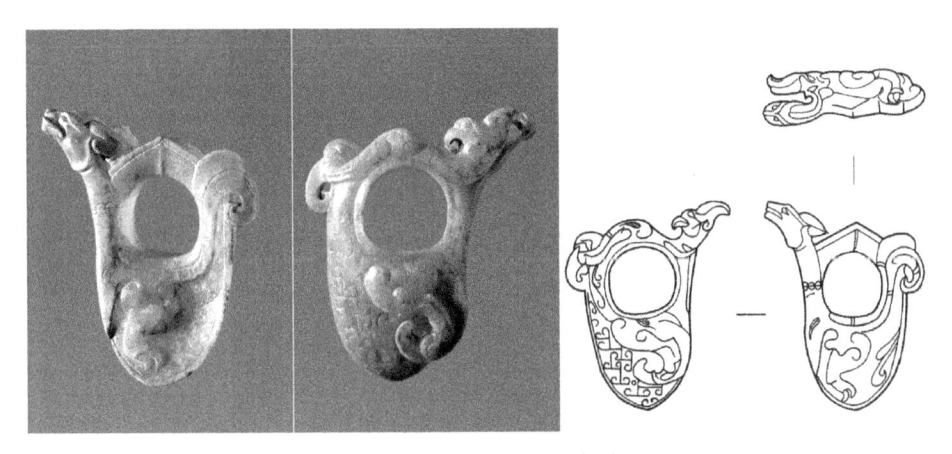

图 9　龙凤纹韘形玉佩(线图)

代风格的过渡期,形式多样。中期的韘形玉佩已基本定型,心形主体中部的孔变小,两侧的附饰透雕,比早期的更加繁缛。附饰纹样多为变形卷云纹,个别为鸟兽纹。晚期,韘形玉佩的心形主体拉长,中间的孔变小,两侧及上端的透雕附饰更为发达,透雕的龙纹和卷云纹比较夸张,整个玉佩形体狭长。至东汉时期,考古出土资料中此类玉佩已非常少见,出现了韘形玉佩与玉的复合体,韘形玉佩逐渐消亡。

徐州地区出土韘形玉佩的墓葬均为楚国王室成员或地位较高的贵族,如狮子山楚王墓、北洞山楚王墓、簸箕山宛朐侯刘埶墓、韩山刘女宰墓、后楼山一号墓等都有出土,等级较低的墓葬中从未见过韘形玉佩。[①]

西汉早期龙凤纹玉剑珌(图 10)[②],1986 年于徐州北洞山楚王墓出土,系白玉雕琢而成,长 6 厘米、宽 4.6～5.9 厘米,厚 1.3 厘米。玉质晶莹滑润。通体采用镂雕与高浮雕结合之技法,琢出盘绕虬曲、姿态各异的 5 个螭虎和 1 只凤鸟,构思精巧,形制特殊,螭虎被雕琢得强健有力且生动活泼,充分体现出匠师们精湛高超的琢玉工艺。

---

① 中国国家博物馆,徐州博物馆.大汉楚王——徐州西汉楚王陵墓文物辑萃[M].北京:中国社会科学出版社,2005.

② 图片来源于《古彭遗珍:徐州博物馆馆藏文物精选》(国家图书馆出版社,2011 年版)。

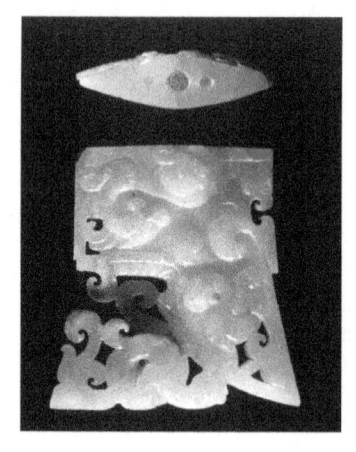

图 10　龙凤纹玉珌（线图）

西汉早期凤纹双龙首玉珩(图11)，2002年出土于徐州陶家山汉墓。① 系青白玉雕琢而成，为组玉佩中的构件。其两面纹饰相同，两端透雕龙首，眼部及鬣毛则为阴线刻，鬣毛卷曲，颈部刻有绞丝纹，中部满饰勾连乳钉纹。器物正中顶部及两端均有佩挂用的小圆孔，外缘及内缘处出廓透雕两组相对的变形凤纹及卷云纹、柿蒂叶纹。凤纹变形大胆，线条流畅，凤纹与云纹浑然一体。

图 11　凤纹双龙首玉珩

---

① 图片来源于《古彭遗珍：徐州博物馆馆藏文物精选》(国家图书馆出版社，2011年版)。因未出考古简报，盛储彬在《徐州市陶楼西汉墓》(见《中国考古学年鉴·2003年》，文物出版社，2004年版)中描述"该墓位于徐州市东郊金山桥开发区陶楼山西坡"，"墓葬的时代为西汉早期"。又见《龙飞凤舞：徐州汉代楚王墓出土玉器》(北京美术摄影出版社，2016年版)释注为"2002年出土于徐州市鼓楼区金山桥陶家山墓(西汉中期)"，《楚王梦：玉衣与永生——徐州博物馆汉代珍藏》(江苏凤凰美术出版社，2017年版)释注为"战国晚期或西汉早期"，"徐州陶家山1号汉墓出土"。本文取其时间最早一说。

西汉立凤形玉佩(图 12),1972 年(一说 1978 年)出土于徐州白云山汉墓。① 系暗红色玉料雕琢而成,长 10.4 厘米、宽 4.9 厘米,厚 0.5 厘米,呈片装。在汉代人的意识中,红色深沉而神秘,代表了天的权威,是人们极为崇尚的高贵之色。汉代多有红色祥瑞,使用红色雕琢百鸟之王凤凰,最贴切地衬托出凤凰的高贵与神圣。此件玉佩采用透雕与阴线刻相结合的手法,透雕出凤首、凤尾及卷云纹的大体轮廓,再以阴线刻勾画出细部。飞凤头顶高冠、降落站立的瞬间跃然石上,具有较为深刻的蕴意。其雕刻技法简约朴素,构思精致巧妙,造型庄重大方,给人以过目不忘的美感,值得细细品味。

图 12 立凤形玉佩

西汉中期龙凤貘纹玉环(图 13),1982 年出土于徐州市东洞山二号楚王后墓。② 系白玉雕琢而成,直径 7.9 厘米,多用于组玉佩的中部。通体透雕,环身以三条虺龙蟠绕而成,附三凤、貘及卷云纹,所雕玉凤高冠圆睛,曲项回首,引吭高歌,振翅欲飞,佐以阴线刻画装饰细部,线条流畅自然。

图 13 龙凤貘纹玉环(线图)

① 图片来源于《古彭遗珍:徐州博物馆馆藏文物精选》(国家图书馆出版社,2011 年版)。另,《中国玉器通史·秦汉卷》(海天出版社,2014 年版)释注为"1978 年",《楚王梦:玉衣与永生——徐州博物馆汉代珍藏》(江苏凤凰美术出版社,2017 年版)释注为"1972 年"。

② 线图来源于《追寻不朽:中国汉代墓葬精华》(*The Search for Immortality*: *Tomb Treasures of Han China*, Yale University Press, 2012)。另,楚王后墓出土情况见《楚王梦:玉衣与永生——徐州博物馆汉代珍藏》(江苏凤凰美术出版社,2017 年版)。

小　结

　　观察上述玉器的形制，我们不难发现，汉代玉雕凤鸟纹单独成形的很少，一般都是以纹样装饰于韘形佩、玉璧、玉瑗、玉环等器物上。由于汉代国力的发展与壮大，以新疆和田玉为代表材质的玉器数量也开始不断增多。雕刻技法则大多采用透雕、浮雕刻出其轮廓，再以阴线刻画图像细部。受到雕刻技术发展的限制，玉器中的凤鸟纹不如壁画中的凤鸟形象风流洒脱。汉代，尤其是汉代早期，与前朝的风格特征相比，凤鸟纹变化虽并不明显，但我们从凤鸟的形象及装饰细部依然可以看出汉代的审美意趣和追求。

　　徐州地区汉墓出土的玉器中，凤鸟纹多与龙纹相结合，共同出现在同一器物上。凤鸟大多刻画为飞鸣起舞的动态，从而呈现出自由鸣叫舒展的状态。凤鸟细部多阴刻流畅舒展、婉转自如的弧线装饰，使其身姿更显灵动飘逸。凤眼阴刻眼线，显得更加秀美，羽翅及凤尾也用阴线刻进行装饰，刻画出了凤鸟现实的形体感，增添了凤鸟纹样的装饰美。同时，汉代的凤鸟身形都较长，头颈部呈弯曲状，显示出凤鸟昂扬的状态，生动地表现了凤鸟的神韵。

　　这是因为先秦以来，人们便形成了魂与魄的观念。《礼记·郊特牲》记载："魂气归于天，形魄归于地。"到了汉代，人们崇尚视死如生的丧葬观念更加强烈，对道教的信奉也促使汉人们相信死后可以得道升仙。汉墓中出土大量装饰龙、凤纹的画像石、壁画、器物等，便说明了汉代人们认为龙凤可以带着死者的灵魂升入天庭。与此同时，以玉入葬在汉代也达到高峰。自新石器时代开始，玉器随葬即彰显了墓主尊贵的身份，商周至汉代对玉器的使用都有严格的规定和限制。玉器不仅是财富与等级的象征，同时也被汉人用作尸体防腐。汉代人们重视对身体的保护，认为死者尸体不腐，便可永生，并在阴间拥有生时的一切。正是这种对永生的狂热追求，使汉代成为玉器大发展的时代。

　　汉代以玉入葬，并装饰龙凤纹的特征，一直延续至东汉末年。汉人希望以此能够得到永生，延续生前的尊贵与荣耀。不过，事与愿违，豪华的葬具和大量贵重的随葬品，引来的却是无数的盗墓者，从而导致十墓九空，尸骨无存。鉴于此种情况，魏文帝曹丕在曹魏黄初三年（公元222），废除了以玉衣等随葬的制度，并且不封不树。从此，丧葬用玉逐渐衰落，中国古代玉器开始进入世俗化的发展阶段。凤鸟纹也逐渐不再是图腾崇拜、宗教的符号,而是开始面向世俗,更具生活情趣,向自然写实的风格发展。

总的来说,徐州汉墓出土的玉器中,凤鸟纹的形象更加具体,造型多给人轻盈活泼之感,彰显了其勃勃的生机与自由的力量,具有一定的美感和装饰性。另外,我们可以看到徐州地区汉代玉器的凤鸟纹中,常伴有云纹出现。将瑞鸟与祥云相结合,进一步表达汉人赋予其中的吉祥寓意和美好愿景。

(作者系徐州博物馆副研究馆员,江苏省文艺评论家协会会员)

跋

《2022江苏青年文艺评论集》(以下简称《评论集》)的编撰和出版工作离不开省文联党组的有力指导,省评协主席团和理事会成员的亲切关心,和全省广大青年文艺评论工作者,特别是各设区市评协的大力支持,以及河海大学出版社的精心编辑,在此,一并表示诚挚谢意。

青年是整个社会力量中最积极、最有生气的力量。新时代的江苏青年文艺评论工作者思维新、视野广,理论基础扎实、专业能力过硬,《评论集》的出版发行是对他们的集体"检阅"。阅读这些文章,使我们深切感受到在江苏奋力打造习近平文化思想的生动实践地、中华民族现代文明建设成果的重要展示地过程中,青年文艺评论工作者发挥的先锋突击作用,以及文艺评论的推动与引导功能。

在编撰过程中也发现一些问题和不足,如征集范围还不够广泛、有的艺术门类文章较少,文艺批评的建设性和批判性还有提升空间等,我们将在今后的工作中加以改进和克服。

由于人手少、时间紧,在编撰中一定存在诸多问题和错误,敬请读者批评指正。

江苏省文艺评论家协会
2023年12月